万叶文化
ONE PAGE

HEAT &

热与光

[美] 珍妮弗·黑格 著

李家隆 译

四川人民出版社

图书在版编目（CIP）数据

热与光/（美）珍妮弗·黑格著；李家隆译. —成都：
四川人民出版社，2018.8
ISBN 978-7-220-10316-2

Ⅰ. ①热… Ⅱ. ①珍… ②李… Ⅲ. ①长篇小说
－美国－现代 Ⅳ. ①I712.45

中国版本图书馆 CIP 数据核字（2017）第 217882 号

四川省版权局著作权合同登记号：图进字 21－2017－662

RE YU GUANG

热与光

［美］珍妮弗·黑格　著
　　　　李家隆　译

责任编辑	陈　欣
封面设计	张　妮
内文设计	戴雨虹
责任校对	林　泉
责任印制	李　剑

出版发行	四川人民出版社（成都槐树街 2 号）
网　　址	http://www.scpph.com
E-mail	scrmcbs@sina.com
新浪微博	@四川人民出版社
微信公众号	四川人民出版社
发行部业务电话	（028）86259624　86259453
防盗版举报电话	（028）86259624
照　　排	四川胜翔数码印务设计有限公司
印　　刷	自贡市华华广告印务有限公司
成品尺寸	145mm×208mm
印　　张	13
字　　数	361 千
版　　次	2018 年 8 月第 1 版
印　　次	2018 年 8 月第 1 次印刷
书　　号	ISBN 978-7-220-10316-2
定　　价	48.00 元

中文版序

　　2016 年的秋天，我第一次来到中国。当时我和另外九位外国作家受上海市作家协会的邀请，作为嘉宾一起前往上海，在那里写作、生活了两个月。在上海的旅居日子如同为我打开了新世界的大门。我爱上了上海这座生机勃勃的现代化国际大都会。受邀前往上海是一次千载难逢的机会，对我而言，这机会到来的时机更是完美。那时，我刚刚得知了我最新的一部小说——《热与光》的中文版将要由四川人民出版社出版发行。这是我的书第一次被翻译成中文。

　　《热与光》讲述了一个关于美国小镇在工业化发展的进程中因受到冲击而被改变，变得更好也变得更糟的故事。小镇叫"贝克屯"，镇上的居民世代都居于贫困之中。2010 年，天然气行业涌入镇上，给予了每个居民新的机会，以及富裕与繁荣。

　　尽管《热与光》一书中的人物都是生活在世界的另一端的，但是我相信中国的读者们能够体会书中的人们对生活抱有的担忧。书中的人物都是些普普通通、努力工作以期摆脱贫困生活的普通人。他们——贝克屯的居民——的愿望和每个人的愿望并无不同：想要为自己的孩子谋求一个安全的未来，包括富裕繁荣的社会状况，包括清洁的水源、土地以及空气。

　　中国的读者，想必能够理解贝克屯居民的这种担忧。中国近年来的经济增长速度之快，堪称人类历史上前所未有的经济奇迹。在我旅居上海期间，我为我们两国之间具有那么多的相似之处而感到惊讶。中国、美国，都是经济上的超级大国；都有着体量大、复杂且快速变化着的经济状况。而且，我们都面临着如何在经济增长的同时保护好环境这一挑战。

当我正在和上海这座城市"热恋"时，我自己的国家正处于总统选举期。在上海，美国大选可谓是一个超级热门的话题。彼时，在向我的中国同事们阐述唐纳德·特朗普的观点时，我总是感到别扭，因为我个人是认为，这位总统候选人的竞选宣言和政策——尤其是在环境保护方面——是不明智的、危险的。在创作《热与光》的那个时候，我完全想象不到我的国家会这么急迫地公选出这样一位视经济增长高于一切，不顾气候变化的科学事实而提出要将国家环境保护局——美国政府中负责保护国家自然资源与环境的部门——取消掉的总统。

在我写这篇"序"的时候，特朗普总统正在宣誓就职。对于美国而言，一个新的时代即将来临，而在这个新的时代，《热与光》中所涉及问题将会变得前所未有的急迫与重要。

希望你们能够喜欢《热与光》。

珍妮弗·黑格
2017 年 1 月 20 日

献给罗布·阿诺德

我们关于能源政策的决定将会是一场对于美国人民的民族个性、总统的执政能力、国会的国家管理水平的测试。这项困难的工作将会是一场事关道义的战争。

——美国总统　吉米·卡特

1977 年 4 月 18 日

窃窃私语，来自地球这片土地之下，

来自洞穴和圆形坑洞，来自碗中满溢着的黑暗。

顺流而下，我们在还是幼龙的时候，在那里赤足奔跑。

——缪丽尔·鲁凯泽①

---

① 　缪丽尔·鲁凯泽（1913—1980），美国诗人，社会活动家。诗歌内容主要关于平等、女权、社会正义、公正、犹太教等题材。此诗题为《来自地球这片土地的窃窃私语》。（本书所有脚注为译者注）

热与光

现在，过去的故事已逝。曾亲眼见证过那一切的人都已不在人世。阿达·蒂博多，住在撒克逊庄园里的唯一一位百岁老人，在她的记忆里，那个故事曾被反复讲述，在采矿营地摇曳的烛光下，在这个国家还未电气化的久远年代里。

阿达在童年的时候曾从她的祖母，那位如族中其他女性一般长寿的老人那里听过这个故事。她描述的是距今近两百年以前的这里，在贝克兄弟到来以前，在他们在山谷里开采出的第一座煤矿以前，在他们把一整个小镇冠以自己的名字以前。

阿达的家族来自两个县以外的地方，那里曾经是塞内卡人①的自治领，宾夕法尼亚联邦②一度决定将那片土地交给"玉米种植者"酋长③管理，但没过几年州政府便改变主意，收了回去。随之而来的白种移民是伐木工、法属加拿大人和苏格兰-爱尔兰人。他们建立起了教堂和锯木厂。他们的邮局和贸易所看起来简陋异常，像是舞台布景，似乎一旦做完了伐木工作，就可以将它们拆开来，然后带往别处去重新组装。

---

① 塞内卡人，北美印第安部落之一，分布于今纽约州西部和俄亥俄州东部。
② 宾夕法尼亚联邦，美国宾夕法尼亚州的正式称呼。
③ "玉米种植者"酋长（生卒年不详），塞内卡人，美国著名印第安部落酋长，曾参与法印战争、美国独立战争。其本名为约翰·阿比尔。

这是个小镇，一个不值一提的无名小镇，直到那个"上校"来到。

上校乘每周从匹兹堡发两个班次的邮政马车来，坐在后座，穿着城里的衣服，是个并不年轻的高个外乡人。他在贸易所楼上租了间屋子，雇用了一辆四轮马车去往派恩溪，去拜访一个住在那里的农夫。接下来，据马车夫讲，他看到上校跪倒在派恩溪的河床上，四处勘探，还往玻璃瓶子里灌满了溪水。这让马车夫一时间成了镇上的名人。毕竟，在这没人拜访、无事发生、无可纪念的小镇上，除了满是异味的空气，更无其他新异事了。

那种臭味像是从派恩溪传来的——是什么东西正在燃烧着所发出来的，或者更准确地说，是什么东西早已燃尽后留下的余味。

和其他地方相比，宾夕法尼亚之意义不在地上，而在地下。

在那个年代，石油被认为是一种地方公害，是一种泛着恶臭的黑泥，在河床下蠕动，像谣言败坏所有耳朵一样污染所有与之接触的事物：农夫的外套、母牛的皮、孩童的鞋。有魄力的镇民试图找到利用它的方法。在锯木厂，工人把它当作润滑剂来使用。镇上的医生相信石油有医疗价值，但对其医疗价值何在却一无所知。

在派恩溪沿岸，德雷克上校①开始动工了。一座木制的高塔被建造完成。上校雇用的那个帮手，当时大家只知道他叫"比利叔叔"，在集市里四处出没，购买下大量的工具和绳索。

那座木塔的外形有如刽子手的绞刑架。镇上的嬉皮士们称之为"公鸭之蠢"，这名字传了开来。上校的疯狂连同天气和木价，成为镇上工人的日常谈资。直到上校的钻井开始喷发。

小镇一夜之间翻天覆地。大量外乡人的到来，让镇上人忙坏了手脚。木制石油钻井如速生丛林一般接连拔地而起。找到石油成为镇上每个人的谵妄狂想。专业的"嗅油者"沿路爬行，希望寻获石油的一缕芳踪。探矿术被频繁使用，占卜棒在手中摇摆不休。②

---

① 德雷克上校（1819—1880），被认为是美国第一个使用钻孔机开采石油的人。德雷克是其姓氏，与"公鸭"（drake）一词拼写相同。

② 当时美国流行借由神秘学的方式——探矿术来寻找水源、矿脉、石油等。常见的方法为，双手各持一个 Y 形或 L 形占卜棒边走边向其询问"此处是否有矿脉"，若占卜棒摆动后交叉则答案为"是"，不交叉则为"否"。

随着派恩溪被更名为"石油溪"，喧嚣的小镇似乎一夜之间名声大噪。财富来来去去。命运如风机，如人心，鼓动不停。人们带着狂野的梦想到来，徒留一地的愤怒与疯狂。约翰·威尔克斯·布思①，在他暗杀总统前，也曾前往彼得罗利亚并钻起一大片尘埃。他不是第一个这么做的人。

人们变得贪婪而饥渴。地方商人为满足人们的欲望马不停蹄。沙龙、酒吧、赌场、音乐厅，接连建立。富兰克林银短号乐队学会了演唱《石油驰骋》《煤油汤米》和《德雷克上校的波尔卡舞曲》。化妆的女人如明黄色水仙般，光耀照人且悄无声息地出现在镇上。

这样的小镇是矿洞镇，是石油中心镇，是"安特卫普城"——是那些名字已被老人们遗忘了的，而且也从未被年轻人知晓过的小镇；是一座座一度被油井唤醒的"幽灵小镇"，随后便衰亡至今天的破败之地；是"火鸡市""帕克城""斯维尔""奥利安图姆"，以及挂一漏万的其他。

即使是阿达·蒂博多也无法全部忆起。

---

① 约翰·威尔克斯·布思（1838—1865），1865年刺杀美国总统林肯。他在1859年和朋友合伙建立石油公司。1864年，因过度开采导致矿难，布思为此损失巨大。此次投资失败，对其决定刺杀林肯总统产生了一定的影响。

『始动奇点』

THE POINT OF DYNAMISM

2010

※※※

春季里到来的第一辆皮卡，是辆崭新的道奇公羊，挂着得克萨斯州的车牌。卡车在贝克屯北方的乡镇道路上，在用煤坑废料铺成的乡间小道上，在那些路况如同馅饼皮一般脆弱的、从未在地图上出现过的道路上，一路摇曳。道路上满是出人意料的凹陷和转弯，像废弃的采矿小径一般，凹凸不平、狭窄，好似老人的动脉。司机，博比·弗雷姆，是一位长相年轻，实际年龄也不到三十，有着高中橄榄球运动员一般强壮身体的小伙子。荷兰路沿途的居民，无论是费特森、诺顿、齐普勒还是马利斯·比尔，都对他的到来表示了热烈欢迎。

"你是推销员么？"在麦基乳业农场的"月月友"牧场旁，他被这么问道。

"不，女士，正好相反。"博比回答。

在拜访克勃·克鲁格的活动拖车房时，博比的第一次敲门并未获得回应。当博比第二次敲门时，克勃坐着轮椅摇到门前，打开门，挥舞着一杆双筒猎枪。博比头也不回地走掉了。

博比住在德雷克上校高速公路旁的每日旅馆211号房，房间朝东，可以看到清晨的第一缕曙光。一早，博比会在县法院刚开门的时候就出现在那里，胡子刮得干干净净，头发上还带有洗澡后残留的潮气。他对付那个政府职员——那个人到中年的妇女很有一套办法，能让她像母亲般溺爱他。博比会递给她一份打印好的目录，然后等待着她带来相应的书册，就是那些记载着产权拥有者信息的官方记录名册。

他总是使用同样的套路。"这里，是您的财富之地。"（说话时，他摘下自己的太阳眼镜，蔚蓝色的眼睛在晨光的照耀下显得格外真诚）在他出示自己的名片并解释自己为何来之后，每个人都会出于礼貌认真地开始听他讲话，除了克勃·克鲁格。

他的说明只需要两分钟，分秒不差。页岩①就躺在地下 1 英里②深的地方，在宾夕法尼亚州还未建立之前，在人类还未在地上行走之前，就躺在那里，早于煤矿，甚至远早于这些崇山峻岭。它有一个尊贵的名字，"马塞勒斯"③。撒克逊县的岩床下，一条财富之河正亟待开发。

"天然气?"④ 人们略带犹豫地反问着，像学习陌生语言时上的第一节课，元音和辅音别扭的组合让单词在口腔里笨拙地翻滚着。那些熟知本地情况的人们灵犀一点就通。一眼不为外人知晓的山泉中总是莫名地起着泡泡。在北鹿跑林里一个叫作"哈夫斯"的地方，蒸汽从石缝间喷涌而出。青少年们常去哈夫斯偷偷喝酒。他们在那里吸着蒸汽，假装被它弄得飘飘欲仙。但"欲仙"这事也可能是真的。

"是被埋葬的财宝。"博比边说边享受着其中的诗意。马塞勒斯页岩是自然界的保险箱、储存箱，自然的宝藏被锁在其中以应对将来的不时之需。现在，我们美国，终于巧妙地找到了那一把正确的钥匙。

"我们会向下钻上 1.5 英里，然后稍向横打钻。我们会就这么在您那块地的正下方钻上几英里。我们的工作会在足够深的地方开展，您根本不会察觉到我们在那里工作。"

"你想买我的土地?"农夫目瞪口呆地问道，好像博比要的是肺或是肾，要的是他们连上帝也不会给的身体里的一部分。

"不是买，只是租。您可以继续在土地上像往常一样干活。每英

---

① 页岩，沉积岩的一种。美国开发页岩资源，发现有石油和天然气储存在页岩中，存石油者为页岩油田，存天然气者则为页岩气田，也有页岩油气田。

② 1 英里约合 1.6 公里。

③ 马塞勒斯，美国最具代表性的页岩气田，其主要产地包括宾夕法尼亚州、俄亥俄州和西弗吉尼亚州。

④ 页岩气是一种天然气，是指主体位于暗色泥页岩或高碳泥页岩中，以吸附或游离状态为主要存在方式聚集的天然气。

亩①土地您可以获得 25 美元（不久，100 美元，500 美元，1000 美元）的租金。一旦我们的钻井开始工作，您还能得到些分红。"

一次又一次，他得到同样的反应："需要我干点什么？"这一次又一次地让博比明了地认识到，他们是农夫——地里刨食，靠天吃饭，永远努力奋斗，不信不劳而获。

"您什么都不需要做，"他说，面带天真的笑容，"签了这份合约，然后就可以坐等收支票了。"

世界不会对宾夕法尼亚的乡间看上一眼，至少在大部分的时间里是这样。但是每隔一段时间，它内在的结构总会一而再、再而三地引起人们的兴趣。钻穿它，剥裂它，把它放在火上，为了人类的需求，燃尽它。

贝克屯了解个中深意深到骨髓里：这座小镇的名字来源于矿业公司的名字——"贝克兄弟"，而不是贝克兄弟给自己的矿业公司冠以小镇的名。切斯特·贝克和伊莱亚斯·贝克，他们掘下第一铲锹，买下了大片农地，雇用了大量男人——波兰人、意大利人、匈牙利人、克罗地亚人——那些乘马车或是坐火车而来的茫茫人群。那些男人最初睡在帐篷里，然后，是睡在公司的房子里。男人们的妻子洗着黑色的外套，照看着孩子，用公司的存单买杂货。孩子们长大，工作，结婚，被征召入伍。其中幸运的那些得以回到煤矿上。工会的额定工资率意味着福特、克莱斯勒，以及错层住宅。在萨斯奎汉大道上，商店开张。新建的公共高中有个奥运会规模的游泳池。

当矿井倒塌，一切逆转，像是一部倒映的电影。写着"出售"字样的牌子立满大街。一个接一个，商店熄灭了前门的灯火。矿工们也一样，都随之湮灭，因为黑肺病，或是心脏病，或是单纯老去——这些并没有什么区别。在死亡面前人人平等。下一代、下下一代搬家远去，忘记一切。只有窗户还存留着。假使有人询问，矿工们会指认出老旧矿道，指着现已荒芜的空地，说那曾是倒煤、晒煤的场所：贝克 1 区，贝克 4 区，贝克 7 区，贝克 12 区。

---

① 1 英亩约合 4000 平方米。

过往之事无法引起博比·弗雷姆的兴趣，尽管他应将自己的成功归功于此——归功于居民对于石油热、煤炭热时期久远的记忆和在镇上还依稀萦绕着的关于繁荣过往的残存幽影。在这里，只要是发誓宣告，再夸张的话也不会遭人质疑。土地拥有者是善男善女，是信徒。心中没信仰总要怀疑些什么的人——他们人数不多——也只需要回首看向过往历史就好：贝克屯可是曾一度饱受眷顾，被工业化的"魔棒"轻轻敲中过的。

他像是一个流浪者一样生活着，并非所有人都能做到这一点。六年内，他在四块页岩田工作过：巴内特、海恩斯维尔、费耶特维尔、马塞勒斯。他是暗象能源公司的员工之星。每两年一次，公司会让他飞回休斯敦，去培训会上放松一下。"这可能也是你的未来。"新员工被如此激励，并记下这话。

如果一路走来，他必须有所牺牲——女朋友们总会赶他出家门，还有那未完成也不再需要完成的大学学业。如果他不得不错过高中同学聚会，错过家庭生日、假日聚会，错过他所爱的那些人的婚礼、葬礼；如果后悔会在他清醒着躺在汽车旅馆的床上，听着远处的电视声、楼下大堂的制冰机的噪音时突如其来地灼伤他；如果这些是必须的，那就这样吧。白昼赶走幽灵。他出现在县法院的大堂里，8点半，分秒不差，头脑清醒，任务明确。

"这里，是您的财富之地。"

新员工记下。

这周一的早上，一个实习生如影随形般跟着他。乔希·威尔基，来自科罗拉多州的博尔德市。博比以前也带过实习生，并感谢公司有此类安排。他渐渐习惯，但是仍不喜欢独自吃饭。

他们在每日旅馆的大堂里见面，并且共进了费用包含在房费之中的自助早餐。博比拿了一小盒速食麦片、口杯大小的一盒酸奶、四个煮得全熟的鸡蛋、一个纸碗和一个塑料勺子。

"一次搞定，那才是目标。两次，也还好，勉强可以接受。三次，你在浪费你的时间，那只代表毫无进展而已。"他撕开一个"琳达"牌贝果①，把它平放在烤面包器上，"但总是，你不得不去上两次。"

他们透过烤面包器盯着贝果的烤制过程，一个水平放置的烤架如传送机的履带般带动贝果移动着。伴随着犹如银器碰撞般的声音，贝果从烤面包器的尾端底部掉落出来。当他把贝果翻面放回烤架上时，手上还留有余热。

傍午是最棒的，在完成前期准备工作后，博比解释道："有时你会先和对方的妻子见面，你不得不晚点再来一趟好和那位丈夫谈谈。能和妻子单独待上一会儿，并不是件坏事。"

乔希·威尔基露出了个"心照不宣"的微笑。

"别笑。很多时候，她们才是决策者。让妻子和你站在同一战线，你就畅通无阻了。"他想起麦基太太，那个顽固的矮个妇人，挥舞着双手把他从前门廊赶走，就像是赶走一只苍蝇："你是推销员么？"

"进去，出来。就是这么简单。"这就是他成功的秘诀：运气好时，他能在午饭前签下三笔租约合同。五份，是他的个人最佳纪录。"不要在细节上面纠缠不休。这些人只在乎两件事：在合同里，他们能得到些什么，以及，能有多快。"

他们出发前往法院大楼，乔希坐在副驾驶座，一头鬈发精心修剪过。他手腕上戴着的自制手镯，是用彩色的纱线编制而成的。"我二十三岁，"当博比问起来时，他回答，"去年刚毕业。"在博比看来，他的学位简直是屎尿屁，专业名字叫"休闲娱乐业管理"。

"度假村，"乔希解释道，"健康会所之类的玩意。"

屎尿屁。

"不开玩笑，你靠这个专业怎么过活？"

"我喜欢滑雪，你知道那种感觉么？我滑得棒极了。我从开始走路就开始滑雪了。"他眼神明亮，心情愉悦，渴望受到赞扬。

这可真是出人意料，博比想。不是搞笑，兄弟，在石油和天然气行业，滑雪将会是你的秘密武器。这几乎是作弊啊，如果你仔细考虑一下。

---

① 贝果，一种形状类似甜甜圈的面包。"琳达"是美国知名袋装贝果品牌。

"别胡说八道。"他说。

撒克逊县的法院大楼坐落在镇中心，三层楼高，正面是高大的古典式立柱，建筑格局略显凌乱。在如此偏远的地区，这可算得上是一座令人印象深刻的建筑——是一个世纪以前，在煤炭热时期的早期完工的建筑。今时今日，它的三分之一已经荒废掉了。

博比领着乔希·威尔基通过金属探测器，登上吱吱作响的楼梯——楼梯由暗色木头搭建，台阶上覆盖着的条纹油毡地毯让它看上去像是大理石。走廊的尽头是不动产登记处。灯亮着，门开着。吊在办公桌上方的赛思·托马斯古董钟的指针指着 8 点 40 分。办事人员没在她的座位上。

有那么一瞬，博比愣住了。然后他看到一个穿着讲究的男人在椅子上等候着。一声嗡鸣在他耳中响起，像是远方传来的警报声。

那个瘦削时髦的人站了起来："看起来是我领先了。"

博比感觉有点恶心，但他还是立马堆起他那推销员式的微笑。"达林!"他说着，屏息凝神，如同是老电影里天真无邪的少女一般。

要表现得诙谐幽默，要带点戏剧表演手法，这是博比百试百灵的社交秘技。这次便宜了光顾着皱着眉头盯着他俩看的乔希·威尔基。

"什么风把你小子吹过来了?"博比说。

"就在昨晚。我是雷克斯·达林。"他转向乔希·威尔基伸出了手。

那小子咧着嘴傻笑："你俩认识。"

博比没理他。他受够乔希了，博比把他们此次的失利全怪罪到了乔希身上。他们在每日旅馆白白荒废了那么多宝贵的时间，就因为乔希要在那等着喝上一口咖啡：咖啡壶空了，服务员花了很长时间才泡好第二壶。洁身自好的博比没有其他人身上常见的那些恶习——咖啡、香烟、放松酒。他只在乎最基本的必需之事，循规蹈矩才是他的日常状态。

他这辈子从未碰过滑雪板。

达林拍着博比的肩膀："我是在海恩斯维尔认识这位好手的。"是在海恩斯维尔，不是在路易斯安那，不是那个除了页岩田外一无是处的州。他俩为之工作的公司曾围绕那块页岩田进行了场商战，而且私下里进行了一些互利共赢的讨价还价，还有些来来回回的租约合同的交换。

"这是给你的。"一个陌生的男性职员递给达林一本记录名册。博比斜眼瞥了一眼书脊。

"好了，两位，"达林说，"祝你们生活愉快。"

他拿着记录名册到角落里的桌子那边开始随意地写了起来。

职员转向博比，眼神全然陌生地看着他。

他们沿着九号公路驱车行驶——九号公路是条和荷兰路交会的老旧采矿小径。

"你多久刮一次胡子？"博比问。

乔希揉了揉自己的下巴："一周刮几次。"

"别那样。现在开始，每天刮。"博比还有更多的话想说——"成熟点吧，刮好胡子是礼貌的标志，你个呆瓜"，但他没出声。

他们驶上了荷兰路，路过吉姆·诺顿的松树林。卡尔·纽格鲍尔家的南牧场就位于山丘的顶端。上周，博比把这两个地方都签下来了。"加上东边的齐普勒家，那就是六百英亩，一整块地全搞定了。"他对乔希说。

"哇，哇，那太厉害了。"这小子边研究着摆在他膝头上的地形图，边用手指一个一个指认着每一处不动产，"齐普勒，诺顿，以及——纽格鲍尔。话说，中间那块地是谁的？那块地可是挺大的，我是说地块 1-12。"

一阵尴尬的沉默。

"那里是麦基乳业农场，他们还需要一点时间来考虑一下。"博比盯着眼前的道路。他两次前去拜访的时候，麦基太太都先一步观察到了他的来到，并且在前门廊接待了他。至今为止，他还未能迈入屋内一步。

他赶紧换了个话题。小理查德·德夫林有着六十英亩的地。从观察到的情况推断，他只是把那一大片地当作居所使用。博比沿着那六十英亩不动产的南部边缘缓慢地驾驶着。远处有座挺新的乡村风格的房子，是那种有着平屋顶的农场式住宅，从外观上来看像是预制建筑①，房子后面是一小片修剪齐整的草坪。更远点，有几英亩落叶林，有条需要清理下淤泥的小溪，和一大片密藤野葛肆意蔓延覆满其上的斜坡草地。

他们把车开到一条石子路上面。从近处看，那处房子显得毫无装修痕迹，周围连一丛灌木或是一棵树也没有，好像它是从天而降一般。没有装饰门廊，没有花园小径，房子就是像个用铝制外壳作包装的单层饼干盒。博比敲了门，等候着。他能听见房子里面有声音，有电视机的噪音声。一个穿着粉色毛巾绒浴袍的年轻女人开了门。

"有什么事吗？"她看上去比博比年轻，比乔希·威尔基年长，但也只大上那么一星半点。她金色的头发被扎成马尾，眼镜略略从鼻梁处滑下些许。

"是德夫林夫人么？"博比介绍了下自己，也介绍了乔希，"这是我的同事。请您见谅，我们这么早就来打搅您。"

事实上，现在已经是早上10点钟了，烈日当空高悬头顶。德夫林夫人似乎并没有按照农夫们常有的作息时间来生活。她抬眼看了下明亮的日光："哦，没关系，请进来吧。"

屋子里的家装布置得稀稀落落的，有一种博比似曾相识的风格，是那种带着孩子的年轻夫妇居于贫困的特有风格。一个沙发，一个大电视，就没太多别的东西了。在屋子的一个角落里放着一个装满了塑料儿童玩具的塑料脏衣筐。德夫林夫人领着他们进了厨房。跟在她身后，乔希冲博比挤了挤眼睛。博比好想现在就扇他一巴掌，把他那满是胡茬的脸打得通红。他现在几乎已经提前听见了乔希将来描述这段经历时所使用的那种下流的用语和腔调——"才刚洗完澡，她身上搭着浴袍就来到了门前"——光是想到有这种可能就已经足够让人烦躁了。

厨房明亮但不太通风，房间里满是早餐的余味——烤面包片的碎屑散落在橱柜台面上，洗碗槽里满是带有油渍的餐碟。一个女孩，三

---

① 预制建筑，指建筑各部分，如钢结构、屋顶、外挂墙板等都在工厂内生产完毕，而后只须拖到施工现场组装的一种建筑形式。

四岁的样子，在餐桌旁吃着盛在塑料盘子里的苏打饼干。

"我在家待着，没去上学。"她正经地说。

博比在她旁边坐了下来。尽管现在已经是 8 月底了，但桌面上还是铺着的带有美国独立纪念日①风格的乙烯桌布，上面印着星条旗。

"你看起来还不到上学的年纪。"

女孩觉得自己被轻视而有点恼火："我在上'油而园'。"她有点口齿不清，口气像是一个好斗醉汉，不过是迷你版的。

"她看起来比同龄人要小些。是只有我这么觉得，还是房间里确实有点冷?"德夫林夫人用双手裹了裹身上的浴袍。

"我觉得正合适。"博比答道，而汗水已经湿透了他的衬衫。

她没先客气地询问一下，就给他们端上了两杯橘子汁。"理查德刚连上了两个班，现在应该随时会回来。"

"他在哪里工作?"博比问。他道了声谢，喝着果汁。

"在外地的一座监狱。"德夫林夫人皱了下眉，像是才想到自己应该考虑下这两个陌生人为什么要来他们家。"我以为你们是他的朋友。"她的浴袍长及地板，宽大得像是一个羽绒床罩。在里面，大概，是她的身体。博比想到了那些从头到脚都遮得严实的阿拉伯国家的妇女。

"不是的，夫人，但是我很想和他见上一面。您的邻居卡尔·纽格鲍尔觉得理查德应该会对这笔生意有兴趣。"他接着顺着自己的套路往下走，尽管他清楚这些都是白做工，等她丈夫回来后，他还要把全部的事情重新说上一遍。

当他讲完了以后，德夫林夫人看上去大吃了一惊："在我们的土地上么? 你确定?"

在袍子下面，她可能骨瘦如厌食症患者，也可能有着六个月身孕;可能是美人鱼，也可能双腿尽断。

"是的，夫人。地质专家已经把整个地区都测绘完毕了。当然，我们也已经做过了不少额外的测试，已经找到了最佳的钻井点。"

终于，他听到了远处传来的引擎轰鸣和石子迸溅的声音。片刻之后，钢丝纱门被人用力关上。博比特地在理查德·德夫林冲进餐厅的

---

① 美国独立纪念日，时间为每年 7 月 4 日，是美国最盛大、最传统的节日之一。

时候站起身来。理查德和博比的块头相仿，是个穿着绿色制服的骨架粗大的男子。他的眼睛从博比身上移动到乔希身上，然后移动到他穿着浴袍的妻子上。"你是谁啊？"

"这里，是您的财富之地。"博比说。

晚间，回到了每日旅馆，博比把文件从保险箱里面拿了出来：签过的和没签过的租约，地形图，内部备忘录，工程报告。他把这些东西有条理地摞起来放在富余的那张床上，打算晚点核算一遍。调到了静音的电视时不时地闪烁、变化着画面。博比更喜欢去感觉画面而不是盯着屏幕看。变幻的光线有种鲜活的生命感，像是壁炉里熊熊燃烧的火焰一样温暖着他。

在汽车旅馆里生活上六年，你也会发展出一套自己的生活体系。博比是个天生的旅行家，代代相传的流浪者，他的曾曾祖父就出生在前往诺伍市的道路途中。除了每日旅馆所提供的，博比别无所需。他对每一项设备设施都心怀感激、物尽其用：用咖啡机来烧水泡"面杯"①牌方便面，用楼下大堂全天可用的制冰机和里面的塑料冰桶来冰镇雪碧。多年前，在做海恩斯维尔项目时，在巴吞鲁日市郊外的"舒适旅馆"里，在他和别人合租睡上铺时，博比深刻了解到了室内保险箱的重要性。当时那个旅馆里挤满了不动产业务员——来自罗杰斯能源、钻石能源、克里克等公司的竞争对手。每一天，他都会先在早餐时和这些人打个照面，随后还要在县法院大楼和他们再打个照面，总有半打人如同影子般跟着他。一场反复出现的噩梦总是困扰着他：清洁女工打扫屋子后没把房门关上，他的租约和地图就那么放在床上被人一览无余。

被雷克斯·达林的到来震惊到的话，那就不太明智了。他所在的公司，罗杰斯能源，是暗象能源在费耶特维尔项目上的主要竞争对手，在巴内特项目上两家也好好地斗了一下。近一个月以来，博比已经在马塞勒斯项目上获取了极大的优势，历年来，公司内还没有人能够用这么少的钱签下这么多的租约合同。在其他地产业务员还未踏足

---

① "面杯"，美国速食杯面品牌，口味多，量小，廉价。

撒克逊县的时候，整个荷兰路就都已经属于博比·弗雷姆了。

直到，这个早上，达林出现在了他的面前。博比又想起了乔希·威尔基的那杯咖啡，他皮卡里放着的旅行马克杯现在还泛着咖啡的异味。那股子臭味令他作呕，那种反感源远流长，是还残留在他身上的摩门教徒的印记。他家族的其他成员已经完全脱离了教派——他的姐妹们变得开放得过头了，他的父亲对牧师教务弃之如一件旧外套。叛教者，墙头草①。很难说谁好谁坏。博比的父亲错过了博比的整个童年时代——他总是在受难像前忙着些不知所谓的教堂事务。

他从公文包里面拿出了一份签过字的合同。理查德·德夫林当时问了一些问题。他用的是左手，签写得很认真。他像是一个知道自己笔迹不好看的年轻学生一样，写下每一个字母的时候都谨谨慎慎。当时他似乎对于自己妻子也需要签字这一点感到有点惊讶。

"谢尔比·德夫林"，她写的时候带了点连笔。

博比瞥了眼电视屏幕。一个男演员饰演的病理学家正站在一具尸体前面，把一个人体器官放到了秤上，是那种超市里用来称重的吊秤。类似这样的剧集在多个频道里一直播放着。它们流行得毫无道理。观众就喜欢这种恶心的感觉。

他展开了地形图并把它摊开放在床上，图上是一百平方英里②的撒克逊峡谷。在左上角——区域地块1，荷兰路打了个弯转向西去，大部分的不动产区域已经被涂上蓝色。他拿了根蓝色的荧光笔在标注着"德夫林"的区域上涂了起来。这部分区域南接纽格鲍尔家那块地。如果地质结构上没有问题，开采时这两块区域可以共用一个井场③。

蓝色意味着一份已经签下租约但还没进行开发的合同。在区域地块1，现在有着两个大的、还未相互连接起来的蓝色整块区域：南边是费特森、诺顿、雅南；北边是德夫林、齐普勒、纽格鲍尔。散落在这几家周边和其间的是一些白得刺眼的和形状不规则的小地块，像是拼图的碎片。这些是博比的失败，是困扰着他的挫折——是麦基家、劳

---

① 原词为"Jack Mormons"，摩门教徒用语，用来称呼那些虽然会参与摩门教事务或按照摩门教义行事，但并不真的拥有信仰的人。在不同语境下，有时含褒义，指未发愿教徒；有时含贬义，指功利性教徒。

② 1平方英里约为2.6平方公里。

③ 井场，工程专业术语，即天然气、石油等钻井所在地设立相关装置的地点。

斯家和克鲁格家。他本应能够预料到会在劳斯和克鲁格这两家碰壁吃灰——光听这两个发音短促的单音节名字就能知道他们是固执的人。博比再次意识到了这件事。单音节，意味着坚定不移，对此，他知之甚深。毕竟，他的姓"弗雷姆"，也是如此。

他把德夫林家签过的合同放进了保险箱。

一个水平钻井可以横向延伸两英里远，会在地下经过多处区域。水平钻井的施工要在连成片的地块上，这需要得到钻井涉及的土地上的每一个"地主"签字同意。阿尔维斯·齐普勒当场就签字了；他名下的三百英亩土地非常关键。南边较远的地方，费特森和诺顿在同一天早晨，一个阳光灿烂的星期日，签下了合同。趁着势头好，博比去了克勃·克鲁格的拖车。

他以前也被威胁过，但是从没被一个坐在轮椅上的男人威胁过。

电视镜头拉近、聚焦在了一大块肉上，那是块连上面的血管孔道都肉眼可见的人类心脏。博比联想起了高中时在生物课上学到的那些如同咒语一般的词：心耳、心室、腔静脉、主动脉。这些词让他想到教科书里面的那些线条整洁的素描，而不是他眼前的这个令人作呕的厚实死肉块。

那个老混蛋挥舞着一杆12号口径的猎枪把他赶走。回想起当时的情景他深感受伤，尤其是克鲁格那粗鲁无礼的样子。博比生长在有教养的家庭，他所熟悉的，是"请"，是"谢谢您"，是"祝您今天开心"。

不过克勃·克鲁格那边于大局无碍。如劳斯家，那户大豆豆农一样，克鲁格家不过是锦上添花。在远离大片土地的尽头，人和地都无关紧要。麦基才是真正的问题。麦基家不偏不倚地就在南北地块的正中间。

没有什么别的选择了：他必须得到麦基那片地。

地形图是他的日记，连同管线图一起，描述了将要建立的财富天堂。图上描绘的是被划分成若干小块的荷兰路地区，有一条虚线把各处连通起来。这条虚线是"天降财富"的通路，是公司急于实现的愿景，是工程团队精心制作的幻梦。这个项目——在公司内部被称为"高速道"——将会把撒克逊县和州际管网系统的重要枢纽，久负盛名的大陆资源公司①和伟大的田纳西州，连接起来。这两个名字像是魔咒，有着近乎《圣经》般的效力。那些比博比更为高瞻远瞩的头脑规划好了这条"高速道"该如何流淌，该在何处交汇，它的最终轨迹将会遍布美国本土的每一个州。但是只有博比才能够让此实现，让"天国"降临大地。

麦基家的农场能让齐普勒、德夫林的土地与纽格鲍尔的土地连接起来。麦基家的地让这一切成为可能。

三次拜访，就是在浪费自己的时间。

有时——在辗转反侧的夜晚，在独自一人待在汽车旅馆的房间里的时候——他的欲望也会向他袭来，让他沉醉其中无暇他顾。那是博比式的沉醉，或者说，那是他在想象中喝醉酒后应该有的感觉。他脑海里有那么一大片广袤土地，有得克萨斯那么大：劳斯、齐普勒、麦基、德夫林、纽格鲍尔、克鲁格、费特森、诺顿、雅南、比尔。所有碳镇②北半部地区正任君采撷。

在每日旅馆的二层，雷克斯·达林坐在一个完全一样的房间里，研究着他自己的那份地图。

一切由此开始。

---

① 大陆资源公司（Continental Resources），于 1977 年创立，是美国拥有石油最多的公司。
② 碳镇，原文为 "Carbon Township"。

※※※

　　股东大会在 8 月份的一个天气闷热的日子里安静地召开，地点在距离休斯敦市中心十英里以外郊区的一间万豪酒店里——那里是企业的新任传媒主管昆汀·坦纳指定的最新场所。以前的场所，是一座附属于通信传播中心的凯悦大酒店，酒店方在迎接每一个股东团队时所举办的欢迎仪式要大张旗鼓得多：他们会挂起横跨整个大堂中心的条幅，会在户外电子告示牌上打出欢迎致辞"欢迎再次光临，致暗象能源的各位股东们"。股东们喜欢这种仪式。他们是喜爱热闹的团体，他们享受这种集体感。年轻时，他们加入过兄弟会，组建过球队。他们是一帆风顺的商人，生存在那种商业连同上帝和祖国一道被尊重，被当作伟大而美好的事物，被每一个心智健全的人所珍视的温和环境里。他们对于身为暗象能源的股东感到自豪，将公司的每一笔交易铭记于心。在交流每个季度的盈利报告的时候总是相互勾肩搭背，脸上带着得克萨斯人特有的豪放笑容，笑容里尽是男子气和直率的欣喜。

　　这是一帆风顺的生意。这对于坦纳来说简直就是新大陆。这个祖传十代的新罕布什尔州北方人，天生沉默寡言，每一个细胞里都刻着慎重；在华盛顿度过的十二年，让他的天赋被研磨得愈发犀利了，过招的都是高手：大烟草公司、全美步枪协会①。六个月以前，一个说得天花乱坠的猎头把他骗到了休斯敦，骗到这个无趣、无树、自称为"城市"的潮湿水坑，骗到这个由水泥和被晒化了的沥青组成的、在高温下略显扭曲的广袤废土来了。

距离股东大会还有一个小时，阿拉莫宴会厅被准备工作搞得地动山摇。酒店员工搬来了装满咖啡的水桶、有呼啦圈那么大的真空包装的餐点拼盘。坦纳用了一分钟整理了下讲台。在迎宾台，他把资料册摆好，把姓名标牌排成一列，然后就交叉着双臂站在桌子旁边，看着股东们三三两两地慢慢走进会场。他把前来的白人男性分成三类：中年人，老年人，祖宗辈。一些人戴着非铁饰波洛领带②。他还看到了好几双马靴和几顶牛仔帽。

很快他就发现姓名标牌是多余的。在自助餐桌附近，人们边自取着咖啡和点心，边像老朋友一样大声打着招呼。"嘿，哥们儿，最近咋样？"在得克萨斯，这是标准的打招呼方式，无论是对同僚还是对竞争对手，无论是对上司还是对下属都适用。服务员也是哥们儿，技工、邮差、酒保和远房表亲都是哥们儿（对门房，或者是帮你打理草坪的人则要称呼为"伙计"）。在任何社交活动中，使用"哥们儿"这个词都恰到好处地为这些男人们提供了适当的语气腔调——有男子气概，洒脱不羁；并且还解决了必须记住他人名字的难题。

坦纳在来宾登记处旁边找个了座位。股东们看上去压迫感十足，即使不算帽子和靴子的高度，他们也是一群高个子。坦纳有一米八三，在东部地区算是身材瘦高的。在这里，他才勉强到平均值。身材和收入之间的关系冥冥中有着定数。在得克萨斯，这一切，都被放大了。

他的手机在口袋里震个不停。来电的是他的助手，声音听起来有点慌张："昆汀，我在酒店里，但是我找不到该去哪间房。这里到处连个标识也没有。"

---

① 大烟草公司（Big Tobacco）、全美步枪协会（National Rifle Association of America）是美国大型利益组织。烟草和枪械，这两个行业都有着巨大的争议。而华盛顿是美国首府，各个游说团体和利益组织在那里有着激烈的交锋。
② 波洛领带，由垂在胸前的编织线和扣在领结位置的饰品组成。和后文中的马靴及牛仔帽一样，都是得克萨斯州的传统衣饰，但在其他州并不被认为是正装。

"棒极了。"坦纳说。

他指示她去往大堂尽头处的电梯间。"我们在 B 层，顺着大厅过道走到尽头就是。如果你还找不到，再打电话给我。"

他看了一眼时钟，飞快地数了下人数，看了一下资料册的内容：今天的行程安排，第二个季度的财务报告，一本由精选自《福布斯》和《石油周刊》杂志的文章组成的小册子。在他的坚持下，波莉在资料册里面加入了一篇埃米·鲁宾教授撰写的内容翔实的高科技类文章，这篇文章去年秋天在学术期刊《地质学》上发表过。

"我不懂，昆汀，他们真的会读这篇文章么？"

"我觉得他们不会，但那不是关键。"

关键在于要去讨好埃米·鲁宾，她将在股东大会上为整件事定个基调。

在坦纳头顶斜上方一个相当可畏的高处，股东们相互握手，拍打着彼此的肩膀。他们的身高是自然选择的结果，还是牛肉里的生长激素起了作用？

"嘿，哥们儿，生意怎么样了？"在得克萨斯，这句话代表着一种普世价值观，如同主场球队的欢呼口号，人人熟知。即使是门房和园林工人，也是商业至上主义者。

在两年以前，股东们从没听说过埃米·鲁宾，没听过这位任教于纽约州立大学一个偏远校区的地理学教授。即使到了现在，也没几个股东能认出她的名字。但是，她在《地质学》杂志上发表的那篇文章早已激起了千层浪。埃米·鲁宾只用了那么一篇干巴巴晦涩难懂的文章，就改变了这个房间里每个人的命运。

至少，没有一个得克萨斯人是反商业主义者。对于得克萨斯人来说，反商业就像是反基督教一样不可想象。

没过多久，波莉从侧门冲了进来，她手上拿着一个银行里常见的那种硬纸板档案箱。坦纳略带欣赏地远远看着这个二十三岁的大女孩，她和布什总统双胞胎女儿的其中一位有点像——穿着高跟正装鞋和略带成熟的套装的她，今天，显得有点手足无措得可爱。这些年来，他有过不计其数的助理，全部都明艳照人雄心勃勃，但是没有一位助理有着波莉·格兰杰那样的过人勇气和良好品性。他雇用了她，是因为她那股子女儿样子的可爱、善良的心地和苹果一般红润的脸颊；是因为她那种微笑时会露出整齐牙齿的样子。在她青春期的大部分时间里，她那种微笑的样子总是被印刷在沃思堡城市公交车的侧面，在她那位正畸科牙医父亲买下来的那个广告位上。坦纳明了她对于股东们的影响，那些老色鬼们像是为老不尊的大叔一样和她打情骂俏，这种也带着几分好意赞美的调笑刺痛着他的神经。他怀疑——甚至于说，他心底希望——在这调笑和刺痛的背后，暗藏着些更为禁忌的欲望，暗藏着某种他还暂时无法理解的老年人特有的痴迷。在现在的他看来，波莉就像是个大号的毛绒玩具，和性感毫不沾边。她就是太可爱了，让他没法产生欲望。

她步履摇晃地走向他。"我觉得我一定找不到出去的路。我搬着这东西走了半个小时。"她把那个档案箱放到了桌子上，然后从里面翻出了最新一期的《商业周刊》，"这本杂志周三才会正式出版，不过我让他们连夜先发给了咱们一份。我一共复印了两百本。"

坦纳皱着眉头盯着标题——《新牛仔》。封面照片还是那个一如既往的标示性象征——暗象能源那浮夸的首席执行官，奇普·"鞭普"·奥利芬特①。他从头到脚都是磨旧牛仔布，正骑在一匹沙色的马上。坦纳亲自策划了这张照片的拍摄事宜，是他派了一个摄制组，去到鞭普家南边那个占地足有几千英亩的"应许之地"农场里进行拍摄。

"我不明白，"波莉说，"为什么我们要躲在地下室里开会？"

"为了以防万一，是有些特殊的外部因素。波莉，不是每个人都赞同石油公司做的那些事情的。"

回应而来的是一个迷惘的眼神。波莉的学士学位，是在萨姆休斯顿州立大学获得的，专业是传播学。但他可看不出来有丁点迹象能够证明，在过去六个月里，或者说，这辈子有生以来，她有读过任何一份新闻报纸。

"比如说，环保组织。社会上对此有些争议。我们现在最不需要的就是遇到那种有组织的抗议活动。"

---

① 奇普·"鞭普"·奥利芬特（Kip "the Whip" Oliphant），其中"奇普"是昵称，"鞭普"是外号。"Whip"音为"威普"，意为"皮鞭"，此处将两者混合翻译为"鞭普"。将中间名加引号，是一种将外号作为名字的方式。

"抗议一家石油公司。"波莉直话直说。

"众所周知，这种事曾经发生过。"

"在得克萨斯。"她格外强调地说。

坦纳突然间觉得有点荒谬。"好吧，也许不会。但是就像老话说的，做事何必冒风险呢？尤其是当我们就算不躲躲藏藏也什么都得不到的时候。文章如何了？"他转移了话题，"别告诉我你还没读过。"

"我大致看了看。我没法那么快读完，昆汀。我只有半个小时来复印出这些副本而且还要把它们搬过来。"

坦纳翻开杂志读了起来。

新边界

十年前，页岩层中存储的天然气曾因开采成本过高而无人问津。现在，随着水力压裂法①的出现，新时代的泰坦们一直在不停地拓展着能源开采领域里这一条有所争议的边界。克利福德·奥利芬特，这位被称作"奇普"的，暗象能源的创始人和首席执行官，正引领着这一变化。

波莉越过他的肩膀看着杂志，身上带着薄荷味口香糖和果香洗发液的香味。"克利福德？这才是他的本名？"

"上帝啊，姑娘，您都在这里工作多久了？"

"我知道，是我的错，但是从没人那么称呼过他。"

"啊，我明白了。"你这个可爱的小狗狗，他想，你这个姑娘里的小金毛。"但是，波莉，我就想问，你觉得他的出生证明上写的会是哪个名字？奇普？鞭普？"

"我好像从来没想过这个问题。大家都有个昵称、外号。"她看了下股东们的姓名标牌，"布奇·罗，普驰·麦克卢尔，塔克·怀南斯……等我念到一个真正的基督教名字就让我停下。"

坦纳环视了一下整个酒店会所，两百个老大哥喝着咖啡吃着糖霜

---

① 水力压裂法，或称水压致裂法。由于页岩层致密，需要先在其上制造裂缝，才好开采存储在其间的石油和天然气。

小点心。分贝渐高。大厅里嘈杂如海洋，热情的高声招呼骤起骤落，男性脏话低沉咆哮而出，美国式的欢呼口号不绝于耳。

一个需要给外号起个外号的男人。一个连"奇普"这种随便的叫法都显得太过一本正经、正式过头的股东大会。

"嘿，哥们儿，生意如何？"

要有个铜心铁胆才敢在当代社会里戴牛仔帽。在坦纳看来，这正是自信的代表。

"我们正处在新的转折点。"

在楼上的孤星套房里，鞭普状态正佳，因这个令人满意的清晨而精神抖擞：他在旅馆泳池里游泳锻炼，进行了二十分钟的气功运动，继而是正向肯定训练和吐纳训练，再加上一壶浓郁的绿茶。股东自助餐，他避之如氪石①。他的身体是台高级仪器，需要精密地校准，只接受独家配置的燃料。镜子即是明证。他那被太阳晒黑的脸看上去只有三十五岁，而不是五十岁。他的体脂率始终保持在11%以下。

"现在，是时候扩大我们的先发优势了"，他看着镜子说，"是时候在新兴产业价值链上进行全方位的战略投资了。"

鞭普是个严谨的人。在过去的十二小时里，他把自己隔绝在酒店房间里，做好上场作战的准备。他明确告知妻子不要来打扰他。"不管发生什么。"昨天下午出门离去的时候他格外强调道。

"不管发生什么？"那天下午，格蕾琴正一边看着电视上的网球比赛，一边在她的旧"班霸"②上飞快地健步走着。机器转速很快，运转得呼呼作响。她脸上露出焦虑和担心的神情："万一阿莉被绑架了呢？万一房子着火了呢？"

鞭普说："叫小猪。"

他的律师，皮格伊·邦奇③，其电话就存在快速拨号名单上。就算天塌下来，他唯一打算去拨通的号码也不过是这一个。

他用简明的话语又向她解释了一遍。人生就像是个有很多房间的

---

① 氪石，指在美国漫画《超人》中，唯一能够伤害到几乎无所不能的超人的东西。
② "班霸"，美国高端运动机品牌。
③ 皮格伊·邦奇（Piggy Bunch），其中"Piggy"意为小猪，因此"小猪"成为他的外号。

大屋子。他一次只能待在一个房间里，不然他还能怎么做？而每次当他要离开那个房间时，他都会把灯关上。

他对自己自律得太过严苛，而这一点在格蕾琴看来十分无趣；但是在公开场合，她会把话说得婉转点：鞭普很专注。这倒是真的，如果这事能够这么简单地形容的话，"专注"这个词用得倒也合适。她的丈夫在这件事上的偏执狂热如同宗教"狂信徒"一般。他把这个世界当作一幕幕几乎静止不动的舞台布景来看待，无论在什么时刻，舞台上都只有一小块活跃区域，都只有一个独一无二的、会让世界开始活动并随之发生变化的奇异始点。他将它称作"始动奇点"。他训练自己把全部注意力都集中到那个始动奇点上。经过练习，"专注"就会变得和跟唱一样简单：只要跟住那个球形圆点，那个跳动的进度点①就行。

他的外套防尘袋里面放着剪裁完美的简洁灰色西服；新袜子和内衣还未拆开包装；还有两件一模一样的白衬衫。他试穿了下第一件衬衫，然后又脱了下来。他觉得，袖子长了四分之一英寸。

事无小事。

当下，始动奇点就位于鞭普楼下六层的地方，好似一个壁球，正在阿拉莫宴会厅的墙壁之间弹来弹去。在宴会厅里，两百个富豪正往自己嘴里塞着桃子丹麦酥。鞭普自己的生活中那些值得大书特书的事物——他上百位的亲密好友和上千位的泛泛之交；他那位于休斯敦郊区的举世无双的、由建筑师米洛·加本尼斯设计的豪宅；他那位于伊达尔戈县的农场，那个他养着四条狗和十一匹棒极了的马的地方——在现在这个时刻，并不存在。就连他的妻子和他那不在身边长大的女儿，也如远处的海岸线一般渐渐隐。成功的生活是一次独航，导向一个单纯的目标。他把望远镜对向了那个在夜空中光辉耀目的始动奇点。

下一场大戏。

那些值得大书特书的事情：鞭普在翁布里亚和阿斯彭的度假屋；在亚利桑那州和苏格兰的高尔夫球场；职业橄榄球队的百分之二十的

---

① 跳动的进度点，指 20 世纪初期，由于只能播放黑白影像，很难用通过将歌词字幕染色的方式来表示一句歌词唱到了哪里，因此会在字幕上方加上一个白色的小圆点，通过圆点跳动到不同位置来表达进度。

股份，价值八亿美元的风险对冲基金；在休斯敦市内和其周围的各种类型的商业投资——红酒吧，高级牛排屋，以及由他融投资并设计的赛马场。在那里，他的一匹马赢得了专属称号："数想主恩"。

公司的名称，暗象能源，是鞭普自己的别出心裁——这是用他本人名字做的一个文字游戏；是向母公司，达克能源的一次致敬；同时也是表明他们政治立场的一个清晰信号。① 赛马场、餐馆、风险对冲基金，都属于鞭普个人，是他控股的"鞭普慧市"风险投资公司的名下资产。十八名工作人员——会计、律师、秘书助理，以及这些人的助理——在打理着他的这些事务。

他是如何做到这一切的早已不是什么秘密了。相反，是一个被太多人太多次讲述过，而早就变得不再是仅仅属于他个人的经历。像是一个新的宗教信仰，它属于整个世界。十二年以前，一个来自特克萨卡纳的叫作韦德·多比的狂想家加入了鞭普的工程团队，并且向鞭普转让了水平钻井技术。罗杰斯公司当时已经开始采用这种技术了，开始在岩床上横向钻井，好挤压出那些早已干涸的油田里的最后一点一滴。同样的技术也可以被应用到天然气田上面。

"千万别垂直钻，要有一个六十五度的角才能行。"韦德·多比声称。

一个小心谨慎的人本该将天然气水平钻井这个想法完全抛开。但是鞭普当时手里握着不少土地——几千张在路易斯安那州边界上的土地租约合同，那些土地的地下结构是一种叫作奥斯汀白垩储层②的石灰岩。他在没有其他任何人会下注的时候赌了一把大的，把赌注压在没有哪个理智的人会看上第二眼的土地上，压在从一开始就理应失败、永远不会成功的钻井技术手段上。技术这事确实花了些功夫，一些对此不满的工作团队来了又去，好在整个行业处在衰退中，人力便宜，而且他手里总是握着不少土地。

---

① 此句中，"用他本人名字做的一个文字游戏"是指：鞭普的姓氏"奥利芬特"（Oliphant），分开来看则是"石油"（oil），以及"大象"（elephant）的后半个词。"向母公司，达克能源的一次致敬"是指：达克能源的名字是"Darco Energy"，暗象能源的名字是"Dark Elephant"，两者首写字母均为"D""E"，且"Dark"和"Darco"的发音类似。"表明他们政治立场"是指：在美国，"大象"暗指共和党。
② 白垩储层是一种特殊的碳酸盐岩储层类型，例如叙利亚的提丝瑞纳（Tishrine）油田。

多比弄错了角度，弄对了其他所有。白垩储层是座"金矿"。当行业里其他各家公司都纷纷破产的时候，鞭普正握着大把现金，达克能源的股价高挂在八十美元（在那个北半球每一个工业炉都落满了灰尘的盛夏）。路易斯安那州的深处，他的不动产业务员签下租约。合同签订，井场整备，钻台设立。为了给公司运营融资，他又求又借。他的继父达尔①略带心虚地抱怨过这大笔的借贷。鞭普的策略——借、买，借，买——曾经起到过奇效。达尔已经学会不去挡他的路了。

得克萨斯州，路易斯安那州，阿肯色州，达科他州。无论鞭普在哪里钻井，整个行业都会跟风而至：罗杰斯、钻石能源、克里克。他靠着先到而先得。

"现在，是时候扩大我们的先发优势了。"

今天早晨，鞭普打算提议进行大规模扩张，激进地攻入西弗吉尼亚州和宾夕法尼亚州，攻入巨大的马塞勒斯（以后，如果天公作美、州长允许的话，纽约也可以纳入目标。但那就到时候再说了）。几个月以来，他的不动产业务员都在不停地签订着合同。都是为了，下一场大戏。

"我们正处在新的转折点。"鞭普闭上眼睛，想象着他正迈步走向那个演讲台，全体股东疯狂地起立鼓掌。前排中心的座位，一如既往为他的董事会成员保留着。其中三个董事是他继父多年来的知己，是鞭普眼中的世交，是一体同心的铁哥们儿。铁哥们儿投票，同进同退，他们的忠诚不容置疑：就算是鞭普打算发射一个钻井平台到火星上去，铁哥们儿也会一起出席升空仪式的。能否搞定其他几位董事就要看运气了：普驰·麦克卢尔有些时候可以被迫服从；塔克·怀南斯可以被收买；但剩下的，鞭普就鞭长莫及了。弗洛伊德·惠蒂，这位董事长从上任的第一天开始，就是个麻烦之源——让他上台，是为了填补因前任意外离职而留下的空缺所做出的仓促决定（在一次国税局无情的突击审计检查过后，上一任董事长彻底崩溃了）。一整个年度过去了，弗洛伊德还是没能理解鞭普的管理方式。有些时候他会接受劝告，但并不总能听得进去。弗洛伊德那票，仍是悬而未决。

---

① 达尔，对"达比"的昵称。

在宾夕法尼亚州建造一个水平钻井要花上三百万美元。

据工程师的最近一次估算，需要建造六千口钻井。

鞭普用梳子打理着自己潮湿的头发。鞭普的头发算是他的个人特色，蓬松的金发，飘逸的发型，让他看起来像是刚参加完一场赛艇比赛。在这个被平头人士统治的行业里——这个充斥着银行家、农场主、退伍军人、美南浸信会教徒的行业里——这种发型显得并不正式。但如同他外观上的每一个小细节一样，其影响作用都是被精心设计、考虑、估算过的。

"我们正处在新的转折点。"

演讲时，鞭普打算面向弗洛伊德·惠蒂，边盯着他的大腿边念出这句话——始动奇点，就在惠蒂的身上。

穿着袜子，鞭普来回踱着步。他给昆汀·坦纳，他的新传媒主管发了一条信息："整装上弹!!!"

在得克萨斯州这片天气好、环境好、监管力度松、工人们也不参加工会组织"捣乱添烦"、税收比例还很友善的土地上，建造一口这样的钻井就只需要花费两百万美元。

像往常一样，坦纳回复得很快。他是个处事精细、一丝不苟的怪家伙。连他发的短信都带着一本正经的腔调："您的崇拜者正在等候着。"对于股东们来说，他无足轻重，只是个说话细声细气，遣词造句过于讲究，穿着深色西装的瘦麻秆子。"那个娘娘腔。"铁哥们儿这么叫他。

虽然鞭普对此持不同意见，"不不，昆汀没问题的"，但是他内心深处却并不十分确定。坦纳从未说起过女朋友什么的。同时，他也从没提到过他的父母或是兄弟姐妹，他的朋友或是邻居，最喜欢的运动队，教堂，狗。为什么要把这些日常生活如秘密般藏起？为什么要去拒绝成为一个与众相同的人？这些被刻意地营造出来的谜题像是非自然事件一样困扰着鞭普，也许这种情况，在坦纳的家乡，在康涅狄格州或是马萨诸塞州，是一件稀松平常的事情。那些面积不大的州里遍地都是高等学府。那里是"朝圣者队"和"三分部队"① 的故乡，是一

---

① 这是两支橄榄球队伍。

片全年里有一半时间都在下着雪的土地。

在他严肃的暗色西服的装扮下，他看上去像是一个从油画里走出来的、早已作古了的忘记戴帽子的荷兰人。

在短短三周以后的下一场会议上，董事会就将要就扩张提案进行投票表决。即使有着铁哥们儿的支持，就算再算上塔克·怀南斯，鞭普的提案也获得不了通过。弗洛伊德的支持极为重要。

始动奇点，总是会在某个点上，在和鞭普自己的个人品位多少有些交集的地方——鞭普的妻子和女伴们，以及他的婚姻治疗师，这些跟鞭普长期相处过的人，都观察到过这种情形。

鞭普回了条短信："倒计时？"他现在仍然觉得这种新时代的交流手段简直棒到他心坎里了，发短信这事他还是跟自己那未满十三岁的女儿学的。他也为这种通信的即时性而感到高兴，感觉就像是在用一个外表花哨但内核不变的，他年幼时所用过的那种无线电步话机的返祖后代。

坦纳的回复来得快得惊人。"秀开场倒计时十分钟。"

鞭普皱了皱眉。"秀"这个单词有点困扰他。也许铁哥们儿说的是对的；也许坦纳确实是个同性恋。但是在康涅狄格州还是马萨诸塞州，谁说得准呢？

他回复道："收到——瞄准预备！！！"对于军事术语的偏好是他的另一项个人特色。尽管他本身并不是一个老兵，但是他认为自己有权如此行事。这种说话方式是他唯一从自己生身父亲那里继承下来的遗产。

他很难分辨哪种人是同性恋。电影、电视演员在他看起来都是同性恋。

新袜子和新内衣是提供焕然一新感觉的最廉价方式。一双崭新的袜子让他的每一步都充满了活力。

"我信你说的，鞭普。刚才真是精彩极了。"

在这个点，酒店里的酒吧安静极了。工作日结束了，股东们四散朝家而去，朝向他们各自意义上的家：妻子和孩子那里，情妇那里，或是其他酒吧那里去。总而言之，现在是一个给弗洛伊德·惠蒂顺着喉咙灌上一杯的理想时间，漫长的谈话即将到来。鞭普做过功课，他知道那些他应该了解的事情：弗洛伊德的资产和债务，他的前妻和孩子，生活习惯和坚守的信念，以及他在酒、色和雪茄上面的口味。

鞭普没开口，等着酒保把他们的酒端上来。是时候让弗洛伊德浸酒"受洗"，是时候让他在名为酒的那位"主"与"救赎者"面前败下阵来，是时候让弗洛伊德醉上天去了。

"我需要你的帮助，哥们儿。全力以赴还是索性放弃，要当机立断。"

弗洛伊德喝了一大口波旁－布兰驰威士忌，一口喝掉整整半杯。"这酒不够劲，"他说，"听着，我知道你得花钱才能挣到钱。我担心的是扩张的速度。也许咱们在一头扎下去之前，应该先用脚趾试试水。"

鞭普一本正经地点点头："弗洛伊德，我懂你的意思。"他擅长这一套——不固执己见，而是摆出一副客观讲理的姿态，"但是那些租约合同都已经签了，而且钱都付了。我们拿地是拿得很便宜，但是也不是一分钱都没花的。并且如果我们不开钻开采的话，我们一个子儿也赚不回来。"

"我知道，"弗洛伊德沉重地叹了口气，如同一个失望的父亲发出的悲叹，这一声叹息给鞭普的内心填塞进了绝望，"我真希望你能在发疯似的签下那些租约之前能够先好好考虑考虑。希望你别介意我这么说。"

这句话让鞭普振作起来："是，我当初是可以干等着不动手，等着看罗杰斯或者克里克这两家反应过来，开始动手。当然，那时候我们就要和二十五美元一英亩的地价说撒哟那拉①了。"他满满地喝了一口，"在这种事上，你得相信我，弗洛伊德，你没在海恩斯维尔那边待过。"

"我没有，但我听说过。"在路易斯安那州，事情几乎变成了一个牧牛拍卖会，那个项目多年来毫无进展，谨慎的卡津②土地拥有者们

---

① 撒哟那拉，日语"再见"（さようなら）的音译。
② 卡津（Cajun），指法裔路易斯安那州人，会讲旧式法语。

货比多家，每个人都暂不出售等着一个更好的交易价格。"还是那个问题，三百万一个井场实在是有些过分。多出来的那些钱花哪去了？"

弗洛伊德向后靠了靠，看着鞭普解释着宾夕法尼亚和得克萨斯的不同。在结冰的那几个月钻井井场很难工作。曲折的山路难以通车；只有上帝才知道要扩宽、整改多少条路。小破镇子紧缺旅馆和公寓。上千名杂工需要有个地方睡觉。

那个老财奴近乎把酒如气般吸进体内："你是打算告诉我，我们也要为这种事情付钱？"

"罗杰斯在达科他州就是这么做的。预制建筑大通铺，一栋里面能有两百张床。"

"你在说笑吧，我们现在又要搞房地产了？"

"在新泽西有个地方提供全套服务，包运送。一周运到，十天组装，不到一个月就能建好大通铺，很了不起。"还有其他很多很多的话，他本可以讲。他亲眼见识过了那原始而粗犷的奇迹——铰链式大货车运来的大块整体维护墙体和屋顶。在施工现场，由二十个工人组成的工作组将其连同其他各个部分丝毫不差地组装了起来。地下室、地面底板、水电管线，形成了一个以任何人的头脑都无法想象出来的复杂的几何构造。看着这一过程，鞭普觉得眼睛不够用了。精彩绝伦的施工过程以一种他无法描述的方式触动了他。他赞美新世纪和新世纪的这一奇迹，领悟到了此时代，如同金字塔建立的那个时代，或是得克萨斯联邦成立的那个时代一样，是历史上极为稀少而宝贵的时代——一个充满了风险与希望的年代，一个人类是"上帝"的世纪。

弗洛伊德眯起了眼睛："那么所有的这些花费全算在一起了么？算在三百万里了么？"

"工人的住宅那笔要另算。但是想想我们省下了多少在……"

"在那些低价合同上。我已经听你一模一样重复十次了。"弗洛伊德提高了音量，"就到这吧。你已经说得够清楚了，鞭普，让我好好研究研究。"

他喝干了酒，戴上帽子。

随着弗洛伊德的离去，附于其上的重压也随之消失不见了。鞭普又开始能够感觉到他周围的事物了，始动奇点像是六月的飞虫一样在房间里四处乱飞。埃米·鲁宾什么时候来的酒吧？没准她一直都在这里，就在角落里的桌旁读着《时代》杂志。一个高球玻璃杯放在她的肘边，一个大号皮制笔记本放在她对面的椅子上，就摆放在活像是通常晚餐的约会对象所在的位置上。鲁宾身材矮小，发色深。她有着像默片时代的女演员一般的圆润而微妙精美的特质，那是一种现代女性不再追求的古典美：瓷器一般的肌肤，花蕾一般的嘴唇。鞭普看她翻着杂志，并且伸直了手臂拿着看，这种熟悉感让他突然之间感到一阵火辣辣的刺痛。他的妻子唠叨过很多遍，但只要是一涉及老花镜这件事，鞭普就觉得很恼火。戴老花镜这件事本身，即使是就在家戴，对他而言也像是一种失败。他会提前在网上查找餐厅的菜单，来避免这种公共场合下的尴尬。现在回想起来，他真的瞒过其他人了么？

鞭普慢步走向她的桌子。他和地质学家打了半辈子交道——那些人不修边幅，嗜酒如命，对于社交礼仪明显不适应，就像是被牵进家门的农场动物。其中的女性们，即使往最好的情况推断，也该会像是丑得犯了罪。但是埃米·鲁宾，就她的年龄而言，算是很有魅力的。鞭普还从没和任何一个年龄到了需要老花镜的地步的女性交往过或结婚过。

"你还好么？你看上去脸色不太好啊。"

她放下了《时代》杂志并且盯着他，露出一副像是没怎么认出他来的表情。别装了，女士，他想。这儿是我公司的地盘，你在这儿的一切花销都是我提供的。

他伸出了手："奇普·奥利芬特。很高兴见到你，鲁宾女士。该称呼你'女士'还是'夫人'？"

"博士，或者埃米也行。"

老处女，他猜测，并且觉得这事不怎么让他高兴。"埃米，我想要谢谢你一路南下过来，你帮了我们一个大忙。"

说真的，主题演讲持续的时间长得有点不必要。在她播放幻灯片时所调暗的灯光下，不止一个股东察觉到这也许是个打盹的好机会。鞭普用尽了他全部的自制力才没有喊出来：清醒点，朋友们！马上就到精彩的地方了。不出所料，最后的那些数字让股东们全部惊醒了。那数据实在是太令人震惊，整间屋子里的人都摒住了呼吸。鲁宾物超

033

所值。在马塞勒斯页岩里存贮了令人难以想象的巨量天然气：根据她的计算，有 50 万亿立方英尺①。

而现在，她对鞭普怒目而视，像是他刚才的话是在骂她是个婊子养的。"我是个科学家，我一直以来都很愿意能够讲讲我的研究成果。"

"至少让我请你喝一杯吧。"他露齿而笑，"再过一两年，你就能帮我赚下另一座农场了。"

她缩了一下，像是突然被他打了巴掌。

"谢谢，但是不好意思，"她站起来，把《时代》杂志夹到大号笔记本里，"我还有飞机要赶。"

---

① 约合 1.4 万亿立方米。2014 全球天然气探明总储量约为 187 万亿立方米。

欢
迎
到
此
时
此
刻
来

WELCOME TO NOWHERE

2012 春

1

这个小镇是因煤矿而出名的。那位监狱狱警起名时，沿用了他父亲的名字。小镇和狱警都对于自己名字所承载的重量有所感知，那是被加诸于他们身上的来自先辈的重担：是那些还未出生就被人猜测的性格缺陷，是那些曾属于先辈的二手希望。像所有有着相同名字的事物一样，他们被其名字号令着，要去背负另一个同名者的历史，背负先辈们曾经犯下而希望他们此次避免的挫折与过错；先辈们曾经许下却未能履行而希望他们此次遵守住的承诺；先辈们由于年岁渐长而做出的让步，并为此而曾经耿耿于怀的那些投降与放弃；以及那些珍贵而短暂的美好时光。

5 月的一个早晨，在鹿跑劳改中心，小理查德·德夫林①正走在 F 分区的长过道里，值班巡逻。

"男人需要点隐私，"霍普斯隔着床单说，"我以前就跟你说过这事。"

床单上面散发着漂白剂的味道，洗得都变薄了，它被拉伸开来挂在他牢房正面的栏杆上。这是他以前就要过的一个小把戏，只是没在

---

① 小理查德·德夫林的名字传承自其父亲。

德夫林面前这么做过。

德夫林抱着双臂候着。在他身后的某个地方，一种奇怪的噪音——一种金属碰撞的叮当声，像是谁用碎冰锥轻凿着什么——在整个走廊里不停回响。

"我在跟你说的是人权，说的是那种如同食物、住房一样的基本人权。我快烦了啊。"

这个监狱得名于它门前的马路——在多年前，还是一条蜿蜒曲折、路边四散着碎煤渣的乡间小道，被森林包围着，在猎鹿季的时候才会繁忙些。现在，它被铺得平整极了，扩宽成了一条四车道的高速公路，狱警们叫它"撞死鹿跑"路。

德夫林说："不是我定的规矩。"

霍普斯迈步靠近床单，压低了声音说："告诉我，你家里卧室有门不？卫生间有门不？"

"别把这事往我身上扯。"德夫林同样压低了嗓音，回答道。隔着床单说话无疑是种太过亲昵的行为。作为狱警和犯人，他们俩由于床单的存在而略有了逾矩的胆量，如同要在床上做爱的哈西德教徒①夫妇一般。

那噪音到底是怎么回事？

"你有老婆是不是，老大？你会让她看着你蹲马桶么？"

德夫林早已练习过如何转移这类话题。在他为鹿跑工作的十年间，他从未谈到过谢尔比或是他的孩子们，从来没有过。"不好意思，霍普斯，我不知道你在这里也有个妻子。"

从隔壁牢房里传来一声偷笑。"放弃吧，兄弟。"一个人说。

"好吧，好吧。你赢了，老大。"霍普斯用夸张的动作把床单掀了下来。他比德夫林要大，也许要大上十岁，也许没那么大——他棕色的皮肤上还并未爬满皱纹，辫子里黑头发也比灰头发要多。他颧骨上满是雀斑小圆点，像是画上去的一样，形状和大小都如同铅笔上的橡皮头。

叮当声变得大了起来，像是在这个分区里的某处，一个机密行动——开采盐矿，或是为冰雕节创造雕塑——正在进行着。

_____

① 哈西德教派，或称为犹太虔敬派，是犹太教中最为保守的的分支。

"谢了，霍普斯，很感谢。"这是德夫林很早之前就学到的一点经验：对囚犯们保持简单朴素的礼节就能让他们有点好态度。他们在这方面和其他人没什么不同。但是几乎所有狱警都不乐意说"请"和"谢谢"。现实是，他慢慢了解到，不是每一个人都期望和平。一些人——大多数人，也许来这里就是为了能打场架。

他暂时忽略掉坐骨神经痛——遗传而来，同样是一份来自他父亲的礼物——继续他的巡查。在一排牢房的最后那几间，他找到了噪音的来源：查尔斯·波利，被称作"查利"，在修着他的脚趾甲。他的室友奥非尔，在漫无目的地拨弄着吉他。

"德夫林？我以为今天是施睿当班。"奥非尔用眼神表达着对于崩飞的趾甲碎片的不满。

"他今晚当班。我会告诉他你想他了。"

菲尔·施睿是新聘来的。就像是大多数新来的狱警一样，他进来时带着种趾高气扬的姿态，被人立马看穿底细。自然地，犯人们反应强烈，这让他举步维艰。这算是种常见的小问题，聪明的新兵最终总会明白该如何处理。施睿不算聪明。

查利修剪到了左脚上，在一个大趾甲上进行着精细小修剪。一块趾甲碎片崩飞，穿过整间牢房。

奥非尔把那块趾甲扫到一边："妈的，哥们儿，你到底有多少脚指甲？"

德夫林继续巡查。下一间牢房里，威姆斯躺在他的床铺上读着一本卷了边的平装书。威姆斯总是在读书。下午，他会在监狱图书馆干活，回来时胳膊下总是夹满了书。

"你在读什么？"如果是别人，德夫林一定会这样上前搭话，但是威姆斯并不喜欢谈话。他是个本地孩子，也是德夫林见过的最安静的犯人。很难想象他是那种会在夹克衫上做些手脚的人，尤其是和冰毒有关的手脚。越来越多地，鹿跑充满了冰毒上瘾者，那些骨瘦如柴、不可救药的家伙，满嘴牙烂得就像是杰克南瓜灯。威姆斯看上去比多数人都要好，他看上去平凡无奇极了，是一个在街上和你擦肩而过时，你不会打算回头看上第二眼的家伙。

F分区里有白人、黑人、西裔。除了威姆斯，其他人都是来自匹兹堡和费城的城市混混；是在被劳改局送进这里之前从未听说过撒克逊县的家伙。鹿跑安保级别是中等，中等意味着就跟没有一样。施暴者，瘾君子，打砸抢犯人——不管犯了什么错的人几乎都可能被送到这里来。没有规律，全依判决。

下一户，万达正赤脚坐在她的床上，给脚涂着乳液。她穿着同其他人一样的蓝色囚服，只是稍微作了点小调整：衣服的下摆在肚脐上面一点的位置打了个结，裤腰一直滑落到了髋关节。她涂着一圈黑色的眼妆，嘴唇上抹着霜粉色的口红。

"嗨，宝贝。"她叫着。想要从她身边溜过去是不可能的，她有着与生俱来的超常听觉和眼力。

"你听到我过来了。"

"甜心，我全都听到了。"她的另一项超能力是能让一切事物听起来变得很性感。狱警们觉得这有点令人烦躁。单是她的存在，她那慵懒的举止、奇怪的假声，就够刺激他们的了。尽管她画了明艳的妆容，把眉毛修剪成薄薄一层、形成一个拱形的半圆，总体看上去还是很容易能发现她那男性化的部分——那分成两半的下巴、粗大的下颌骨。一些人——比如施睿——坚持叫她"胡安"。

他们闲聊了几分钟，关于"海盗队"输给了"克利夫兰队"，关于这夏天的天气。这份工作能学到的最基本的教训就是，任何事情其实都可能很稀松平常。和其他人相比，万达简直是个珍宝——不抱怨，不我行我素。

"你听说那个乘坐在热气球里的小男孩了么？在西边什么地方来着？他们在厨房里开了收音机，我听到的。"万达在早班时工作，准备早餐。德夫林看见，她的前额还残留着被发网勒出来的细小红色线痕。

"他和父母去看航天航空展，结果被独自留在了一个热气球里面。他自己就那么随着热气球飘走了。"

"还飘着?"德夫林说。

"那是怎样的父母啊，我倒真想问问。"

"你没法时时刻刻照看他们。"

"那确实。"她的眼妆让她看上去总是有着一副惊讶的表情，像是她早已见惯一切，但仍然决定，基于效果考虑，要去保持被事情震惊到的样子。

在正常世界里，她不算是一个有魅力的女人，从现实层面上来说，她根本就不算是一个女人；但是每天早晨，德夫林还是期望和她见面，这种想法最初令他感觉有些不安。她明艳的脸在这单调的监狱里，这冷酷的雄性天地里，是一种慰藉。尽管，严格地讲万达不是一个女人，但万达还是女性化的；而德夫林宁愿面对着一个女人而不是男人。

她往手和手肘上涂着乳液。"洗碗机坏了，我们洗了几个小时盘子。你觉得我在胡说八道是不是？"她伸手给他看自己的手指甲，亮红色的指甲油被弄掉了不少。

没人清楚谁给她"走私"进来了化妆品。每过几个月，她妹妹会从费城来看望她。虽然严格来说，化妆品是禁运品，但德夫林不这样看。换作其他的狱警，化妆品已经是搜她牢房的一个充足的理由了。万达是狱警们的墨迹测试①题。正派人会对她友善；而对混蛋们来说，比如对施睿、阿内洛、波布罗奇，尤其是在他们心情不好的日子里，她就是个好欺负的。

晚点的时候，从一个特定的角度来看，她的脸会变得影影绰绰，胡子和鬓角会显现出来。

"好了，万达，我要走了。别忘了，一会儿有场消防演习。"

"等下，等下。"她靠近栏杆，"老大，我想问你一个问题。"

"说吧。"

"事情有点微妙。靠近点，我不咬人。"她笑着露出了黄色的牙齿，"除非你喜欢那种咬。"

德夫林靠近栏杆。

"德夫林警官，你总是对我很好，我很感谢你。其他那些人，我都不想提。"万达压低了声音，"我有麻烦了，有人偷了我的药。"

他嗅到了一丝她身上的香草乳液的味道，和他妻子用的那种一样。"你不在就医用药名单里。"

"你知道我在说什么。"

---

① 墨迹测试（Inkblot test），或称罗夏墨迹测试，由精神病学家罗夏创立。简单来讲，是给被试者展示一副含义混的墨迹图案，看被试者能够联想到什么，并根据其联想进行分析。

尽管不愿意承认，但他确实知道。大家都知道，是穆罗尼给万达提供的节育用药，好满足万达这个想变成女人的男人对于神秘荷尔蒙的需求。万达以什么回报了他，大家只能猜测，还没人确切知道。

"我已经巡查到一半了，不能突然去找什么药片，会有些麻烦。"他眼中闪过一丝了悟，明白了一个简单的事实：万达，这个涂着口红戴着假睫毛的男人，比大多数其他男人要健全得多。

德夫林低声说："你的药片丢了多久了？"问出这个问题就是不很明智的。承认药片的存在，德夫林就已经危害到他自身了。

"昨天就丢了。那天我工作的时候有人进来过我这儿。"从这么近的距离看，尽管上着妆，她看起来显得既不男性化也不女性化。只要足够近的话，德夫林想，每一个人看起来也不过只是个人。

"你确定它们丢了么？你会不会把药片遗漏在哪里了？"

万达环顾了一下牢房并用眼神示意，这里十英尺见方，只有一把椅子、一张桌椅、一个马桶、一张床。

德夫林说："我看看能做点什么。"

他剩下的巡逻之旅风平浪静，没有越狱，没有告密。他心里又冒出了那个想法，以前曾经出现、未来也一定会再出现的想法，那个在每个早晨当他穿过应急门去到低层狱堡——那是个热力太足，荧光灯闪耀，满是地板味道的建筑——都要去击退一次的想法。

男人们用他们自己的黑话交流，那种语言只有发音听起来像是英语。"囚犯"是狱警对他们的称呼。"犯人"是他们对自己的称呼。"囚徒"是一个值得尊敬的词语，是老前辈们的专属称呼。一个囚徒不会说谎，不会糊弄，不会合作，不会告密。一个囚徒恩怨分明，敢作敢为。

他看过所有人的报告。查利在平安夜抢劫了一家百货大楼。奥非尔被逮捕过四次，罪行涵盖一般人能想象到的每一种，最近一次，是因为在一场冰毒纠纷里开枪射了一个人。最后一次裁决，比前几次都要明智得多，判了他二十年。

"狱疯子"是大麻烦，是指一个行为失常的囚犯。是囚犯就都行为失常，但大多数囚犯能够在他们需要克制的时候，控制住自己。但是狱疯子不行。

霍普斯在蒙哥马利县因为持枪抢劫一个"哇哇"便利店被逮捕。当被警察发现的时候，他试图逃跑，结果在屁股上挨了一枪。他那招牌式的瘸腿走路的姿势就因此形成了。

一个发作了的狱疯子会把自己送入"小黑屋"。

万达在宾夕法尼亚州收费高速公路上驾驶一辆喷漆浮夸的庞蒂克太阳鸟时，被拦与路边停车，车子登记在安德烈·蒂布斯名下。"他是我男友。"她告诉那个后来逮捕她的警察——由于她没有通过酒精呼吸测试，警察有了充分理由让她打开后备厢。

安德烈·蒂布斯是个大家伙。法医检测报告显示，他在睡眠中被人用棍棒类钝器击中。他有两百五十磅，万达当时把他囫囵塞进了那辆太阳鸟的后备厢里。

"我有麻烦了。"四百个被关在笼子里的饥渴男人，视线所及就只有一对乳房。对的，万达，你有麻烦了。

很久之前，这份工作还挺令人兴奋的，像是某种意义重大的事业的一部分。如果你看了足够多的电视剧；如果你也在地下休闲室里长大成人，躺在粗毛地毯上狼吞虎咽地看刑侦剧和悬疑剧——《科杰克》和《哥伦布》，《罗克福德档案》和《麦克米伦侦探夫妇》，剧集里的男人们粗鲁而迷人，用自己的姓氏作代号；如果你一直沉浸其中，顺着他们的思路走，你会潜移默化地受到影响：认为犯罪活动是人类的生活经历里中最引人注目和最意义非凡的，也是最无可避免的。和犯罪作斗争是英雄的天职。

这就是一个人变成一名监狱守卫的过程。

7点50分，扩音器广播：十分钟活动时间。狱疯子们慢吞吞地走下楼，去排队领药。

真正令人想不透的是，穆罗尼是从哪里得到药片的。从他的妻子那里偷来的，狱警们开玩笑道。也许这玩笑话恰好是事实。斯蒂夫·穆罗尼已经是第五次怀孕了。迟早——后面这句才是关键——她会反应过来的①。

---

① 此处是一句俏皮话，一方面指她反应太慢了；另一方面，指斯蒂夫一旦反应过来老怀孕是因为穆罗尼偷了她的避孕药，就会产生一系列的影响。

等领药这事情完了，德夫林还要安排他们冲澡。冲澡是在发生了一系列的事故后被引进的一个临时措施，大概是临时的。尽管这项措施大体上是有效的，但是狱警们还是抱怨纷纷。"接下来呢，我们要伺候他们撒尿？"抱怨的出现是必然的，是完全可以预见的——在鹿跑，任何一项新的政策一定会掀翻大屎盆子。毫无例外，无论这个政策产生的变化有多么毫无效用，无论它有多么显而易见的必要，抑或有多微不足道。

今天，他看管的囚犯里有一半都被列入了冲澡名单。每到一间牢房，他都要呼叫控制室；加里·里佐会按下开门的按钮；然后德夫林护送那人去冲澡。冲，再冲，洗，再洗。德夫林梦想长大以后成为罗克福德或者麦克米伦，结果不过是护送别人去卫生间。

狱疯子们排队等候着他们的"疯人药"。

万达是个当沙袋的。德夫林对此十分确定，尽管他从没亲眼见到过有人打她。

"你们狱警真是不守规矩，"一次，霍普斯对他说，"人要笨到什么地步才会故意朝关节下手？"

除非他亲眼见到，否则什么也不需要做。

他明白得太迟了，这里的监狱守卫不是打击犯罪的斗士，而是为罪犯善后的清洁士。他们是体系的看门人，是垃圾的监护官。

不会永远这么继续下去。这话就是用来安慰安慰自己的。万达在蹲监狱的十年里，就是这么做的。

德夫林从未亲眼看见过一次这类事情，这才是关键。关于狱警的第一课就是，干这行你要分清楚，"事实上发生了什么"和"确实亲眼看见了什么"之间的不同。每一次换防，德夫林都会对某个人加以警告："别让我看见。"囚犯们明白这是一种尊重的表示。

囚犯是德夫林见过的最聪明的人，也是最傻的人。除了极个别的几个人以外，他们轻率、莽撞、易于被愤怒的火花点燃并且行为总是愚蠢至极：打架斗殴，威胁恐吓，行事如疯子。他们的发明创造也是正常公民难以想象的，那是一种德夫林至今为止仍然还感到炫目得令人毛骨悚然的天资，是一种扭曲的才华。在穆罗尼制止查利之前，查利一直在他的牢房外经营一个私家零食吧，专营一种他称之为

"查查"的食物：主料是他从自动贩卖机里得来的墨西哥玉米片，做法是将其压碎后与水混合。脏乱差的整个烹调过程都是在一个放在蒸汽暖气片上的袋子里完成的。成品是一种带着点"多力多滋"① 风味的橘色杯糕，用查利的话说就是"一种由香料和奶酪共同交织而形成的浓郁风味"。要是放在外面的世界，查利早就成为一个明星主厨了，可以自己独挑一档电视烹饪节目的大梁。

他们在厨房和洗衣房工作，搬着重物，看着电视。他们去匿名戒酒互助会，考普高证。外面的人会因自由而更充分地利用时间么？不，外面的人用得更不充分。德夫林想起了他童年时最好的玩伴，博比·马斯特勒和尼克·布利克：一个因背部幻痛症而一直残废着；另一个，四十岁了还和父母住在一起，还在乐队里玩着吉他。德夫林的亲弟弟在巴尔的摩的贫民窟里注射海洛因多年，具体多少年没人知道。这三个，在德夫林看来，还是去监狱里待着更好。

十年前，他也处在类似的情形下，如同一个未被幽禁的犯人——开着矿工医药公司的货车，拿着最低工资，为那些因为黑肺病而将慢慢窒息死亡的老头们运送氧气罐。那些日子里的重复工作时不时会因为一种声音，一种让他永生难忘的声音，而被打断。那是老矿工们喘不过气来时的勉力呼吸声和痉挛般的气喘声。就像是一定会从关不严的水龙头里滴下的水珠那样，这事持续不断地提醒着他生命的流逝。他的青春一点一滴、从容不迫而又无情地、难以阻挡地被浪费着。

当监狱成立的时候，半个贝克屯的人都响应了报纸上的招聘广告，五百份申请投向六十份全职工作岗位。一个狱警职位有着工会会员的待遇，是方圆几英里内报酬最好的工作。六十个受雇人员里，五十六个都是老兵：这些男人早已经对长时间工作，专制的管理条例和封闭的管理方式，显而易见、甚至是当下可见的潜在风险见怪不怪了。他们也许不是最聪明的家伙，但是谁在乎？没人会在鹿跑解方程式。

3 点 55 分，施睿过来换班。他是一个强壮的家伙，顶着一个刮得干干净净的光头，留着红色山羊胡子。从远处看起来，那胡子就像是皮肤擦伤后结下的硬痂，就像是他摔了一跤而且是脸先着的地。

---

① "多力多滋"，美国三角形薯片零食品牌。

"风平浪静，对么，哥们儿?"施睿喜欢这个词，可惜他给人的感觉，比如他的那个山羊胡子，却和"风平浪静"这词完全相反。

"对啊，没啥需要担心的。"德夫林并没有提到霍普斯的床单把戏或者是万达的药片。他为什么要提?

"千万别让我看见(吸毒、打架、偷运口红)。千万别(口交、捅人、烹调零食)。做你该做的，混蛋，但是别让我看见。"

不会永远这么继续下去。你还有一个逃生计划，一个关于未来的打算。你可以这么安慰自己。

德夫林的那个计划并不会从天而降，它将很快从地下崛起。

那晚，就像其他大多数的夜晚一样，德夫林帮着父亲照料"贸易酒吧"。周五的夜晚是周末假日的开始：每个凳子上都有人，吧台外面被围了三层。理查德即使一直背对着那些钻井工人也仍然能够听见他们的声音，那种拖长腔吹牛皮的对话声完全盖过了音乐。他曾经见过这个工人小组，就是这几个人——一个编着油腻马尾辫的人，一个肥胖的墨西哥人，一个像被锯矮了一半的肌肉男和一个脖子上及手上覆满文身的满脸痘印的光头佬。

马尾辫涨红了脸，喝得半醉："所以，我们就躺在那，一丝不挂……"

"我想听这么?"那个墨西哥人说。

马尾辫像个大学教授那样伸出了一个手指："一丝不挂，然后她说，'你不能留下来，我还有条狗'。"

"除了你这条大狗以外还有?"肌肉男说。

"除我以外还有。"马尾辫说。

一年以前，他们也曾引起过关注，他们的口音和猛增的酒吧账单，他们崭新的皮卡总是在各处超速行驶，酒后驾驶的罚单多到镇警察连开都开不过来。最近州警察已经介入了，他们在满是来往的油罐车的德雷克上校高速公路上，设立了一个酒驾检查岗。

马尾辫说："我养了条大狗，而且它不喜欢男人们。"

理查德伸手去吧台下面把音乐声调高了些。格雷格·奥尔曼唱道："现在她和我一个最好的兄弟在一起。他们在镇子另一端的某个酒吧喝着酒。"

他父亲从仓库里出来，拿着一个他不太熟悉的酒瓶子："给那几个家伙倒上几杯，行么？"

理查德研究了下标签："你什么时候开始进干邑了？"

厨房里的电话响了。

"如果有人想喝，我连抗凝剂也会进。"迪克拖着左腿一瘸一拐地走进厨房，那个不堪大用的膝盖是在地下的那些年头给他留下来的纪念品。迪克从上午10点钟起就忙个不停。过去几年，午餐时顾客翻了一倍，都是些有着报销账户的工程师和商务人员。

"一条大个狗崽子，是条杜宾臭狗。"马尾辫说。

随着一阵吉他的尖叫咆哮，歌曲突入高潮："有时我觉得自己被绑到了鞭笞柱上。"年轻的格雷格，像是一个酒醉痛苦的、被生活打败的五十岁布鲁斯老歌手一样呻吟着。当理查德第一次听到这首歌的时候，他还是个孩子，并不完全欣赏这种嗓音。乐队的另一个成员，杜安·奥尔曼，曾是他、博比和尼克的英雄，是那三个曾一起拿着吉他躲在马斯特勒家车库里的伙伴们的英雄。他们管自己的乐队叫"跑车"，名字来自于杜安·奥尔曼的摩托车。三个吉他手，没有贝斯，没有鼓手。他们都想做杜安。

"好了，正常来讲这是一个好信息。"马尾辫的喊声盖过了音乐，"这事意味着她对于男人的事很在行。"

"这事意味着她要去捡大坨狗屎。"肌肉男说。

"三个杜安"——这才是他们当初应该给乐队起的名字。他们练习了一两年，但是只有尼克展现出了一点天赋。这天赋应该能够给他带来，或者说他曾经以为将会带来美好的一切。

"有时我觉得自己被绑到了鞭笞柱上。"

理查德拉开一罐"钢铁城"①，把它递给了坐在吧台远端的邻居佩奇·劳斯。他弓着身子，周身烟雾缭绕，正把烟叶沫子吐到塑料咖啡杯里。"嘿，佩奇，最近怎么样？"

"还不算特忙，理查德。在我那块地，出了点事情。"佩奇又吐了一口，声音不大，熟练极了，"一帮孩子闯进了我的农仓偷了我的化

---

① "钢铁城"，美国啤酒品牌。

047

肥，一帮'嗑药'上瘾的混蛋。"

"天啊。"理查德说。

"我不在乎那些无水物化肥，那些也就每加仑一美元。但是现在我的化肥阀门被弄坏了，软管也被切成了好几段。我不得不重新弄一整套化肥罐。"

理查德沉默地点了点头，心里为他祖父不用在这里亲眼看到这些事情高兴了一小下。他的祖父在农场里生活了五十年，连屋子前门都从不上锁。"抓到那些人了么?"

"这次没有，"佩奇压低了声音，"4月的时候也曾经发生了一起，有人弄了我的槽车。我没上报，因为责任完全在我。我就不该把槽车放在外面一整宿。"

迪克从厨房回来，手里拿着一盘水牛城鸡翅："是谢尔比来的电话。我说你一会儿会给她打回去。"

"天啊，怎么这样?"理查德把他的手机放在卡车里了，本希望能够借此来获得几小时的平静，"我跟她说了别往这里打电话。"

"为什么你不早点回去呢? 吉雅就在附近，她可以帮我关店打烊。"

吉雅总是就在附近，她是个世界级的女招待，只要她能记得来上班。像是其他那些受钻井那帮人欢迎的本地女孩一样，她的整个生活好像不是在酒吧里度过，就是围着酒吧打转在附近度过。

"今天她休假。"理查德说。

"她不会介意的，"迪克一下子钻进吧台，点了些五块的和一块的纸币，把它们塞进了理查德的上衣口袋。"你应得的，小子。现在，趁我还没改主意之前赶紧离开这里。"

理查德抓起钥匙从后门溜了出去。贝克街一整条街，每一个停车位都停满了上着外州牌照的皮卡，有些贴着巨大的车身贴纸："别惹得克萨斯人。井架工才知道怎么好好对待一个洞。"半打车挤在贸易酒吧后面小小的停车场里，完全无视理查德挂在那里的警告标语："员工专用"。("啥员工?"迪克曾反对道，"大部分时间只有我的车停在外面。理查德，别犯浑。")

理查德走向他停在停车场尽头的卡车。正对面，十步远的地方停着一辆红色的马自达，保险杠对保险杠地停在正对面。即使车门关着，他还是能够听见车里面收音机播放的嘻哈音乐。光头文身男坐在方向盘的位置，向后靠着头枕瘫成了一摊，他闭着眼睛，在睡醒酒觉。

理查德上了车打开灯，然后他看见了文身男身边的吉雅·伯纳德。她瞥了下照过来的车灯，头发凌乱不堪，衣衫不整。

理查德鸣了下喇叭从停车场开出，上了大街。

他绕了条远路回家，避开了德雷克上校高速公路上的那些醉汉。多开会儿车对于他来说不算是个麻烦事，准确地讲，在他站了十六个小时以后，这要算是一种放松。四十二岁，他想，这就是四十二岁的感觉。如果他在四十二岁这个年纪就受不了了，他父亲该是什么感受？迪克在吧台干了一辈子，如果他是辆车，你定会赶在传动装置坏掉之前把他报废了。

再开五分钟就看不见镇上的光了。理查德边开边想着吉雅·伯纳德，她在贸易酒吧的停车场里服务那些陌生的男人们。他父亲最钟爱这个女招待，宠爱她像对待自己的女儿。如果迪克一旦发现，这件事会伤透他的心。

四十二岁感觉上像是某种阶段的中间点。父亲下个月就要七十六了。杜安·阿尔曼死在了二十四岁，他的跑车被一辆平板卡车碾得粉碎。

十二号公路海拔高而蜿蜒曲折，无照明，生锈的翻车机耸立在路边，远看上去像是恐龙的化石骨架，这些都是那条老的贝克十二街残留下来的。远处浓密的森林卧满整个仍被称为"瑞典镇"的山谷，尽管采矿营地早就消失不见，近百年来那里也不再有瑞典人居住。山谷现在属于普林斯和蒂博多，那是两个相互联姻但又长久结仇的家族，各自踽踽独居在他们那由废旧的汽车、破废的工棚和动不了的拖车活动房组成的松散化合物中。那两团杂碎被刺铁丝包围着，被罗威纳犬保卫着，像是会有人打算闯进去一样。那两个家族的成员在镇上广为人知、容易辨认：蒂博多家的长脸世代遗传，一模一样得异乎寻常；苍白的普林斯们则都有着浅金色的头发。有那么几年，在上小学的时候，理查德认识一些来自两个家族的孩子，这帮子血亲兄弟们好似绿林大汉，赤着脚呼啸游荡着穿过整个森林；一直到他们长大，成为如他们父母一般的人，冲动、半文盲、性早熟而且武装到牙齿。

他过弯飞快。在他的余光里，有一抹爆裂的亮光：普林斯或者蒂博多正在放着烟火。森林里满是犬吠。

又是一抹爆裂的亮光。

道路最终转向东方，朝着平坦开阔的农地延伸。大概在开过佩奇·劳斯家五十码①的位置上，他看到了县治安官的车停在路边，一个穿着制服的副手坐在方向盘前。坐在副驾驶座上的是卡尔尼切拉警长，他是镇上的警官，这里离他的辖区有几英里远。想到被偷走的化肥，理查德向他挥了挥手。

他开上了自家的行车道，砂砾石崩溅飞起，车驶过他本想填上的坑洼之处，颠簸不停。厨房里亮着灯。他看到谢尔比坐在餐桌前，对着她的电脑。她穿着一件过时的运动裤，和一件老旧的法兰绒衬衫。

"奥利维亚晚饭后有点不舒服，"她对他说，"她吐了两次。我太累了，都不知道该怎么做了。"

他侧身靠过去吻亲她的额头："又来了？"

"她有点紧张性胃痉挛。"

"她到底有什么可紧张的？"他打开冰箱，拿出了一个吃剩下的鸡腿。

"我给你拿个盘子。"

"别，这样就行。"他在洗碗槽前面站着吃。

"银行打电话来了。我记下来了，就在这附近。"谢尔比用手翻了翻桌子上堆着的杂物——垃圾信件、撕下来的优惠券——然后递给他一张便利贴。

理查德接了过来，看也没看就把它塞进口袋里。

"你快累死了，"谢尔比说，"你不能这么干下去了。"

"老爸需要帮助。"他的父亲大体算健康，虽然去看医生的时间越来越频繁——膝盖，漫长的冬季，预约去反反复复地做医生交代的血检（到底他们希望在迪克的血里面检些什么东西，理查德现在也没搞清）。贸易酒吧的工作对于他这个年龄的男人来说实在是太多了，但是他还是不肯放手。迪克·德夫林是那种在贝克屯很少见的人：一个

---

① 1 码约合 0.91 米。

成功的人，一个令人尊敬的商人，区议会的议长。而他的旧工友们，则在黑肺病折磨下勉强度日，整日喝酒打发时光。

"他需要雇个人。"谢尔比说。

"他不需要。这是个家族生意，达伦可以帮忙。"

这不是他们第一次谈论这件事了。不像他的那些妹妹们，那些早早就对自己结了婚和生了孩子感到后悔失望的妹妹们，理查德的弟弟始终单身，现在在巴尔的摩当一个戒毒辅导员，赚点块儿八毛的小钱——他也没有什么更好的事可做。他完全可以通过帮助迪克打理酒吧来挣更多的钱，还能花销得更少，生活得更好。至少这是达伦能帮上的忙。在理查德看来，达伦比其他三个兄弟姐妹加在一起更让父母操心。

"他永远不会回这儿来的。"谢尔比说。

"为啥不回来？"

"别往垃圾处理器里放骨头，亲爱的，记得上次么？"

他把鸡腿扔到垃圾箱里。

"你回来早点了"，谢尔比说，"挺好的，真的。"

他拿出冰箱里最后一瓶啤酒。"是啊，挺好的。我估计，吉雅在帮着老爸打烊。她今晚本该休息的。"仅仅是念出她的名字就让他立马起了反应。

"这么说来，为什么她老在酒吧周围鬼混？"谢尔比把注意力重新转向电脑屏幕，"她告诉我她戒酒了。"

"我还真没见过她喝酒。"

谢尔比看起来有点困惑。

"她和那些钻井工们聊天。你知道，就是社交、打交道。"

他妻子皱了皱眉头，像是听到了一个外语词汇，就像是他们从未——在他们结婚之前，那几乎是上辈子的事了——一起在酒吧待到打烊过。那时，他和谢尔比是一对，吉雅和恰好当时正和她约会的某个人渣混蛋是一对，四人一起待在酒吧。当时谢尔比和吉雅太年轻了，没办法自己点酒，理查德刚从海军退伍，也刚刚离婚，替她们两个付了钱。当初她们俩看起来，就像是同一事物的两个不同版本，一个是褐发版，另一个是金发版。到了一定的程度，他总得必须在她们两人之间做出选择。谢尔比像是个更安全的选择，她是一个安静、漂亮、值得信任的姑娘。

"我担心她，"谢尔比说，"她最后会落得和我母亲一样。"谢尔比的母亲，目前的工作是给一个刻薄的截瘫患者做有偿陪护。她住在那个男人的家里，伺候他吃饭，给他梳洗打扮，还帮他上卫生间，由于他俩整天都烂醉如泥，工作完成得磕磕绊绊的。

理查德站在谢尔比的椅子后面，用力地揉着她的肩膀。她显得有些舒服惬意。

"啊，感觉真好。我要让奥利维亚远离乳制品，我觉得她有点过敏，像我一样。这上面写着……"

"我们非要现在说这些事么？"

她把脸转向他，不悦地皱着眉头。当他们第一次见面的时候，她心形的脸有着冷峻的模样，对称均匀，像是胸针上的浮雕人像一样精美。这么多年过去，她的愁眉苦脸、斜皱着的眉头，让皱纹都聚集在脸上习惯成自然。那些表情并不好看，但是极为传神，是一种怯懦姑娘使用的无声语言。她的大部分情绪——过激，顺从，大写的失望——都清清楚楚地写在脸上。

"哦，真是对不起啊。你女儿一整晚都很难受，我觉得没准你会关注一下，而且你知道我不好受。"

他长吁了一口气："谢尔比，她没什么毛病的。她一出生就喝牛奶了，像其他孩子一样。"

"但是这里写着——"

理查德抬起手："你知道么？我不管了。你在把她变成一个软弱的人。她都七岁大了。"

他拿着啤酒走出后门，望着天空，在平层露台上站了好长时间。"你知道我不好受。"他知道，他知道：偏头疼和过敏，经期痉挛。每月都有那么五天，谢尔比要窝在沙发里过活，像抱着一个娃娃一样抱着奥利维亚。"我的小姑娘很敏感。"他听到谢尔比对她母亲说，"如果我病了，她能感觉到我难受。"

夜晚寂静，月亮被雾遮挡着几乎看不到。他仍然能够闻到自己身上的监狱味，那股味道侵入他的鼻腔。十年来，那地方早就浸入到他体内、他的肤与发、他的骨与血。

他深呼吸了几下。上个夏天，他自己亲手建了这个平层露台，这是一个用工程木料搭建的坚固的平层露台。它是这所破旧的房子上唯一的亮点，比这房子应得的要好得多。远眺着祖父的土地，六十英亩的田野和起伏的牧场，他觉得身心放松。他童年时最好的时光都是在这里度过的，在溪涧钓鱼，在爷爷驾驶的雪地车后座坐着。当爷爷去世，土地被分给四个孙辈的时候，只有他喜欢这片土地喜欢到要把它保留下来。他想象着生活在旧农场房子里，和他未来的妻子、孩子一起。孩子也许是四个，也许五个，尽管说服谢尔比可能需要花些功夫。他们一家子将会经营并扩大生意——奶牛业，就像爷爷曾经做到的。

他还有一个逃生计划，一个关于未来的打算。他这么告诉自己。

他借了足够的钱好买下两个妹妹的那份土地。她们打算搬走，有家庭要养，比起土地她们更加需要钱。他弟弟的那份土地同样急于出售。达伦当时拿到了约翰·霍普金斯大学的奖学金，但奖学金只够顶一半学费。他算得上是至今为止最聪明的一个德夫林了，可惜还没聪明到能够想出办法来支付另一半学费。

"看在上帝的分儿上，买下他那份！"理查德的母亲催促道。达伦，宝贝儿，一直是她最宠爱的那一个。"他需要那笔钱去上大学。"

他确实需要那笔钱。去干些什么，理查德知道，但并不能够确定。他只是怀疑，达伦有些昂贵的爱好。（他把六千美元花光的速度多快啊，而这样的速度又意味着多大的危险啊。这么多钱能够买来多少欢愉时光啊。）但是最后理查德还是屈服了。达伦拿到了钱，并且因为成绩太差被开除，然后和家里失联了两年。期间，他们的母亲去世了，迪克替达伦付了戒毒费——不是一次，而是两次——付给达伦现在正为之工作的那个戒毒诊所。

事情原本能对每个人都更有利些——尤其是对于达伦来说——如果他能够直接把土地给理查德。

一个逃生计划，一个关于未来的打算。不是现在，但快了。

理查德有一种天生的耐心，这是一种有利也有弊的性格。当他还是个孩子的时候，在圣诞节之前的一周，他研究了整本希尔超市①的商品目录，好列出他想要的玩具的完整名单：埃维尔·克尼维尔②的玩偶手办和他的摩托车模型集合，那些模型精确复制自埃维尔在现实中骑过的每一辆摩托车。现在，基于同样的精神，他在网络留言板上搜索着信息。所有搜索而来的信息都指向了"奥涅格4000"，一套高科技高精尖的挤奶作业系统——对于成长为大人的他而言，这就相当于当初埃维尔·克尼维尔的那辆斧式机车。小一些的作业系统光是更换零件的费用就会拖垮人，也会耽误产奶期，而"奥涅格"则是来自瑞士的工业奇迹，像太阳一样可靠。一套全新的系统，安装完备要花上十万；但是只要搜索一下，就能找到能够负担得起的二手货。恰好就在现在，一个萨默塞特县的乳业业主打算退休，正找地方出售刚用了八年的"奥涅格"。理查德完全可以自己做些普通维修就接手，而且他父亲还认识一个收费低廉的水管工。不算牲畜在内，他估计要花上五万元。对于他这个收入档次的人来说，五万元仍是一笔大钱；但是也许立马就能有转机出现。转机能够且将会出现，只要他的钻井开工。

　　两个夏天之前，一个周一的早上，在一场累得要死的通宵监禁检查后，他开车回家时看到了一辆陌生的皮卡停在他家的车道上。他的第一个想法将会在不久后让他羞愧难耐：妻子彻夜独守，取悦着访客——那躺在他床上的另一个男人。被肾上腺素淹没的他绕着皮卡打转。外州的车牌看起来在当时格格不入。他当海军的时候认识得克萨斯人，但在贝克屯上从没遇见过一个。

　　他冲进房子，发现谢尔比穿着浴袍，和两个陌生男性一起喝着橘汁。她看上去没有负罪感也不怎么紧张；似乎还有点兴奋，像是她收到了什么令人惊喜的礼物。那家伙让理查德立马放松下来，也许是因为他说话时的淳朴腔调，或者没准是他的衣着：卡其布裤子，牛仔衬衫，袖子卷到了手肘。那家伙看上去像是那种靠双手劳作吃饭的人。

　　理查德立马签下了合同，并为自己的好运气而感到震惊。一下子一切都有了可能。他给撒克逊储蓄银行打了电话，重新用房子申请了

---

① 希尔超市（Sears），美国大型连锁超市。
② 埃维尔·克尼维尔（1938—2007），美国著名摩托车飞车特技表演家。

按揭贷款。优惠贷款立马到账，有一年半的低息期。等到需要还清最后一笔大额尾款的时候，他的钻井应该已经开始工作了，那时他手里应该已经攒下些钱来还款了。

可他没估算到等待期。这段日子以来，他长了些见识。天然气公司的承诺，看上去又简单又慷慨，但其实并非如此。他当时像是个傻子一样被那家伙的开场白所戏弄——25美元1英亩，额外加上12.5%的开采收益，可这些只是法律规定的最低额度。"你玩我。"他在想象中朝着博比·弗雷姆吼道，那个花言巧语的业务员占尽了他无知的便宜。但博比·弗雷姆早就消失无踪了。

四个月以前，大额尾款到期，那个月的账单几乎翻了一倍。别无选择，他不得不管他父亲——那个在多年以来一直用黑肺病补助付供货商货款后，终于有了一点闲钱的父亲，借了一万。

"我能挨过去，"理查德保证，"我签了份天然气的合约。"这是他能想到的所有的话。他愧疚得近乎变成了哑巴。

现在，他把便利贴从口袋里拿了出来，上面写着："撒克逊储蓄银行的贝丝。尽快给她回电话。"还款期限已经过了三周。他父亲的补助支票还要两天才能到账。

今天他又会梦到挖掘。

还是个孩子的时候，他就一直被十二号矿坍塌事故困扰着。那是一次反常的沼气爆炸事故，九名矿工因坍塌而被压得稀碎。整个夏天，理查德·德夫林不停地在各种梦里梦见自己带领着整个搜救队清理挖掘碎石，梦见一具接一具被翻出的尸体——一条断了的腿，一只吓人的手指弯曲着的手。现在，再一次，他会梦到挖掘。他会梦到自己挖了一个洞然后用钞票填满它，一包包五十的一百的直落落地掉进地里。

厨房的门在他的身后打开。谢尔比站在门口穿着他厌恶的那件毛巾绒浴袍。"我累了。我要上床睡觉。"

又是这一套，没一丁点新鲜的。

"周日我要和布雷登出去，"他说，"老爸想去钓鱼。"

她看上去有点难过："那教堂怎么办？"

结婚十年之后，不再会有新对话。这一套他自己跟自己都能来了。

"不过是一个周日，不管怎么说，我已经告诉布雷登他可以去钓鱼了。"

她裹紧了浴袍："太棒了，我太谢谢你了。他已经认为去教堂是女孩子的玩意了。"

"我倒想知道他的这个念头是从哪里来的。"

她脸上的表情扭曲成一种他曾经见过的样子、一种让他格外沮丧的表情：左眼紧闭着，嘴斜撇向左边，就好像是因为中风而轻微面瘫了一般。

他说："对不起，我就是觉得有些不自在，因为那个女牧师。我长大的时候教堂里的可不是女牧师。"

谢尔比说："没谁的是。"

"你看，老爸想和乖孙一起去钓个鱼。我能说什么？他不再年轻了啊。"理查德抬头看着夜空。他意识到，谢尔比生来就没享受过父爱，也不明白父亲意味着什么，"谁知道他还能钓几次鱼啊？"

这句话结束了这场对话，一如他所料。门在她身后咔哒一声关上。

※※※

  谢尔比边给奥利维亚梳头，边计着数。在她们周围，整间屋子寂静无声，没有动画播放的声音，没有电视游戏的声音，也没有布雷登弄出来的那些噪音。她的儿子能够发出一连串暴风般不停歇的噪音，像是世界上最令人烦躁的广播电台，播放着重机枪的扫射轰鸣声、团音和爆破音、惹人厌的动画声效，还有猴子的尖叫。她想起了一个流行乐团，在她还是个年轻姑娘时很流行，招牌人物被称作"人体节奏盒"[①]。不用其他只靠一张嘴，"盒子哥"就可以演奏出低音旋律和鼓点节奏。"盒子哥"，如果他当初抱负再大一点才华再高一点的话，甚至可以让管弦乐团失业，独自一人就能完成演出。现在，在养了一个儿子以后，谢尔比明白了人体节奏盒没有什么了不起的。他只不过是做到了每一个男孩都能做到的事情。

  十八，十九，二十。一个母亲会因她孩子的外貌而被评判，这是一件众所周知之事。

  通常奥利维亚会对梳头抱怨几句。今天她几乎没有注意到这件事，专心致志地在复述一个已经不再是梦的，在她的语气里，好似真实发生过的事情一般的梦。梦里包含了纷繁复杂的阴谋诡计和故事情节，涉及女巫们、几个和她同上一年级的小姑娘、邻居家的狗和它的

---

① 人体节奏盒（Human Beat Box），节奏口技，在中国有时被简称为"B-Box"。

新生小狗崽。故事的核心是奥利维亚自己，在梦里变身为她想成为的那个爱丽儿公主——小美人鱼。

"然后女巫就——"奥利维亚说。

"然后小黑狗就——"

"然后我就——"

她细小清脆的微微颤动的声音中饱含着某种确信。这事既糟糕极了也不知怎么的奇妙极了，一个七岁的小家伙对于自己的谎言是如此的坚信不疑。奥利维亚能察觉到自己在撒谎么？谢尔比认为她知道。谢尔比还能记得她自己童年时关于这种事情的感觉，那种撒些小谎以及不用为此负责的兴奋感令人异常痴迷。"别闹了。"她母亲会这么说，事情就此结束。罗克珊对于诚不诚实这事并不太在意。

"二十九，"谢尔比数道，"三十。"和她两个光彩照人的孩子一起走进教堂是每周让她最高兴的事情。剩下的日子就比最高兴的事情差得远了。多年以前，当她还在撒克逊庄园工作的时候，她每日愿意费尽心思，去考虑如何着装，去烫鬈发，去上妆打扮。从离开撒克逊庄园以后，她那种精细日子就每况愈下、不再复返了。

"三十一，三十二。"镇子上的所有人都知道，谢尔比和她的姐妹是在街坊邻里间四处撒野疯跑的野丫头，没人给梳头没人给编辫，只有她自己的亲生母亲对此浑然不觉。一次，一个邻居家的夫人拿着一条湿毛巾出门，给谢尔比的脏脸蛋擦了擦。

"四十九，五十。"奥利维亚大声说着，用一个夸张的动作结束了梳头。梳头要梳一百次是规矩，梳头要梳一百次是惯例。但是在奥利维亚细滑如蛛网般的婴儿头发上，梳一百次更像是一个惩罚，五十次就早已足够了。

她分开奥利维亚的头发开始编起辫子。

"别太紧。"奥利维亚说。

她用一种小而带着颤音的声音唱着一小节她在主日学校学会的歌曲："是谁造了公园？诺亚！诺亚！"[1] 她有个听错歌词的习惯，最初谢

---

[1] 这句的原文是"Who built the park? Noah Noah"，指《圣经》中诺亚造方舟（ark）的故事。奥利维亚把方舟（ark），唱成了公园（park）。

尔比对此有些忧心。好在，斯图西柯医生在测试过了她的听力以后，发誓说他保证奥利维亚的耳朵没有任何问题。

"有什么味道。"奥利维亚说。

谢尔比闻了闻。"爸爸忘记关咖啡机了。"星期天，多数时候，理查德会在黎明前离开家。在早冬时节，他会去打猎，猎鹿、猎兔子。再冷些，他会去开雪地摩托。一年中剩下的时间里，他会一路向北开车去黄溪，去抓了放、放了抓些当季的鬼玩意：春天的虹鳟、夏天的白星鱼、秋天的硬头鳟。

撒克逊庄园的主管，一个叫作拉里·斯特兰斯基的男人，恭维过她的外貌。这是一件小事，但是确实让她一天心情轻松。

奥利维亚变得不安焦躁起来，在凳子上扭动着。"为什么布雷登能去钓鱼？"

"你下次也可以去，当你觉得好点儿的时候。今天我们去教堂。"

她想起，当布雷登说"教堂是女孩子的玩意"时，不出所料地，理查德觉得布雷登的想法很有趣。这段记忆从谢尔比体内翻涌而出，如反胃一般。

"啊，疼。"

"不好意思，宝贝。"

"你的手在抖。"

谢尔比搓了搓双手，如同觉得冷了想暖和暖和一般。那下颤抖倏然而来忽焉而去。除了奥利维亚以外没人注意到。奥利维亚是个敏感的孩子，对于她母亲的轻微体征有着灵异般的辨认能力，那是一种在她父亲、她兄弟，甚至是他们的家庭医生身上都显著缺乏的能力。总有一天，奥利维亚会成为一个优秀的医生，对此她的母亲深信不疑。

谢尔比结婚以后，拉里·斯特兰斯基对她厌恶起来。

谢尔比用蓝色的缎带把辫子绑了起来。"都弄好了，现在你能乖乖地坐在凳子上等上两分钟，好让妈妈去收拾一下么？而且别再喝果汁了，甜心。我可不想你弄洒到身上。"

那段回忆又涌出来。"他会有那种想法都是因为你。"她本来可以这么说，但是没有，"如果你和我们一起去一次，哪怕只在圣诞节去。哪怕，哪怕就去一次。"

在厨房她关上了咖啡机。咖啡已经浓郁得像是机油一样了，但她还是倒了一杯，起码这玩意能让她在教堂里保持清醒。她总是因为理查德的错误而身心俱疲，比如这次他烧糊了咖啡。在他上床前，她花了几个小时光躺着睡不着。他在房子四周转悠的时候，她完全没办法放松下来。

睡不着是因为担心他会叫醒她。

除了奇怪的婚礼或是葬礼，他从不踏入教堂一步，任何教堂都不。谢尔比知道，世界上满是那些对于和圣父耶稣建立点"私人友谊"一点兴趣也没有的家伙。理查德宁可闲坐着，去等待一条他根本不会去吃的鱼上钩。

当他上床的时候，她尽力保持有规律的缓慢的呼吸。她呼吸节奏上的任何细微变化都会被察觉，但他总是留她以孤独。

事情并不总是这样。最初，她会因为知道他想要她而被点燃，会因为他欲望的力量而震惊。但是欲望和愿望之间是有所不同的。当他爬上来时，来自义务的重担让她感觉十分糟糕，让他碰自己解决不了任何问题。让他碰自己就像是给一笔永远还不起的巨额负债还上几角、几分钱。

时不时地，他会邀请她在他工作的时候去酒吧坐坐，如同他当酒保这件事好似一部电影或者是一场体育赛事，像是那种她会想要去看的娱乐项目。

和拉里·斯特兰斯基在一起时她什么都没做。很久之前，在还没结婚的时候，她唯一做的就是在晚饭休息时去他的车里见他一面。"让我看看你。"他说。十分钟以后她就回到了大楼。

她们上了车，奥利维亚坐在后座。在前座上放着一捧精心整理过的黄色康乃馨，那是一捧万用花束。

"源泉"位于镇子的中心，在一个老旧的店铺里。"那才不是教堂。"理查德会这么评价，而且那座建筑确实看上去像是场灾难，绿油油的平板玻璃上糊着层肉店油纸。外面的招牌早就拆掉了，但原本的字迹还依稀可见，那是过时了的花体字："弗里德曼家具店"。

当她们进入教堂的时候引得人人回头。穿着白色裙子的奥利维亚就像是一个天使,她是全场的唯一焦点。谢尔比没有时间打理自己的头发或者是带上隐形眼镜,但她现在是位母亲,没人会关注她。

一个母亲会因着她孩子的外貌而被评判,这是一个四海皆准的事实。

教堂里来的人像往常一样少,可杰丝牧师还是多放了一排座椅,像是永远对信徒的到来有所期盼一样。谢尔比脱下外套,连同钱包一起放到她在前排的保留座位上。她喜欢能够清楚地看到牧师——牧师的着装漂亮,一如既往地穿着一条精致的西装套裤。西装裤最初让谢尔比惊讶了一阵,她从来都是穿连衣裙来教堂的。现在她能够体会这其中的深意了。一个牧师不应该老是挂心于长筒袜会不会滑落或是衬裙会不会露出来。她的着装应该能让她自如行动如同男人一样,从而解放她的大脑,为更重要的事情服务。

谢尔比领着奥利维亚走下台阶去参加儿童活动,唱诗、阅读《圣经》以及谈论今天的传道内容。然后,孩子们会喝些牛奶,吃点曲奇饼干,同时,大人们会在楼上喝咖啡。已经来了六个小孩子了,都盘着腿坐在满是彩色方格子的地毯上。墙上张贴着孩子们的涂鸦画,能够辨认得出来,他们画的是《圣经》中的场景,因为画中的每一个男人都长着长胡子。

台阶上,谢尔比坐在她的座位上心怀感恩地闭上了眼睛。多年来,她的祷告不过是敷衍行事;坐在布雷登和奥利维亚中间,她要花整个钟头去分配玩具和用小声的斥责来阻止他俩闹起来。现在,每周日,她能感到她的灵魂终于放开,焕然一新,到达了前所未有的境界。这种事情男性牧师永远不会注意到,只有当孩子安全老实地待在旁边,当母亲的才能够真正地关注信仰。如果她能够这么一周祷告一个小时,心态就会满是平和。

就算是韦斯①牧师——愿他的灵魂安息——也从未考虑过这件事。

布雷登生下来就被发现心脏上有个空洞,那时候,是韦斯牧师在医院里坐在谢尔比的旁边陪着她。是他,手术期间在等候室里握着她的手,头靠着头一起祈祷。那是她成年以来经历过的最意义重大的时刻,但现在没人再记得了。理查德不记得,他假装那件事从未发生过;

---

① 韦斯,对"韦斯利"的昵称。

布雷登肯定不记得，他几乎是一夜间就从一个病快快的小宝宝，变成了一个极度外向的婴儿，满是淘气。只有韦斯牧师亲眼见证过她的苦难，她的煎熬等待、疑虑忐忑，她的这段事关痛苦和死亡的经历。当时她都做好了孩子会死去的准备，却意料不到（没人能意料到）在短短几年后反而是韦斯牧师去世了，死因是一种年轻人容易得的癌症，此前无人知道他得了这种疾病。

她苦难的唯一真正的亲历者——韦斯牧师已逝，已逝。

歌唱着的圣歌是一首老曲子，谢尔比听过。她从未费心去关注过歌词，而当她随着唱起来的时候却有些许感动。

> 纵使在十字架，高举我身，
> 我心依然歌咏，更加与主接近，
> 更加与主接近。①

当杰丝牧师上台布道的时候，谢尔比坐在椅子上身体微微前倾。牧师一次只和一个信徒交流，她的眼神从一张脸移动到另一张脸，就像是她关注着你的一切：无论你是生活平和还是麻烦缠身；无论你是晚上有个好觉还是半夜就因生病的孩子而爬起床来；无论你的丈夫是和你做爱还是独自在沙发上睡倒。这些都会发生，而她总是怜悯并满含深深理解地看着你，就像你最严重的罪孽早已被原谅；就像圣恩是你真的应该得到的一样。

弥撒结束，谢尔比在茶歇桌给洛伊丝·费特森帮忙。社交时间是从 10 点到 11 点——对于谢尔比而言，这是一个不那么愉快的小时。她给自己倒了杯咖啡但没拿甜甜圈，大庭广众之下嚼东西会让她紧张。

"奥利维亚看起来可爱极了，不是吗？"洛伊丝边吃东西边说，"你家那个小子今早去哪里了？"

"理查德带他去钓鱼了。"谢尔比说话的语气让人没办法继续问下去。洛伊丝·费特森是个臭名昭著的长舌妇。谢尔比的生活里没啥值

---

① 此首歌曲为《Nearer, my God to Three》，创作于 19 世纪中期。此处译文引自刘廷芳于 1933 年翻译的版本。这几句为第一小节。

得八卦的，但是她突然有一种强烈的冲动想要瞒着事实不对洛伊丝说，不把什么事情都告诉她，看到她无话可传可真开心。

"沃利昨晚在贸易酒吧看见理查德了。他可真是个好儿子，那么照顾迪克。"

谢尔比故意忽略了后面那句评价。那句话像是洛伊丝在故意提醒她，她的丈夫是个酒保。洛伊丝自己却不去想，沃利·费特森每晚每晚都流连于露天啤酒公园，不是这家就是那家，镇上的人对此都一清二楚。理查德至少去酒吧是为了帮他父亲忙，洛伊丝的丈夫可就是为了喝酒，一点别的说法都没有。

这个周日，像往常的周日一样，一小群人围着杰丝牧师。谢尔比靠过去，拿着那捧黄色康乃馨。"给韦斯牧师的，我觉得咱俩可以一起去。"

杰丝牧师看上去有点困惑。"哦，去墓地。"她最后说，"到阵亡将士纪念日①了。"

谢尔比有点尴尬地站在那里，捧着那束她在做弥撒前留在车里的花。因为车里太热，花看起来已经有点蔫了。

"你太好心了，谢尔比，可惜我现在还走不开。你可以自己去，我不想你因为等我而耽误时间。"

谢尔比说："没关系。"

要说清楚韦斯牧师这事，必须从头开始解释。最初，谢尔比的母亲在"麋"工作。在贝克屯，"麋"不是一种动物而是一家酒吧，里面烟味缭绕，男人们不是在后厅打台球、玩扑克，就是坐在吧台盯着电视看。

谢尔比的大部分童年时光都是在酒吧楼上的公寓里度过的，罗克珊对于照顾孩子的态度是：理论上，谢尔比和克丽丝特尔在遇到紧急事务的时候可以下楼去找到她。当然，她们就没下楼过。究其原因，对于罗克珊而言，有什么事情才能算得上是紧急事务呢？如果是

---

① 美国阵亡将士纪念日，每年 5 月的最后一个星期一。据此看来，韦斯牧师是个退伍军人，或者是随军牧师。

做噩梦或者是碰破了膝盖，罗克珊根本不会在意。如果是发生火灾或者是有蒙面大盗，谢尔比会去叫警察的。

罗克珊听起来就像是一个缺乏母性光辉的名字。谢尔比还是个孩子的时候她就领悟到母亲的这一特点了，就像是她知道酒保这份工作对于女人而言也不能算是一份普通的工作。

在吧台背后，是往复的日常生活。早上，卡车车身上喷着常见的商标：蓝带、钢铁城，斯特罗①。随着前门打开，从"麋"里面飘出一股满是酸啤酒味道的空气，其中有着强烈的松木香，那是罗克珊用来清洁地板的去污剂的味道。

中午，自动点唱机开始播放忧伤男声，乔治·琼斯和默尔·哈格德②的声音在楼上的房间里依稀可闻，从地板下面传来的一下一下拨打吉他的声音如同心脏的跳动。酒吧电视的频道总是被拨到什么体育比赛节目上。在某个遥远的露天体育场里，一群人欢呼雀跃。比赛解说员用激烈的语气解说着比赛情况，吸引着人们的注意力。

当夜幕来临，音乐转换，吉他开始尖叫悲鸣。在歌曲的间隙，谢尔比能够听到对话的只言片语，台球相撞伴随着的声声干脆的爆裂声。当她躺在妹妹旁边，在客厅里摊开的沙发床上等待入睡的时候，这些噪音听起来也并不那么刺耳了。

她们的母亲会在后半夜独自回房，踮起脚尖走过沙发。如果不是因为她身上的香水味道，如果那股子味道——香烟臭味和油炸食物的油腻味——能够被称为香水的话，她的悄无声息的动作几乎能让谢尔比继续睡下去了。那股子味儿就像是原本已经弥漫在房间里的气味的浓缩加重版，是一股不停从地板下面蹿上来的气味。

那股子味儿早就爬上谢尔比和她妹妹的身体、头发和衣服。她发觉这件事是因为，有一天在坐校车的时候，坐在她旁边的帕蒂·沃吉克，那个招谢尔比厌烦的人，靠过去闻了闻她然后说："你闻起来就像是炸薯条。"

现在理查德每次回家时都带着股一模一样的味道。

---

① 以上三种都是啤酒的品牌。
② 乔治·琼斯（1931—2013）、默尔·哈格德（1937—2016），两位美国歌手。两者的歌曲均为美式乡村音乐风格。

谢尔比知道，他不是一个真正意义上的调酒师，他只不过是在帮他父亲的忙。然而，她还是不那么想去看他工作。

她们两姐妹是聪明、机智、独立的姑娘。在夏天午后，她们会去镇上的泳池消磨时光。过上一段时间，等身上被晒伤了，满身都是泳池氯水的味道了，就去邻里社区间走上一走，自来熟地交些新朋友。她们的新朋友是那种必须定点回家，有着零花钱、自行车，家里草坪茂密的朋友。新朋友的母亲是那种有时会多做一些饭菜，会把好吃的炖菜和烤肉卷放在桌上精心摆盘的母亲。

她们是坚强的、务实的、恢复力强的姑娘。从不抱怨，因为抱怨帮不了她们什么。罗克珊心硬如一块花岗岩，她完全不会在意小病小灾。感冒了，她一定会这么说："去上学，你就会觉得好点。"姑娘们得了流行性腮腺炎也去上学，得了咽喉炎也去，得了急性传染性结膜炎还得去。谢尔比曾把水痘传染给了她二年级的所有同学。

因此也就很难断定克丽丝特尔到底是什么时候开始得病的。她是个那么善良、性格甜美的小姑娘；她的头发金灿灿，她的晒伤会恶化成皮疹，她的指尖一被冻就会发蓝。当她十一或是十二岁的时候，突然间就一直感觉累、难受、无精打采，就算是去上学，也没办法觉得好点了。一天晚上，谢尔比惊醒，克丽丝特尔正发烧，体温攀升如海浪。

克丽丝特尔去世后，谢尔比仔细研究每年开学第一周时由外来摄影师拍摄的班级集体照。在克丽丝特尔五年级时的照片里，她看起来还健康极了，被晒得黝黑。一年后，有明显的红色印记出现在她的脸颊上。那是红蝴蝶疮——红斑狼疮的典型症状。有责任心的母亲一定会注意到。但是罗克珊呢，等她带克丽丝特尔去看医生的时候，克丽丝特尔已经双脚发肿、肾衰竭了。一夜之间，一切翻天覆地。一周三次，布兹·沃特林会开车载克丽丝特尔到二十英里以外的有化疗机器的县医院去。

布兹·沃特林是罗克珊的男友，是个留着自行车把手般的翘八字胡的高大光头男。和大多数男人一样，他也曾是个矿工。后来他当上了黄色大巴的司机，克丽丝特尔和谢尔比上中学时曾坐过那车。当时，罗克珊正交往着另一个男友，所以她们很少去注意那个默默无闻的大巴司机，那个从来也不换件衣裳穿的粗鲁的人。

在上中学的三四年以后，在罗克珊带布兹·沃特林回家的时候，他还穿着那件绿色格子衫。

布兹·沃特林的车闻起来满是须后水的味道，呼出的空气都带着薄荷味。最开始的那一周，罗克珊还跟着他坐车一起去。后来，治疗被重新安排到了下午时段，在放学以后，这样谢尔比就可以代替她去了。布兹开车时一言不发，穿着迷彩夹克的身子弯腰前倾在方向盘的上方，听着广播里直播的棒球比赛。姐妹俩一起坐在后座上咬着耳朵，假装他不存在。

治疗室被塑料帘子隔开，谢尔比坐在克丽丝特尔床边的扶手椅上。一次治疗要花上四个小时。当妹妹睡着的时候，她就看一台用螺丝固定在天花板上的小小电视，看《不安分的青春》和《地球照转》。

住院的时候克丽丝特尔经常接收到别人的善意。助工女士们拿来手工曲奇。年轻志愿者姑娘们包了一些小礼物——唇膏、巧克力块、一本填字游戏口袋书——放在四轮治疗车上。

每周五结束治疗后，当克丽丝特尔要去见医生的时候，谢尔比就在楼下的候诊室大厅做作业。候诊室经常人满为患。她曾经看见小孩以及大人哭啼，像是什么悲剧发生了一样。时间久了，她就能认出一些人来。一个穿着开襟毛衣、特别矮小瘦弱的男人老是出现在那里。他坐着，低垂着头颅，悄声说话。几周过去，谢尔比才知道他在祷告。她还从未亲眼见到过这类事情。

那个男人不在乎你是一个男人、女人还是孩童。他只是低垂着头，握着你的手。

一个星期五，他对她说："你在写些什么?"

候诊室挤满了人，他坐在她旁边，他们的肩膀几乎靠在一起。他面色苍白而俊美，睫毛长得仿佛女子。

"一个报告，关于宾夕法尼亚州历史的。"由于不习惯应对这样的问题，她搞不准需要回答多详细才好，"是关于德雷克上校的。你知道，石油热。"

他倾身靠过去，照着她膝盖上的笔记本读了出声音："当世界上第一口油井被架立于宾夕法尼亚州的西部时，埃德温·德雷克上校是那

066

个应全部归功与其的人。写得真不错。"他面带微笑，"你妹妹感觉好点了么？"

羞怯占据了她。"你怎么知道她是我妹妹的？"

"就因你们长得像。"

这个答案无端地让她高兴。谢尔比并不难看，但克丽丝特尔却称得上是很漂亮。每个人都这么说，她觉得那就一定确实如此。

"透析很难熬，好在她还有你陪着。"他的声音温柔而带有韵律，和歌唱只有一步之遥。

"她得了狼疮。"

"那是一种可怕的疾病。"

他们一起坐了一会儿，盯着电视看，把频道换到一个播放着公告的当地电视台。电视上播放着"撒克逊县公平拖拉机竞赛""消防员庆典之水枪大战"。

"我很乐意和你一起祷告。"牧师韦斯利·皮科克说。

他说："这对你来说一定很不好过。"

他根本不明白。那些曲奇和填字游戏，那些给克丽丝特尔梳头发、嘟嘟囔囔地管她叫"甜心"的志愿者。谢尔比是一个饥肠辘辘的孩子，被迫看着别人饱食餐饭。

她看到他像对待每个人那样，低垂着头牵起她的手。

她的母亲在周日的早晨会睡个懒觉，所以对于谢尔比而言，穿着唯一一件她还能穿下的漂亮衣服偷偷溜出公寓还算是挺容易。十四岁了但还在生长，她是个晚熟的孩子，罗克珊几乎没办法给她买到合适的蓝色牛仔裤。谢尔比的旧衣服留给了克丽丝特尔——那个从不曾穿上它们的克丽丝特尔，那个在剩余不多的日子里只穿着宽松的短睡衣、裹着阿富汗毛毯待在沙发上的克丽丝特尔。

第一个周日，谢尔比选了一个中间不显眼的位置。教堂里满是一家子一家子人，家长和孩子们在一起祷告。他们看上去似乎对于她这样一个年轻的姑娘独自坐在一边感到了些许困惑。

讲坛上的韦斯牧师面朝着她说："我要欢迎那些新加入我们教会的人。我们很高兴你来了。"

弥撒结束后，他面带微笑和每一个人在前厅里打着招呼。谢尔比从远处看着韦斯牧师以及站在他身边的那个女人。那是他的姐姐，谢尔比最开始如此猜测。她有着和他一样的光亮的黑发、温和的棕色眼睛。

韦斯牧师似乎见到她很高兴："杰丝，这位是谢尔比，我跟你提到过的那个女孩。这是我的妻子，杰丝。"

他是个成年男性，是个有着自己教堂的牧师。当然，他的年纪足够大到有个妻子。

"我们在弥撒结束后会有些社交活动，"他对谢尔比说，"你可以过来，去见见其他的年轻人。"

"我得回家去，"她结结巴巴，"陪我妹妹。"这话不是真的，一点也不：克丽丝特尔整天只会睡觉和看电视，不管谢尔比在还是不在。可韦斯牧师用流淌着善意的眼神看了她一眼，这让她为自己撒了这个谎而感到十分高兴。

"克丽丝特尔在做透析，"他对他妻子说，"谢尔比总是陪在她身旁，再没有比她更有爱意的姐姐了。"

谢尔比回家换下了去教堂的衣服。她的母亲还在睡着，没注意到她曾出过门。瞒过她是如此轻而易举，谢尔比几乎能够这么做一辈子，如果不是因为那天在"来得爱"①的事。

由于只有成年人能够给克丽丝特尔买处方药，谢尔比和罗克珊得一起去来得爱买药。如往常一样——和去商店、银行、邮局的时候一样——谢尔比指了指"禁止吸烟"的标志。

如同往常一样，罗克珊点了一根"弗吉尼亚"细烟。

几乎就在下一秒，谢尔比看见了他。他们在自动门那里擦肩而过，谢尔比和她母亲从入口进，韦斯牧师从出口出。看到谢尔比的时候，他咧嘴一笑，挥手致意。

"那人是谁啊？"罗克珊问。

她们在门槛那里磨蹭了一会儿，她们的体重压在门口的橡胶踏垫上让自动门大敞着口。终于，她们进了商店，然后，又尴尬地转身走了出来。

---

① 来得爱（Rite Aid），美国连锁药店。

韦斯牧师在人行道等着她俩，他在开襟毛衣里面穿着笔挺的衬衫，系着领带。

"谢尔比，这位是你的母亲么？"

"你谁啊？"罗克珊问道。她穿着毛边短裤，没戴胸罩，嘴里摇摇晃晃地叼着烟。

谢尔比略带笨拙地做了介绍。罗克珊吸尽最后一口烟，然后把烟蒂扔到地上用鞋跟碾了碾。

"我不喜欢他，"过后，在药店柜台排队时，她对谢尔比说，"他看上去像是个牧师。"

"他就是个牧师。"

"他是个成年男人，到底他想对你做些什么？"

"他在教我《圣经》。"

罗克珊好像对于这个答案有些失望。谢尔比心想刚才应该编出一个更好的说法。

"他指导我做作业，关于德雷克上校的报告。还有，他有个妻子。"

"他们都有个妻子。"

在那之后，就不再需要偷偷摸摸地溜出去了，只是，罗克珊偶尔会嘲笑她："要去见你的男朋友了么？"几个月以后，当他提供教堂给克丽丝特尔办葬礼的时候，罗克珊改变了她的说法，宣布他是"人畜无害"的——但说这个词时所用的那种语气听起来像"人畜无害"是一种生理缺陷、一种不可救药的性格上的瑕疵。

难道一个男人应该是有害的么？除了那位沉默寡言的布兹·沃特林，谢尔比就不认识其他男性了。她的全部人生都在一间两室公寓里度过，在那里即使开着门洗澡也无所谓，因为她们全是姑娘。

即使是罗克珊也得承认，葬礼办得漂亮。韦斯牧师致的悼词里满是个人轶事，如同他见证过克丽丝特尔的整个生命历程。事实上，他和克丽丝特尔并不熟，他只不过是记住了谢尔比告诉他的那些事。

布兹·沃特林有时会给她母亲身上留下些瘀青。

韦斯牧师记得谢尔比曾告诉他的一切事情，也不曾给任何人的身上留下瘀青。谢尔比对此确信无疑。

他当然和克丽丝特尔不熟。谢尔比的妹妹太过害羞，极为怕生。

化疗让她太过虚弱没办法接待访客。对这些说法，还有其他一些别的说法，韦斯牧师不曾质疑，全盘接受，而谢尔比也得以继续独自一人前来。

　　黄色康乃馨，万用花束。她把花放在他的坟墓上。

2

不存在意外之事，万事发生皆有其原因。理查德的妻子老是嘟囔着这些自明之理。"狗屁不通。"他冲她说，尽管他希望自己是错的那一方。也许他就是错了，因为在一个下午，当他从贸易酒吧的地下室走出来的时候，他发现博比·弗雷姆正独自一人坐在角落的卡座里，敲敲点点地在手机上写着短信。

"嘿。"理查德招呼道。

弗雷姆抬头，被吓了一跳。午餐的残渣剩屑还摆在他面前：椒盐饼干的包装纸、一张弄皱的餐巾纸、一块吃了一半的腌黄瓜。

"你不记得我了，对不对？我是理查德·德夫林。你来过我家，我签了一份天然气合同。"

"我当然记得，"他流利地说，"很高兴见到您。"

理查德直接跳过寒暄。"如果你忘记了，我能理解，因为已经过了有段时间了。去年8月，你们来了两个人。"

"好像是的。"弗雷姆温和地笑了笑，但是他的眼神看起来有些惊恐，如同他正在被一个疯子拦住搭话。从某种程度上来说，事情确实如此。

"我很意外还能在这里见到你，"理查德说，"我以为你早就走了。"

"我确实离开了，现在回来是为了出庭给一个案子做证。小事情，不重要。"弗雷姆匆匆补充道。他略带遗憾地看着那个腌黄瓜，然后拿出钱包，往桌子上放了一张钞票。"保重身体，德夫林先生。帮我向您妻子问好。"

"啊，稍等一分钟。"理查德差点没忍住用手往这家伙的身上招呼一下——不是为了伤害他，只是为了阻止他逃走。他不是很擅长把自己的想法用合适的方式表达出来。"关于我的合同，到底里面的'等候期'是个什么情况？我邻居沃利·费特森家的钻井一年前就开始开采天然气了。"

"坐下说，德夫林先生。这事解释起来要花上一点时间。"弗雷姆伸手到旁边的座位上拿了一张干净的餐巾纸，"你有多少来着？六十英亩？如果我没记错的话。"

他从前胸的口袋里拿出一支钢笔，然后画了一份简易地图。

"你看，这里是你家。"他画了一个方块，用字母 D 做了一个标记，"然后这里，南边，是你邻居纽格鲍尔先生家。基普勒家就在西边一点。你三个都签了合同，这是个好事情。我们想要做的——也是我们需要做的——就是用同一个钻井平台同时开采你们三家。"

"明白。"理查德说。

"而我们面临的问题则是，"弗雷姆画了另外一个方块，然后在里面填上斜线，"这里是月月友牧场。土地所有人是你的邻居，麦基家。他们的农场正好就位于我们规划好的要建钻井平台的那块地的中间。但是麦基他们家拒绝签合同。"

这可给理查德的成人生涯添上了一个巨大的、令人丧气的教训：没有，就没有任何事情是简单的。"我不懂。你就不能在我那块地上建个平台么？"

"德夫林先生，我很愿意。没什么能比那样更能让我开心了。但是只有六十英亩可没办法回本。现在，基普勒先生在这儿"，他画了一个长矩形，"有四百英亩。如果最后没什么别的好办法的话，我们也许会单独给他建个小钻井架。但是对于小一点的地方来说——你的和纽格鲍尔先生的——我们必须想办法打包一起搞。"他在餐巾纸的边缘又画了一个方块，"这里是你的邻居克鲁格先生家。现在，如果我们能够说服他合伙——德夫林、纽格鲍尔和克鲁格——加在一起就能算上一份了。那也许就值得我们开搞了。"

理查德一下觉得疲惫极了。这件事的完美解决——如果他有那种运气的话——完全取决于克勃·克鲁格，一个众人皆知的疯子，一个能止住小儿夜啼的狂躁怪胎，一个臭名昭著的避世者和囤积狂，一个总是打给"开放麦克风"——那个地方电台的来电互动节目，要求其对他满脑子的疯狂思维和偏执理论给出更多解答的男人。

在所有人中，克勃·克鲁格握着他通往未来的钥匙。

"让我猜一下，克勃不打算签。"

"他不打算，拒绝得斩钉截铁。他差点为此轰掉我的脑袋。我不认为有任何事情能改变他的主意。"

"那就只剩下麦基家了。"麦克和雷娜，那对运营整个月月友牧场的女同性恋奶农在当地很出名，尽管镇上没人和她们有什么深交。作为同住在农村的邻居而言，理查德曾经远远地见过她们一次，在从九号公路上飞驰而过的老旧皮卡里。除了乡间的流言蜚语，他对于她们一无所知。

"非常正确。而且她们……好吧，我只见过其中一位，她是个长得不错、有些顽固的女人。真是顽固，相信我，我尽力去说服她了。"博比站起身来，"如果这能够给你些安慰的话，我只能说，你不是一个人，你的邻居们都在一条船上。"

"所以我就没什么可做的了？"不公的待遇刺痛了他：他的整个未来，他孩子的未来，都因为邻居的不智之举而被抹杀掉了。

博比·弗雷姆略带怜悯地看着他："你看，我很理解你。如果我碰到这种事，我也很生气。"他拍了拍理查德的肩膀，"你想听听我的建议么？去和麦基家谈一谈。我尽力了，但我不过是一个从得克萨斯来的陌生人，话从你口里说出来更有分量。"

麦克正在小溪里挖着淤泥，冷水没到了她的脚踝。一辆皮卡正沿着小路开过来。那是一辆老旧的雪佛兰，有着圆形大灯和一个咧着嘴笑的宽大前保险杠格栅，看起来像是友善的狗脸。在方向盘前的是她的邻居，卡尔·纽格鲍尔。在他旁边的是一个年轻人，她一开始差点没认出来：汉克·贝克的外孙子，她南边的那位邻居。

他们三个一起坐在前廊上喝着罐装啤酒。麦克光着脚，她的靴子放在砖头上。靴子软趴趴地弯着，在太阳下晾晒着。她对于有啤酒，有伙伴，能有如同动物般赤着脚晒干双足的那种简单的快乐而感到心满意足。下午的时光炎热而平静。

卡尔·纽格鲍尔已经老了，他皱巴巴的喉咙看起来如同是被吊起来的火鸡。他看上去更像是八十而不是七十。麦克有些年没见过他了。除了她为数不多需要去镇上的时候——去安利、理发店、五金店——她几乎不怎么出门，是个"宅女"，但她还是很高兴能够碰见她从孩童时期起就认识了的邻居——那些逐渐消逝而去的、认识她的父亲的老家伙们。她总是很乐意能有男性朋友的陪伴。

卡尔从他口袋里拿出一小罐鼻烟，捏了一小撮给她。"最近怎么样，苏珊？我在镇子周围都见不到你。"

那是一个没人会再叫的名字，一个她憎恨的名字。但是卡尔曾是她父亲的朋友，他愿意怎么称呼她就怎么称呼她。

汉克外孙子的姓氏是德夫林，麦克曾在他家的邮箱上面见到过。

"忙。"她说，"兽医来这儿待了一早上了。这是这周第二次了。"

这种简短的闲聊让两人都无话可说。寒暄被抛开在一边，卡尔毫不浪费时间："我猜关于钻井那档子事你已经做出决定了。"

"是差不多了。"麦克从她椅子下面拿出痰桶放在桌子上，放在他们两个的中间。至于德夫林，她注意到，他并没有在嚼鼻烟。

卡尔严肃地点着头："我在想你父亲遇到这种事会怎么处理。他不算有经商头脑，但是他可不会面对那么一大笔就摆在桌子上的钱不要。"

麦克身体缩了一下，这么说她父亲有些过分。但是她也知道这确实属实：父亲给月月友牧场留下了一个财务上的烂摊子。如果他多活上五年，会让农场毁于一旦的。

"他们付你百分之十五的钻井收益，"卡尔说，"如果你安排得当，还会更多。我猜沃利·费特森都已经赚了一百万了。一百万美元，连手指都不用动一下。"

对于麦克而言，这笔钱多得都难以想象了。你很难去和那么一大笔钱过不去，尽管如此，要是雷娜在这里的话，她会试上一试。

"我们不要求任何人赞同我们的决定，"她说，"我们从来没这么要求过。"

"我想那是真的了。"卡尔说。

雷娜不在这里更好点。就算是她能够控制住她的舌头（不太可能），单单是她出现在这里就会让麦克不舒服。就算只是并排坐在前门廊的秋千上，一起出现在邻居面前，就会透露太多关于她们自身的事情。

"看起来你才是那个想要说服我们的人，"麦克伸手拿痰桶，"我们想要的和其他人一样，只是安安静静地运营我们自己的农场。"

卡尔似乎考虑了一下。

"你们姑娘家做事脚踏实地、行事正派，我尊重这一点。而如果你们打算白白错失一个良机，好吧，我想那是你们自己的事情。但是一旦你们要从我口袋里拿钱，我就必须说点什么了，"他故意吐了口口水，"你们家的地正好就在他们需要运作钻井的地方的中间。我那儿要搞钻井，理查德那儿也要搞钻井。妈的，连吉姆·诺顿那么一小片地，他也要搞。但是如果你不签那张纸，我们没人能够得到一分钱。"

麦克看了一眼天空。太阳正在下沉，下午过半，阳光不偏离分毫地斜照下来。雷娜马上就要回家了，带着她的"周一档心情"。在周一的晚上一切皆有可能，雷娜可能伤感或是愤怒或是思虑万千——当她去监狱探望过她的儿子，并一起度过满是痛苦的几个小时以后。

麦克穿上她的靴子，里面暖洋洋的，温暖直达双脚。"好了，我该回去了。谢谢你们开车过来看我。"

她送男士们回到他们的皮卡旁。德夫林没说一句话，握了握她的手。

"你能至少再考虑一下么？"卡尔说。

"当然，"麦克说，"当然，我会的。"

老旧的卡车沿着小路颠簸不停，尘土飞扬。

事件发生之前的一周里，已经有了一些迹象。尽管没有发生比在她们的台阶上留下一个熊熊燃烧的垃圾袋更有戏剧性的事，但是毫无疑问，有什么事情不对劲。雷娜正在向镇警察——警长卡尔尼切拉解释这件事。他们正坐在警察局里，那是一个正方形镶满木板的房间，位于撒克逊储蓄借贷银行的地下室，房间小得只摆得下一张办公桌和两把椅子。

"迹象？"警长在黄色标准便签纸上胡乱画着。他粗短的手指握着笔，像是握着一把锤子或是一把螺丝刀。至今为止，他还没认真写下任何东西。"什么样的迹象？"

他们的打扮方式，如同真人大小的娃娃一般，很能说明他们的情况。他们的衣着阐释着他们是谁和他们是干什么的。他穿着海军蓝裤子和制服衬衫，衬衫的扣子之间被撑开。她穿着宽松的罩衫和退色洗旧的裤子，刚刚熨烫过，白色帆布上满是那些急诊室给她留下的印记——血，尿，呕吐物，眼泪。

卡尔尼切拉警长仔细听着，眉头紧皱。他的头发剩下得不多了，颜色看上去有些暗淡，有点长，一缕缕的，被梳过去盖在秃了的地方。在高中，他曾经是明星摔跤运动员，是那种看上去比其他人都要年长的人——如同很多年轻的意大利人一样，是性早熟的受害者。在学级照片里，他是唯一一个长着胸毛的新生。到了毕业的时候，他的发际线已经退后，胡茬满脸，年老得如同别人的父辈一般了。

在雷娜身后，伴着咔哒一声，房门被打开。镇秘书长探出她的脑袋："我要去吃午饭了，警长，你需要点什么？"

"警长。"贝克屯里所有人都这么称呼他，不带丝毫的讽刺意味。事实上，他就是警察局本身，是警察局的唯一雇员。除了雷娜以外，没人觉得这很荒诞。

"哦，我不用了。不好意思，"警长对雷娜说，"继续。"

第一个迹象发生于上周一，在邻居造访时。"他们对那事表示理解，"雷娜说，"但是他们并不满意。'如果你不签那张纸，我们没人能够得到一分钱。'这是他的原话。"

警长皱了皱眉："你描述的情况属实么？"

雷娜点点头。

"听上去事情有哪里不对劲。"

"那不是重点，"雷娜了然，她早就已经明白，如她所料，这次对话毫无意义。找警察报案留档是麦克的主意，麦克是那种相信法律和秩序的人。从个人角度而言，雷娜对警察可没什么信心。

第二个迹象发生在上周二。在医院值完班，她开车回家，到半路的时候意识到前轮胎被扎了。

警长总算开始写些什么了。"关于你的车，一共损失了多少？我觉得也就是两百元的一个轮胎。"

"算是吧，就这样吧。"雷娜说。

第三个迹象就是台阶上的燃烧物。麦克咒骂着用脚把那东西踩灭，当她意识到里面放着什么玩意的时候已经太晚了。那玩意也许来自哪个邻居家的奶牛，或者就来自于她们自己的牛。任何一个陌生人都能翻过篱笆墙然后捡满一整袋子那玩意。在撒克逊县，她家附近，足有六家奶农。牛粪到处都是。

"这是骚扰。"雷娜说。

警长看上去不为所动。"你是说这些事是都相互关联的，是团体犯罪？"

"哦不，不是。也可能是不同的人干的，但是他们想传达的意思都一样。"

"是什么啊？"

"我已经解释过一次了，他们想要我们签个天然气合同。"她说，"还能是别的什么事情么？"

"从执法角度而言，我的专业意见是，你就是被一帮无事生非的年轻人恶搞了一下。"他有意识地停顿了一下。

"你儿子怎么样了？"

"他很好。"

"在那儿他们对他还好么？"

"他很好。"

一阵沉默。终于，警长站起了身。

"抱歉，雷娜，我也想帮助你，我可以为车那件事填个报告。但是就我看来，这些事不过是些毫无关联的小破坏。我对此无能为力。"

所以，就这样吧，你选择的立场不受欢迎。这种情况不新鲜，麦克和雷娜相互提醒着对方。

好像她们能忘记一样。

她们所住的农场如同一座孤岛。定期地，她们中的一个，通常是雷娜去商店买些补给品。对于农场而言，麦克才是真正不可或缺的那个人。雷娜绝大多数时候都在别的地方做着贡献。是雷娜为家庭提供稳定的收入来源，是雷娜复出，去成为一名矿工医院全职的员工。那份工作要求她一周工作五天，要求她不得不划船驶离孤岛去到岸边。

她最近才刚刚把工作转为五天的全职工作。直到去年夏季，她还只是在那里兼职。医院付她很少的薪水，只够勉强度日。然而，那年10月，她们的油费上涨了一倍。

"翻倍了？怎么可能？"那么多年过去，麦克还是没习惯，总被坏消息震惊到。雷娜就从不感到惊讶。每个月，是雷娜在绞尽脑汁计算，费尽心思去保持那个极其勉强才能平衡的等式：一边是价格波动剧烈的乳业市场，另一边是上百笔或大或小的起伏不定的开支。

"我们没办法这么运营下去。"她说。这话一次又一次被谈起，直到麦克终于听进去。"我必须去做份全职工作。我不在乎。"只有部分是真话。雷娜讨厌去医院做全职工作，她觉得那工作糟糕极了；但全职工作也不会比兼职工作糟糕到哪里去。现在，她是个万金油，哪个科室需要人手她就去哪里：外科、内科、急诊。坐第二班——3点到11点——让她在早晨有空余时间去帮麦克挤奶。在离开农场去医院之前，她能够把日常的农活都干完。

昨天，雷娜休了一天假，去了匹兹堡。她先去了趟翠苑，在餐厅楼上的办公室里和纳塔莉·拉文德碰了个面。那是一间通风良好，阳光满溢，铺着金色木地板的房间，四周和角落里塞满了绿植。浓郁的香气从地板下面升腾起来，是培根和炒洋葱的味道。一阵和煦的微风伴着窗外街道上车水马龙的微鸣声通过打开的窗户飘了进来。

"实在抱歉，雷娜。这不涉及个人因素。月月友的农产品一直都很棒。"

纳塔莉看上去像是一个年老色衰的电影女星：个儿高，有着一头银发，那颜色在自然界中压根找不到。雷娜一直盯着她的脸看。现实中的纳塔莉坐在那洁白无瑕的办公桌后面，穿着淡色亚麻裙子，沉着冷静；穿着白色主厨厨衣的她，则顶着一个粗体的标题，出现在一张最近出版的《三河》杂志的封面里，就挂在她身后的墙上。

从农场到饭桌，星级主厨把土物变食物。

"是由于我们做错什么了么？"面对纳塔莉，她觉得自己很邋遢，不过是个穿着凉鞋和自己做的棉布裙子的农家妇女，裙子还很难看，接缝处的花朵图案完全没有对齐。

"我们的食客看了报纸，他们知道了你辣边发生了什么。"纳塔莉说的是"辣边"。她来自澳大利亚或者新西兰，雷娜从来没记清楚过是哪里。

"我不明白。"天蒙蒙亮就起床挤了奶，然后还在高速公路上忍饥挨饿地开上了几个小时的车，为找地方停车费尽了心思，纳塔莉的助手端上来的黑咖啡还让她反胃不已。雷娜完全不在状态。

"翠苑对于在哪里采购食材是完全对外公开的。"纳塔莉递过来一张纸，"这是今晚的菜单。"

雷娜读出了声："安格斯菲力牛排和本地嫩青，30。钻石农场草养牛，洛雷恩县，俄亥俄州。这信息可真够详细的。"

"我们的食客想知道他们到底吃的是什么，产自哪里。"

雷娜看了眼菜单。甜品菜单里的一项内容引起了她的注意：奶心酥球配当季浆果，10。波特县草莓，希尔斯代尔农场，伊斯菲特，宾夕法尼亚州。撒克逊县奶油，月月友牧场，贝克屯，宾夕法尼亚州。"什么是奶心酥球？"

"奶油泡芙。"纳塔莉说。

"谁能吃上十个那玩意？"

"不，那个是价格。10美元。"

"就为个奶油泡芙？"

"确实，这对于匹兹堡的消费水平来说有些高了，但是我们的食客愿意付这笔钱。"她略带歉意地微笑着，"这就是问题所在了，真的。如果你愿意花几百美元吃个晚饭，你就会觉得自己有资格向农民问些问题。比如，你从哪里引的水？”

雷娜的脸上一阵发热——在最近的几个月经常出现这事，而且在压力下会让这种情况更严重。“我们自己有口井。”

“从地下水取水的井，那地下水流经你家农场和周围所有的土地。”纳塔莉有意识地停顿了一下，“你周围的邻居有多少人签了天然气合约？”

“一些。”

“好了。你能够保证没有任何的相关化学物质混入你喂给动物喝的水里头么？”

“我明白你的意思了，那我们能做什么呢？去做个水质测验么？”

“如果我是你，我就做检测。但是这和我没关系，”纳塔莉把她那漂亮的双手翻转过来，掌心向上，“那没办法解决我的问题。当食客们看到‘撒克逊县’的名字出现在菜单上时，就会想起天然气钻井。当然不是全部的食客，但是确实有那些揪住这点不放的人。我不能保证他们就错了。”

“我家的地很干净。”雷娜胸中涌现出一股强烈的情绪，随之脱口而出，“这两年来一直有一些天然气公司的人来敲我们。跟你讲，我都数不清到底有多少了，但是我就从来没有让他们进过我家一步。”

“但是你的邻居签了。”

在这一点上倒是没什么可以争论的。

“我很抱歉，雷娜。月月友的牛奶是我在所有牧场里见到的最棒的，要找到替换品对于我来说也是件麻烦事。”纳塔莉伸出了她的手，“祝你好运。”

雷娜从后门离开餐厅，想着，或者是幻想着，在后厨员工脸上看到同情的表情。她开车在街区上绕了一圈，把车停到一个便利店的停车场，然后拨通了麦克的手机。手机放在厨房桌子上的篮子里，那个小手提篮子里放满了麦克的个人杂物：锡制鼻烟盒、班丹纳花绸汗巾、奇怪的罐头。雷娜都能猜到手机在空旷的屋子里玲玲作响的样子。

“翠苑把我们甩了，”她给语音信箱留言，“我一会再解释，事情有点复杂。”

如果不随身带着手机，那买个手机的意义何在？

在她身后的某个地方，有一辆车的警报器响了。

转向有机畜牧一直都是雷娜的主意。当麦克的父亲还在世的时候，这类事情几乎完全没办法做：皮特对于所有事情都顽固不化，而麦克则对他崇拜至极，还继承了他的薄弱之处。直到他去世很长一段时间之后，麦克还是把做出任何的改变看作是对于她父亲的背叛。

"你真的打算这么做？"

"有机。"雷娜直言不讳。她并没有把自己当作一个真正的农民。作为一个矿工的女儿，她整个童年时期都在一个有后院那么大的沙堆里玩耍度过，就在波兰小丘的一家公司办公楼后。她年轻时候曾经梦想过一个和现在完全不同的将来——一种城市生活，如同那些出现在电视里的人。

就像是其他人一样，当她爱上麦克的时候一切都改变了。

作为情侣，她们根据自身所擅长的和所喜欢的选择了不同的分工。麦克讨厌那些商务事宜——对其抱有近乎敌意般的漠不关心，这意味着雷娜要去读《农业新闻》《乳业周刊》以及《畜牧》，要填写联邦牛奶销售损失保障报账单；要做出纳、记账，记录借、贷、支出、收入。在这种情况下，她确实掌握着特定的优势。当麦克扭动不安得如同一个高中生的时候，雷娜做出发展有机牧业的决定，用详尽的数据做支持：更高的牛奶基础售价，更低的牧草喂养费用，以及在运输费用和兽医费用上的节省。

她确实没做错，九年以来她的决定都很成功。不光是生意，据麦克说，这让她重新找回了从事畜牧业的乐趣。她们决定不再盲从饲料和激素的销售人员。在皮特传下来的荷斯坦奶牛群里，麦克又添了杰西奶牛和杂交杰西奶牛。为了增加放牧面积，她们从佩奇·劳斯那儿又多租了几英亩地。花了三年时间，月月友牧场被认证为有机牧场，她们的牛奶销售几乎翻了一倍。开弓没有回头箭，万事本就如此。

雷娜开着车，想着心事。是翠苑主动接触她们的，她们能够有那么个客户完全是在意料之外。在纳塔莉·拉文德去找她们之前，雷娜和麦克根本没听说过这家餐厅。纳塔莉·拉文德一直去自己家附近一家叫作"乡村农家蔬果店"的健康食品店进货，那里卖月月友牧场的奶，但是她实在不想再付那些零售差价了。纳塔莉同样也对于别的产品感兴趣：发泡奶油、酸奶油。当她给牧场打电话的时候——直到现在雷娜和麦克也没有一个专用的业务电话——麦克都有点疑心了；但是雷娜看到的是一个宝贵的机会。如果纳塔莉·拉文德——流行烹饪书籍的作者，电视厨艺秀的常驻嘉宾——选择了月月友牧场的奶和奶油，其他的餐厅也会这么做。另外，雷娜告诉麦克，她们既然已经开通了送往匹兹堡的运货线路，在翠苑那里额外加上个送货点不会花费太多。

如她预期的一样，更多的订货单来了：精品熟食店、糕点店、一家新开张的法式餐厅。那家餐厅流行极了，圣诞节前的每一个位置都被预约满了。他们一周五十加仑、一百加仑地进货。这些主顾多久以后也会被吓跑？

连同其他许多事情一起，这股子想法让她汗流不止。她调了调车载空调，空调需要重新加氟了。风扇卷起一阵微弱的暖风。在餐饮业这行当里，声誉就是一切。其他主顾们知道月月友牧场被天然气井环绕着么？到底人们是怎么传的话？

龙尼·齐默尔曼也许知道。

他的商店，乡村农家蔬果店，是她们在匹兹堡市里找到的第一个主顾。当时雷娜还在用放在旅行车后面的穹顶冰柜亲自给人送牛奶。在所有主顾里，他是唯一一位被她当作朋友的人。

她把车停在商店后边的小型停车位上，从后门走进商店。店里面，一个独身一人的顾客正在浏览着商品货架，上面满是保健品、顺势疗法产品、茶叶、干香草、味道奇怪的肥皂。在冰柜里摆放着月月友的牛奶和酸奶。虽然店名里带着"蔬果"两个字，但是除了牛奶和酸奶，店里其实并不出售其他别的什么食物。

她在收银台找到了龙尼，他正翻着报纸，穿着一件老旧的员工服，戴着他那充满个人特色的彩虹色男士背带，打扮和他在 1978 年时一模一样，甚至没准和当年穿的就是同一件衣服。如同商店拥有者一样，商店也拒绝去改变。店里焚烧着纳格·查姆帕熏香，用来掩盖他吸大麻的味道；水泥墙上贴满了手工广告传单——吉他课程、素食代餐和幼托服务。上面褪了色的藏式经文条幅给这家店添加了一种古老的气氛，让它像是个已经废弃的停车场。

龙尼从报纸上抬起了头。"雷娜！什么风把你吹到我这小破商店来了？"

"我在镇上有个会。我想和你谈谈。"

"看起来，你似乎该来点提提精神的小吃。"他把报纸卷起来放到柜台下面。与此同时，门开了。"嗨，兄弟！"他伸着脖子说，"雷娜，你见过我的好兄弟洛恩么？"

她转过头。那男的看起来和她同岁，精瘦，是那种长发帅哥，他正搬着一箱子绿色传单。当天晚些时候，她重新回忆了一下当时的情景。她最先回想起来的关于他的印象是——机敏的黑色眼睛，自在放松的走路姿势。但在商店时，她没注意到这些，她就是单纯地对于谈话被打断而感到有些烦躁。龙尼的那些嬉皮士好朋友们可以连续几个小时抱怨地方政策，声讨万恶的人工甜味剂、学校午餐的营养失调，随着大麻的传递，一个接一个地把那些咒骂个狗血淋头。

"我叫洛恩·特雷克斯勒。"他边说边伸出了手。

"雷娜是我的农夫朋友，那家月月友牧场的女奶农。让我看看那个。"龙尼从洛恩搬着的箱子里拿起一张绿色传单。"嗨，还不懒。'滚出宾夕法尼亚州。'我自己想出来的。挺好的，是不是？"

"你就是个天才，龙尼。"特雷克斯勒递给雷娜一张传单，"不好意思打扰你们，但是作为一个农场主，你也许会对此感兴趣。"

"告诉州长我们受够了。"她读到，"让天然气巨头滚出我家后院。"

"下个月在哈里斯堡有场抗议活动，"特雷克斯勒说，"如果我们人数够多的话就能租辆车一起去，你跟我们来么？"

"不了……也没准。我对这件事了解不多。"她用麦克的一条班丹纳花绸巾擦了擦前额，好掩饰住自己对这件事的观点。

"你这是碰巧赶上了，雷娜。洛恩是位专家，也许是在水力压裂法、水污染和这一整个领域中还活着的最权威的专家。"

"太过誉了。"特雷克斯勒放松地说，"我不过是个地质学家。也许没准我还是个社区活动家，尽管那不过是最近的事情。你的农场在哪里？"

"撒克逊县。"

他略带严肃地重新审视了她："那儿可有不少钻井，而且情况会越来越糟糕，半个县都签了合约。"

"这不是开玩笑吧？你可从来没跟我说过。"龙尼疑惑地看着她，怀疑猜忌都写在他脸上了，对于月月友牛奶的纯净性的质疑慢慢浮现。她们注定又要失去一单订单。

"好吧，情况还不那么坏，但是我知道有的人签了合同。"雷娜想起那些来拜访的邻居们，以及麦克新产生的矛盾情绪："那是笔不错的交易，我们能用上那笔钱。"想到这儿，雷娜说："但不是每个人都签了。我们没签。"

"如果社区已经产生纠纷了，那就正是组织起来的时候。"

"我不是那么政治化的人。"雷娜说。

"没人想特别政治化，直到为时已晚不得不做。"特雷克斯勒好像在通过目光研究她，这让人有点不安。她想不起来上次有人这么盯着她看是什么时候的事情了。

"如果你改变了主意的话，在这里能找到我。"他从口袋里递给她一张名片："洛恩·特雷克斯勒，地理系，系主任，斯特灵大学"。雷娜还从未遇见过一个教授。她的护理函授课程是在社区大学完成的——那里都是本地人，都是女学生，学历不知为何不被认可。

龙尼把那张小传单钉在了公告板上面。"告诉她，洛恩，在西边有些人能够点燃自己家的自来水。"

"那不可能。"雷娜说。

"哦，是么？话别说得太早。"洛恩·特雷克斯勒面带着一种独特的微笑。他的整个笑容要花上整整三秒钟才会完全绽开。这时间是后来雷娜计得出来的，她一想起洛恩就会想那种缓慢展现的微笑。

"还记得爱河事件①么？要不了几年，这次的事估计就会发展成为巨大的社区灾难。现在他们可是正在开钻二十个州的土地，这可是场大规模的生态破坏啊。"

"爱什么？"

龙尼张大了嘴："爱河，毒废品，迪克逊，'别在我家后院'②，明白了？"

一滴汗水划过雷娜的后背。"我没听说过。"

---

① 爱河事件，或称为拉夫运河事件，美国著名环保运动。其起因是19世纪四五十年代有化学公司在废弃的拉夫运河中倾倒废料并填埋，而在二十多年后造成了当地居民的健康问题。居民大规模抗议，整个地区的居民获准搬迁并获得赔偿。

② 原文为"Not in my backyard"，含有"这是个好东西，但千万别在我家后院建（去破坏别人家吧）"的潜台词。

"原谅他，洛恩。"龙尼的双手在柜台底下正趁没人注意卷着大麻，"这是《读者文摘》的说法：他们把河道里的水消耗一空，然后往里面倒垃圾。两千桶的有毒化学废料倾倒在那里，然后他们又做了啥？他们在原址上建了个学校。"

"他们怎么能这么做？"

"树都死光了，草也死了，黑色的污泥出现在居民的地下室里。你那儿是不是也这样？"

他们都盯着雷娜的腹部看。她的胃部传来一阵声响，像是摇摆晃动的谷仓门发出的咯吱咯吱声。龙尼点燃了大麻。

"我该吃点什么了，"她说着走向商店门。麦克讨厌大麻，没准会在她衣服上闻到那股子味。

"癌症，"龙尼说，"癫痫，哮喘，先天性缺陷。"

"等会儿，那次是毒化学废料。现在你告诉我水压法也会导致同样的问题？"

龙尼深吸一口气："我是说'没准'。我是说，谁他妈知道？我是说，我们应该在把整个州变成一个大的天然气井之前搞清楚这件事。"

"我现在要走了，很高兴见到你。"她摆手回绝了龙尼递过来的大麻，"如果我要是抽了这玩意儿，我可能再也找不到回家的路了。"

在奥克兰的郊区她多停了一站——"全农"，卖天然食品的大商超，龙尼视其为堂皇高档的竞争对手。她开车转了两圈才找到停车位。都那个时间了，商店里还是每时每刻挤满了消费者：穿着套装制服的、穿着运动紧身裤的、穿着勃肯①凉拖的姑娘们，以及一大群用吊筐带着婴儿的四十岁的母亲。雷娜在走道里前后徘徊，研究着商场的库存情况。商品品种的情况令人震惊，很多商品（比如鲣鱼花）都让雷娜完全摸不着头脑。她经常去的商店是贝克屯大食品店，主要卖些蔫了的农产品和数量庞大、种类丰富的"吉露"牌快捷沙拉，店里的熟食柜台由友善的、强壮得如同伐木工的女士们经营，她们总是欢快地切着巨大的熟食肉片。雷娜的母亲也曾是她们中的一员——整整二十年，穿着工作罩衣带着发网，把博洛尼亚红肠和荷兰面包切成片。

---

① "勃肯"，德国高档凉鞋、拖鞋品牌。

（"到底什么是荷兰面包？"雷娜差点就跑去全农的熟食柜台，去问那个满头脏辫的小家伙。但估计他也不一定知道。）

在冷鲜冰柜区，她被商品种类搞蒙了。有机牛奶的价格高了好几个点，1.5加仑①的价格在四块到五块之间。然而就算是这个价格，人们还是趋之若鹜。她看见一个孕妇大把大把地装着有机酸奶。一位穿着跑步短裤的干瘦男子买了桶1.5加仑的脱脂牛奶。对雷娜来说，他们看起来都不是特别富有（如同她知道什么样子看来才算是富有）。然而他们还是为了有机付了额外的钱，价格整整比便利商店里的普通牛奶贵了一倍。在贝克屯，这种事情完全无法想象。月月友牧场产品的价格已经超过当地的市场价格了，事实上，她们家的牛奶几乎都销往了匹兹堡、阿尔图纳、州大学城。贝克屯的消费者也许也会想要买些有机牛奶，但绝对不会用两倍的价钱去买。

她看到两个姑娘，二十嘟当岁，手拉着手走向奶制品区。她们穿着同样的鞋子，牛仔裤的裤腿卷起一小截，细长的头发修剪入时。女同性恋在公开场合牵着手，这也是在贝克屯见不到的情景，就像是那袋鲣鱼花一样让人陌生。

她买了一个三明治，然后坐在商店前面的一张桌子旁一边吃着，一边打量着另外一些消费者：编着"豪华发辫"的黑人男性、带着两个小双胞胎女儿的中国母亲、两个头戴面纱打着电话的穆斯林女性。所有这些都看起来和贝克屯——那块大家相互之间差不多的地方，格格不入。

那对奶制品区的同性恋看来既不特别女性化也不特别男性化。她们看起来就是小姑娘。雷娜在想，要是麦克，那个从来也不曾是个小姑娘的麦克，看到她们会怎样。

她在开车回家的路上觉得有些莫名沮丧。不像是麦克那般讨厌城市，她很享受能去匹兹堡一次。但是城市却遗留给了她一个忧郁的心情。在大城市里，有太多的选项摆在桌面上，提醒着你有那么多种生活还不曾经历过。

年复一年，日复一日，快速而又缓慢逝去的日子单调重复得如同

---

① 1加仑（美制单位）约合3.79升。

086

潮水的涨退。

四十四岁的年纪可比她想的要老上许多了，数十年被囿于照顾孩子和农场杂务之中，雷娜和麦克就像是伴生的双树，她们的根茎相互纠缠之深以至于没有办法再分清彼此了。她们是如何又是为了什么走到一起的？她们在过去的时光里选择了彼此的那一刻，现在看上去既遥远又不真实，如一个只能被忆起的梦。两个人都带着她们缺乏教养的孩子进入到这段关系里：麦克带着她的农场，雷娜带着她的儿子。她们未经深思熟虑地迅速结合到了一起，在那个充满自信的青春时期。她们那时还不明白，没有哪种融合是不留余地的，或者说即使过了很长一段时间之后，她们之间尽善尽美的结合也只不过是一种幻想。

月月友牧场永远不会是雷娜的农场。

卡尔文永远也不会成为麦克的儿子。

当她开车到家的时候，麦克瞪着眼、红着脸，拿着一杆短筒猎枪站在门口迎接她。

"看在上帝的分儿上，"雷娜带着哭腔喊，"你到底出了什么毛病？"

麦克放下枪："不好意思，宝贝，我以为他们又回来了。"

"什么？谁？"

麦克带她看了看那一摊熄灭后剩余的牛粪残渣，冒烟发臭，就堆放在她家后门的台阶上。

从警察局出来，雷娜直接去了医院。急诊室里面很安静，除了一位母亲和她的孩子外，候诊室里空无一人。一个名叫斯蒂夫·穆罗尼的怀着孕的护士正在接诊，她递给雷娜一份病历夹。

"急性胃疼，突发性呕吐。"斯蒂夫老是对这类事情抱怨连连，抱怨贝克屯的可怜的财政收入和医疗保险的缺失，这让急诊室都快变成病人的私人诊所了。这个形容再真实不过了：她们已经接待过很多不过是伤风感冒和耳朵疼却自称得了心脏病的患者。[①]

---

① 在美国的医疗体系中，在私人诊所工作的私人家庭医生直接面向病人，诊断后决定自行治疗还是转诊给设备、人员更为齐全的医院。私人家庭医生费用不菲，有些医疗保险会帮助病人支付部分家庭医生费用，但医疗保险也并不便宜。医院基本并不直接面向病人，但出于人道和政策规定，医院的急诊室必须接受任何病人的问诊，同时要采取后收费制度。

雷娜瞥了眼病历，上面写着胃疼。有点不同寻常的是，看病走的是"蓝十字保险①"。孩子的父亲为劳教部门工作，这意味着大部分的医疗费用会由州政府承担。雷娜因此而留心了一下，然后她注意到了孩子的名字。

"奥利维亚·德夫林，这是我邻居家的孩子。"

"对，她是个老病号了。"斯蒂夫坐在椅子里向后靠了靠，双手交叉放在腹部，摆出一副经常怀孕的妇女会自然养成的姿势。"她母亲是个精神病，我们管她叫'鸡丁'。你知道，就是那个'天要塌了啊'②。"

在候诊室，雷娜叫着奥利维亚的名字。"我就住在你家上面一条街，"雷娜对德夫林太太讲，她看起来连一丁点眼熟的迹象都没有。事实上，她看起来作为母亲而言太年轻了，尽管这在贝克屯来说并非不常见。她的装扮——一件裙子和高跟鞋，还仔细地上了妆——让她看起来更加年轻了，像是一个在过家家的小姑娘。奥利维亚是个漂亮的小女孩，有着玉米穗般的淡金头发。她的苍白的皮肤近乎透明，在她太阳穴附近可以清晰地看到蓝色的静脉血管。

雷娜把她们领进一间诊疗室。"你觉得怎么样，小甜心?"

"她今天早晨吐了两次。"德夫林太太说。

雷娜测了下孩子的身体情况。身高，四英尺又一点五英寸。体重，四十九磅。"对于七岁孩子来说有点发育不良。"

"她在同龄人中发育速度排在后三分之一，我也是。我想这就是遗传自我。"德夫林太太喋喋不休地谈论着奥利维亚的症状：日常性胃疼、频发性呕吐。"我知道她有点食物过敏。奶制品、胡椒、番茄，以及麦麸，这些我确定，也许还有鸡蛋和玉米。她需要做一整套胃肠内窥镜检查。"

"喔，"雷娜说，"你是护士么?"

"哦，不是。"德夫林太太夸张地否定着，但她对于这个误会似乎感到很高兴，"我过去曾在撒克逊庄园工作，在医疗档案部门。现

---

① 蓝十字保险（Blue Cross），保险公司名称。
② 鸡丁（Chicken Little），美国电影《四眼天鸡》（*Chicken Little*）中的主角，是一只杞人忧天的戴着眼镜的小鸡，在片中他曾经高喊过"天要塌了啊"。

在，我是全职母亲。"

"明白，全职母亲。医生马上就来。"雷娜站起身，"斯图斯克医生这周外出，今天晚上芬尼医生值班。"

"我知道，我提前打过电话了。"德夫林太太递过来一份活页夹，里面夹着一份从网页上打印下来的药单，"我做了点研究，这些就是她需要的。"

"甲氧氯普胺？哎呀，那对于一个七岁大的孩子而言可算是重药了。"雷娜还没提到那些常见副作用——腹泻、便秘、嗜睡，"那药基本上算是最后手段了。"

"斯图斯克医生也是这么说的。"德夫林太太将了将奥利维亚的头发，"但是我已经把她的食谱改善过了，我不知道还能做些什么了。"

"等会儿我们看看芬尼医生有什么意见。"雷娜把活页夹还了回去，"他以前见过奥利维亚么?"

"没有，但是我在撒克逊庄园的时候和他打过交道。"德夫林太太推心置腹地靠向前，"我原来一直打算回学校把注册护理护士证考下来。但是后来我有了孩子，所以……你懂的。"

"我懂。"雷娜说。

雷娜回到前台，斯蒂夫正在吃糖果棒。"那位鸡丁怎么样了?"

雷娜有些拿不准。多年前，当卡尔文还小的时候，她自己也是个"鸡丁"，就像是任何一个有着年幼孩子的护校学生一样，对病症的预兆过分神经质，对任何可能造成一丁点不良后果的情形都极度敏感。斯蒂夫已经怀过五胎了，她是个完全不同类型的母亲。如果孩子一胃疼她就跑去看医生，那她什么也别干了。

"她有点——神经紧张。但是奥利维亚确实很瘦弱，有营养不良的可能。这能解释得通，尤其是她母亲还缩减了她的饮食分量。老实说，我也有点担心。"

雷娜在前台坐了下来。和平时的午后一样，急诊室里很安静，她发现自己有些渴望遇到病人——不是那种太严重或者太吓人的；没准是一位扭伤、骨裂，或者骨折的患者。她要值的班好似永无止境一般。在农场，还有上百件农杂务需要她上心。坐在这儿无所事事一连好几个小时，真是糟糕透了，简直是一种折磨。

斯蒂夫递给她一张患者卡："这是你接诊的病人么？在周一下午。"

雷娜递了回去。"不是我的，我那会儿出去换轮胎了。"那天她干坐在阿尔图纳的轮胎店里，白白浪费了宝贵的一天时光。

"我必须换套全新的。"

"不能修补一下么？"

"我不太想冒那个风险，我想要能够一路平稳地开到匹兹堡。"

"我还是不能相信你开车去了匹兹堡，那里的交通情况能把我吓傻。"

麦克也这么说，雷娜本想接荏但是没张嘴。雷娜有些时候就是没有办法家长里短地、普普通通地聊个天。

几个小时过去了，斯蒂夫去吃饭休息了。德夫林太太带着奥利维亚和一张开着甲氧氯普胺的处方药单走了。雷娜接诊了一个从梯子上跌下来把肩膀弄脱臼了的屋顶工人，一例湿疹患者，一个被蜂群蛰了、嗷嗷大哭的声音如同空袭警报的四岁男孩。9 点左右事情发生了变化：人们开启了"夜间模式"：感冒和胃疼给人们带来各种困扰、车祸和酒吧斗殴、妻子们身上新添的伤痕和对其可疑的解释。几乎每个人都喝得醉醺醺神志不清了。周末的变化是最明显的，虽然周四和周五的晚间情形也没有太多不同，越来越多的人把周四当作周五过，好像一周只要工作四天就可以放松休息了。周四现在已经连同那些将会发生的荒唐事一起，成为周末开端的标志了。

她看了眼表。斯蒂夫从自助食堂回来时，端着个放着巧克力纸杯蛋糕的盘子。"这是我迟到的赔礼。"她说。

雷娜收拾了一下她的钱包和外套。自助食堂的温度之低众所周知，是整个医院里空调工作太过充足的地方之一。

"如果我是你，我就不吃烤宽面条。"斯蒂夫说，"我现在都后悔了。"

同一时刻，两名男子闯过自动门。雷娜在看见他们之前，他们身上的味道——一股子化学制剂的强烈甜味，倒是不怎么令人不快——就冲进鼻子了。那种气味让她想起了老坎布里亚甜点厂，现在那地方已经停业了。当初那间工厂的特产，一种裹满花生果仁的棉花软糖棒，曾经是他儿子的最爱。几年以前，她每天晚上从社区大学回家的时候都会路过那座工厂。即使是门窗紧闭，棉花软糖棒的味道还是会飘进她的车里。

那两名男子走近前台。"我兄弟需要一位医生。"年长一点的那个说。他是位胸肌壮如水桶一般，身材矮小肌肉壮硕的男人。

年轻一点的那个有点胖，皮肤黝黑，看上去浑身都湿透了。

斯蒂夫把纸杯蛋糕放下："你走吧，这块我来。"

后来，雷娜上百次地反复回想那个瞬间，想着"这事本该落到我头上"。但那时，是斯蒂夫接手了病患，把他们带去诊疗室，然后脱掉他那件湿漉漉的衣服，并把它放进塑料袋子里的。

那时，雷娜对此一无所知。当她从自助食堂走回前台的时候，已经二十分钟过去了。斯蒂夫的椅子已经空了，巧克力纸杯蛋糕完好无损地摆放在桌子上。

3

营区就坐落于小镇的边上，在高速公路上能够清楚地看到那些矮趴趴的、被围栏和铁链包围封闭着的营房。地面上铺着碎石柏油。武装守卫看守着大门。围栏里面有两个大型集体宿舍；第三栋建筑是洗衣房、健身房和自助食堂。远远看起来，如同一个守卫森严的社区大学——一所专为麻风病人或者是杀人罪犯，为那些身负某些能置人于死地的或者说已经置人于死地了的恶疾或重罪的人而建立的人道机构。

丹尼·提尔希特是营区经理，做着这份他希望世界上没人需要去承担的工作，尽管他之前已经做过两次这类工作了，分别是在怀俄明州和南达科他州。"欢迎来到蛮荒之地。"他这么对那些初来乍到的人讲，并且宣讲了一下营区守则。禁止吸毒或饮酒，禁止枪支，禁止带女性回营。他们觉得他讲的最后一条是句玩笑话，直到他们四处看了一圈后才明白，原来那句话是废话。没有姑娘家愿意来这片不毛之地。

每栋集体宿舍睡两百人。每间单间卧室都和加油站里的那种卫生间隔间一般大，里面有一台有线电视、一张窄床和一张桌子。每两间单间共享一间卫生间，组成一个大套间。在其他地方，这种户型分配被称作"杰克吉尔式"①，但是在这个只有男性的营区里，似乎称之为"杰克杰克式"更为恰当。丹尼制止了大家对此开的那些玩笑。在这种情况下，不能在兄弟之间互相开这种玩笑，男性对这类事情十分敏感。

　　一栋足足睡满着两百个男人的集体宿舍，可以想象里面味道有多糟糕。确实糟糕，但不是你想的那种糟糕。走廊里充满了杀虫剂和清新剂的味道、批量生产的垃圾袋的味道、廉价的布艺家具味、特百惠②的塑料味、气球味。如果有人问起，丹尼会这么解释，墙壁是用一种特殊的抗霉抗变形的塑料材质制成的。杀虫剂的气味来源不言自明，也没人过问过。

　　一个名称，"黎明"，被刺绣于手巾、床单、床罩和枕套上面。对于浴室脚垫的归属权无人质疑。千万别忘了你在哪儿，你是谁。

　　无论白天还是晚上，走廊都很安静。总有人在睡觉，男人们时差颠倒。值班可能在中午，在午夜，在下午四点，在黎明时分。自助食堂从来也不关，二十四小时供应着培根和鸡蛋。每时每刻都可能是某人的早餐时间。

　　黎明有限责任公司是达克能源公司的子公司。公司的标志，一个风格化的升起的太阳，反复出现在餐巾和餐盘上面。

　　在食堂外面的走廊里，有四台公共电脑，不是二手款就是更老旧的款式。所有的年轻男性都会带他们自己的电脑。公共电脑是用来和妻儿进行视频交流的；是用来查看天气预报和比赛结果分数的；是用来玩些在线扑克游戏的。至于看片子，你得在私人空间里自己搞定才行。这些电脑不是用来播片子的。

　　一周七天，每天二十四小时，自助食堂都满是炸鸡块的味道。食堂也会提供其他食物，汉堡和披萨，但是还是鸡块味更多些。排气扇把气味都排到铺着柏油路面的院子里；换气扇再把它们都吸进宿舍里。风扇运作不停，嘈杂地创造着空气流动，如同一种特殊的气候变化——营区版的西洛哥风和密史脱拉风③。风扰动着空气中经久不散

---

① 杰克暗指男性，吉尔暗指女性。

② "特百惠"，塑料制品品牌。

③ 西洛哥风，指从非洲吹到欧洲南部的热风。密史脱拉风，指主要出现于冬季法国南部的寒冷强风。

的臭味：塑料和农药，鸡块和香烟的味道。

网络摄像头前有个住在加利福尼亚州的姑娘，至少她说她住在加利福尼亚州，也可能是在印第安纳州的萨斯卡通或者加里，是在任何一个有着日光浴灯床的地方。

营区里没有"吉尔"，没有哪怕是类似"吉尔"的任何东西。有个女秘书在丹尼办公室的前台工作，那是一个叫作布伦达·霍夫的本地妇女。她已经五十岁了，而且方得就像是一个洗碗机；她的眼睛鼓囊囊的就像是一只青蛙。布伦达·霍夫一点也不性感，她和性感沾不上一点边。然而那些男人还是会找借口好去趟办公室，行为典型得如同人类学示范课，如同布伦达是地球上最后一个女人。在某种意义上确实如此。

那姑娘可能是在里加，或者曼谷，或者墨西哥城，在任何一个有着持照外科整容医师或者无证"黑医"的地方。

游戏室里面有一张台球桌、几张沙发以及电视，以防你厌倦了老盯着自己的电视看。男人们坐着聊天，抽烟。新来的人观看着棒球比赛；老油条们早就不看比赛了，他们宁愿抽空去睡会儿觉，无常的倒班让他们失眠难耐。

二手电脑和更老旧的款式完成了它们供私人使用的责任。

自助洗衣店里也满是炸鸡块的味道，以及营区提供的二十磅一盒的肥皂粉的那种肥皂溶液味儿。

镇上有些流言蜚语，有些恶毒的谣言，关于那些操着南方口音的安保人员，关于那些上着外州牌照的补给品运输车。

流言说，营区里头住满了墨西哥非法移民、武装逃兵、来自关塔那摩的阿富汗恐怖分子。武警会押送犯人去工作。被铁链锁住的围栏发出通着高压电的嗡嗡声。安保人员得到命令，一看到危险迹象就可以随意开枪。

流言说，营区是毒品和卖淫的温床。布伦达·霍夫招募并组织了不少本地姑娘，奋斗在犯罪的第一线。女孩们六个为一小队——这些穿着妖艳的六人妓女团，全天待在一辆梅赛德斯上待命。

流言说，里面的男人都是白人分离主义分子，是雇佣军，是准军事化部队。营区是用来孤立这一部队的，围栏的建立是为了把外面的世界阻挡开来。男人们所必需的服务都外包给了特定的持牌承包商。补给品运输车来了又去。营区的垃圾被拉到了一个秘密的焚化炉进行处理。连营区里的大便都算作它的私有财产，厕所的排水管直通到不知建在哪里的某个私营化粪处理系统里。

而妓女们都躲在营区背后的一个地堡里面，这就是为什么没人见过她们的原因。

这份工作简直是"腰背破坏者"，让身体负担很大。在钻井架上可没有什么轻松的工作。泥浆泵足有六百磅重。升降系统使用的是纯钢缆绳。工人们需要又拽、又拉、又拖、又推。一天十二个小时，他们弯着腰驼着背。工作太伤身了，他们变得对疼痛习以为常。做完十二个小时的工，他们只希望睡上一觉好好休息，连吃饭、喝水或者是和家人聊聊天都顾不上了。对更年轻的一些工人来说，哪怕相较于做爱，他们都会选择去睡觉休息。

当然，他们的酬劳丰厚。一个高中辍学生可以赚上六位数，只要他足够强壮和用功，只要别出什么意外。

这里实行轮休制度。现在睡觉的是二组，大部分组员是第一次上工的新手：技师米基·菲普斯，井架工文斯·勒格朗，钻工布兰多和乔治。他们的项目经理赚大头，住在每日旅馆。几个月以来，赫兹总是不停发着牢骚——毛巾太薄，咖啡味道太刺鼻，到处是炸鸡块的味儿。他抱怨在每处平滑的平面上都贴着的公司的公共宣传海报，还抱怨上面那假惺惺的钻井架招贴画，抱怨公司的口号：安全（不出事故每一天）钻井。

"这句话就不是英语"，他抱怨，"这是啥狗屁不通的英语?"

没别人会对海报有意见。他们的抱怨是关于食物的，是关于他们的膝盖和腰背的。除了基督徒米基·菲普斯以外，大家还会抱怨缺少姑娘——即使是布兰多，那个已经解决了这一问题的家伙也会抱怨。对于布兰多而言，对于所有人而言，"性"就是个话头，就像是棒球比赛一样是闲聊的话题。他们一天中一半的时间都在工作，恰好一半：一周七天，每天十二小时。当一组工人的一次轮班工作结束后，会有另一组工人来换班。钻井工作是真正意义上的永不停歇。

谁有时间关注棒球比赛呢，尤其是赛季还那么长？对于观众来说，这是项要求苛刻的比赛。

他们要一直工作，做满两个星期，然后就可以收拾行李去轮休。营区里需要的是轮班当值的人，而来换班的人也需要床位。公司开通了一条去往匹兹堡机场的免费巴士路线，米基·菲普斯会在那里乘飞机飞往休斯敦。其他人则流连于当地的酒吧，或者找个地方睡个觉醒醒酒——没准在哪个姑娘床上，如果他们足够走运的话；或者是在赫兹每日旅馆房间里的地板上，如果他们没那么走运的话。

布兰多就总是走运。

在营区，丹尼·提尔希特安排着日程表。那份详尽细致的电子表格，老是出现在他的噩梦中：那些房门号、到达和离开的时间、清洁组进场和出场。当男工们回来的时候，房间更换，会是别人躺在他们曾经的床上，看着他们曾经看的电视，用着他们曾经用过的洗脸池。对于项目经理赫兹来说，这是他去住每日旅馆的另一个理由。

"他到底对什么有意见？"乔治曾说，"他们把房间打扫得那么干净，我都看不出来和最开始有什么不同。"

凌晨4点半，工人们正在食堂的后厨里配置、打包着午餐盒饭。营区为午餐提供小面包和冷鲜沙拉、统一规格的小条芥末酱和蛋黄酱。

"我说真的，他们都换了被套并清理了垃圾。他到底对什么有意见？"

乔治是个二十四岁的咖啡因上瘾者，对在黑暗中工作毫不在意。其他几位沉默而且焦躁。布兰多点了根香烟，文斯·勒格朗吃了粒布洛芬好缓解背痛。

米基·菲普斯，那个基督徒，没做评论。他知道事情的真实情况更简单也更麻烦：赫兹不想每隔两周就离开宾夕法尼亚州一次，不想飞回得克萨斯州去找他妻子。他对于现在所处的地方感到很满意，也许很不满意。但无论如何，他都不想回家。

早上天气昏暗，不见月亮。第一班工地巡检开始于5点钟。由皮卡组成的车队沿着九号公路行驶着，途中经过了好几栋零零散散的房子，这时候天还暗着。荷兰路的沿途，有狗开始吠。

费特森2H钻井工地，远看亮如白昼，如同晚上也灯火通明的体育场馆。赫兹的公用卡车已经停在那里，就在活动操作间的后面；一个磁吸标识，"流动解决方案"，就贴在驾驶座一侧的车门上。他正坐在引擎盖子上，用从每日旅馆里带过来的杯子喝着咖啡。乔治和勒格朗的车停在两侧。

在操作间里，他们穿好装备——安全护目镜、安全帽之类，然后开始向上攀爬数百阶怪模怪样的楼梯。下层钻井平台建在半空中，在有三层楼那么高的地方。遵循每天早上的惯例，乔治大声读着警告标语："警告，高压危险。警告，高强度噪音，请佩戴听力保护装备。"

赫兹挺烦这些警告标语的，连带着他的团队也挺烦这些玩意的。那些标识挂在栏杆上、管子坡道上和液压折叠坡道上，出现在活动房里、司钻偏房里，卫生间里——

注意，只有授权人员允许进入。
注意，唯许者入内。①

这东西确实有点唠唠叨叨的，赫兹知道这点。他也明白这些标语是为了警告提醒，但是他就是控制不住自己。由于个人原因，这些标语让他觉得被冒犯了：被那种鲜艳刺目的配色、那种大写的字母刺激了。那种用英西双语撰写的双重标语，和他的孩子小时候看的教育电视台播出的那种教育节目里的字幕一模一样。

到了6点，太阳升起，警铃响起。二组组员要开始起下钻杆了。根据程序规定，换钻头需要五个工人，把钻柱从洞里拉出来也要五个工人一起去弄。但是真实情况有点不同。三个钻杆为一组的钻柱加在一起比一辆皮卡还要重，但是全部人手只有布兰多和乔治，他俩要完成全套更换作业。这就是真正的起下钻杆作业，残酷，如同大部分别的作业的真相。钻井井架如同世界其他的地方一样，也是有阶级的。

攀登很顺利，周围唯一值得一看的是穿梭不停的燕雀，和不计其

---

① 原文中，前一句为英文，后一句为西班牙语。

数的飞舞不停的蚊蝇。从上面往下看，下面的工人们看起来还是要比鸟和虫子大一点，但也就大上那么一点。钻井架不是按照人类的尺度建造的。如同士兵坐在运输机上往下望一样，走过管子坡道①的钻井工人看上去就只有蚜虫一般大小。

勒格朗把脑袋探出二层台，然后在管道周围缠了一圈钢缆。

钻工们都很强壮，布兰多高而壮，乔治矮而结实。要花上他俩全部的力气才能把方钻杆从钻井井眼上挪动开来，挪到大鼠洞②的上方，然后再把水龙头从大钩上解下来。接着他们把升降器连在钻柱钻具上，再喘着粗气相对而退，像是听到了一局结束铃声的拳击手。

趁着他们平复气息的时候，米基会进到操作台里，然后拉动操作杆。升降系统介入，把钻柱钻具从钻井洞里拉出来。一个、两个、三个，三个钻杆都露出来了。布兰多和乔治又赶紧爬上爬下地安装卡瓦③。他们用气动扳手和钳子把三个钻杆全部拆开。在他们头上一百英尺高的地方，罗格把钻杆的顶端套到指梁④上。随着一声令人满意的咔哒声，他们把钻柱钻具收好，放到井架里。

整套作业都完成了，赫兹招呼大家喝咖啡休息。男人们想要说会儿话，就像是女人们去美容院的时候会站着八会儿卦。布兰多，吐槽着米基家的孩子，然后话题跳到勒格朗和附近小镇上一个女招待的风流韵事。总会有个"附近小镇上的女招待"。这事可能是勒格朗在吹牛皮，也可能是他醉酒后的幻想，总之那些女招待的数量都够组成一个集团军了，但是却还没人见过其中的任何一位。

钻井平台上的警告标语比以前多出了十倍都不止，只有赫兹因为待的时间够久才能发现。这台全新的钻井架系统浑身上下都挂满了标识。他猜测，是出台了新的职业安全健康管理⑤规定？还是公司遇到一宗违规诉讼，而且还比以前的违规诉讼赔了更多钱？

---

① 管子坡道在钻井架接近底部的地方，一般从下层平台一直延伸到地面。
② 大鼠洞，一般用来在起下钻杆作业中放置方钻杆。
③ 卡瓦，在钻井过程中用来卡住并悬持钻柱钻具的工具。
④ 指梁，是位于井架二层台部分的横梁，用来整理安放钻柱钻具，方便井架工操作，也能减低因风雨造成的钻柱钻具跑出的风险。
⑤ 职业安全健康管理（Occupational Safety and Health Administration，缩写为 OSHA），美国法律中用来保护劳动者的规定。

注意，未经主管陪同禁止入内。

高危地点。

赫兹还没见到过任何对于那个最基本的事情做出警告的标识：在所有钻井作业中会发生的事故里，高空坠落是最常见的。最简单的致死的失误就是不小心踏错一步。他近距离见识过人体从三层楼高的地方坠落下来会发生些什么。他愿意做任何事情，只求能够忘记那种画面。

危险。

*警告。*①

*危险。*②

有一个事情大多数人都从没有认真考虑过，那就是人类的身体不过是一只装满血的袋子。

他们将一天结束在喧闹的酒吧里，喝着满溢在马克杯里的"钢铁城"啤酒。在宾夕法尼亚州生活了十个月，他们已经习惯了这酒的味道。赫兹在急诊室里陪了乔治一整个下午后，点了一杯烈酒好振作精神。

在贸易酒店的附属酒吧里，周四就已经人满为患了，每个座位都被占了。男人们里三层外三层地包围着吧台要着酒喝。布兰多向假装没看到他的酒保搭着话："搞啥，美国钱在这儿不好使啊？"

那个酒保拿出一罐"钢铁城"，然后又是一罐。他把他们引向了本地人所坐的区域，在那儿，两个戴着棒球帽的飞车党正盯着电视屏幕看。

"那家伙当他谁啊？"布兰多的声音大得足够酒保能够听见。

"好了，他也没错。"赫兹说道，如同酒保的态度没有任何不好的

---

① 原文此处为西班牙语。

② 原文此处为西班牙语。

地方，"他不认识我们，仅此而已。"酒吧的老板是个坏脾气的老家伙，不是很热情，甚至不会面带微笑，或者招呼下"嗨，最近如何"，但是至少他上酒很快。

"他是那个老傻鸟的儿子。"勒格朗说。他完全应该先去洗个澡，即使是在昏暗的灯光下，他的马尾辫看起来都稀疏油腻。他喝酒上头，脸红得厉害，脸上满是这周晒伤后留下的痕迹。"我觉得他好像是个什么警察。"

赫兹好好地打量了下酒保，他比自己高而且年轻，但是也许没自己那么壮。赫兹自童年起就老这么做，小个子会习惯性地去评估有可能欺负他的人，尽管时至今日，赫兹的背阔肌和三角肌早就鼓囊囊的，而且好几年都没人找过他麻烦了。

"他在监狱当守卫。"乔治说。他看起来恢复得不错。从各方面考虑，在他的《职业安全健康管理报告》里应该要添上一条，"由于接触危险品而造成了工伤"。"我见过他穿制服。"

与此同时，布兰多口袋里的手机铃声响了起来。应该说，是狗叫声响了起来，低沉而洪亮，好似一只德国牧羊犬。

"到底是什么情况？"勒格朗问。

"啥事都没有。"布兰多关了手机，自午餐以来那手机总是响。他的手机整天老是发出些奇怪的声音，蜂鸣闹钟声和各种音乐片段之类。有一次甚至放了个屁，是消化不良的老人发出的那种雷鸣般的响屁声。

"嘿，警官，这儿再来一轮。"

"敬《法律与秩序》①。"赫兹说着，举起了他的杯子，敬向米基·菲普斯——这位每天晚上都躲在自己屋子里看电视节目的基督徒。这是几个月以来，他们第一次把这家伙拉出来喝酒。"都过这么久了，你肯定每一集都看过了。"

"我觉得我应该都看过了。"米基咧着嘴笑着。他是小团体里最沉稳的一个，易于相处，心地善良。剩下的几个都有些出格，尤其是布兰多和勒格朗：酒吧斗殴，耍酒疯，玩女人。在度过十年的钻井生涯后，赫兹早早就已经见识过这些了。把一个男人送至离家数千里远的

---

① 《法律与秩序》（*Law and Order*），知名美剧。

地方，让他像头骡子一样一直做上两个星期的工，然后给他放假再在他口袋里放上一大笔钱。也就只有像米基·菲普斯这样的"圣人"才能控制得住自己，没变成个蠢蛋。明天这个时候，他就会乘坐上飞往休斯敦的航班，一路上边喝着姜汁汽水边读着放在口袋里的《圣经》；他这种男人对于生活别无他求，只想把每一分每一秒都花费在陪伴老婆和孩子上。

米基假装抿了口啤酒。都喝了半个小时了，他的杯子还是满当当的。"你怎么样了？周末有啥计划么？"

"哦，我还没定呢，没准会开车去独木舟小溪。"

"你有野钓许可证？"

"还没有。"

勒格朗嚎了起来："你在开玩笑呢？你也就会在每日旅馆的酒吧里消磨时光，而且我就会坐在你旁边。"他冲赫兹举起了酒杯，"钓鱼？开玩笑。"

赫兹一口闷了他那杯，明知自己第二天早上就会后悔。和勒格朗一起喝酒已经让他减寿不少了。文斯对于所有认识他的人都产生着类似的影响，比如他的好几任前妻，还有他那已经因为一些骇人听闻的反常事故而死去的同卵双胞胎兄弟，其中涉及酒精、重型机械以及神才知道的原因。你的朋友对于你的寿命有什么样的影响？也许这类事情能够用数学的方式解释，保险公司一定掌握着相关的计算公式。

一个姑娘从人群中走过。"意呆利姑凉吉雅"，钻工这么称呼她。通常情况下，她会待在吧台后面，上着浓重的黑眼妆，留着长鬈发。

布兰多第一个用手指了指她："我的天啊。"

米基明显有点退缩。赫兹坐在中间，真想给他俩一人一下：一个圣洁的信徒敏感得跟个娘们儿似的，一个自大混球口无遮拦、低俗不堪。

布兰多用手捋了下他的短寸。一年了，他还是老剃大兵头。"今晚上该她轮休啊。我这次可没法从这婊子手上逃走了。她到底想从我这儿得到些什么？"

"你爸应该可以给你答答疑。"勒格朗说。

"嗨，小伙子们，你们都去哪里？"吉雅问布兰多，"我刚才还给你打电话来着。我整天都在给你发短信。"

对于赫兹的审美而言，她有点太瘦了。他喜欢那种丰腴性感的女人，但不可否认，她算得上是个漂亮姑娘。

"我没带手机。"布兰多说。

吉雅皱了皱眉："你去哪都不会忘带那玩意的。"

"没电了，"他随意地撒谎道，目光既不闪烁也不躲避，就像是他并不在乎别人信不信他一样。赫兹略带敬意地观察着他的行为。他违背了自己的专业判断而雇用了这小子——即使是面试的时候，浑身文身的布兰多仍不改一脸的臭脾气。但是这小子在伊拉克和阿富汗都服过役，这可值得记上一笔。那是赫兹当时的想法。

"我需要和你谈谈，"吉雅说，"我们能出去谈么?"

"现在?"

"事情很重要。"

布兰多几大口干了他剩下的大半杯啤酒，在吧台上放了张皱巴巴的五块："马上回来。"

"我觉得他回不来了。"乔治边看着他们走远边说。

"我倒不觉得这对于他来说是件特别糟糕的事情，"勒格朗饮尽了他的那一杯，"我觉得有点这种小麻烦也挺好的。"

乔治和勒格朗在午夜的时候又点了一轮酒。赫兹借口出去要"放放水"，开溜了。

"业余。"勒格朗说。他以憋尿而出名——这是一种对于井架工而言十分宝贵的技能，重要到甚至应该在面试的时候把对于这项能力的测试添加进去，和药物尿检一项一块检测。在这个领域，勒格朗绝对是最出色的专家。还从未有过一次，赫兹不得不暂停整个作业，好让文斯从一百英尺高的井架上下来小便。

"到检查你的小便的时候了。"勒格朗说，"给自己来点流动解决方案。"

"别来这套，"赫兹说，"我知道你在上面放了个空的可乐瓶。"

"你在侮辱我的尊严。"勒格朗说。

赫兹从卫生间后门走了出去，去到后面的停车场。在车里，他给

102

家里打了个电话。科琳在电话响第一声时就接了起来。她正坐着，也许就坐在组合沙发上她常坐的那块垫子上，靠着红酒柜，看着生活频道播放着的又一部关于贵妇们和虐待她们的男人们的情感肥皂剧。"家暴频道"，她这么称呼这个电视台。似乎她对于这类型的故事永远看不厌，他已经不再质疑为什么了。

"亲爱的，是我。"

死一般的沉默。

"我想跟孩子们打个招呼。"

"都 11 点了。"

妈的，他心想。就算不算上时差，按他这边的时间算，孩子们也已经上床好几个小时了。但是时差所导致的延迟对于他而言，是有必要的。喝上点小酒后，他就能成为一个更好的撒谎者。

"我猜这意味着你不打算回来了。"科琳听起来不耐烦，"你什么时候打算告诉我？"

自从去年夏天以来，他们总是进行相同的对话，内容变化不大，到了秋天和无尽的冬天还在讲。这几个月以来，赫兹只回家了三次。科林提醒他，经常提醒，这可和当初他保证的不一样。米基·菲普斯每个月要在得克萨斯待上两个星期。如果赫兹愿意，他完全可以也这么做。

如果。

"我现在就告诉你，我下周要开工。"

"别开玩笑了，这怎么可能，马歇尔？"她的愤怒正如他所料。她气得必须直呼他的姓氏了。

赫兹暂停了一下，吸了一口气，回想了下布兰多在吧台时的样子，面无表情，完全放松。"我们这边人手不足，我也没啥好办法。我和你这么说吧，我手下人也不满意。"

"哈，真的么？我今天可在商店里碰见迪迪·菲普斯了。她说，米基马上就回家。"

妈的，妈的，妈的。

"米基不用工作，"他往回找补，"我这边有另外一个技师可以干活。现在的情况是，另外那个项目经理不行了，这儿可没人能带我的组。"

"他怎么了？"

他的大脑飞转。食品中毒？背伤了？

"我不清楚，"他不耐烦地说，"我干吗要关心他怎么了？关键是，我得开工，这可是四十二天连轴转不能休息。科琳，你觉得我乐意这事？"

他的焦躁似乎说服了她。他最近一直不怎么和她联络，她一直指望着这次假期呢。而且，他回想起布兰多——当其他一切都不如意的时候，做个混蛋就好。

他已经和科琳一起度过了生命里三分之二的路程，他们两个都已经五十岁了。她比任何人、也将比任何人都更了解他。其间，有安慰、舒适，也有无聊、怨恨、失望和羞耻。过了这么多年，她熟知他是什么样的人、不是什么样的人，熟知他的才能所限、他的性格，甚至是他的爱意。

"啊，宝贝，不好意思，"她温柔地说，"我就是太想你了。"

赫兹闭上了眼睛："我也想你。"

"你们那帮人在那儿有啥休闲活动？"

"看电视节目《法律与秩序》。"

科琳在喉咙里低声笑了下："这节目总重播。你需要出门活动活动，也许你们那帮人里有人会找你喝个酒。"

"是个好主意，也许明儿晚上吧。"

"好了，我也有点累了。我 6 点钟就起了。"她在电话里亲了一下，"明天给我打电话，好么？"

"一定。"赫兹说。

他在宾夕法尼亚州工作了十个月，时间长到已经对这个地方产生了小小的眷恋之情，但时间还不够长到让这块地方在他身上留下印记。镇子最开始很欢迎他，他的得克萨斯牌照很容易成为谈资。"这是一辆工程卡车，我们是来这里钻井的。"他曾解释道。而随着树叶的飘落，当地人的情绪也如同天气一般，变得冷酷而尖锐了。人们开始抱怨绕路、道路施工，以及运输卡车。类似的事情也发生在什里夫波特，但是在路易斯安那州，他可没觉得自己像是个外国人。从空军退伍以来，从他告别冲绳岛以来，他还从没觉得离家这么远过。

但是家有其令人心痛的地方。在两周的钻井作业之后，他忘记如何和别人交谈，尤其是和他的妻子。当科琳和他在机场见面的时候，她看起来累坏了，被孩子们拖垮了。就赫兹看来，她脸上似乎写着一大串要抱怨的事情：这两周他错过的所有的事情，这两周他没做的所有的家务活。只有他的儿子们见到他好像很兴奋。儿子们代表事情好的那一面——他们发自内心的充沛的热情，他们真实而简单的快乐。

他拖了许久许久才去买飞机票，一直拖到糟糕的事情不可避免地发生：感恩节的最后一分钟，每一班航班都被订满了。他从科琳那里偷了闲，然后在每日旅馆里订了一个房间，把整个休假都花在和文斯·勒格朗，那个被上一任妻子赶出了家门的家伙，一起喝得烂醉如泥上。赫兹睡解酒觉，看电视，享受着他宾馆房间里面的孤寂，享受着清晰的、无名的安静。这是一个新版本的自我，或者是一个被他遗忘在过去的老版本的自我。当他还是个男孩时，他曾坐在马背上，远离人群，幸福无比。

在他前面等待着的，是整整两周的自由自在、平静无事的时光。他不顾身体状况很早地起了床，在每日旅馆那间所谓的健身房里面锻炼了两个小时。那是间没有窗户的地下室，设备只有一台破旧不堪的跑步机和一台举重躺床。自从高中以来，他一直练习举铁，举铁是矮子的救赎（踮起脚来他也就5.6英尺高）。这种规律的生活让他觉得一切都变得更好了，就像是抹去了他昨天晚上说过的所有谎话。下午，他开了很长距离，或者只是漫无目的地绕着远路，去了趟沃尔玛。沃尔玛是一个没法让人能够愉快地消磨时间的地方；他单纯就是对那地方太熟悉了，这让他提不起兴致来。最近这几年，他曾闲逛于什里夫波特、费耶特维尔，以及怀俄明州卡斯帕的沃尔玛中。每一家沃尔玛都贩卖同样的商品，挂着同样的标语，连站在门口迎宾的友善的老职员都相差无几。客户们也一样，大同小异：单身女性，老年夫妇，吵着要糖果或者玩具的熊孩子，和把这种熊孩子放在购物车里推着的年轻母亲。那是种人们习以为常、熟视无睹的日常生活。赫兹其实知道自己这一行为的乖僻之处，他在沃尔玛里面偷窥别的正常家庭的生活，却同时让等待着自己回去的那一份正常家庭生活徒留于休斯敦。

今天也一样。千篇一律的单调反而奇怪地有助于精神的回复和振作。他没办法解释清楚为什么，但是两周的独处正是他所需要的。这些年来，他第一次回忆起那段经文："第七日便安息。"当他还是个男孩的时候，他认为安息日单纯是人类的自作聪明。上帝作为全能之主，是不应需要休息的。安息日不过是被人类随手笔一挥添加上去的，是被那个无名的以色列人凭空创造出来的故事。那个以色列人在加利利海里捕鱼或是在沙漠里种庄稼而精疲力尽后，精心编造出来这一幻想，这一所有借口之母，好能得到一天的假期。

你必须把身心都交给他。

在五旬节教派主日学校里，赫兹的这种观点不受欢迎。十二岁的时候，赫兹把上帝从心里赶了出去；他的牧师父亲打了他一顿把他赶了出去。在牧师的地下车库里挂着一条木头船桨，他管那个叫作圣恩棍，这几个字就被他刻在这条两英尺长抛了光的橡木制品上。但是这种来自上帝的神圣恩赐，不是你会想得到的那一种。

赫兹想象不出任何会去打自己孩子们的理由，这种事情似乎正违背圣恩本身。

如果不是为了米基·菲普斯，他可能再也不会再踏入教堂一步。七个星期以前，匹兹堡机场因为一场晚冬的暴风雪而停运了，米基睡在赫兹那间每日旅馆的房间地板上。当周日清晨到来，他去宾馆前台询问，想找个教堂。"不是天主教徒，不是路德教徒，就是普通的基督徒，"米基说，"那就是我。"在克服了严重宿醉所带来的绝望情绪以后，赫兹同意一起去。

最开始，他们怀疑自己是不是搞错方向了。萨斯奎哈那两百大道两旁全是空的商店。直到，米基指着一扇平板玻璃门上贴着的，用哪个孩子家里的电脑打印出来的传单：

源泉，查经团契。

牧师，尊敬的杰丝①·皮科克

---

① 杰丝（Jess）可作男名，译作"杰斯"。

在里面，一小撮当地人正坐在折叠椅上等候着。胶合板做成的圣坛上铺着一块白布。没有风琴，没有唱诗班，音乐播放自放在地板上的一个音箱。整个教团有一种简易的、孩子过家家的感觉。赫兹想起了自己五六岁的时候，在谷仓里玩牧师游戏的样子。他将好几个玩伴从"永恒的诅咒"里解救出来，郑重其事地在谷仓后面的小溪里给他们"施了洗"。

当一个漂亮的黑发女士走上讲坛的时候，赫兹花了一分钟才反应过来他看到了什么。尊敬的杰丝·皮科克原来是个女人。

她穿着一条灰色的西装裤，有点像是希拉里·克林顿竞选总统的时候穿的那种裤子。赫兹的妻子，讨厌希拉里·克林顿，一直说那种西装裤极其丑陋，但是赫兹私底下很喜欢它们。也许是因为他的成长经历，他喜欢看那些穿着严谨的女人。科琳到现在还是穿着她高中时期最爱穿的那几条短裙。一路相伴，不知从何时开始，她产生了他很喜欢这些裙子的想法。也许他曾向她恭维过一次，好哄她开心；也许他就从来没提到过这回事。

如果赫兹的生活是部剧集，那一定是这样——《婚到中年》：你得生活在一间不论过多少年你都会一直抱怨它狗屁糟烂的屋子里。当天弥撒时做过的那些事，祈祷、读经，在他的记忆里已经模糊不清了。他只记得牧师本人比科琳要高些，而且身材也好些——像从迪士尼卡通片里走出来的白雪公主，还是活色生香的真人版。

"你须聆听上帝的戒律，并且遵守它们。"她一字一顿地说着，声音真挚，带点颤音，"遵，守。我说'遵守'指的是很具体的事情，我是指昼夜诵读。"

赫兹不由自主地想起来那句话，"不出事故每一天"。

当牧师站着吟诵最后的赞美诗的时候，他再次惊讶于她高大的身材，当然，不是那种反常的高大。他总是追求那些小巧玲珑的女人，对于瘦麻秆一般的超级模特，他绝不会看上第二眼，不管她的脸是多有魅力。那样是图个什么？

当音乐停止以后，她露出了一个充满希望的微笑："请留下来一起喝杯咖啡，参加弥撒后的团契聚会。"

好吧，到此为止了，赫兹想。他也许还会参加团契什么的，没啥问题；但是米基·菲普斯已经走向大门了。赫兹犹豫了一下，边躲避着牧师的目光，边跟上。这样偷偷摸摸离去让他觉得既抱歉又糟糕，丢人丢到脚跟了。让她失望似乎显得很冷酷无情，如同拒绝一个甜美而严肃的小姑娘，就像说不想和她一起玩牧师游戏一样。

他们回每日旅馆去了，米基开的车。"她的布道一点问题也没有，只不过不是太适合我。"他抿住嘴略微一笑。他们已经一起工作十个月了，一起经历过太多事情，精疲力尽的劳动，横着刮的暴风雪，泥浆泵报废事故，一场几乎要了他俩命的支气管炎。这是赫兹第一次见到他生气的样子。

"至高无上的杰丝·皮科克，"米基说，"这名字听起来有点像男人的名字，有点让人疑惑。"

"疑惑什么？"

"疑惑她是不是故意起了这么一个名字。"又是那种抿住嘴的笑容。他是真的，真的很生气。

"没准，"赫兹说，"也没准她就是叫这个名字。"

不出事故每一天。

赫兹毫无做文职工作的才能。填表格写文件，毫无疑问，是他在这份工作里最不喜欢的部分了。当他没办法再拖延的时候，他就带上一大桶咖啡，去活动办公间研究那些《职业安全健康管理报告》。他自己的安全记录是无可指摘的，只要你别往回追溯太久。

工人一心乱就容易发生事故。附近镇上的那个女服务员，可能怀孕了（据她自己说）。妻子不会，永远也不会停止打来电话。宿醉会如同所有宿醉一样结束：脉搏突突跳动得让人头疼，胃里翻江倒海，让人步履蹒跚。

他边研究着报告，边和正看着电视的科琳打电话。很难去否认，其实他们两个都有更好的事可以做。他的手机在手掌里发着热，如同被电话那头她的愤怒点燃了一般。他从来也不寄张贺卡，这事让她觉得很烦躁。

报告编号：0419921

喷砂处理井架时受伤

员工♯1当时正在用喷砂清洁井架，供料软管的突然移动导致他失去了平衡。当他试图维持自身平衡的时候，喷砂的喷嘴进到了他手套的套袖里，致使他的左前臂被喷砂和喷气损伤。

性质：穿刺伤

等级：住院级损伤

关键词：喷砂，手套，软管，手臂，井架①

科琳一碰见什么事就会寄问候卡——生日、度假、结婚、生病，以及去世。她具备一种有些莫测的技巧本领——她自己对此感到十分自豪——那就是总能挑选到那些完美应景的卡片。

在她生日那天，也就是今天，他送了鲜花，送了一张在赤力家②所有连锁店都能用的礼品卡，送了一对他在"意呆利姑凉吉雅"的帮助下，从商品目录上选中的耳环。他觉得这次做得挺不错的，直到他向基督徒米基·菲普斯描述了一遍这些礼物。"挺好，心意到了就行。"米基说。

报告编号：0422920

员工受到未被安全固定的叉车撞击而导致死亡。

报告编号：0499337

员工被井架和方钻杆夹伤。

他还为耳环额外花了笔包装费用。他不该这样，这不算数，据科琳说，他应该自己亲手包装。

他身处四百英里以外，在一个钻井架上。

电话也许正在给他的大脑制造着癌细胞。

---

① 以上内容为赫兹所看的《职业安全健康管理报告》的内容。

② 赤力家（Chili's），美国连锁快餐店。

"不好意思，宝贝，"他道歉，仅仅因为这会让事情变得简单点，"我真该寄张卡片过去。"

在休斯敦，一阵满意的沉默。只要赫兹承认自己就是个混账王八蛋，他们就能有场极为和睦的对话。

"所以，我下周能见到你了？"

随之，他想起来：下个周日是父亲节，一个他憎恨着的节日。他已经懒得再去向人解释原因了。父亲节这一概念就让他不喜欢，他孩子的纯洁的爱被广告所操纵，他的儿子们心怀愧疚地用微不足道的零花钱去消费，好证明他们对他的爱意。也就只有母亲节有过之而无不及了，这要归功于更高的标价，以及自私自利的珠宝商和花店主的阴险伎俩。

"当然，"他没法改口了，"到时候见。"

沃尔玛有些喧嚣声。在前厅的口香糖贩卖机那里，聚集着几个顾客，他们好像在围观什么事情。赫兹伸着脖子往里看，一位便衣警官正在和一位骨瘦如柴的头发染成金色的女人交谈着。她不年轻了，只穿着超短裤和弹力围胸。这是一位饱受摧残的女性，但是如果用正确的方式和角度观察，就可能看见她早已失去了的性感风貌的遗留痕迹。那是一位金发美女的幽影，那副被艰难生活带走的美丽容貌，现在还依稀可见。

警察把手放在了她的背上。"好了，罗克珊。跟我走吧，请。"

"把你的手从我身上拿开。"

人群分开，好让他们通过。赫兹看着他们朝向商店前的派出所走去。"发生什么事情了？"他泛泛地问向周围的人。

人人回头朝向他看，但是没人回答，就好像他在讲外语一样。红着脸，他走进商店去了。

"欢迎来到沃尔玛。"迎宾员说。那是一个他之前就见过的老呆瓜。

通常，他会对打不打招呼犹豫不决。这次，他主动开口询问："刚才那儿都发生什么了？"

那老呆瓜耸耸肩："商场小偷，也许吧。我们每隔段时间都会逮到一个。"

"那太糟了。"赫兹说。

店里，他在货架间走来走去。他觉得应该去准备些钓鱼用品，但是却没法弄清楚具体买些什么。他在家庭与园艺用品区里闲逛的时候，看见了那位女牧师，她正推着车去往杂货区。她穿着一条和之前不同的米色西装裤。他跟在她后面几步远的地方。

她径直走向面包货架，拿了两大包曲奇。他从后面谨慎地观察着。

她突然一转头："你是在跟踪我么？"

"不是的，女士，"他结结巴巴。他这才注意到，显然已经晚了，他的身影早就映照在面包柜台上方挂着的圆形鱼眼镜里了。

她转而一笑，就像是一个本来打算批评你但是又突然改变了主意的教师。"我认得你，你参加过周日的弥撒。"

一瞬间的思绪火热混乱：她曾经注意过他。"我很喜欢您的布道。"

"赫兹，"在他做自我介绍之后，她重复了一遍，"你的名字怎么拼？"

他拼读了一下。"这是个外号，来自赫拉克勒斯①，稍微有点幼稚。我的本名叫作马歇尔。"

"马歇尔，"她好像是在打量着他，"你不是本地人。你在为某家天然气公司工作么？"

"为流动解决方案工作，也就是暗象能源。"他加了一句，就像是脑子烧坏了，"也就是达克能源。"

"你同时为所有这些公司工作？"

"也可以这么讲。"

不知为何，跟着她一起去到收银台快捷通道，然后买下"必杀"牌五磅桶装蛋白粉这件事，显得超级自然、顺理成章。

"你离家可太远了，"她说，"日子一定很难过。"

"我习惯了。去年夏天，我还在阿肯色州。在那之前，是路易斯安那州。"

这些回答如此平凡，但似乎引起了她的兴趣。每一个问题都能激起两个新的话题。他们停留在商店前面的人行道上，中间隔着她的购物车。

---

① 赫拉克勒斯，希腊神话中的大力士。

"马歇尔，我真想和你多聊一会儿，但是我要去参加《圣经》研习会了。这些曲奇就是为了那个会准备的。你想一起参加么？"

"今晚不行，我另有安排了。"这完全是在撒谎，他没有什么事情，完全没有，他可以去。但是他对于如何和女人聊天已经久疏练习了，并且因此而感到紧张。如果再多说几句，他一定会把事情搞砸。最好在他把自己变成一个蠢蛋之前，结束对话。

她用眼神示意了一下他夹在手臂下的那桶塑料罐子。"话说，那东西该怎么用？"

"加水搅拌。这东西还不赖。"他笑着说，"好吧，其实特难喝，我可不能对侍奉上帝的姑娘撒谎。"

她笑了一下，声音让人开心。他都快忘记了，把姑娘逗得开怀大笑能带来如此单纯的愉悦。

她的下一句话完全把他弄懵了。

"你周五晚餐时间有空么？我想，估计你有段时间没吃过一顿家宴了。"她伸手从钱包里拿出一张名片，"这是我家的地址，7 点钟过来。"

他收下了名片。

"妈妈，你在这儿做什么呢？"

罗克珊的女儿看到她时显得很惊讶。不对，"惊讶"这词形容得不充分。谢尔比看上去快被吓死了，她的眼球几乎马上就要从眼眶里跳出来。

"我就住在附近。"罗克珊撒了个谎。这附近没得住。谢尔比和理查德住在乡下，方圆几英里啥都没有。"我觉得我可以过来看看外孙子、外孙女。"

"布雷登在做练习，奥利维亚在睡午觉。"

"她都这么大了，还在睡觉？"最好还是别说出个具体年龄。奥维利亚有六岁大了，也可能有八岁或者十岁大了。

"她身体不舒服。"

"你不打算让我进门么？"

"我正在忙着准备晚饭。"谢尔比的头发向后扎成一个马尾，扎得十分紧以至于她的额头看起来都变大了。如往常一样，她没化妆。她的脸看上去梳洗一净，严肃而且非常年轻。

"在下午3点钟?"罗克珊说。

"我必须多赶出来点富裕时间，过会儿有《圣经》研读会。"

罗克珊说："我能帮忙打下手。"

谢尔比难以置信地皱着眉头。

"谢尔比·伊丽莎白，如果你不停止这么做的话，你的脸就会记住这种表情。"这话说得算不上特别吓唬人。还不到三十岁，谢尔比就已经长了一些奇怪的表情纹了，就在脸的上半部分。

谢尔比往旁边让了下，好让她进屋。罗克珊在这里不算是备受欢迎，但是好歹她也算有个地方可待。罗克珊需要在回皮纳特①家之前好好休整一下。沃尔玛那件事让她狼狈不堪，在公众面前出了丑，虽然最后警察还是放她走了。她开车离开时都有些发抖，算是松了一口气。她现在最不需要的就是再多一张法庭传票。

"皮纳特怎么样了?"谢尔比问。

"他还行。"这话半真半假，皮纳特的情况算不上"还行"。由于未知的原因，他的残疾补助支票晚到了两天。这种事情发生过一次，就在去年冬天。罗克珊希望联邦政府能够给点力。

就她能够回忆起来的日子而言，和皮纳特住在一起与结婚过日子没有太大的不同，尽管她关于后者的经历很短暂且已经过于久远了。兑换皮纳特的支票时，她会把钱扣下一半留给自己。她帮着做的那些必需的杂务值这么多钱：洗衣、清空烟灰缸、用微波炉加热暖宝宝。早晨，她开着皮纳特的小货车进城，跑跑腿。"买些基本的必需品，"在初次雇用她时，他这么交代，"买些食品杂货，去趟'来得爱'药店之类的。"那是……两年前的事情了? 还是三年? 这段时间以来，她工作内容的范围日益缩小，因为关于"基本的必需品"的定义范围日益缩小。

现在她做的，基本上就是买冰毒。

皮纳特从未结过婚——就罗克珊所知，也从未有过任何女朋友。直到五十岁，他还和母亲住在一起。当他母亲去世时，皮纳特得了多

---

① "皮纳特"的英文为"Peanut"，有"花生"之意。

113

发性硬化症。"他一定有性怪癖。"罗克珊的妹妹说，但是说真的，那又有什么关系呢？很难想象（想象起来也很不美好）皮纳特会去和任何人做爱。很难想象他会去做除了看电视、抽烟和吸毒以外的其他任何事情。

"荷兰路那边都是些什么生意？"罗克珊问，"那边到处都是卡车。"

"他们在钻井挖天然气。"

都是些他妈的什么鬼玩意，罗克珊心里想，但没说出口。谢尔比总是就她满口的脏话奚落她，哪怕屋子里没有孩子在的时候也是。

谢尔比打量着她："你的牙怎么了？"

"我吃苹果的时候磕掉了。"

"你没去看牙医么？"

谢尔比总是就这些事情念叨她：流感疫苗、胆固醇。上周过圣诞节，她送了罗克珊一套尼古丁贴片。谢尔比送过的所有礼物都是这个类型的，它们老是提醒你，你身上哪哪都是毛病。

罗克珊坐在厨房的桌子旁边，看着谢尔比打开一罐商店自有品牌的罐头蘑菇汤。谢尔比的身材纤细可爱，但她的穿衣方式可让人丝毫也看不出来这一点。她那件宽松的运动衫，下摆一直垂到了膝盖附近。"你那个英俊的丈夫哪去了？"

"他在贸易酒吧给迪克帮忙，过几个小时就回来了。"

总而言之，这是个令人失望的消息。如果理查德在这里的话，至少会给她递一瓶啤酒。

眯着眼睛，谢尔比读着罐头上的字："半茶匙洋葱粉。"她的这个动作让罗克珊想起了自己的母亲，这事是不是有点奇怪？路易丝，是个针织工、教堂常客、折扣券剪切家。在服装厂工作了近三十年，她也会做一模一样的眯眼动作。

罗克珊给自己找了个借口去了趟卫生间，随手打开了药柜。她的女婿——她可曾想象的到自己也会有个女婿？——有背疼的毛病。如果运气好，他也许备有维柯丁，或者至少有扑热息痛。

谢尔比的药柜就像是"来得爱"的一整排货架：里面有精选过的各种药膏和软膏，一大柜子各种型号的创可贴，还有抗胃酸钙片、润喉糖、咀嚼维生素、一瓶惠菲宁、儿童泰诺、次水杨酸铋和吐根糖浆。

换句话说，里面没什么好东西。又一次，罗克珊想起了母亲，以及她那毫无乐趣可言的过时的药方：镁乳、红药水、蓖麻油、多恩背疼片。

她关上了药柜。

因为没啥不能这么做的原因，她走进谢尔比的卧室。床铺收拾平整盖着加绒床罩。摆在书桌上面的，是装在相框里的孩子们的照片和一张谢尔比结婚时的照片。那时她十九岁，幸福愉快。她曾是位漂亮的新娘。

罗克珊安静地站着，听着。她听见厨房传来的油炸声，像是雨点打在铁皮屋顶。因为没啥不能这么做的原因，她打开书桌最上层的抽屉。

她女儿的内衣让她发愁——纯白色的普通内裤，有着厚松紧背带的丑陋文胸，文胸的罩杯比谢尔比实际上需要的要大（她从来就不那么丰满）。翻了翻抽屉，罗克珊想，真是白费功夫。

罗克珊自己会装一信封现金放在内衣抽屉里。她生命中的大部分时光都是靠小费过活的。

谢尔比真是浪费了那具纤细可爱的胴体，和那个英俊好看的丈夫。她真想抓住谢尔比的肩膀然后摇醒她。她，已经不再年轻的罗克珊，好想让谢尔比知道这些事物很快就会消逝而去。

她四处查看了下，但就是没有信封。她正打算关上这一抽屉让人悲伤的内衣时，卧室的门嘎吱作响地被打开了。

"妈咪?"那种细小的声线，那个穿着花睡衣的金发小女孩：一瞬间，真的就那么一瞬间，她是她的克丽丝特尔，穿着她去世那一晚穿的那一身黄色睡衣。

罗克珊快要落泪了。

"不是的，宝贝"，她平复了情绪，"是你的奶奶罗克珊。"

"您在干吗呢?"

"就是帮你妈妈收拾些要洗的衣服。回床上去吧。"

"好的。"

奥利维亚关上了门。就在那时，罗克珊注意到了谢尔比挂在门把手上的钱包。

4

这处森林已经有一个世纪的历史了，混合阔叶林，树干粗如雨水桶——这是一家四代的童年运动场，是树屋和轮胎秋千的最佳建立地点。森林里满是嗡嗡作响的欢呼声和音调高昂的笑声，以及"迷藏迷藏迷藏，结束了都出来吧"的喊声。在这儿曾有一场史诗般的"红罗弗，红罗弗"[①]；曾有一场持续时间长达好几个小时的捉迷藏。这里满溢着孩子气的英雄主义、藏身于树堡里的突然袭击、不顾安全的试胆攀爬。这地方是孩子们的行省，是大人们——那些喝咖啡的人和读报纸的人、交税的人和买保险的人、那些戴领带配领夹的人——不敢前来的领地，是被远古的法则所统治的王国，法则流传千古：抛羊拐、三振出局和鬼捉人[②]。

在晚餐时间，在黄昏时分，从周围的住宅区里会传来家长们的遥遥呼唤。在孩子之间有着不成文的规定：前两次的呼唤是注定要去忽视的。

没有尽头的夏日时光。

森林被工业用机砍伐着，那是一台"奇泽姆600"。从远处看，那

---

① "红罗弗，红罗弗"（Red Rover，Red Rover），一种儿童游戏。
② 抛羊拐（Dibs）、三振出局（Three Strikes）和鬼捉人（Tag），三者都为儿童游戏。

机器好像是台巨大的电动磨砂机。它从与地面齐平的地方，用旋转木马那么大的刀片，砍伐着每棵树木的主干。

刀片上面，是机械巨爪，会抓住锯下来的树干。巨爪把树干抛到一边，如同发着脾气的哥斯拉——那位日本电影里喜怒无常的著名怪物。

然后来的是挖掘机，来挖稳定塘——半英亩宽，九英尺深，比镇上的游泳池还要大。最后，工人们会平整出了一块购物中心大小的地。这块光秃秃的空地耐心地等候着，像是块为前来到访的贵客所备好的宝座。这块地就是那钻井架将要设立的地方。

钻井平台是水平铺放在碎石之上的。接下来，钻井井眼开挖。

一个钻井井眼开始于一个地窖，一个六英尺深的地洞。从地窖要往下挖一个更深的洞。如果亲眼见识过一百多次，也许觉得这套流程顺理成章、见怪不怪。如果没见识够一百次，这套流程看起来和听起来都很糟糕。机器低声哀鸣，发出愉悦的嘶哑叫喊。那钻具直钻入地球九十英尺深处。

井眼里面有一根隔水导管。

另外两个洞也被钻好了，是准备区。大鼠洞里放着方钻杆；小鼠洞里，放着一组备用钻杆。

为了处理石碎屑还要开挖一个泥浆池。石碎屑是地球的一种排泄物，是四处飞溅的大块泥浆。石碎屑是一旦开始钻井，就会从井眼中随之呕吐而出的大杂烩。

挖好的泥浆池有半个奥林匹克足球场那么大，可奥林匹克运动里会有哪个项目涉及泥浆呢？

当狱警德夫林快要完成他的巡逻时，加里·里索按了下对讲机呼叫他："不好意思，伙计。她说这是急事。"

在办公室前，他拿起电话。

"你去哪里了？"谢尔比大声哭道，"我一直在给你打电话。"

"电话在我手套箱里，它一直在那儿。看在上帝的分儿上，告诉我发生什么了？孩子们都还好么？"

"他们没事，"谢尔比猛地吸了下鼻子，带着浓重的鼻音说："货车来这儿了。是——哦，上帝，我讲不清楚。噪音难以想象的大，他们正在砍掉所有的树木。"

他的心巨震。

几周以来，他一直在钱包里放着一张小纸片，上面用他那歪七扭八的字写着，"'奥涅格'八年四万"。下面一行，是萨默塞特县的一位奶农的电话号码，他现在已经将这串数字熟记于心。

那是德夫林的逃生计划，他对于未来的打算。如果那台"奥涅格"还能用，如果事情还没太迟。

这事都是怎么发生的？这是一个值得探讨的问题。在黎明前的一个雨蒙蒙的早晨，雷娜·科瓦尔听见了警笛声。她冲出挤奶间的时候正好看见一辆救护车沿着九号公路飞驰而过。救护车在荷兰路的路口处拐了个弯，直驶向克勃·克鲁格的活动拖车房。

她在谷仓找到正在做足浴的麦克。不少姑娘都有慢性脚跟疣。"克勃那儿发生什么事情了，"雷娜说，"不像是什么好事。"

他刚刚去世没几小时。他的尸体能够如此快地被发现——居然被发现了——已经成为一件有名的事了，注定多年间都要作为谈资一直流传在贸易酒吧里。尸体的发现要归功于克勃养的狗，一对满身癫疮的德国牧羊犬。后来，事件被传成，那对牧羊犬跑向邻居家的屋子，悲切地叫嚷着，像是电视里的那条灵犬莱西，但是这个版本是杜撰的。实际情况是，它们只不过被人看到没被捆着、跑着穿过了吉姆·诺顿的木篱笆。吉姆的妻子知道——每个人都知道——克勃爱狗如子。预感到不对劲，她拨打了 911。

对于克勃的死亡——可能是心脏病，也可能是别的原因——任何人都不感到惊讶。让大家惊讶的是，他的妻子突然出现，而克勃在三十年以前就早已驱车离开她了。他们年轻的时候很简单地结了个婚，时间久远到小镇都已经忘记她的名字了。然而现在她出现了，出现在克勃的活动拖车房和他那四十英亩地的遗嘱上："琳内特·琼·克鲁格"。他们从未办理离婚手续。去往葬礼时，她坐在罗科·伯纳德灵车上。在坟墓旁，迪克·德夫林递给她折叠好的国旗。

葬礼出奇地有很多人参加。穿着西服的男人们向未亡人表达着哀

118

思。很多人要求和她私底下谈谈，但是博比·弗雷姆先他们所有人一步，他一大早就到了每日旅馆，也就是琳内特住的地方。

那个女牧师住在一个传统的农场庄园里，那是一座错层或是跃层的房子——赫兹从没搞明白这两者之间的区别，如果真有区别的话。房子有铝制的外墙，客厅设立在一个双层车库的上方。他注意到院子整洁漂亮极了，邮箱的形状像是一个旧时的谷仓，上面标注着她的名字"皮科克"[1]，就像是有只迷你孔雀住在里面一样。

他的新运动夹克的肩部有点紧。他按了下门铃，然后等候着，手里拿着一个黄色的箱子。一架飞机在他头顶上方呼啸而过。他充满负罪感地想象着，那辆航班是飞向西南方的，飞机上面有个空着的靠窗座位，座位号和他那张飞往休斯顿的机票上的一样。他付了钱但是没有用上它，航空公司还不接受退款。

他看了眼手上的盒子。"毫无疑问，咱们的'怀特曼'精选装是美国人最喜欢的巧克力礼包，是一个适用于任何场合的珍品。"他被教育道，千万别空手去拜访别人，但是不能真的带一瓶红酒去牧师家。同样，鲜花似乎太冒险了，关键之处在于不同的颜色有着不同的含义。就赫兹看来，颜色其实无关紧要，除非那女的入院或是入墓园了。给一个女人送花就意味着你想要得些什么，至少在过去是这样，在当他还单身、对这些事情还有点感觉的时候是这样。在十四年的婚姻之后，他的直觉都已经因为荒废而生疏了。举个例子，女牧师亲手做饭给他，在他还单身的日子里，这只意味着一件事。

屋子里有了反应，窗帘露出些许微光。房门打开，牧师的脸有些红，呼吸有些急促，她赤着脚，穿着蓝色的牛仔裤和吊带背心，是他妻子清理屋子时的那种穿着打扮。

"欢迎！哦，你太贴心了。"她说着，从他手上接过了盒子。

"我穿得不太得体。"他感觉自己就像个傻瓜。

"一点也不，你看起来棒极了。请进来。"

他跟着她上了一小节台阶，被这种有些怪异的亲密关系吓到了。

---

① "皮科克"的英文为"Peacock"，有"孔雀"之意。

119

（她的鞋沿着楼梯摆成一行——磨旧了的人字拖，一双运动鞋，里面胡乱塞着对潮湿的袜子）同时也感到不安：她比他印象中的还要高。他们站直的时候可以平视对方，而且她还赤着脚，可他却穿着牛仔靴。

"这栋屋子很漂亮。"他说。"漂亮"这词用得不准确，也许该说是"舒服"吧。客厅里摆放着书柜，照片和装裱好的文凭——颁发自汉布利圣经学院、受难神学院——点缀在墙上。所有的小摆设和个人纪念品都让他略感到些幽闭恐惧，但这可能是因为他的眼睛有些不适应。他一直在户外工作，睡在宾馆的床单上，在餐厅吃饭。他都不记得上一次进到一间有人气的房间里是何时的事情了。

"晚饭后我带你转转。这里有一整间装修好的地下室，我会在那里做牧灵辅导。"

"那一定——很有趣。"几年以前，有一次科琳拉着他去参加婚姻辅导。他坐着几乎沉默不语，只用单音节词答话。后来他们再没去过。

"有时很有趣，"她将书、报纸、眼镜收起，放在沙发上，"我刚才正在准备父亲节那天要讲的布道内容。我猜你对于这个话题应该没有什么兴趣。"

"我猜你的教众不会赞同我在这个话题上的看法。"他想都没想就说了，他的脑海里还回响着他和科琳的最后一次对话。科琳那时说："我不在乎你讨厌父亲节。儿子们也不在乎，他们在乎的是你不在这儿。"

牧师咧着嘴大笑起来："我懂。当然，我不是一个家长，但是总是觉得那就是个假节日。希望你喜欢吃鱼，我做了三文鱼。"

"是的，女士，我什么都喜欢。"他注意到了她裸露的肩膀和一条滑落的文胸吊带。他没想到如此快就能见到她的这么多面。他有些狼狈地转向书柜，看见《历史上的耶稣》《现代世界中的圣经》。"你一定有一大堆的书。"

"我的私人藏书放在次卧里，这里大部分是教案。在任何一个牧师的家里你都会看到一模一样的书。"

"在这一点上我可不能同意你的观点。我老爸就是个牧师，除了《圣经》，我可不觉得我们家里有你这儿的任何一本书。"

这件事似乎让她眼前一亮："你是个牧师的孩子？我早该猜到了。"

"为什么这么说？"他衬衫的领子很紧，勒着他。他感觉一阵气血冲上脸颊。

"你很——有礼貌。"

"从小家里就培养我要去尊敬那身衣服。我爸是个牧师，至少我妈这么称呼他。她总说，'牧师先生对你十分失望，马歇尔。你必须去和牧师先生谈谈这件事。'所以，你看，这事让我都拿不准该怎么称呼你了。"

"叫我'杰丝'如何？"

"哦，好。现在，我开始拿不准这么称呼你是否合适了。"[①] 他侧身靠过去看一张相框里的相片：年轻时的杰丝和一个有着淡黑色头发的男孩手挽着手。他们穿着同样的灰色运动衫，上面绣着海军蓝色的字："汉布利"。

"你兄弟？"

"我丈夫。"

他的表情一定泄露了某些真实想法，羞耻、恐惧或者是常人所有的那种后悔之情，因为她很快地补充说："我现在是个寡妇。那张照片是我们在大学的时候照的，他七年前去世了。"

一阵沉默的尴尬。

"我很抱歉。"赫兹说，"我不知道为什么我会觉得他是你的兄弟。"

"好多人都这么觉得。韦斯和杰丝，我猜我们以前长得有点像。"

他仔细打量着照片，的的确确他们之间相似得都有些诡异了：同样的憨厚笑容，同样的暖棕色眼睛。他们看上去作为大学生来说显得太年轻。穿着一模一样的衣服，他们俩看起来像是被一个溺爱着他们的母亲故意打扮成这副模样的异卵双胞胎。

"甲状腺癌。"她说。

"不好意思，你说什么？"

"大家都想知道，但是他们从没开口问过。韦斯得了甲状腺癌，他当时——我们当时都只有三十四岁。"

---

① 赫兹从进门开始，既没有称呼杰丝的姓氏或名字，也没有称呼其为"牧师"。这里赫兹的意思是，称呼其为"牧师"太过生疏，而"杰丝"太过亲近。

"上帝啊，你不该那么早成为寡妇啊。"

"确实是。你知道，我过去会回避那个词，而现在——"她耸耸肩，"那就是我。"

餐饭早已经准备妥当了，有沙拉、马铃薯，以及一瓶外壁上凝着水珠的红酒，这让他松了一口气。她毫不费力地打开那瓶酒，螺旋式开瓶器使得熟练极了。

"好几个月以来，我都盼望着你们中的哪一位能够走进我的教堂。你和你的那位朋友是最先来的。尽管，他一直没再来。"

"他有一点——一点惊讶。你知道，是因为'女牧师'。"

"很多人都这样。请坐。"她拿着一盘三文鱼过来，"我也一样惊讶。说实话，我其实是有点被迫的。能当一个牧师的妻子我非常满意，直到韦斯得了病。"她往两人的红酒杯里斟满了酒，"他可不会放弃他的教堂，我也就尽可能去帮助他。在最后一段时间里，是我替他写的布道。他去世后，我回学校去了，我需要学点什么。当时觉得那么做还挺自然的。"

他喝了一大口，稍微放松了点。"然后你就开始主持教堂了?"

"不是立刻就开始的，不是。没人会去雇用一个女牧师，于是，我就在客厅里开始组织一个《圣经》研习会。最开始来的都是妇女，终于，有几个丈夫被一块拉进来了。"其中一个丈夫，她解释道，说服她去把弗里德曼旧家具店租下来，最近又说服她买座真正的教堂。在贝克屯，这种建筑很便宜而且很多，当地天主教的主教辖区在这片儿已经关闭了六个小教区了。"源泉"在一场几乎没什么别的东西可拍的拍卖会上低价拍下了圣卡斯米尔教堂。廉价，连同荒废的喷泉和漏水的屋顶。

"现在，我们正在靠洗车、卖面包筹集资金，好进行翻新工程。"她笑着说，"你是个牧师的孩子，这些事情你都知道。"

"确实知道。"赫兹说着，回想起那些在青少年募捐小组里的日子：贩卖杂志、炊具、抽奖券、钩织毯、巧克力棒、香薰蜡烛、圣诞节装饰品、切块奶酪。"还有很多我都忘了，但是大部分是这些东西。我最终没去当销售员也算是个奇迹。"

她往他盘子里拨了些三文鱼和马铃薯。"你一直都在做——你管那工作叫什么？"

"项目经理。一步一步升上去的，我还是个孩子的时候先去做了钻工。"第一份工开始于他二十三岁时，当时他比现在的布兰多和乔治还要年轻。他一想起来事情都过了这么久了，就觉得有些厌倦，而且不知为何还有点忧伤。

"那你一定很喜欢这份工作。"

"也还可以。但是，你知道，人生还有更多种的可能。"他差点告诉她，几年以前，他的兄弟丁克提议，他们俩应该一起去做生意，去布拉佐斯河当野钓导游。起始的资金投入不多：买些齿轮，给丁克的那艘船修理修理。赫兹当时在流动解决方案公司的收入已经颇丰了，但老是得出差这一点让他困扰，他没法陪伴儿子们成长，他的整个生活都随着高速行驶的火车，随着车窗外那一晃而过的诸多风景，一起太过匆匆地呼啸而逝。当他已经全面做好一次性支取 401K①养老金的准备时，科琳扯了他的后腿。"丁克会捕鱼，但是这不意味着他会经商。你们这些大男孩！你们俩就没一个有商业头脑。"最后，丁克抛开他单干了，然后证明了科琳的先见之明——丁克赔光了借来的所有的钱，还赔上了更多。但是赫兹没办法把"事情也许会有不同的可能性"这种想法抛出脑外：如果当时他的妻子能够对他有那么一点点信心，他也许能成就一番比管理一个钻井小队更大的事业。作为一个年轻男子，他充满了想法。很多年来，他都没想过他会沦落到此。

他举起酒杯放到唇边，才发现已经空了。"跟我讲讲新教堂的事。"他说着，希望她没注意到这小小的尴尬。

杰丝给他的杯子里添满了酒。"我们快可以搬进去了，就差最后的教堂屋顶了。我实在等不及搬离那个店铺了。"

"哦，那可真是件好事。"

她用手遮住双眼："我知道，店铺那里太差了。哦，还有，那块地毯。"

"我没注意到那块地毯。"

"你说谎，那块地毯令人反胃。我都觉得不会有谁去过一次后还会

---

① 401K，指美国企业养老金计划。

123

打算再去一次。"

"我回去了。"

她冲他笑了下，耀眼，开怀。"是的，你回去了，不过是过了好几周以后。"

"我要工作。"

"在周日早上？"

"5点钟，第一班巡检。"

"上那个什么塔么？"

"井架当值。不好意思，钻井业有专业术语，有点像在军队里一样。干这行，你会忘记怎么和普通人打交道。"

她若有所思："你在贝克屯待了有……到现在有一年了？"

"十个月。"

"十个月，你和镇上的人都说过几次话？"

"就一次，和你，在沃尔玛。我想算上今晚就是第二次了。"

"我觉得也是。如果你想待在这儿，最好融入社区。"

"我得说有你这想法的人算少数，大部分人希望我们离开。"赫兹自己又弄了点鱼，"那些签了合同的人希望能够尽快拿到钱。但是一旦我们开始在他们的地上施工，他们马上变得也希望我们赶紧弄完走人。"

她略带思索地喝了一口酒："事情是复杂的，马歇尔。改变很难，尤其是你没想做出改变的话。这儿的大部分人都没做这个选择，但是这个小镇肯定已经变了。"

赫兹想起他第一次来到贝克屯时那些空空如也的商铺。人们究竟觉得过去那样子有哪里好？那种情况再持续个十年，这镇子会变成一座鬼镇的。

"一小部分人在大笔赚钱，"她说，"对他们来说挺好，但是其他人却也要承担其影响，那些噪音，那些施工中的道路。某一天，我发誓我感觉到了地震。"

"人们总是有这种感觉，那不过是抗震测试，这事没啥好担心的。"

她看起来不太同意。

"那么还有关于供水的问题呢？我读到过相关的事情，在西边有些

124

人能够把他们的自来水点燃。"

"水没问题的，相信我，那些就是一堆——宣传。"赫兹止住口没往下说，他差点说出"放狗屁"。"环保狂热分子们，就像绿色和平主义者或者别的什么人，他们的工作就是去吓唬你。"

他本还有更多的可以说，比如"我也关心这些事，没人想要污染水资源"。但过去的经验教训告诉他，面对这事时该把嘴闭上。环保主义者不是能讲理的人，对赫兹来说，他们都吹毛求疵，像是他继母一般的管家婆。赫兹的继母住在一个退休社区，家里整洁到了没人敢去的地步：沙发外面要套防尘罩，灯罩要用塑料包起来。

一阵沉默。

"你不相信我。"他说。

"我怎么想不重要，我没有足够的地好让什么人来钻井。但是如果我有的话，我无论如何也不会签合同。"

"我没打算改变你的想法啊。但是说真的，钻井不是件坏事。"他喝尽杯中酒，"好吧，是件坏事，但是也就一会儿，就几个月。"

"从你的角度来说，我想确实如此。但是这个镇子已经被永久性地改变了。说实话，这事把有些人的心理阴暗面激发出来了。"她又斟满了他俩的酒杯，"矿山矿井关闭的时候贝克屯曾衰败过一次。当时在矿上工作的一些人现在还没有工作。想象一下，如果你几个月甚至几年没有工作，然后看到一大堆来自得克萨斯或者别的地方的外地劳工……"

"我从来没从这个角度思考过。"赫兹想起每日旅馆里的粗鲁无礼的女清洁员，想起贸易酒吧的那个酒保，那个乖僻的本地人。"没有冒犯的意思，但是这座小镇可算不上什么友善的地方。"

"那很令人惊讶吗？人们觉得自己已经被放弃了。你们这些人抢走了他们的工作。如果你又正好是个黑人或者西裔，那事情就会变得很难看。我听过些我都说不出口、不好意思重复的评论，那些人应该好好听听自己说的是什么：'我不是种族主义者，但是……'"她喝了一口，"几年前有个案子，发生在离这里大概五十英里的地方。四个高中橄榄球球员把一个墨西哥人打死了。很明显，当那个人向这几个孩子说西班牙语的时候，他们被激怒了。陪审团宣告他们无罪，说这不过是一场失控了的街头斗殴。"

赫兹想起了那个在急诊室工作的有孕在身的护士。她上下打量乔治，然后质问他是不是美国公民。如果乔治不是的话会怎样？她会把他赶走么？

"讽刺的是，贝克屯以前是一座移民城镇。波兰人、意大利人、匈牙利人，那些人同样也不会说英语。现在他们的儿孙辈却对移民大发雷霆。"杰丝换个姿势坐在椅子上，"我没打算对这儿的所有人一概而论。这里的大部分居民还是和蔼可亲的，但是那些不友善的人叫得更大声。"

"就像所有地方一样。"赫兹说。

"而且，这里还有市政、后勤问题。我们只有一个小型医院，一个志愿者组成的消防局。你知道整个贝克屯地区只有一位警察么？这儿几乎是夜不闭户、路不拾遗。我们这儿以前的犯罪率是零。"

"对此你确定么？我住在每日旅馆的简易床上，我都没办法告诉你多少次有人破坏停车场里的焊接设备卡车。焊接设备的线缆是铜做的，"他解释，"瘾君子们把这些东西偷走，好去卖废品挣钱。"

"瘾君子？在贝克屯？"她看上去惊讶极了，还有些别的什么情绪——受伤、失望，或者也许是他过度解读了。他想起周日和米基一起走出她那座教堂，设法躲避社交。再一次，他觉得自己丢人丢到脚跟了。

"这镇子挺好的，"他飞快地说，"我喜欢这镇子，但是每个地方都会有问题。鱼很好吃。"事实上稍微做得有点干；他多吃了点，只是为了让她高兴。

他看了眼酒瓶，近乎空了。

"那我就放心了，我尽力想做得好吃点。我手艺有点生疏了，独自生活让人发懒。当韦斯生病的时候，吃饭这事似乎没那么重要。大部分时间他都没什么胃口。"

"我祖父有胃癌。"赫兹说，"他总是说，治疗过程比疾病本身还难熬。"

"对，是那么回事，但也不光是那么回事。"她安静了有一会儿，时间长得让他有些紧张，"癌症改变了他。我觉得那事会改变所有人，但是韦斯变得稍微有点疯狂了。他不顾一切地要去探求为什么那事会发生。这个想法也算合情合理，他当时还很年轻。"

她将手摊开，手心向上放在桌子上。现在赫兹才刚刚注意到她仍然戴着戒指。他想起自己的那枚婚戒，多年前就丢在阿肯色州的一个钻井架上了，而且也没有再买个新的。

"我感觉和你说这事稍微有点怪，像是正在泄露一个我保守着的秘密。这么多年过去了，这事听起来有些荒谬。"

他怎么能没注意到？七年寡居，仍持戒指。

"我不在意这些事，"他飞快地说，"我们并非一定要谈这事。"

"不，我想谈。有宜健康，不是么？"她举起酒杯，发现酒杯空了，"我喝得太多了。"

"也许喝得还不够。"他把最后一点红酒倒到她的杯子里，"敬韦斯。"

她的眼睛一下子就湿润了："哦，你太好心了。是的，敬韦斯。"

他们碰了杯。

"好了，那么就说说吧。他有这么个理论。"她喝了一大口，"还记得三里岛事件么？"

"那个核电站？"

"对，他就在——我们都在——那附近长大。我是说，附近。你从后院就能看见发电站。"

"上帝。"

"皮科克家当时住在我家隔壁。我母亲怀着孕，所以我们必须撤离避难；但是韦斯的父母留在那儿。我猜他们可能觉得不会发生什么大事情。至少，他的父亲这么觉得，没人知道他的母亲怎么想。他的父母就是那一类的婚姻关系。"

赫兹想起了自己的母亲，从某个角度讲，他和母亲没什么两样，每周都从父亲那里领零花钱过日子，那些五块的十块的零钱，被母亲存放在冰箱上面的一个旧锡罐子里——上面印着"赛尔水煮花生"，和一个口袋记事本放在一起。在她去世后，赫兹收拾屋子时，翻到了那本笔记本，上面是多年以来琐碎小额的家庭支出的详尽记录——"送奶员 3 美元"——满是他母亲小心翼翼的笔迹。

"总之，当他生病的时候，只花了五秒钟，他就判定了三里岛那件事就是罪魁祸首。"

赫兹皱了皱眉头。

"辐射。"她说。

"哦，是，当然。所以，真的是因为那个么?"

她勉强地耸耸肩："他的医生说不是，不可能是。但是韦斯对此很确定，他读了所有他能接触到的资料。后来，他柜子里都装满了论文资料，医学研究之类的。但是没人相信他。"

"那你呢?"

对话出现了很长时间的停顿。

"我相信他相信这件事。"她开始收拾桌子，把空盘子摞在一起，"唉，我有点醉了。"

赫兹站起身来帮忙。后来，他试图去回忆、重构当时到底发生了什么。他一定是从她手里接过盘子在先，在把她拥入怀中之前。

常
规
事
故

NORMAL ACCIDENTS

1979

※※※

　　这是份天才之作，鲜活得如同一具人类的肉体，是科学家之梦想与上帝之智慧的结合，但是科学家本身并没有设计它。设计它的工程师从未操作过它。操作员没法光靠他们自己维护它。维护组对于自己在维护什么毫无概念。他们大体上遵循着某个什么人写的操作手册，照章办事。他们遵循时间安排表，核对完成检查表，并且挂上黄色标记。

　　这一奇迹就位于河流转弯处的一座小岛上，在离镇子有三英里远的下游位置。一代人之前，度假小屋曾坐落此地。农夫们种植玉米和西红柿，然后把收获的农作物通过驳船运往首都。一号反应堆五年前开始运转，那年是诞生奇迹的好时候：加了"鹏斯"的汽车几小时几小时地空转，总统被赶出白宫，帕蒂·赫斯特戴着切·格瓦拉式的贝雷帽、端着一台机关枪①。

　　今天一号反应堆正要停机换料。二号反应堆运转刚满三个月。五周以来，反应堆一直在满负荷工作，给学校、医院、工厂和机场——那些能帮它回本的公共事业供着电。二号反应堆花费了七亿美元，奇迹不是白来的。

　　发电站里有着难以计数的活动部件，像是上帝的腕表：占地几英

---

① 这三件事分别指，"鹏斯"系列机油的大卖、水门事件、帕蒂·赫斯特抢劫事件。

宙的燃料罐、发动机、水泵和炉膛，各自分工，加热和冷却，嗡鸣且转动，每一个部件都有其要尽的天命，都有着独一无二的无限精确的行为动作，如同舞蹈中的招牌亮相。绵延几英里长的管道，像是一座小型城市，满是或开或关的阀门。每一千个活动部件代表着一个符号，一个在方程式——那个用没有人真正明白的无言的语言写就的陈述句里的一个符号。

在安全壳里伫立着巴布科克和威尔科克斯反应堆，高 40 英尺，直径 15 英尺，是一个由螺纹钢材制成的一个大型圆柱体。反应堆是"约柜"①，是为了更高的理想而存在的容器，里面是堆芯区域。堆芯区域里放着燃料棒，是共计上百吨重的核物资：3 万 6 千个外层涂满锆石涂层的管状燃料，每一个都蕴含着放射性颗粒。堆芯会产生极其大量的热量；冷却水会不间断地带走这些热量。冷却水蒸发成气体，气体通过管道进入发电机组，从而推动汽轮机。

汽轮机组带动发电机转动发电，发电机将电输入变压器，变压器变电后将电输入电网系统。

电网系统为整整三个州的电气设备供电，为电视机、八轨磁盘播放器、手持修草机、永新泵式爆米花机、"雅达利 5600"游戏操作杆供电。

核电站能自我调节，自给自足。夜班从 11 点到早晨 7 点，两个夜间操作员在控制室值班。控制室有礼堂那么大，亮如一个正在营业的剧院。仪表面板发生格外明亮的光：红的、蓝的、白的、绿的、金的。仪表面板占据三面墙，从地到天花板，加在一起有 900 平方英尺，上面满是按钮、开关、刻度盘和测量仪表，显示着系统里每一点细微变化。所有的一切都服务于那个方程式，那个无言的句子，那个使用了上帝隐秘之语的数字心印。

在控制室里的 6000 个指示器里，750 个都在响着警报。

黎明前一小时，那两个夜间操作员正喝着咖啡，谈论着一部电影。其中一个看过了，另一个还没看过。

"真是部烂片，"第一个男人说，"虽然仪表啊，和其他那些玩意看

---

① 约柜，以色列民族的圣物，据记载，其中放置着上帝和以色列人签订的契约。

起来还挺像那么回事。"那部电影，是关于一个核电站的灾难片，12 天前上映。他是和妻子一同去看的，当时她紧抓着他的手臂，全神贯注而又坐立不安："真的是那样么？"这么多年以来，她第一次对他的工作、他的经历产生出了兴趣。那个熟悉的丈夫似乎变化成为一个比他过去，比那个穿着变了色的汗衫的慢性鼾症患者、那个不爱洗澡的大懒蛋，都要伟大得多的人。

"对，差不多就那样。"他涌起一阵男子汉的自豪感，就像是他开着跑车带她兜着风。

"我在想他们是在哪里拍摄这部电影的，"第二个男人说，"什么样的电站会让他们进去搞那玩意？"

横跨后方整个仪表面板顶端的报警灯都亮起了，一共 750 个玻璃罩子，每一个都有 3 英寸×5 英寸那么大。一个罩子闪烁亮起，一条信息被传达着，"稳压器，低。反应堆冷却泵震动，高"。那一块块玻璃罩子上面印着用方正的大写字母标识的短句，如同情人节那印有字的心形糖果。

如果有警报，报警灯会一直闪烁不停歇，直到有人确认这一情况。然后报警灯会一直持续不断亮着，直到情况被解决。

电站能自我调节，自给自足。这一构想精妙的自主能力是那本操作手册的核心内容。维护组成员，16 个昼夜倒班的男人，知道电站的另一面。周三的早上，在汽轮机房里，技工去给换热器做保养。换热器负责冷却反应堆。它也掌握着技工的灵魂。他为每一个燃料罐、每一个泵机服务，一视同仁，勤奋、沉默而带着敌意，他是个为集体需求而奉献的奴隶。

汽轮机房昏暗嘈杂，管道交错纵横。他目前的服务对象是四号换热器（也被称为去除矿物质器、离子交换罐；这傻玩意就像是全国 50 州都在通缉的犯罪头头一样，净是些外号）。机房里有 8 个这样的换热器，每一个都填充着树脂颗粒，颗粒满塞在换热器给水管道的间隙之中。这些颗粒要每 28 天，不多不少，正好 28 天更换一次，完全遵照操作手册中的说明。

那部操作手册有 9.5 磅重。

那个方程式似梦似幻，来自那些连亲手换个轮子都做不到的天赋奇才的梦境。技工真想花钱去看那些人清理换热器。换热器里的树脂颗粒会定期凝固住，形成一大块会造成阻塞的垃圾，整个过程就好像是换热器会来月经一般；然而就是这么个该死的蠢玩意可能比他的车都要贵。

更换树脂颗粒是个艰巨的过程。或早或晚，没有哪一个换热器能够幸免于堵塞。技工用水和压缩空气进行清理，完全遵照操作手册中的说明。这办法管用的次数屈指可数。到了早上4点，值班的工头下楼来给他搭把手。技工爬上一根管道，透过护目镜打量着。

爬上爬下并不轻松，他已经不年轻了。

在他身后，管道颤动了一下。出于本能，他躲了一下，时机刚刚好。管道从固定的架子上斜叉了出来。噪音震耳欲聋，像是一台出现严重回火故障的发动机。水流和气体从管道里喷射而出仿佛爆射的机枪。

冷却水阀门的控制方式是气动式的。一会儿，整个系统里每一个阀门都关上了。

楼上，控制室摇晃得如同遇到了气流的飞机。那两个夜间操作员从椅子上被震到了地上。时间是凌晨4点37秒。一声警报尖厉嘶鸣，声音如同被火燎了屁股的猫。后方仪表面板上整面整面的白色灯光闪烁不停。

夜间操作员惊呆了，但是却并不担心。系统对于这种可能出现的状况早有预案，对所有可能出现的状况都有。在任何一种能够被想象到的情形下，电站自己都知道该怎么做。

每一千个活动部件代表着一个符号，一个在方程式——那个用没人真正明白的无言的语言写就的陈述句里的一个符号。

几秒钟以内，电站自己采取了行动。首先，汽轮机关闭。旁通阀打开，蒸汽注入冷凝器，绕过汽轮。这一系列的行为完全遵照操作手册，遵照那本信念之书。

然后——基于某些神秘莫测的原因——反应堆会自己关闭。

操作员们难以置信地瞪大眼睛看着。

在他们周围的仪表面板上，报警灯闪烁如同烟花：红的，蓝的，白的，绿的，金的。

在演习培训的时候，系统一次只会出现一个问题；该把注意力放在哪里从来就不是个问题。但是现在，汽轮机被遮断，反应堆被遮断①，冷却水系统完全停运了，温度和压力飞涨不停。操作员们被闪烁不停的报警灯从四面八方围攻着。

值班主任通过广播系统进行通告，这一行为完全遵照操作手册。"二号反应堆，汽轮机遮断，反应堆遮断。"多年前，还在海军的时候，他管理着一个潜艇反应堆。他用坚定自信的声音大声地重复通告了两次，带着军事化的那种硬邦邦的感觉。

一个接一个，安全系统被激活。泄压阀，供水泵，高压注入泵。这些设备在恰当的时候自行开始运作，如同操作手册上所明示的那样。

一万五千人生活在核电站方圆一英里的范围内。他们如此近距离地看着那一奇迹之物——那四个巨大的正呼呼喷着热气的钟形水泥冷却塔。

对于这一万五千人来说，事件还没有发生。他们刚洗完晨浴，刚吃完早饭（用的是"雷明顿"电动剃须刀、"阿曼纳"按键式微波烤箱）。

一位饲料销售员正开车去上班，电站在其后视镜中清晰可见。他心不在焉地注意到冷却塔里不再冒出热气。然后他擤了下鼻子，吃了片感冒药。他的儿子把感冒带回家传染给了他。儿子能从哪里感染流感呢？这位销售员想不出来。他的孩子在家自学，害羞极了，不会去和邻居家的孩子们玩。只要能和他自己的那些玩意在一起，他绝不会迈出家门一步。

这天早晨也一如既往。小男孩韦斯利·皮科克正穿着睡衣盘着腿，坐在客厅的地板上玩着一款桌游。这款游戏旨在建立一个复杂的捕鼠装置，是一种鲁布·戈德堡②式的建构游戏，涉及二十三个红的、蓝的、绿的以及金色的塑料部件。他朝一个白色的垫子上扔着骰

---

① 遮断，指在汽轮机或是其他机器转速过高或温度过高时，为了防止伤害机组，而强制其停机。

② 鲁布·戈德堡（1883—1970），美国漫画家，以画一些用极其复杂的装置去做一件简单的事情而闻名，比如通过诸多由杠杆、气球、蜡烛、铁罐等构成的装置去打鸡蛋。而后其名字成为类似装置的代名词。

子，然后在陷阱上添加了一块塑料部件。

桌游包装盒上印着"二至四位玩家"，但是这个聪明的小孩子已经学会忽略这类指示说明了。韦斯利操纵蓝色老鼠进行一回合游戏，操作绿色的再进行一回合。他经常和自己对着玩游戏。

"滑稽好笑，建立奇观多有趣；痛苦尖叫，哪只小鼠被抓去！为八岁到十四岁设计。"盒子上如是写着。

在控制室里好几件近乎不可能发生的事情发生了。

应急泵已经开始工作了，但是温度还在升高。

温度升高，但是一个白色的报警灯仍旧闪烁不停：稳压器，低。

压力下降，但是另一个白色的报警灯仍旧闪烁不停：稳压器水位，高。

根据操作手册上的说明，这些事情不可能同时发生。要不然就是仪表正在撒谎，要不然操作手册根本就是狗屎。

在泵机房，一个技工正盯着埋在地板里的一条排水管道看。一秒后，他听到了一阵匆忙的脚步声，辐射化学技术组正跑向大堂："赶紧出去！拿好东西赶紧走！"

冷却水还在不停地溢出，从地板里的那个排水管道里涌上来。

人们摩肩接踵地聚集在控制室里，屋子里满是须后水味、咖啡味的口气、浓重的汗臭味和彼此的体味。什么是被记忆之事物？人类脑边缘区域的基础功能总在发挥作用，人脑这个黑匣子记录仪总是运作不停，这些味觉、触觉、嗅觉、听觉，这些是被记忆之事物，是让人知觉自己活着的证据。多年以后，当那天的事件被解构、被质疑并且被概括到只剩一张照片时，这些事物，这些照片所不能传达的人类的真实体感，将会在记录中逐渐隐去。

整面仪表面板，所有颜色的灯，都闪烁着。不祥的未来逐渐成真。蒸汽已经溢出骤冷槽。核岛安全壳的地面已经被反应堆的冷却水淹没了。在这个圆顶建筑里，辐射等级正在直线上升。放射性水渗入了泵机房，沿着地板里的排水管道一路向上。

在值班主任的办公室里，一通通电话按顺序打出，完全遵照操作手册中的规定。排在第一位的是美国核能保险公司，然后是州警署、县民防部门、宾夕法尼亚州辐射健康管理局。

最后一通电话是打给核能管理委员会的，委员会的地区办公处位于费城的郊区。电话响了又响，最后，值班主任只得在电话答录机上留下一条留言。那儿没人接这通来电。

那位饲料销售员的妻子觉得有些反胃，这是件她未来将会牢记住的事情。以前她的肠胃系统从来没闹过脾气，身体哪里都没闹过脾气。她是一个大家族的长女，干着农活长大。

她把煎锅擦干，然后吃了块薄脆饼干。托了上帝的福，韦斯利还在客厅里安静地看着电视。她的丈夫不喜欢电视，而且经常指责她："贝尔纳黛特，你知道我对此有什么感受。"但是对于贝尔纳黛特来说，电视既对人有帮助又令人愉悦，这个想法让她有些羞愧。她的父母是门诺派教徒①，他们连个椅子都不曾拥有。她的母亲养育了八个孩子，可没用到过《芝麻街》《罗杰斯先生的邻居》②，或者是保姆和一次性纸尿布。不管怎么说，贝尔纳黛特借助了所有这些手段、所有现有的辅助措施，来养育自己唯一的那个听话乖巧的儿子。

罗杰斯先生是一位牧师，这让看电视这事稍微说得过去了一点。她很高兴房间里能够有另外一个成年人存在。罗杰斯先生每天早晨都能抽出半小时的空当，在贝尔纳黛特洗澡、揉面团或者是拖厨房地板的时候，陪着那个小男孩。换做她母亲，完全无须任何帮助就可以独自完成那些杂务，但得说她母亲生养的可不是韦斯利。这孩子总是给人添麻烦，极度渴求陪伴、玩耍和安慰。贝尔纳黛特知道自己养育着一个黏人的孩子。除了自己，她没人可怪。

有些早晨——她从没和吉恩讲过这事——在给韦斯利上课之前，她允许韦斯利多看一档节目，像是《扑克高手》或者《20000'金'字塔》。游戏秀很吵闹而且粗俗，但是总好过早上播的肥皂剧。肥皂剧满是情欲热吻、胸脯高耸的女人和会让她脸红心跳的对话。

韦斯利走进厨房，他额头紧锁："他们把我的节目弄没了。"

---

① 门诺派教徒主张生活简朴。
② 《芝麻街》《罗杰斯先生的邻居》都是美国儿童节目。后文中的"罗杰斯先生"指的就是《罗杰斯先生的邻居》中的主角。

她跟着他来到客厅。一个穿着西装的男人正在对着摄像机说话。"这就是条新闻播报，宝贝。来，咱们换个频道。"

"就这么一个频道。"小男孩韦斯利·皮科克说。

"三里岛地区已经宣布进入州紧急状态，有微量辐射泄漏到环境中。所有安全设备功能运作正常。"

贝尔纳黛特的胃小小地拧了一下，她坐到沙发上看了起来。

十一英里以外，在州首府，浅蓝色的幕布前站着六个男人。在讲台上的是副州长，英俊得如同一位电影明星，是合众国历史上最年轻的副州长。他照着一份写好的演讲稿念着："这次事故的发生原因在于汽轮机系统发生了故障。微量辐射泄漏到了环境中。所有安全设备功能无碍，运作正常。"

声音响成一片，手臂挥动如云。记者们看上去像是热切的小学生。他点了房间后面的一位年轻的漂亮姑娘。

"微量辐射指的是什么?"

副州长觉得这是个让人不安的问题。他的胡子和时髦的发型正投了年轻选民们的所好。他入职只有两个半月。"我们没有办法准确测量辐射的泄漏程度到底有多少。"

"那么，你怎么知道这次泄漏的是微量?"

州环境保护部派遣的一名核工程师专为回答此类问题而来，他是位穿着黄芥色高领套头衫的婴儿脸男子。他脸上鬃毛明显，有种略显羞愧的样子："公共事务部门派遣的调查人员已经过河去了，根据风向进行了测量。他们在地表上检测到了少量的放射性碘。"

他读成了"嗲"。

"你能拼读一下那个词么?"一名记者说。

"我们——都要死了。"① 从前排突然传出一个声音，是那种由于妻子耳背，而习惯于大声嚷嚷的暴躁男人的声音，"他是说，我们——都要死了。"

---

① 放射性碘本应读作"Radioactive Iodine"，但核工程师读成"Iodin"。而捣乱的男子则故意读成"Io-DYNE"，读音和"Iodin"几乎一样，但同时也和"I all dying"（我们都要死了）发音雷同。

工程师继续说："调查人员一直持续在各地进行检测，而且他们已经确认辐射泄漏等级要小于 1 毫雷姆每小时①。"

台下传来一阵轻微的骚动："1 什么每小时？"

工程师被要求拼读这个单词。那个暴躁的男人一字一顿地跟着他重复："毫——雷——姆——"

"每多久？"暴躁的男人大声道。

"每小时。"

"每小时，"暴躁的男人重复，"好吧，这意味着什么？"

工程师讲解了一下"毫雷姆"的含义。

一个大胡子记者打断了他："声明中说汽轮机系统发生了故障，是什么样的故障？"

"该核电站一直在满负荷地运作着，在……在非保险系统里……在汽轮机组里，发生了一些小问题，导致通向汽轮机的阀门被关闭。"工程师意识到了自己的声音在发着颤。一小时以前，他就坐在国民自卫直升机里，在核电站下风向处一英里远的位置。"这是一个常规的可预料的瞬态。"

暴躁的那位拼读着这个单词："瞬——态——"

一位女记者站起身，就是那位咄咄逼人、把副州长逼问下了讲台的女记者。"好了，运营公司是怎么发现这一问题的？是不是有什么样的系统报警提醒了他们？"

工程师在这个问题上明显表现得有些犹豫不决。他想着控制室里面的那 6000 个指示灯，和那报着警的 750 个。他做好了不成功便成仁的准备。

"他们能够通过检测仪表来获知情况。"话中的荒谬矛盾之处让他几乎想把话收回，他努了一把力，"而且，那座核电站在设计上可以承受这种情况的瞬态。"

在房间的后面，他确定听到记者开始笑了起来。

男记者："听起来似乎你很依赖仪表和公共事务部门出具的报告。都到现在了，你觉得我们是否该质疑下仪表和报告的真实性了？"

---

① 毫雷姆，用来描述辐射强度的物理单位。

工程师承认现在还没人验证过相关部门的数据报告。

"所以说，你只不过是在重复他们告诉你的那些事情。"咄咄逼人的那位女记者说。

"是的。"

在前排，那位暴躁的男人点了斗烟。他用力地嘬了一口，然后重重地吐出三个烟圈。

房间里变得越来越吵闹。一些记者还在大声提着问，但是大部人对于那位正在一阵烟雾中说着话的工程师已经失去了兴趣。他又解释了一遍汽轮机是干什么用的，溢流阀是干什么用的，但是已经没人在听了。他希望能有个人来把他打晕。

终于，一位记者问了一个他能回答的问题。

"不，我还没看过那部电影。"他说。

整整一天，民防卡车一直在街道间巡逻。卡车令人印象深刻，军事气息浓重。它们像是为了什么战略目的，为了攻击、救援或是分配后期补给品和军火之类的事情而生产制造出来的。今天，它们只是在这儿来回宣告："三里岛地区已经宣布进入州紧急状态。请紧闭门窗不要外出。"

在小男孩韦斯利·皮科克卡看来，这个要求颇为任性。"我们为什么不能打开窗户呢？"

"空气污染。"他母亲回话道。她坐在厨房桌子旁边，和邻居奥德丽·赫什伯格待在一起。在客厅里，韦斯利正和奥德丽·赫什伯格的女儿一起玩着桌游捕鼠器。韦斯利当绿老鼠，杰丝当红的。

"氢气太易燃了，"奥德丽说，"如果泡泡继续变大，可能会造成爆炸。"

贝尔纳黛特切了两片肉桂蛋糕。她俩每人已经吃过一片了，正在谈论着关于那个气泡的话题。让韦斯利离开电视一会儿可费了好些功夫，奥德丽和杰丝的到来让她能够缓口气歇歇。

"我们看过那部电影了。"奥德丽说，"贝尔纳黛特，你不好奇么？"

"有点，"她承认，"但是吉恩就不会，他说每个人都该冷静点好好待着。"

奥德丽拿了小一点的那片蛋糕："说得好像我还没待够似的，内德说我已经胖得跟辆大巴似的了。哦，对了，猜猜谁又有了？邦妮·胡佛。"

贝尔纳黛特想，又有了？

"怀孕了？"她轻声说，"你确定？"说实话，这事怎么可能发生？就那一个孩子，都已经是贝尔纳黛特如同乞丐一般感恩戴德地求来的。邦妮·胡佛和她年纪相仿，但已经有四个了。

"紧闭窗户，"奥德丽说，"那么做到底有啥好处？"

拉尔夫和邦妮·胡佛肯定每时每刻都紧闭着门窗。

在客厅里，韦斯利掷着骰子。他和杰丝正玩到桌游最激烈的时刻，陷阱正建到一半，他把塑料沟槽放到沟渠里。

"不是污染，"杰丝说，"是辐射泄漏。在学校里，他们都告诉我们了。"

杰丝是个挺漂亮的黑发姑娘，她和韦斯利是暑假之友。从阵亡将士纪念日到劳工节①，两人形影不离。然后，每年9月，杰丝离开去上学，去参加舞蹈课，去和韦斯利没兴趣结识的其他一些小女孩一起度过周末。

在厨房，母亲们喝完了咖啡。"这些窗户是用铅做的么？"奥德丽说，"因为铅是唯一能够抵挡辐射的物质。我们需要回家收拾东西，内德希望下午4点能够出发上路。"

来客都走了，韦斯利坐在厨房的桌子旁边，拿着拼读教学课本。贝尔纳黛特从冰箱里拿出猪肉排。这时，有人疯狂地用力敲着前门。

贝尔纳黛特起身去开门，她的邻居迪格·法雷尔站在前门走廊上，大睁着眼，红着脸。她能从他的呼吸中闻到酒精的味道。

"你还在这干什么呢？"迪格大喊，"我还以为吉恩一定带你离开了。"

"哦，不不，我们这儿没事。"

"什么意思？你难道没听到广播么？学龄前儿童得撤离。"

---

① 美国阵亡将士纪念日，每年5月最后一个星期一。美国劳工节，每年9月的第一个星期一。

141

贝尔纳黛特的脸有些发红了。韦斯利有些显小，但是也没那么小。"哦，不，韦斯利已经到学龄了。"

"那他为什么没去学校？"让她松了一口气的是，迪格没继续追问下去。"我们正在装车。车上留了你们俩的地儿。我们一会儿要南下去肯塔基州马拉的父母家。"

贝尔纳黛特压低声音，并且希望迪格也能同样这么做。"迪格，你真好心。我们现在还打算再待一会儿，如果大家必须离开的话，我们会晚点走。"

迪格看上去惊呆了。"如果你们没办法上高速怎么办？如果他们在入口处放满了路障怎么办？我有枪，也有链锯，如果有必要的话我能够闯过去。但是你们打算怎么办呢？"

"你太好心了，但是我们现在打算先待着，"她的声音低得几乎像是耳语，"谢谢你挂心。"

她态度坚决地把门关上了。

"双洋"超市诡异地空无一人，贝尔纳黛特推着购物车在货架间来来回回。这有点像在战争时期逛超市，货架上的面包、汤、蜡烛、罐装豆子和玉米都空了。"麦斯威尔"咖啡也没了，她只好拿了一罐"福格斯"①。她按照收音机里播放的指示，寻找那些不需要加热或者冷藏保鲜的食物，买走了一车奇奇怪怪的物品：牛肉干、一盒甜甜圈、瓶装泡菜和甜菜根。

吉恩说"福格斯"喝起来有一股焦味。

那天，一家人吃晚餐时十分沉默，只有刀叉在盘中作响。"你觉得他们会不告诉我们么？"吉恩说。

"他们正在告诉我们，广播播放得到处都是。"

"他说的是学龄前儿童，学龄前儿童和孕妇。他不是学龄前儿童。"

贝尔纳黛特又一次被没能怀孕而刺激到。

"行了，你觉得那话有道理么？为什么这事对这些人有影响对我们却没有？"

---

① "麦斯威尔"和"福格斯"都是咖啡品牌。

韦斯利没吃他那块猪肉排，但是作为替代，他吃了青豆。这是毫无热情地例行公事。按照惯例，他得在晚餐后出门玩一会儿。带着一身的厌倦和无可奈何，他从屋门附近的衣架上取下外套，如同一个正要下井的矿工。

"今晚不用了，宝贝。"他母亲说，"回你房间去，自己玩会儿游戏。"

几年以后，在他生日时，母亲带他看了场电影——《塑料泡里的男孩》。由约翰·特拉沃尔塔饰演的那个男孩，没有免疫系统。他没办法在一个满是细菌的世界中生活，所以只好待在卧室里的一个塑料氧气罩里。对于韦斯利来说，这是他能够想象出来的最好的生活。

他为绿老鼠掷骰子，然后组装楼梯部件。

那个泡泡如同是那男孩自己的时髦公寓一样，里面有一台电视和一套立体声音响。在那里面他可以戴好玩的帽子，养苍鼠，甚至是跳舞（跳那种后来约翰·特拉沃尔塔赖以成名的迪斯科动作，在《周末夜狂热》——那部韦斯利不被允许观看的电影里。）

"你知道"，泡泡男孩告诉他的医生，"其实不是你想的那样，我在这里面也不是特别不快乐。"

对于韦斯利来说，那是一个令人兴奋的概念。那些话在他耳畔回响如同一份宣言、一份肯定，肯定他自己并没有错。

蓝老鼠转到了标记着"去拿奶酪"的格子里，这对于绿老鼠来说是浪费了一次好机会，因为陷阱才刚刚建到一半。他为绿老鼠掷了骰子，然后在路灯上添加了鞋子，接着为蓝色的掷了骰子。据杰丝的老师说，辐射很要命，尤其是如果风正对着你吹的话。对于那些在下风口生活的人，死亡将会在几周内造访。剩下的人都会得癌症，但要过上一段时间才会。

他好奇为什么会有人想要去上学。

镇上，一队队来自法国、英国、日本、联邦德国的抗议者不断来到，阵势活像是一场举办得十分糟糕的奥林匹克运动大会。各国与会人员——抗议者们——都不得不在公路旁的汽车旅店里搭帐篷了。

这些抗议者们坐大巴车而来。那是一个周四清晨，是一个工作日；

但是还是有成百上千的留着长头发的人没有什么更有意义的事情可做。"这件事说明，"那位饲料销售员告诉他的客户，"懒惰是魔鬼的工作坊。"在便利店门口的人行道上，不穿文胸的女大学生给了他一些保险杠贴纸。一个梳着小辫的男人分发着卡车上的传单，"抵制核电站"。销售员明白，全世界都疯了，他妻子也一样。贝尔纳黛特是一个极度容易紧张的女人，很容易陷入混乱。他很庆幸能出门上班。

销售员堪称是行业典范。他上工早，中午不午休，边开着车听着收音机边拿三明治充饥。在戈尔兹伯勒地区探测到放射性碘之后，县农业部门马上发出一条指令。日间广播电台每隔半个小时就重复这条指令一次："所有牲畜必须使用库存饲料喂养直至另行通知。"

他一天卖出的饲料比他过去六个月卖出的都多。

如何进行建造
捕鼠陷阱游戏

玩家转动曲柄 A 带动齿轮 B 推动杠杆 C 移动并推动停车标志碰撞鞋子 D。鞋子使放着小球 E 的水桶倾斜。小球滚下摇晃的楼梯 F 然后滚进雨水管 G 沿其滚动并碰撞辅助杆 H。让保龄球 I 从辅助杆顶端滑落穿过钢柱夹具 J 进入浴盆 L。保龄球的重量会让潜水艇 M 弹射飞出然后直入洗衣盆 N 使鸟笼 O 从柱顶 P 下落并且困住毫无准备的小老鼠。

周五太阳升起，如同没有任何不寻常的事情发生过一样。哥伦比亚电影公司的股票上升了百分之八。每过几个小时，就有人举行发布会。

堆芯区域绝对不会暴露在外。多芬县将不用进行疏散。

孩子必须待在室内。

堆芯区域已经暴露在外几分钟了。堆芯区域已经暴露在外几小时了。尚不能确定堆芯区域还将暴露在外多久。所有年龄段的人都必须待在室内直到午夜。四分之一燃料棒已经熔毁，但是没造成警报。

辐射被限制在反应堆内。辐射被限制在二号机组内。辐射被限制在核岛内。四千加仑放射性废水已经外泄至大海，但这一情况对于公众健康不会造成损害。

在反应堆内检测到一小个氢气泡，是无害的气泡。疏散撤离是不必要的。

百分之六十的燃料棒已经损害。学校停课，直至另行通知。孕妇及学龄前儿童需要离开此区域。请注意，这不是疏散撤离。请注意，这不是《中国综合征》①。

氢气泡显著增大。

居民被要求保持冷静。

---

① 《中国综合征》(*Chinese syndrome*)，1979 年 3 月上映的关于核电站事故的电影。片名的来历是电影中的台词："核反应堆的冷却水如果烧干，可能会发生很可怕的事，会把地球烧穿，而地球上美国的另一面是中国。"

※※※

在"冰雪皇后"，两台收音机正在播放着。放在外面的那个是给客人听的，播放着一个沉静的、麦克熟悉的男性声音："一阵暖风吹，星星闪烁，而我今晚真想和你见面。"站在柜台前，能隐约听到厨房里第二台收音机，又或许是电视的声音。一位声音低沉的男性新闻播音员正在播报："联邦监管机构已于今天到达哈里斯堡并开始对正在发生的三里岛事件进行评估。"

"你又来了。"柜台后面的姑娘说。她穿着一件红色的制服，戴着遮阳帽，挂着一个红色的塑料名牌，上面写着"我能为你做些什么？雷娜"。"你是我今天的第一位顾客。"

"我现在有点饿了，忍不住啊。"脸红，结巴。麦克点了和上次一模一样的午餐：两个双层培根汉堡，大份薯条，香草奶昔。雷娜在点餐单上记下。她的字体整洁，手小得如同一个孩子。

"宾夕法尼亚州危机管理部门已经发出了一份新的、关于不受控的辐射泄漏的报告。"播音员说。

雷娜平静地站着，听着。

"你不怎么担心，是么？"麦克说。

"那儿有个气泡。"雷娜把点餐单撕下来，夹在她身后柜台上面的一个金属旋转器上。"我们在下风口。好吧，也许在，这取决于风要往哪个方向吹。这事新闻播报过。"

收音机的声音继续："在今日的记者发布会上，州长敦促居民保持冷静。"

雷娜不屑地说："哼，那可真有帮助啊。感谢上帝，感谢州长。否则，我们怎么能知道遇到核熔毁了应该怎么办呢？保持冷静，"雷娜在收银机上敲着数字，"冷静，去他的。"

她的屁股曲线玲珑而且不可思议地紧致，像是分成两半的哈密瓜。这让麦克不由得好奇起她身上的其他部分，膝盖、肩膀、大腿、胸脯。

麦克递给她四美元。"我高中时就知道你，我比你小两届。你有个男朋友，叫泰德还是弗德还是什么来的。"

雷娜找回去两角然后说："弗雷迪·威姆斯。"

"我头发那时候长一点。我打棒球。"麦克傻傻地搭茬，就像是头发和棒球这两件事之间有关系一样，"你不记得了也没事。你看上去好像不太忙，在我吃饭的时候和我坐一会儿吧。"

"我们有纪律，不允许员工这么做。"雷娜回头向后扫了一眼，"但也许，坐一小会儿也没事。"

她们在两个卡座里选了一个，室内卡座是最近才加上去的。"冰雪皇后"是从类似夏令营的行当起家的，当初是一个只有一间院子和几张摆放在院外的野餐桌的蛋奶沙司路边店。麦克拆开汉堡包的包装，然后在桌子中间放了一些薯条。"来点吧。"

"如果我吃这么多这玩意的话，我会胖成一间房。"

"我不怎么吃薯条。"麦克说。她有些壮但还不至于胖得跟个房子似的，但话说回来，他也从来没想过要变瘦些，"我 5 点就开始工作了。来点吧。"

"早上 5 点么？我的天啊，你在哪里工作？"

"在我父亲的农场，至少现在是，"麦克急忙补充，"我大学放假回家，现在放春假。"

雷娜摇了下瓶子，挤出一块番茄酱。"你喜欢大学么？"

麦克沉默了一下，考虑着对于大学该说点什么。真实情况似乎有点复杂：大学是压碎又重组你的地方，是你生活真正开始的地方。

雷娜没等得到一个答案就说："我那时差点也会去上大学。我存了钱，做了很多准备，但是在有孩子的情况下这事太难了。"

"你有孩子了?"

雷娜又挤出了一块番茄酱,她已经往那堆薯条上面挤了一大堆番茄酱了。"他现在四岁了。我不后悔,但是我没法做好一切。"

一个顾客突然从前门闯了进来——罗科·伯纳德,县里的殡葬员。"冰雪皇后"离公墓有半英里远,一周里有几次,他会过来吃个午餐。

"我该走了,有顾客来了。"

"好的,"麦克把放着食物的餐纸垫推了过去,"这些是你的。"

"我不能把你最后这点也吃了。"

"你可以。"

雷娜抓起薯条放到嘴里。

麦克绕远路出了城,从萨斯奎哈纳大道开到德雷克上校高速公路,再开到荷兰路。弯弯曲曲的牧牛小道直通到牧场,车道修得很马虎,满是让车打滑的春泥。她停车查看了一下邮筒,是空的。九个月以前,她收到一封来自莉兹·哈维的信,信上的字迹很漂亮。当麦克意识到寄信人的身份时,她把信撕碎扔到垃圾桶里去了。然后,她就后悔这么做了。现在她每天检查一次邮筒,但是第二封信从未到来。

在麦克还和母亲一起生活的时候,母亲的名字还是"贝蒂"。麦克从来没听谁说过那个和她一起私奔的男人的名字。他开着一辆柠檬黄的雪佛兰,车很大,装着夸张的尾部装饰,好似一艘远洋渡轮。麦克还能记起,自己曾从门廊秋千那里打量那车。基于事情发生的年代顺序推算,当时她一定有五岁大了。

当时,她和母亲上了车,那个男人看起来很生气。"你带着她干什么?"他穿着一件刚拆完包装的新得发僵的衬衫,头发用一些香精发膏弄成了大背头。他看上去就像是一个为了去教堂勉强梳洗打扮了一番的牛仔。

"我带着她还能干什么?"

他们放下车窗开着车,在曲折蜿蜒的公路上驶向加曼湖,在那儿他们叫麦克下车去玩会儿。两个成年人坐在车里看着她,如同在汽车影院里看着电影。当她回到车上去的时候,她母亲已经大哭过一场了。

夏天的末尾——也许过了一周,或者是一个月以后——她的母亲消失不见了。

麦克关上空空如也的邮筒，然后开车上路。老爸正走出谷仓，拖着左腿，步履沉重且蹒跚。就算是弯着腰，他还是显得很高大。

"苏珊，"他喊道，"我一直在找你。"

没别人这么叫她了。

麦克放下窗户："不好意思，老爸，我停车弄了点午餐。"

"我的工作灯完蛋了，我没法上去换灯泡。"说这话让他感到痛苦，听这话让他女儿痛苦。她童年时的全部快乐时光都建立在对他的全知全能的神秘崇拜中。

她跟着他进了谷仓，里面搁着一个梯子。在黑下来的工作灯后面，一些小马达的零件散落一地。她摇晃着登上梯子，换好了灯泡。

她的童年时光是快乐的。皮特对于怎么养女儿一无所知，他以前没有生养过，不明白，也不太喜欢小女孩，所以他把她当作男孩子一样养。他想要一个儿子，而苏珊，恰好也想成为一个小子。

当她爬下来的时候，他已经在弯腰修马达了。他的一双手依然灵活好用。他没说谢谢，而她也没期待他说。那不过是一个灯泡。

"过会儿见，老爸。"

他咕哝着答话，对于自己的工作感到高兴。生活里充满了越来越多的细小如蚁的挫折。他一直是个能干的人，对于那类不怎么能胜任工作的人——有时这意味着他认识的每一个人——没有耐心。但是时光削弱了他，六十年的农场工作，让关节炎爬上了他的膝盖、臀部和腰背。

那个伟大的皮特·麦基连换个灯泡也再做不到了，这件事实在是太过糟糕而让人难以提起。雇用来的帮手——那个年轻强壮的、目睹了他的失败的男人——是一个他不能忍受的侮辱。只有他的女儿能够用不让他蒙羞的方式给予他帮助。她不需要询问就能猜到他的心思。

他递给她了一小撮鼻烟。

苏珊不需要指导，不接受报酬，不期待感激之情。她向他提供了一种幻象，好似这些事情都是他自己完成的。

农场召唤她，农场需要她。老爸很高兴能够看到她回来。她的归来应该能够解决不少问题，事实上确实如此，至少解决了大部分问题。麦克对于大学的记忆保留得不多，她生命里的那段时光，现在看起来如同虚构一般，像是她曾经做过的一场梦。

一年前，她离开宾夕法尼亚。她对"冰雪皇后"那女孩说的话几乎是真的，至少这一部分是：她是在春假的时候离开的。离开的时机震惊了她的教练、她的队友们。田径运动是春季比赛，她们的赛季才刚要开始。

五十多年以来，女子运动队都是校园里没人注意的一个默默无闻的大学内部队。然后第九条例①颁布，一大堆的联邦美元到来，而后突然间，她们就是校际比赛代表队了。男子队伍的教练被指派来完成这项不可能完成的任务。女性的身体不是设计用来投掷标枪的，教练们赞同这个观点。

麦克是教练的私人发现。一天早上，他在健身房发现了她——一位参与篮球夏令营的大一新生。她告诉他，这个运动没引起她的兴趣，橄榄球可能会是她的选择。在初中的时候，她曾经是个无法被阻挡的跑位，是贝克屯历史上第一位也是最后一位在男队比赛的女孩。她十九岁时，那么壮，还跑那么快。只穿袜子不穿鞋，她也有教练那么高。她早晨测重的时候足有 200 磅。她要是个男孩，有的人就会认为她是一个天生的运动员：粗壮的大腿和肩膀，天生的节奏感和天赋的异禀。教练让她尝试了所有的投掷项目，而在她握上铅球的那一瞬间，她的命运已经很明显了。

她当然看过布鲁斯·詹纳②赢下十项全能。每个人都看过。现在那些难以想象的事情已经变为现实，因此麦克想：我也许也能那样。

田径比赛场上，队员们共同生活，共同吃饭，共同训练。在周末，她们还一起去喝酒。是酒精导致了那天的灾难，带来了一系列的麻烦事。

作为女孩会出现一个问题。

---

① 第九条例，指的是 1972 年颁发的美国教育法案中的一部分，基本内容为：在美国，在任何教育项目或者是任何由联邦直接资助的活动中，没有任何人会基于其性别被禁止参与，被剥夺获利的权利，或者受到任何歧视。
② 布鲁斯·詹纳（1949— ），1976 年获得奥运会十项全能冠军。

那件事发生的第二天，麦克坐上了返回贝克屯的大巴车。而现在，她已经一年多都没碰过铅球了，尽管她几乎每夜每夜还在梦里掷着它。

在农场里，一年时间很快就过去了。从黎明到晚饭，麦克的日子被劳务充满。冬天让栏杆变得很硬。星期六一整天，老爸都在忙着扩大六角网格铁丝网的范围。午饭时间来了又去，麦克一直在捶打着柱桩，在想着"冰雪皇后"的那个姑娘。

周日"冰雪皇后"歇业。

周一，10点50分，她在停车场等候着。她已经饿了一早上了，从醒来就没吃饭，饿得就像是好几天没进食过一样。

11点，"开门营业"的霓虹灯标识亮了起来。麦克下了卡车。店里面空空的，只有一个金发小男孩。他坐在卡座里，弯腰看着一本图画书。

"你好呀。"麦克说。

男孩没回话，那也没关系。麦克对待小孩子的态度就像是对待手榴弹。当她十五岁，正处在敏感的年龄时，一个远房表姐在圣诞节来农场串门，带着她的年幼女儿。那个小女孩明目张胆地打量着麦克，瞪着眼睛像是很不高兴的样子："你是个男孩还是个女孩？"

当雷娜走出厨房的时候，麦克正回想着这些事。"你还在这儿？我以为你早就回大学去了呢。"

麦克思索着合适的话。她考虑过但是又放弃了这句："你的眼睛怎么了？"因为，真的，只有一件事可能发生在雷娜的眼睛上。

"你还好么？"她换了一种问法。

雷娜把手伸向自己的眼睛，然后放下，就像是她被命令过不要去碰它一样："没事。"

瘀青透过她的妆容清晰可见——新，但是不算崭新。瘀青需要时间来发酵，花上个一天，才能达到现在这样全面发紫的状态。

"那是你的孩子么？"麦克说。

"我不得不把他带在我身边。我不应该这么做，他通常去他祖母家，但是在这种情况下……"

"你母亲家?"

"他的奶奶,弗雷德他妈家。所以你知道,很尴尬。"她的手又一次伸向眼睛。终于,她从口袋里拿出了点餐单。"两个双层培根,大号薯条,大杯奶昔。"

"对。"麦克看了一下墙上的时钟,11点2分。又看了眼宣传标语:"酒吧之最! 碳烤,热而多汁。"她四周打量着,瓷砖地板,柜台后面的蛋卷冰淇淋器,小、中、大号三种纸杯摞起来叠成的杯塔。没什么可看的了,她允许自己再往雷娜的眼睛看上一眼。

"找个座位坐,"雷娜说,"我会把东西给你拿过去。"

麦克坐到了小男孩的对面,她一进门就该这么做了。隔着桌子,他正在用一根绿色的铅笔在书上涂抹着。"你叫什么名字?"她说。

男孩没回答。他放下了绿色的铅笔,然后拿起了一根蓝色的。麦克猜想他的听力是不是有些问题。

雷娜拿着一个纸袋子,走到桌子旁。麦克的午餐已经打包备好了。她小心翼翼地坐下,让麦克怀疑她身体的其他部位是不是也遭受了什么。熊猫眼是唯一能看到的伤处。

"卡尔文,"雷娜对男孩说,"你不该在书本上乱画。"

男孩耸耸肩。除了他的头发,成束的金色头发,他就像是他母亲的翻版:那削尖的下巴,那如丘比特之弓一般的嘴唇。

麦克觉得必须要说点什么。"你在读什么呢?"

雷娜靠向男孩的肩膀,指着书页上的文字。卡尔文用清晰的童音读着:"这是担心要抓要吃放在杰克造的那所房子里的那麦芽的那老鼠的那猫的那一条狗。"①

"你该趁热吃,"雷娜说,"这东西凉了不好。"

麦克拆开汉堡包的包装,发现男孩正看着自己。"他能吃炸薯条么?"

卡尔文抬头看向雷娜。

_____

① 出自知名的英国童话《杰克造的那所房子》,文本是不停添加定语从句的句子。用中文理解就是:"这是杰克造的那所房子/这是放在杰克造的那所房子里的那些麦芽/这是要吃放在杰克造的那所房子里的那麦芽的那只老鼠/这是要抓要吃放在杰克造的那所房子里的那麦芽的那老鼠的那一只猫……"

"去把你的手洗了。"她说完侧身让开，好让男孩能够从卡座里挤出去，"他和陌生人在一起会害羞。"

"谁对你做的这些?"

雷娜没理会这个问题。"事情发生的时候卡尔文还在床上，但是没人能在那个时候一直睡着不被吵醒。"她拿起了蓝色的铅笔，在男孩的书上画着，画出一只栩栩如生的蝴蝶。"奇怪的是，他假装没注意到。他醒过来时，看到他母亲有一个熊猫眼，可他什么也没问。"

"你报警了么?"

"警察什么忙都没帮上过。"

是"没帮上过"，而不是"没帮上"。这么说好似这种事情是定期事件，是那种时不时就要发生一次的事情。

她们看着男孩从卫生间里出来。

"我退学了，"麦克突然说，"一年以前。我现在住在这儿。"

"我以为你在度春假。"

"换作去年这个时候的话，确实是。"

"你是个奇怪的人。"雷娜说。

"你可不懂。"麦克说。

他们都是混蛋。这是这周末的第一课。

"你今天来这里，是因为你的生活不成功。你是个混蛋是因为你自己愿意这么认为。"大师在临时搭建的舞台上面踱着步，一个年轻的女人在舞台的边缘来回走动，随时准备往他的杯子里添点水。在房间里的每一个角落都站着一名身材魁梧的保安。

这个酒店宴会厅没有窗户，空调剧烈运行。室外也许有 100 华氏度，没准 90 度①；现在也许是中午或晚上，或中午到晚上之间的任意时候。事实上，现在是周日，早春的一个下午，旧金山湾区被雾掩盖。坐在第四排座椅上的一个冲浪男孩在衣服下不安地扭动着，聚酯纤维休闲裤弄得他腿部发痒。

"你们的生活不成功，而这都是你！自己！的！责任！"大师身材瘦削并且异乎寻常的英俊，他是一位真正的名人，是脱口秀节目上的常客，是一个在颁奖典礼上致过感谢词的男人。"在这次培训中，你们将会明白，你们不是那个当火车驶来时恰巧躺在铁轨上的家伙。你们是那个把自己绑到铁轨上面的混蛋。"

那些混蛋们坐立不安地待在直背靠椅里，在那种实用主义的、可堆叠的座椅里等待着进一步的开示。

---

① 100 华氏度约为 37.78 摄氏度。90 华氏度约为 32.22 摄氏度。

他们已经交了三百美元，而且签了那一份协议。在培训过程中，不用磁带录音，不记笔记，不饮食，不去卫生间。那一份协议很著名。那份协议，连同那些臭骂、训斥，连同他们这些混蛋们都是这次"神话故事"里的一部分。这是由不容置疑的权威所传达的开悟明示，是由一个陌生人对于他们的人和他们所有成就的全盘否定。

"大部人一辈子为之努力的，就是让自己在快车道上逆着车流挤来挤去，到完全相反的方向去。"他的语气人性化、口语化，就像是他说的每个词都是为这些，也只为这些特定的混蛋精挑细选过。"好了，让我告诉你点新的。车就是要开去它要去的地方，它根本不在乎你怎么想，生活也是一样。"

在前排的一个男人举起了手。他戴着一副亨利·基辛格戴的那种玳瑁眼镜。他的名卡上写着"哈罗德"。"我是一名内科医生，"他说，"而且我很赞同关于个人责任的这个概念——"

"哈罗德很赞同，"大师的声音里充满了讽刺，"而且，他想让你们所有人都知道他去过医学院，他比你们赚的钱都多，而且他的观点比这间屋子里其他人的观点都要重要得多。好了，哈罗德，我们知道了。你可以继续了。"

哈罗德在镜片后怒不可遏地眨着眼睛。"我能问我的问题了么？"

"请便。"

哈罗德清了清喉咙："考虑到现在世界上正在发生的事情，你说的这一切有什么实际意义？个人责任，很好，但是宾夕法尼亚州的那些人怎么讲？如果他们因为辐射污染去世了，这怎么能说是他们自己的问题？"

大师皱了皱眉，像是不明白这个问题一样。

"那儿有个气泡。"哈罗德说。

大师反驳似的挥了一下手："别跟我说气泡。那些在宾夕法尼亚州的混蛋——"

房间里的吸气声清晰极了，震惊之情几乎肉耳可闻。

"等下，"哈罗德说，"他们也是混蛋？"

大师高深莫测地笑着。

"我这么理解正确么？"哈罗德看上去惊呆了，"那些处在下风口的人们，那些如果核熔毁发生的话就可能极其痛苦地死去的人们，他们要对发生在自己身上的事情负责任？"

"如果那就是你的理解的话。"

冲浪男孩脑子转不过来了。他十九岁，而且容易四处滥放同情心。他在经历过一些事情以后，最近才开始明白，这样会让他吃亏而且显得愚蠢。最近的几件事更表明，他天生容易受到欺骗，难以抵挡别人的操控。"如果那种话你都相信的话，那你跟空门大开也没什么区别了"，他母亲经常对他这么说，却从不在乎其实她才是经常控制他的那一个。这是他性格上严重的，甚至可能是致命的根本性缺陷。大街上的乞丐能够闻到他的到来，那种老好人的臭味充盈他全身，包含一部分轻信和一部分窘迫：一个富有的男孩，羞愧于私立学校的软弱和继父的慷慨大方。

在前排一个胖男人举起了手："实话实说，我对于花三百美元就是为了被人叫'混蛋'这事，觉得没啥意思。"

大师抿了一口水。"棒极了。"他说了一个万用的词。如果你管他叫狗崽子，他也会用这四句中的一个来回答你："我知道了""我听见你说的了""谢谢你""棒极了"。

"还有，为什么你就能喝水？"

"我能够喝水是因为我没有签一个不让我喝水的协议。"他把"水"读成了"髓"。抛开那一百美元的发型不算，他就是个费城的街头混混。

你是否有一个一直困扰着你的、挥之不去的问题？你是否有太多的问题，数都数不过来？那么，选一个，比方说身体知觉方面的问题，像是偏头痛、失眠、悲痛。你害怕坐飞机或者是当众演讲。你妻子在性方面让你翻肠倒胃。离开自己的屋子让你恐慌症发作。

选一个，混蛋。你在商店行窃，有"一天一包"的习惯。你咬手指甲或者吸食可卡因。选择一个症状、一个恼人的情绪，或者一种你无法停止的破坏性行为。

选一个，称呼它为你的项目。我们鼓励分享，请加入其他那些轮流在话筒前谈话的混蛋们。保罗的项目是背叛（他的妻子将疱疹传染给了他）。朱莉害怕被遗弃（她假装高潮）。混蛋，记住你的协议：每一次揭露必须用掌声予以认可。

这些混蛋们没法停止分享，传一圈话筒要四个小时。时间凝固在酒店宴会厅里。文明建立又倒塌。生命时光匆匆而过。

吉尔伯特偷了她母亲的止疼片。杰里做了生动的梦，梦到和嫂子上了床。凯的丈夫喜欢穿她的衣服。

这是，这些都是，过度同情的安全解毒剂。在这间屋子里待上六十个小时，你就会恨上这里的每一个人。那个冲浪男孩，他从没如此握紧拳头过，就像他从未产生过如此多愤怒情绪，愤怒到想要把这些人都打到昏迷。

大师带着犹太拉比一般的耐心询问着每一个混蛋。你能够确定你身上不舒服的地方？它是什么形状和颜色的，源头在哪？是因为母亲曾把你锁在了衣柜里；还是因为当年那个性感的保姆？童年是个雷区，显而易见，没人能够完整无缺地走出来。

那个冲浪男孩研究着大师，为之着迷。突然他站起身，一个志愿者拿着话筒跑了过来。"我的项目是愤怒。"这话让他自己都有些惊讶。他开朗阳光的性格和不变的善良，都广为人知。

大师打断他："你的名卡在哪里？"

安保人员隐蔽地移动着。

"我没拿到名卡。"孩子说着，听见了自己的得克萨斯鼻音。

大师露出了他那著名的微笑："他没拿到名卡。"

另一个志愿者——一个金发姑娘，貌美极了——拿着一支"三福"记号笔赶过来。"你叫什么名字？"她耳语道。她的呼吸撩挠着他的耳朵。

"奇普。"他耳语回复道。

她用大写字母写了下来，字体大到从台上也能看清，然后把名卡按在他的胸口。毫无疑问，透过衬衫，她感觉到了他的心脏在怦怦地剧烈跳动。

"呃，所以——"奇普犹豫了一下。有生以来，没有什么比现在就坐下是他更想要的了，但是那个金发姑娘在看着。他觉得她手的残影还拂在他的心脏附近。

"去年，我考上了西点军校。我现在本应该就在那里，只是我的女朋友怀孕了。我提出要和她结婚。为了孩子，你懂的，这似乎是我应该做的。"他的脸烧得通红。他已经快吐了，或者快晕倒了，或者快要两个同时发作。

"所以，我拒绝了录取。我待在休斯敦，然后去给我的继父打工，我以前发过誓永远不会这么做。"他突然觉得骨头累酥了，饿得虚弱极了，为了尽力解释自己而筋疲力尽，"别管那些，那些完全是另外的事。关键是，去年秋天，我发现她在和别的家伙约会。孩子甚至不是我的。"

大师面无表情地看着他："所以，你为什么愤怒？"

"你是什么意思，我为什么愤怒？她骗了我，她毁了我的生活。"

"哦哦哦，我懂了。"大师把音量降低到舞台表演式耳语的程度，"你说的就是一堆瞎说八道的废话。"

奇普的耳朵里有大声的嗡鸣，就像是一阵震耳欲聋的音浪在他头顶爆响开来。

"如果你的生活毁了，是你自己毁的。你是过错所在，而你对那个女孩生气是因为她偷走了你的借口。"他的凝视如针刺。有那么一瞬间，奇普是整间屋子里唯一的混蛋。

"她毁了你成为一个英雄的可能。出于好心好意，你提出要和她结婚。怎么，她应该感恩戴德？当然她会和其他什么人上床，她这样就对了。"他挥了挥手，女孩的欺骗和背叛立刻被赦免。

奇普坐回椅子上。

"站起来，我和你还没完。你想去西点想了多久？"

奇普站起来。"我这一辈子。"他的眼睛在燃烧，这是他能想到的最大的羞辱。他在当场大哭之前估计就要尿裤子了。

"胡扯。要是你想去，你就去了。"

奇普的胃痉挛了。去学校访问的那次经历经常在他的噩梦中出现，这事他向谁都没有透露过。那个昏暗的走廊，那些穿着灰色制服的严肃的军校新生，那个和他父亲几乎一样的严厉面试官。曾经还是人类的那些男孩们，现在脾气暴躁、好勇斗狠、眼神死板。"呼啊。"①
只要一年，他们保证，奇普也能转变成那样。

整个拥挤的宴会厅都在等着他的下一句话。话筒在他颤抖的手中
轻轻摆动着。

"我一辈子都在听人讲那个地方，"他对二百五十个全然陌生的人
讲，"我的父亲在那上学。那是他经历过的最好的事情。"他的上校父
亲每年给他打两次电话，在圣诞节和他的生日，尽管经常搞错日
子，要么早了一个月，要么晚了两天。上个圣诞节，他们的交谈只有
九分钟，其中八分钟涉及西点军校。这个圣诞节，上校没打电话。

"去他的，"大师说，"为什么你想去西点，就因为他去了?"

奇普的心里涌动着陌生的情绪。他后来意识到，没别的能够称呼
这种感情，只有"爱"。

那位大师，沃纳·埃哈德，已经改变了他的人生。

八个月后，在休斯敦，交通堵塞了几英里。会议已经迟到了，奇
普靠在喇叭上。

他能看见目的地，一个满是玻璃幕墙、反射着的阳光几乎晃瞎了
他的眼睛的办公楼：达克能源全球总部，他继父的那家公司。他能看
见，只是过不去。一阵眼花缭乱的废气从地面上蒸腾而起。去年夏
天，在旧金山，当整个街区都挤满了各种排气管的时候，司机们会
让引擎熄火好节省燃油。在这地方，引擎空转的凯迪拉克和皮卡铺满
大街小巷，激烈地喷着尾气，他目光所及之处是一片亮着的红色停
车灯。

终于，他把车停进了一个停车场，然后下车步行，吸引了不少好
奇的目光。他是一个外表整洁、戴着米色斯泰森牛仔帽的年轻男
人，西装外套搭在手臂上，看上去很有城市范儿。为了入乡随俗，他
把马尾辫剪掉了。然而，他的头发还是比别的男人要长出几英寸，覆
到衣领上，末端漂得近乎纯白——那是他过去作为颓废冲浪小子的岁
月的、那无尽的慵懒时光的最后印记。

---

① "呼啊"（Huah，也做 Hooah），美军口号。

11 月的早晨，明亮温暖。他独自一人，用适宜的步伐慢跑着，很轻松地超过了那些因为交通大堵塞而停止不前的汽车。在杰斐逊街，他见到了造成这场骚乱的元凶——一群聚集在德雷瑟塔旁水泥广场上的人。"发生什么了？"他问一个正从甜甜圈店里走出来的男人。

"是为了驻伊朗大使馆那事，"那个男人一边回答，一边吃着甜甜圈，"他们在外面整整一周了。"

奇普想：啥？他简单地考虑了一下，这事和他自己、和休斯敦有什么关系。毕竟他在这儿住了二十年了，都不知道在这座城市里原来还会发生这种事。

汽车还在杰斐逊街上缓慢移动着。

在街区外的一家燃油站里，他找了一个电话亭。他从口袋里翻出了一枚硬币，给办公室打了个电话。他的继父，达比·巴特斯，没法接电话；准确地讲，他那儿占着线。整整六个月，他一直在打电话。这是休斯敦的繁荣期，是利润创纪录的一年；而且在伊朗发生的灾祸①只会让价格变得更高。卡特总统的禁运指令对于达克来说，更是一个好消息，伊朗的进口渠道已经被彻底冻结。

"告诉他我被堵在路上了。"奇普告诉达尔的秘书，"估计是遇到了个什么游行抗议。"

他挂断电话，然后继续沿着杰斐逊街朝广场走去。示威者绝大多数都是年轻男性。一些人拿着临时制作的标语："美国车加美国油开得更好。我们当牛仔，他们是伊朗！"②

突然人群中爆发出剧烈的掌声，过路的司机疯狂地按着喇叭。

"发生什么了？"奇普向四周询问着。两个戴着十加仑牛仔帽③的老人驻足观看，他们也许是兄弟，大拇指插在腰袢里，姿势一模一样。

---

① 1979 年前后，伊朗发生一系列动荡。11 月 4 日，伊朗首都德黑兰的学生占领美国大使馆，将 66 名美国外交官扣押起来，要求当时的美国总统卡特归还国王巴列维。美国在大使馆被占领后，做出一系列"讨伐性"措施。10 日，中止向伊朗提供武器和运送军事装备零件，冻结伊朗在美国的所有官方资财。12 日至 14 日，停止了同伊朗的石油贸易，禁止在华盛顿的伊朗学生举行示威，宣布对在美国的伊朗学生进行特别移民审查。
② "我们当牛仔，他们是伊朗"这句可能来自美国俗语"我们是牛仔，他们是印第安人"（Lets' play cowboys and Indians）。
③ 十加仑牛仔帽，牛仔帽的一种，帽檐宽，帽顶平且大，以能盛十加仑的水而得名。

周围还有几个穿着白色制服的女人，她们是正在午休的护士。圣约瑟夫医院离这里不过几个街区远。

奇普挤过人群，终于看见造成这骚动的"罪魁祸首"：一个由红色、白色、绿色组成的旗子正熊熊燃烧，上面似乎被浇满了易燃液体。

在他身后，一个男孩和一个女孩又笑又叫。他们都穿着蓝色牛仔裤和西部衬衫，年龄大到足以去上学。他俩各拿着标牌的一角，高高举过头顶。令人困惑的是，标牌上是一个约翰·韦恩①的头像，比真人的头部还大。

"那是公爵么?"奇普说。

孩子们像看着疯子一样看着他。"是的长官。"男孩子说。

在他周围，各式标牌疯狂舞动着，如冷兵器一般。

驱逐叛徒，就是现在

和你的石油一起下地狱吧

留着巴列维，送过去卡特

在队伍的最前列，护士们开始唱歌。最开始歌声微弱，满是高音和颤音。那两个老男人脱下十加仑帽，用他们醇厚、低沉的男中音加入到合唱之中："阿美利加，阿美利加，上帝赐恩福予尔。"②

"你从未见过这样的事情。"后来，奇普对达尔说。他们当时正坐在工程间里。工程间是一个逼仄的贮藏室，在靠市区中心人行道一侧的三十六层，墙上贴满了被阳光晒得有些泛黄的地形图。达尔大部分时间都待在这里，比起他自己的办公室——那间两侧风光秀美的光照充足的景隅套房，他更喜欢这里。这里的杂物，那些成堆成堆的图纸，那些工程师们喝剩一半的咖啡，让他觉得安心。这房间让他回想起那个位于仓库上面的小地方，在那里，还很年轻的达比·巴特斯挂出了他的招牌。他持那家新公司的全部股份，而且，他依照当地的风俗习惯，根据自己的名字命名了新公司。

---

①　约翰·韦恩 (1907—1979)，美国电影演员，演过许多西部片。"公爵"是他的绰号。

②　这是美国著名爱国歌曲《美哉阿美利加》(*America The Beautiful*)，歌词多用古语。

"我不在乎他们是不是阿拉伯人，我不信把任何人的旗子拿去烧这回事。"达尔用肥胖的手指在桌子上敲着，这是他已经烦躁了的表现。他是一个矮胖的平凡男人，有着一口如同英国斗牛犬一样的戽斗大龅牙，头顶秃得像是个雪球，但他富裕极了以至于这些都不要紧，这完美地解释了他和奇普母亲之间的婚姻。

"达克"，这是个好名字。另外那个名字，"巴特克"①，可算不上一个可行的选项。

"他们确实给我们上了一课，"达尔说，"而且卡特纵容了他们。"

奇普几乎没在听。他扫视着工程间架子上的一本地图集。"始动奇点"在八个时区以外的一个国家里，对此他应该在地图上做好标记。在休斯敦的街道上，喇叭还在鸣叫。

"当然，而且，"达尔说出了那个显而易见的事实，"这对于生意有好处。"

---

① "达克"和"巴特克"，两者是在"达比·巴特斯"的姓或名之后添加"克"（co）变化而来的。"Co"有公司的意思，有时作公司（company）的缩写。但"巴特克"和"屁股"的读音接近。

※※※

　　新闻专员穿着一件条纹正装衬衫，衣服下面透出一圈内衣的轮廓。想象一下，四天前他收拾利落去工作，用咖啡提了神，从衣服架上拿下这件衬衫，然后去赶办待办事项——备忘录、会议、电话，去过上平平常常的一天。

　　现在，他被带到摄像机前，身上还穿着那件衬衫。押着他的人——两个年轻人，也许是学生——架着他的手肘。在美国大使馆里，他的同事们都还活着。眼睛被蒙上，他感觉到人们聚集在一起，正在累积的愤怒情绪如同一种气候现象，波斯语和英语的侮辱咒骂如暴雨倾盆而来。

　　在塔莱加尼街上，市场正繁荣增长。小商贩们沿街兜售帽子和运动衫、瓶装水和糖水煮甜菜根。一辆四轮小车上，男孩和他的父亲在卖录像带，那里面纪录着周日那场"入侵"，记载着那些推倒了大使馆围墙的学生们。

　　美国时间还是前一天。人们坐在组合沙发上，坐在可调式沙发椅里，在美国内陆深处的那些客厅里，在那些满是长绒地毯、筒射灯、高档音响、养着热带鱼的鱼缸的客厅里，从电视上看着那位新闻专员。在曼哈顿和外围的城镇，他的名字被反复惊呼提起。"巴里·罗森"。这不单是个名字，其背后，是一个身为他人孙子和外甥的男子，是他的过往经历——那些不计成本的家教、牙齿矫正手术、富于温情的成

163

人典礼，是他身上背负着的一个家族的希望。这事涉及他的父母，涉及那个再不能四处吹嘘了的可怜的罗森家（"我的儿子是外交官，在国务院，你能相信么?"）这事让你停下来思考。这事让你感谢你的不成才的后代：那个经理助理、那个懒惰的男孩、那个胆怯的还在零售店工作的、一下子就老了的女孩。你想到了那个可怜的罗森家，然后感恩着。

一场风暴。新闻专员没发言。他被展示着，如同一个听话的孩子，如同那个他曾经确实是的乖巧男孩。巴里·罗森被看见，却没被听见。配角下场，舞台关闭。

这类情形并非没有先例。九个月以前，在情人节，在同一间大使馆，一位秘书用玻璃盘子盛满了心形糖果。一个小时以后，大使馆遭到袭击，大使被扣为人质。

成为我的人。给你的甜蜜。①

国务院一阵恐慌，简报会开了一连串。在五角大楼，男人们在紧闭的大门后商议着。到了晚上，出乎所有人的意料，大使被释放了。华盛顿方面睡得很熟，起得很早，谨慎地做出了调整：大使被召回华盛顿，在德黑兰大使馆的工作人员数量被削减到了六十人，只保留基本组织架构。大楼前侧的窗户被更换为防弹玻璃。

九个月以后，防弹玻璃也失去作用了，愤怒的人群吞没了大使馆。一个女孩，用藏在罩袍下面的金属大力钳，剪断了面向塔莱加尼街一侧大门上的锁链。

如同集体出动的工蚁，学生们推倒了围墙。

夜复一夜，整个阿美利加都坐在沙发上观看着。所有的电视网络都传播着同样的片段。

在纽约，一位拳击冠军召开了发布会。这位著名的穆斯林愿意献身，用自己交换人质。

---

① 这是刻在心形糖果上的短句。

164

全部三个电视网络都报道了这场发布会。宾夕法尼亚州，有一个男孩只隐约听到这事。他掷着骰子，然后在游戏板上移动着小老鼠。

別在我家后院

NOT IN MY BACK YARD

2012. 7

5

"痊愈之路"雇用了个新员工。这事是达伦·德夫林从厕所的气味里闻出来的。在员工休息室，连续三个早晨，三股一模一样的肠道排泄物的气味飘荡在屋里。这不是坏了的寿司或者墨西哥食物搞的鬼，也不是肠胃病毒作怪。毫无疑问：队伍里来了个新家伙。

这是一种瘾君子才有的能力。这种闻粪识人的能力，并非什么超人类感知力，正好相反，是深藏于人类本身的一种觉察能力，是一种动物般的直觉，是一种因现代排水系统的优良表现而被淘汰了的天赋本能，是一种人类过去曾进化出来、现今已经大部分退化了的第六感。除了阿片类药物上瘾者，除了人类中特殊的这群人。

在过去的多年里，在达伦自己沉沦于上瘾的深渊中时，排便这件事是那么细小、那么遥远的记忆，可能仅在更久远的时光里才发生过。他曾经几个月，甚至可能几年，连马桶都没坐过——除了阿片类药物上瘾者，即使是再深度的沉沦者也没有几个能够如此。他带领的晨间治疗组已经证明，毫无疑问，便秘完全没可能致人死亡。如果真的可能，达伦和他的大部分客户早就死了。

当然，排毒阶段的情况正好相反：腹泻如海啸，两年、五年或是十年的排泄物，伴随着紧迫非常的尿急一泻千里。这是一种显著的生理反应（但不意味着这是唯一一种）——因海洛因戒断症而造成的丢人情况。最后一次时，达伦曾被它的体积所震惊。这大家伙是从哪来的？他曾经有很多年几乎不怎么进食。那时他每天的能量来源——单薄的糖分——来自便利商店：冰棒、柠檬饮料、糖果棒和塑封包装的大米花糖。

就在不久前，他找到了自己在"痊愈之路"入院时填写的接诊单。身高，五英尺十一英寸。体重，一百三十磅。

他带领的晨间治疗组里满是这样的事情——这种身体崩溃的、病殃殃的经历。只有新来的人还有所保留，还不明白当众自贬正是这片土地上的通行货币。

当他正去往晨间治疗组的时候，主任彼得里夏在走廊里拦住他。"我一直在到处找你。"她的手搭在他的肩膀上。她是个敦实的小个女人，五十多岁，两条前臂让她看起来像是个军士长。与所有和他调过情的女人一样，她的年纪大到足以做他的母亲。"有个问题，是关于你的假期的。"

"我还没请过一次假。"

"这就是问题所在。你有没有意识到，在四年里，你连一天假都没有请过？"

"我没有，"他说，"意识到。"

"现在，我们欠你八周带薪假。'信赖'要求，你要在入职周年日之前把假请了，也就是在 8 月 20 日之前。"

要求？

"如果我不请假会怎样？"

"强制休假。"

"等下，这是啥意思？"那个单词如咒语一般在脑海中召唤出了战争时期的画面：穿着灰色手织粗布大衣的士兵们骑马回乡，看望佳人，时间就在葛底斯堡战役发生一周前。先是一段温柔的中场休息，续而死亡随刺刀而至。

"亲爱的，事情很简单。你只需要请上八周带薪假；或者，如果你喜欢的话，可以是八周无薪假。这部分的选择权在你。"

"这没道理啊。"

170

"没错。"彼得里夏露出了她那招牌式的"僵尸高兴脸"——不带任何情绪的眼神，和一个可怕而僵硬的、如同冻住一般的笑容。去年冬天，"痊愈之路"被信赖健康保险公司收购了，那是家巨型跨国公司，运营着遍布二十个州和哥伦比亚特区的众多小诊所、小医院。自从那时以来，新政策开始实施，彼得里夏的周备忘录里添上了一条重要备注，而达伦的可回收垃圾箱里多了团废纸。当被强迫就新政策的积极作用谈几句时，彼得里夏没开口。她的愤怒被掩藏在那张"僵尸高兴脸"下。

"你可以把那八周的假一次性地，或者逐步地休满。你的工资会按照惯例在每周周五直接转账。除非你选择强制休假，那样的话，就没转账这一步了。"又是那张"僵尸高兴脸"。

他目瞪口呆地看着她："你是在说，我不能过来工作了么?"

"我就是这么说的。"

"但是，谁会带我的组? 新来的那家伙?"

"你怎么知道这儿有个新来的家伙?"

他没回答这个问题。

"玩开心点，达伦，晒晒阳光什么的。"闹着玩儿的一拳，落到了他的肩膀上，"你为什么不活得轻松点呢?"

他虚弱地笑了笑，虽然肩部很疼。作为一个小女人，彼得里夏随手一下都是重击。

"我是达伦，是这个小组的首席辅导员，而且我是个瘾君子。"

二十个人齐声回答，像是声音沙哑的一年级学生："你好，达伦。"最年轻的，是一个来自卡顿斯维尔的滑板小子，十五岁。最年长的，是一位沉迷于维柯丁的天主教神父，七十四岁。

他从欢迎两位新成员开始。托尼是一个干瘪的老爷爷，是拉丁裔或者意大利人。阿尔文像个退休的 NBA 运动员，是个高大、眼神悲伤的黑人男子，留着锃亮的秃头。他俩都是酒精依赖症患者。入院部门很少派给他酒鬼，他主要接收的，是那些被医疗主任判断患了疑难病症的病患——在巴尔的摩，这意味着阿片上瘾者。在所有辅导员中，只有达伦从这类戒毒项目里毕了业，这也让人相信客户会更好地信任他。

他毕业了两次这事从未被提起。

他邀请新来的人讲讲他们自己的故事。阿尔文需要一些刺激。托尼，如同一个更典型的酒精依赖症患者，有着正好相反的毛病：单纯就是没人能够让他闭上嘴。如果让他选，不管什么时候达伦都宁愿选择带一个"嗑药"的，但他一贯想得比较多，却不怎么说。在"痊愈之路"的"教条"里有一条无可争议：瘾君子们相像大于不像。相同的模式（个人认知/行为辅导、十二步团体治疗方案、适当的药物干预治疗）对于所有人都是有效果的。

和在戒毒所的其他事情一样，故事也是没完没了的。男人们勉强保持着清醒。那个滑板少年看起来很紧张。牧师的嘴唇在无声地开合着。

没完没了。

当你戒药的时候，就会学到一天到底有多长了。那些年以来，达伦都生活在时间之外，他的日子里充满了有目的性的各种活动：到处弄钱，买货，来一针。在完成这些事情后，就可以进入那个让时间变得毫无意义的"幸福状态"里去了。这么对比来看，清醒的日子空洞而黑暗。六年过去了，清醒的日子依然空洞而黑暗。

在最开始，他用参加治疗组去填满那些日子，一天去两次甚至有时去三次，只要能让他离开公寓就行，离开那间在他的脑海里，总是和过去生活里那些污秽的愉悦之情连接在一起的公寓。那间查尔斯小镇的公寓，和约翰·霍普金斯大学只隔了几个街区，在那里他总是想起，想起，一再想起他的沉迷堕落，那一整出由渴望、狂喜和失望所组成的疯狂错乱的嘉年华。

如果不"嗑药"，人们每天都干些什么啊？

清醒毫不费力，也毫无意义，只要你从来也没"嗨"过。

在康复早期，他希望找到一些目标。就像是刚从一场长时间的午睡中醒来，眨着眼睛，不知身在何处，发现自己在一座废旧小屋里：损毁的窗户、漏水的屋顶、摇摇欲坠的墙壁。"废旧小屋"这个词就算不是如实的描述，至少也只有少许修辞（虽然这也让他少付了不少房租）。这毛病遗留给他的是早已成为废墟的、早在他还没意识到之前就已经开始了的，成人生活。不"嗑药"了，他就要面对那燃尽的、冒着烟的茫茫残骸：他的学术生涯、他的信用评级、他的健康，那些他离开的、骗过的、偷窃过的、背叛了的人们——那个他抛弃了的室友、那个爱着他的姑娘、他的学术导师、他的实验室伙伴、他的父亲。

从初三开始，他就已经不清醒了。在那个年纪，清醒不是一种选择，而是如同童贞一般的、一种缠绕着人的"诅咒状态"。十四岁的达伦是一个瘦弱的沉迷于国际象棋和填字游戏的书呆子，不合群地喜欢着"公共敌人"①的音乐。在他那个种族主义至上的家乡，饶舌音乐自然而然地被人厌弃，只有极少数"无耻之徒"才会喜欢。达伦曾经戴着耳机偷听，音乐让他有一种心脏过电的感觉。激烈的节拍、凶猛的歌词，是他年轻的内心所急需的那一剂雄性激素。他觉得，那样的音乐短暂但是充满力量，如同一个男人。

清醒时，一半的你会希望当初从没开始过，如果不曾喝下第一杯、吸入第一口，还可以永远保持干净、不染半点污泥。可惜事实正好相反，保持干净却成了你的终生奋斗目标。在这里的六年间，达伦深刻地明白，康复究竟花费了他什么：自己的时间和别人的金钱，以及近乎超人般的努力。那是为了恢复健康而付出的难以挽回的、几乎无法计量的代价。

如果他从未吸过毒的话，他现在本该能研究出如何去治愈癌症。

他重新振作，开展了一场全面的挽救行动：搬进一间新的公寓，参加社区大学的夜校（那是一个微不足道的经历，尤其是在把约翰·霍普金斯大学的黄金门票搞吹了以后）。他在巴尔的摩会议中心的午餐柜台打工，上司给他安排多少班他就上多少，把价格超高的三明治贩卖给那些来自克利夫兰和威奇托的销售员们。他不吃红肉，不吃任何肉。付清了旧停车罚单后，他在银行开户，还看了牙医。他吃维生素，去健身房。周日，他给资助了他康复治疗费用的父亲打电话。父亲无视一切压倒性证据，始终相信达伦总有一天会戒干净。

托尼正在给他的壮丽非常的大结局收着尾："八十三岁，她还推着助行器呢，好吗？她打电话叫县政府公车，说自己残疾，他们就来接她走了。她就是这么迫不及待地想要离开我。"

---

① 公共敌人（Public Enemy），美国黑人说唱乐队。

八周带薪假。八周就是五十六天。

清醒时，另一半的你会希望自己从来没有停止过。在"痊愈之路"的工作满足了达伦的一个非常重要的需求：这份工作扩大了填充空洞的可选项。他可以把一整个白天都花在客户身上；然后，如果他无聊了或者是孤独了，在晚上或者周末可以顺道过来。他被同事们、被彼得里夏称作"工作狂"，这个想法让他觉得可笑至极。他们是瘾症辅导员，难道他们看不出来他的行为究竟是为了什么吗？瘾君子会用一种物质去替代另一种物质，不顾一切地填充着日子。

他不吃肉了，这意味着，对于他来说什么取代了肉？

当然他从来也不请假休息。为什么他要请？为什么会有人要去请一个没有海洛因可注射的假期？

"结婚了六十年，"托尼说，"我猜她受够了。"

除此以外，一个人还能怎么做才能填充满那五十六个空洞的日子呢？自从上次戒断之后，六年了，达伦想象不到别的出路。

他离开巴尔的摩，在周五下午加入到了缓慢移动着的、想要逃离这座城市的"周末避暑难民队伍"中，沿着七十号公路一路向上去往费雷德里克。副驾驶座位上，放着他的笔记本、行李袋和《匿名戒酒会指导大全》，书本的黑色平装封皮已经磨损褪色了。在宾夕法尼亚州的边界，他驶离高速公路。天气晴朗而明亮，风景让人心旷神怡。雨水丰沛的春季善用着它的魔力，让山谷变得郁郁葱葱。"我早该回来看看了。"他对他的父亲用一笔带过的语气轻描淡写地说。他已经多年没踏入过贝克屯了。

然而，路途还是那样的熟悉——那些收费站和长途汽车服务点，那些依旧坑坑洼洼的老地方。这些丝毫没变的一切都让他假装，甚至真的觉得时间没有流逝过。十三年前，第一次去往约翰·霍普金斯大学时，他慵懒地瘫坐在父母那辆皇冠维多利亚的后座上；他为数不多的行李（国际象棋套装、"公共敌人"的唱片）堆放在装牛奶的那种板条塑料箱子里，就放在身后；他的水烟壶和卷烟纸藏在一个行李袋里。十八岁的他当时唯一能够想到的，和父母在一辆车里待上三个小时的方法，就是让自己神志恍惚。

如今，他愿意交换一年的寿命，甚至更多年的寿命，回到那辆车里。

那时他的母亲还活着，他的毒瘾还未到来。他还来得及绕过它，还来得及踏上另一条路。

休息站和"饼干橡木桶"[1]，标识着"加油"和"快餐"的霓虹灯，购物商店，阿米什拼布[2]。毫无变化不仅仅是让人有些不安，从某个角度上讲，这事毫无道理地让他十分不爽。他觉得自己被世界拒绝承认而感到不爽，世界顽固地拒绝承认其实一切都已经被破坏了、被扑灭了、被浪费了、被遗弃了。因而，当他在一个山丘的顶上，发现有两个陌生的广告牌分别立在德雷克上校高速公路的两侧时，他觉得完全有必要停车下去察看察看它们——终于有什么能证明时光已逝。

他打开双闪，下了车。两个广告牌大小相同。其中一块展示着一派田园景色、一片茂盛的草原。上面用粗体字显著地印着标语："清洁能源，为了美国的未来。"在草原的中间，立着一个不起眼的金属罐，有人那么大，漆成了深绿色。

路的对面，另一块广告牌上印着圆形蹦床那么大的一张黝黑的人脸。他"看着"路上的司机们，露出无限忧伤的表情，就像是他们让他感到极大的失望。"被水力压裂钻井梦魇困扰？打电话给保罗·扎卡赖亚斯律师。"

他回到车上。

"水力压裂"，这个词听起来就很脏，像是上流社会的黑话[3]。达伦记得，依稀记得，他曾在上班的路上听到一个公共广播电台提过一次这事。水力压裂法是会污染水源、会引起地震，还是可能引起癌症来着？这玩意是不是也会害死野生动物？出于什么原因来的？这事该怪迪克·切尼[4]。

不管这个世界已经发展到何种地步、引起了何种问题，相对于他自己的行为功能障碍问题而言，这些对他来说永远是第二位的。他的

① 饼干橡木桶（Cracker Barrel），美国连锁餐厅。
② 阿米什拼布（Amish quilt），乡村风格的拼布花色纺织品。
③ 水力压裂（Fracking）的英文发音很像脏话。
④ 迪克·切尼，美国副总统理查德·布鲁斯·切尼（1941 年生，2001—2009 在职）的昵称。

所有注意力都已经永远地被"不去吸毒"这件事情占据了。

他曾经总爱去的加油站是一家位于贝克屯郊外的"西兹"便利店，有几英里以内最便宜的汽油。他那辆小车用一口袋零钱就能够加满。停车场很满，有轿车和皮卡，停在最边上的还有两辆巨大的卡车，柴油马达在空转着。达伦把加油管放回去，走进店里结账，差点撞倒一个印着匹兹堡"钢人队"标志的开瓶器展示柜。一张手写告示用透明胶带贴在收银机上："每位顾客只能购买两盒伪麻黄碱①。"

从名卡来看，柜台后面穿着红色"西兹"工作罩衣的，是他似乎认识的一男一女——马蒂和阿莉莎。其中一位，或者两位都曾经是他的同学，尽管在达伦看来，他们看上去都已人到中年。就像是镇上的其他人一样，他们的实际年龄也许也比外貌要年轻一点。

阿莉莎看着窗外："那是辆什么车？"

"Smart 代步车。"

马蒂大笑着："这也太小了吧？"

"省油。"

"是么？希望如此。"

达伦把现金递过去："我还从没见过这个地方这么繁忙过。"

"这地方老这样。"

达伦回头看向那一长串由穿着工作鞋的男人们排成的长队，他们都在等着弄些吃的。

他驾车从慢车道穿过小镇，路过那个已经倒闭了的服装厂，和那个老旧的、五十年没用过的小火车站。在火车站，那个著名的标志还挂在上面，那熟悉的句子现在已经几乎不可辨认了："贝克屯的煤点亮全世界。"他每次回来都要进行这个仪式，数数那些新搬空的商店，就像是医生在做着巡诊，监测这小镇的健康情况，或者更准确地说，监测衰落情况。最终总是得到同样的结论：贝克屯是位勉强还在苟延残喘的临终病患。

穿过小镇理应花五分钟，最多六分钟——如果四个交通信号灯全都恰好是红灯。但是今天莫名其妙地，交通完全堵住了。一辆福特皮

---

① 伪麻黄碱，鼻塞用药。

卡在前面挂空挡停着，一辆更大的卡车在更前头。伸长了脖子，达伦看见了交通缓行的原因：路口放着一个橘色的"前方绕行"标志，贝克街被交通路障封住了。

"前方绕行"？在贝克屯？

达伦开车转向一条便道，驶向南方，向着他父亲的屋子开去。他思考着，一个"前方绕行"的标志可能意味着两件事情：路上有车，以及车是要去某个特定的地方。以上两件事，在贝克屯都是稀罕事。

他父母的房子是一栋干净整洁的黄砖错层式住宅。达伦在私家车道上挂着挡停了一会儿。那间房子在他看来有些陌生了。片刻，他明白为什么了。所有的花都不见了。

他的母亲曾经为那些花很是疯狂。吊篮里的牵牛花和凤仙花，水泥花瓮里满是天竺葵和万寿菊，每年秋天种下一垄垄的郁金香和水仙花，她从不怀疑春天会到来。他的父亲不是那类会为鲜花而激动的人，他总是平整草坪。门廊上唯一的装饰品是一面美国国旗。

屋子的窗户全暗着，迪克的车没停在家里。达伦没有房门的钥匙，倒车出了私家车道，掉头驶向镇里。

多年前，当他母亲还活着的时候，父母因为他而换过锁，在当时那是一个必要的安全保障措施。

在镇上，他在贸易酒吧门前停了车，熄了火。现在还很早，盛夏下午过半后的阳光依然刺眼。幸运的话，里面会空无一人。他可以去借用迪克的那把房门钥匙，要不了五分钟他就能出来了。

酒吧里面微凉而且昏暗，满是啤酒、地板抛光剂和黄铜去污剂的味道，那是一种达伦童年后半段熟悉的味道。他那时十三岁，他的父亲、叔叔买下了这个地方，用皮特叔叔的理赔金付的账。一个魁梧的男人站在吧台后面，吃一口薯条，用脏毛巾擦一下啤酒杯。

"我父亲在么？我是达伦。"

酒保眼神茫然地看着他。

"我是德夫林，"他补充，"的另一个儿子。"

"哦哦，当然。"那个家伙吃了条炸薯条，然后在裤子上擦了擦手，"迪克在殡仪馆。你可以能等一会儿，他马上就会回来。"

达伦马上就想起二战退伍军人协会。无论何时，只要一个老兵去世，一些老家伙就会被派过去守灵。国旗也是必备的。他们究竟在那干什么，达伦并不确定。

他坐在吧台最后面，正对着一个巨大的电视屏幕。

"我还不知道他有另外一个儿子。不好意思，兄弟。"酒保倒了杯"钢铁城"，放到了达伦手肘旁边，"酒吧请客。"

"我不喜欢喝啤酒"，他本来可以这么说，但那样会让事情变得更加尴尬。

"谢谢。"他说道。

屏幕上闪烁着商业广告信息。一个用后腿站着的木偶蜥蜴，用澳大利亚口音说着话："你交的汽车保险是不是太多了?"达伦对蜥蜴、对澳大利亚人、对保险，全都一点兴趣也没有，但也没有移开视线。美国人平均观看电视的时间长得邪乎，每天四到六个小时。达伦完全理解。如果能买下一间套房，他会把整个生命都消耗在盯着商业广告默默出神的那种被催眠状态中。

那个蜥蜴开着一辆迷你摩托车走了。

一辆德国轿车沿着山道盘旋而上，漂移着过弯。"梅赛德斯 E 级"，一个男声用神父一样低沉的声音吟唱着。

一个男人直面着镜头说："四十年来，我一直为弱势群体出头。"他的眼部皮肤松垮极了，模样看上去似曾相识。一个不常见的名字在屏幕上飘过，隐约带着经书味道：保罗·扎卡赖亚斯律师。

"这家伙是谁?"达伦问酒保，"我似乎在哪见过他。"

"你、每个人，都见过他。这些广告没日没夜地播放。"

电视里的声音继续流淌："如果你和你的家人正处在水力压裂钻井噩梦中，请去争取你们相应的珍贵法律权益。"

酒保不屑地说："我的感觉是，人们是自己要签那份合约，是自己想要这个机会。如果我自己有份土地，花不了一分钟我就会这么做。吉雅去哪个鬼地方了?"

"吉雅·伯纳德?"达伦有好多年都没念出过这个名字了，"她在这里工作?"

"据说是的。你喜欢哪个?"酒保边朝电视屏幕点头示意，边问。

达伦花了一会儿时间才明白他在问什么。一队戴着红帽子，另一队戴着蓝的。那是人们用来填充日子的事情。上辈子，在大学里，他读的法文小说中有这么一句，"这生活的布置"。他记不得作者或是标题，角色或是剧情了；但是这么多年过去了，那个短语还是存留在他的记忆里。"布置"，意指摆放家具。填充生命，如同将一排沙发填充进一间屋子里。

"我总是支持弱队。"达伦说。

"别管他，哥们儿。他对自己在讲什么完全没有概念。"吉雅·伯纳德插话道。她飞快地从后门进来，带起一阵香风。那条牛仔超短裙，那双高中啦啦队员般线条美好的晒黑的大腿——她比他记忆中的还要漂亮。他脑海里还留有十八岁的吉雅的样子：圆脸，画着黑色眼线的眼睛，留着盖住肩膀的发型。成熟了的吉雅苗条而健壮。她看起来刚洗过澡，皮肤泛着光，头发绑成马尾，如同刚去过健身房。

"哇，吉雅。"他站起身，"你看起来棒极了。"

他们简单地抱了抱，她的皮肤带着室外的温暖。她闻起来是吉雅没错，身上满是香烟和椰子防晒霜的味道。她头部的形状——他都忘记了这一点——和他肩膀的曲线靠在一起时正相配。

在他胸部附近的某个地方，响起一阵节奏动听的明亮电子曲调。

"什么情况？"

"我的手机铃声。"她从钱包里拿出手机，简单地扫了一眼，然后把它放到吧台后面，"我都不敢相信是你。你的头发哪去了？"

达伦用手拂过自己的头顶。在大学时，他的发际线已经后退了。几年以后，当他第一次在"痊愈之路"住院时，他就注意到头顶有个犹太小圆帽大小的斑秃。没准这个斑秃已经有了一段时间了。当他第二次在"痊愈之路"住院时，他自暴自弃地去剃了秃头。

"我一定是把头发落在哪里了。"

"我也这么觉得。"吉雅说。

她在吧台后面忙个不停。达伦没顾得上喝放在手肘边的那杯啤酒，而是礼貌性地询问着那些勉强能想起来的人的近况：吉雅的几个兄弟，她年迈的父亲。"等一下啊。"她老是这么说，然后跑开去为客人服务。他不在乎这种中断。这种特殊的景象让他觉得有趣：吉雅在酒吧里跑上跑下，倒着啤酒，和顾客调笑，收着小费。如果有个录像机，他一定会把这录下来。那将会成为一个买电视的好理由：重复工作的吉雅·伯纳德，晒黑了的双腿在牛仔超短裙下裸露着。

不理会那杯啤酒并不难。他从来也不是个啤酒腻子，从不是个饮酒者，从不。

一个穿着长睡衣的女人喜气洋洋地躺在一张床上，看上去像是医院病床。"我数十四下就能睡着。"电视上，她开心地说着。

在吧台后面，吉雅的电话响了。

一天四小时。达伦是个单身汉，没有爱好，没有宠物，没有女朋友，甚至没有一片可供修剪的草坪。可是，他的空洞的生活还是没有地方可以容纳这些消磨时光的习惯。沉迷于看电视就像是他高中时打的那个耳洞：一旦你不再继续，遗留下来的空洞简简单单地就能闭合。

"哎呀，我累死了。"吉雅从达伦胸口的口袋里拿出香烟，然后在耳朵后面夹上一根。他记起这一动作，连带着一阵疼痛。如果说他在过去的六年里曾经想起过她，那就是一个谎言。即使清醒的时候——尤其是清醒时——他在不去回忆过往岁月这一项上也是大师级的。

"光看着你我就觉得累了。生意不错，我估计。"达伦看向吧台上方的相框，相片里，他的父亲和叔叔手挽着手，皮特的眼睛凹陷而且异常明亮，带着疾病末期的那种可怕的贪婪。那年，他的理赔支票4月到期，而间皮瘤会在圣诞节之前就要了他的命。那个夏天，那对兄弟对老旧的贸易酒吧出了价，实现了毕生的梦想。

"过去的六个月都忙疯了，大部分是天然气那帮人弄的。"

达伦环顾整个房间，发现没有一张熟脸。"在贝克屯？他们在，你管那叫什么来着，水力压裂钻井？在这儿？"

她看着他，似乎他一直住在一个遥远的星球上。当然，事实就是如此。"你真不知道么？天啊，德夫林，问问你哥哥吧，他签了一份合同。"

"理查德签了？"

"他没告诉你？"

"呃，没。"他哥哥在几个圣诞节之前确实提起过。年龄相差十岁，中间还隔着两个姐姐，他俩从没亲近过。"他要让那些人在农场里钻井么？"

"当然，为什么不？"

对于这个问题，可没法简短回答，而且吉雅也没时间听一个很长的答案——那个达伦自己没法表述清楚的答案。（癌症？地震？迪克·切尼？）酒吧另一头，一个男人举起了空酒杯。达伦伸手去拿钱包。

"你可不准走。"吉雅尖声道。

他感到自己咧着嘴笑得像个白痴："不是，我就是想展现一下对优质服务的感恩之情。"他在吧台上放了一张五块，突然想起在贝克屯，自己其实能够付得起喝酒的费用。这可是个危险的想法。

"你的姐姐过来串门了，就在几周以前，"吉雅说，"带着孩子。我在沃尔玛看见她了，估计她跟你说了。"

奇怪，她没说过。

"她说你有女朋友了。"

"我没有。"达伦觉得自己的脸在烧。他讲了太多关于那个一起工作的接待员的事情，让那事听起来比真实的情况夸大了点。那是他正在进行中的计划的一部分，他为了消除凯特的疑虑而做了一些伪装，好让自己看起来正在正常生活着。"确实有这么个姑娘，但不是那么回事。我还挺惊讶的，她居然提到了这个。"

"是我问的她。"

时钟倒转。地球在其轨道上暂停旋转，片刻混乱。一切冻结不前行，几个星期或者几个月。达伦在思虑该做什么样的反应。

为什么，吉雅？为什么你想知道？

但是在他问出"为什么"之前，她的注意力明显移开了。就像是在日光浴时被飘过的云挡住了阳光，他感到一阵寒意。达伦回过头看，门廊处有个家伙似乎在扫视着整间酒吧。他留着寸头，有一张又丑又长的脸，脖子上挂着两条细金链子。在贝克屯这可真是具有异国风情的长相，倒是很合适住到"痊愈之路"里——穿上一件普普通通的巴尔的摩风格连帽衫，躲藏在大厅里等着他的果汁。

这家伙直向他们走来，坐在达伦旁边的高脚凳上。"嗨，姑娘，"他对吉雅说，"最近咋样？"

"布兰多，这位是达伦，我高中时候的老朋友。"

"嘿！"布兰多穿着短裤和一件剪掉了袖子的磨旧黑色 T 恤。他精瘦而且健壮，是那种能隐约看到肌肉的身材。很难不去关注那一身肌肉，几乎不可能不去看，尤其是他裸露在外的大部分肌肤上都覆满文身：一辆摩托车、一轮东升的旭日、一只纤毫毕现的蝎子。

布兰多还没点单，吉雅就在他手肘边放了一杯威士忌。很明显，她知道他喜欢什么。她跑去吧台的另一端，去服务一个顾客。达伦和布兰多沉默地坐着。

"墨水不错。"达伦最终说，那是他对忧郁的客户常说的句子。人们喜欢谈论自己的文身。

布兰多咕哝了一句但没出声，所以达伦又试了一次："你在这附近文的么？"

"不，在各地都文了些，大部分是在得克萨斯。"

"你文了多少？"

"十一个，如果不算这个的话。这个可真小。"布兰多伸着一条满是毛的腿，踩着一双人字拖。在脚背上有一个狗牌①的复制品，按真实大小文的。"我在被重新部署前搞的。我把序号文在上面，以防把它搞丢了。"

"以防把狗牌搞丢？"

"是腿。"布兰多放下杯子，然后喊吉雅，"我把你的跨接电缆落车里了。"

跨接电缆？达伦立刻警惕起来。这是一个他自己从没想到过的句子。"我要去上个厕所。""我要去抽支烟。""我要去打通电话。"这些是他想出来的、给去"嗨"找的借口。

"我这儿马上就该忙得冒烟了，"吉雅环视了下屋子，寻找巴德，那人正坐在角落里看一场棒球比赛。她用在路边叫出租车的动作朝他示意了一下，虽然她几乎没打过车。

"部署？"达伦说，"你去过阿富汗？"

"那之前是伊拉克。"他把"伊拉克"读成了"艾瑞克"。

达伦心想，别扯远了，跟我讲讲阿富汗。

---

① 狗牌（dog tag），指军用识别牌。

"我马上回来。"吉雅对达伦说着，轻轻地碰了他的手一下。

布兰多跟着她一起出门。达伦无声看着，他手上被触碰过的地方如火烧。

房间里变得吵闹起来。每一个凳子都被占据了，满溢出来的人群流进餐厅区。在酒柜上面的相框里，他的父亲和皮特叔叔咧着嘴看着下面的场景。

据说，他们自儿时起就梦想有一间酒吧。

皮特在克利夫兰的一条装配生产线上工作了二十年，做隔热窗户。在工厂的地下室，有另一条生产线生产防火门。他的情况比较复杂，因为只有生产防火门那儿才会用到石棉。最后，公司还是为皮特办了理赔——对于皮特而言，还算是及时。

啤酒就放在达伦的手肘旁边，微微凝着水珠，本本分分地当着一杯啤酒。他百无聊赖地看着电视屏幕。一个隐约带着点异国情调的黑眼睛女人，朝着镜头带着鼓励地笑着："你的家庭是否正让孩子在家自学？让你的孩子迷上自然拼读法吧！"

即使在换完锁以后，他的母亲仍然试图在必要的时候背着迪克去帮助他。每隔几个月，她就会送一些装着衣服和食物的箱子过去，直到达伦瞒着她搬了家。

他知道，对于一部分美国人来说，阿富汗更多地意味着大量廉价海洛因的供给地。

一会儿，吉雅回来了。"嘿，刚才不好意思。那天晚上他的电池没电了。我跟他说，让他这几天先带着那玩意，以防万一。"她压低了声音说，"那种脑子里一坨屎的笨蛋才会开车到处跑却不带条跨接电缆。"

"我没有跨接电缆。"

"我说的就是你们这种人。"

达伦略带怀疑地看着她。从过往历史而言，她是个高超的骗子；但是她的说辞中带有确凿无疑的真实。他记得有一次，在很多年以前，当她帮他换轮胎的时候，她一直在取笑他："德夫林，你真是个娘们儿。"她从来没成为他的女朋友过。在高中时，他们没说过话；他只不过是简单地知道她，像其他男孩一样。毕业一周后，他们才正式认识，在参加"凯斯通团体"的时候。那是一个有州政府资助的项目，为没有工作的年轻人提供暑假短工。在贝克屯，这意味着差不多就是给所有人提供短工。工作的分配情况极有规律，完全地、直接地按性别来分：男孩们在道路组工作，女孩们做清洁工或者厨房打杂小工。极少数升了大学的男孩会做女孩的工作。达伦和吉雅一同被送往撒克逊庄园，那座养着贫苦老人的县护理院。

他们在洗衣房工作，那是一间满是干衣机巨大噪音的、压抑的地下室。在培训会上，他们学会了如何操作那些巨大的机器。他们学会了用哪些溶剂能够从弄脏的床单上去除掉血渍、粪便或者果冻——这里的住户吃了极其多的果冻。在每一步指导时，吉雅的肩膀都会剧烈地抖动。在达伦断片儿的状态下——他在去工作的路上抽了一根大麻——她的笑声极富传染力。那天早上过后，他的半边身体都疼了。

他用小城镇特有的方式了解着她的家庭。整整有三代了，贝克屯去世了的天主教徒都是在伯纳德那里处理遗体的。每天早上，吉雅开着父亲的灵车去工作。在撒克逊庄园后面的停车场里，达伦把大麻卷成一个精致的烟卷，装上硬纸板滤嘴——那是他的双手曾经唯一一擅长做的事情。十七岁时，他是个害羞的处男。带她"嗨"似乎是他唯一可能给她留下深刻印象的事情，是一次讲一些她还不知道的事情的机会。

一些晚上，他们开着灵车去星光汽车电影院。在他们周围，年轻的情侣们坐在父母的车里亲吻着，爱抚着。达伦和吉雅没碰对方。他们在第三排看着恐怖电影哈哈大笑、喝酒抽烟。她有一个男朋友，年长几岁，是毒蛇乐队的主唱，那是一个本地重金属乐队。

达伦清晰地记得那个主唱在高中的走廊里志得意满大摇大摆走路的样子，头发漂成淡金色，是和音乐视频里同款的摩勒特发型①。那年夏天，毒蛇乐队去巡演，在杰西海滩开了一天的酒吧演唱会。下班以后，达伦和吉雅收拾东西回她父母家时，看到一辆大众巴士停在路边。她那男友在门廊等着，隔着五十步就能认出他那一头长发。吉雅从车里飞奔出去，高兴地叫着。达伦待在车里，发动机毫无目的地转着。当他们两个几乎把对方融进自己身体里时，达伦感觉到些许难受。

---

① 摩勒特发型，指一种头发前面和两侧留得较短，后面留得较长的发型。

这个回忆现在又回到了他的眼前。"你怎么认识那家伙的？我是说布兰多。"仅仅是念着这个名字，他就一阵恼火，"那是他的本名么？"

"他姓布兰登，在其中一个钻井队里工作。他们一直都在这边。"

"而且他从——得克萨斯来？"

"他曾经在胡德堡①驻扎过。"吉雅的声音中带有明显的爱慕之意和某种盲目的崇拜，她的爱国之情显然正在作祟。也许在其他时刻，比如当她平躺在床上的时候，它也常常作祟。"还有什么问题么，德夫林？"

"没了，就这么多。事实上，我得走了。"这句话名副其实：他突然间有一种强烈的想要逃走的欲望。

她看上去很失望。"答应我，让我能再见到你。我几乎每晚都在这里。"她压低了声音，向他耳朵边靠过去，"再来，好么？"

离开时，他感觉整个人群都在盯着他看，不管是不是真的——二十双忌妒的雄性眼睛盯着他的后背。每个人都想要她，从过去到现在。对他来说，这也一直是她的魅力所在。

屋外面，黄昏在降临。一个接一个地，街灯亮了，就像是被点燃的生日蜡烛。

他还是没有家里的钥匙。

吉雅那辆破损严重的两厢车停在街上，还是同以前一样的羊皮座套，还是同以前一样的松树空气清新剂就挂在仪表盘上面。在后车厢里，一组跨接电缆放在底板上。

迪克·德夫林周日就要七十六岁了。为了庆祝，理查德要在他那平层露台上举办一场生日烧烤聚会。几年前，生日烧烤聚会是场喧闹的盛事，吃汉堡包，喝啤酒，非法燃放烟花，一群熊孩子在院子里玩棒球。但他的母亲已经死了，他的妹妹和亲戚搬出了这个州。这次，德夫林一家围着一张桌子就能够轻松坐得下，想到这个就令人沮丧。

手机响的时候，他正在用钢丝刷清理着烤肉架。

---

① 胡德堡，指胡德堡军事基地，美军陆军现役装甲部队最大的本土基地。

"告诉谢尔比多算一个人的,"他父亲说,"你弟弟到家了。"

这个通知让他一下子停下动作。"你在开玩笑。"他还有更多更多想说的,但是话到嘴边没说出来。

"事情已经过去很久了,理查德。他放假来看看。"

"行吧,"理查德说,"那他吃些什么玩意?"

"他买了一些豆腐热狗。那玩意还不赖,真的。"

"你在开玩笑。"理查德又说了一遍。

正午,门铃响了。达伦躲在迪克的身后,如同一个阴沉的青少年,手里拿着那包豆腐热狗。他看上去还行,有些太过瘦削:胸部凹陷进去,苍白手臂纤细得如同一个姑娘家。他穿着黑色的牛仔裤和黑色的 T 恤来参加夏日烧烤聚会。

"欢迎。"理查德用他最好客的口气说道。

达伦无力地握了一下他的手。

"达伦!"谢尔比哭着,拥抱了他。

"我给你拿瓶啤酒。"理查德说。

达伦用手摸了一下自己的光头——光滑得如同鸡蛋一般,小而且形状完美。光头让他看上去像是一个外星生物,像是一个从男人不再需要头发的未来穿越而来的大使,一个幽灵一样的科学家或者哲学家,进化得娇柔而且奇异。"有苏打水么?"

"有雪碧。"

"雪碧不赖。"

谢尔比对着食物大惊小怪,他们则尴尬地站在周围。土豆沙拉,烘焙培根,一个按照他母亲的配方制作的、但是不知为何吃起来却不太一样的菠萝翻转蛋糕。

达伦接过一罐饮料,然后眨着眼睛打量着四周。"哇,我一点也不知道,我还以为你们住在农舍里。"

"我们曾经住过,那地方现在倒了。"

"你不能修缮一下么?"

"我们看了下,"事情比他跟达伦说的要复杂一点,"总的来说,从头建一个还要更便宜点。"

谢尔比打断他:"我们不是完完全全地从头开始。这房子是一个预制建筑，它拉过来的时候就已经是两大块了，那帮人不过是简单地把那两块用螺栓固定在一起。你在高速公路上一定见类似过的，就是那种贴着'特种运输'① 的大卡车。"

理查德想，请闭上嘴。

"哦，是啊。"达伦说。

但是谢尔比才刚热好身，不打算停止讲话："我们尝试过在农舍里生活，我试过，但是我有严重的过敏症。"

"哦，是的。"达伦用力地点了点头。

谢尔比似乎把这看作是一种鼓励。她喋喋不休地列着名单，比理查德每一次听到过的还要长：尘螨、木本坚果、三种面粉、猫的皮屑、贝类。"没准还有小麦麦麸。尽管从技术上讲，那是不耐受，而不是过敏。在农舍里头，主要的问题是霉菌。"

理查德找借口走出屋子，去平层露台把烧烤架的火点上。早晨的太阳已经隐去，风在刮着，空气中有雨的味道。

透过开着的窗户，他听到对话声，大部分是谢尔比的声音。他闭上眼睛，把那些词语屏蔽掉。这是他还在海军的时候学到的小技巧，一种屏蔽话语的方法——他脑海中有一个特殊的开关，当它被激活的时候，会让一切话听起来都像是用外语说的。对于他父亲来说，光是知道谢尔比有点精神障碍就已经够让人尴尬的了。值得一提的是，迪克从来没有说过她一句坏话，尽管他心里一定会想，他儿子究竟怎么会和疯婆子结了婚？理查德也开始想同样的事情了。他曾经相信，爱会治愈她：结婚、孩子、一份正常的生活会治愈她。然而，她的问题成倍地增加了。让达伦也知道这一点，实在是让人难以忍受。

他背后的门被打开，家人们漫步到平层露台上。理查德在他们盯着后院看的时候观察着每个人的脸色。

"那是什么玩意？"迪克说。

随机应变不是德夫林家的一项特质。

---

① 预制建筑体型庞大，基本上都会超过美国常规运输尺寸。运输类似的超规物体，需要获得审批并在运输车辆上贴上黄底黑字，其上用大写字母标注"特种运输"。

"一条行车通道。"理查德说。

"你该看看小丘那边有什么。"谢尔比说，她还没有亲自去看过。"我可见不了那玩意。"她曾对理查德说。而且就他所知，她到现在也一直没去看过。光在家和孩子整天整天地待着，她一次也没有爬上那个小丘，去看看在自己家的后院里究竟发生了什么事情。

"来吧，"迪克说着，走下楼梯，"让我们去看看。"

他们一起穿过院子，迪克、理查德、布雷登打头，后面跟着达伦、谢尔比和奥利维亚。他们爬上去，向下看。五英亩的草场被夷为平地并且整成平坦的、铺着碎石子的地面，周围用钢丝网围着。十二辆车很随意地停在那里：两辆拖车、一辆铲车、一辆泵机车和一些皮卡。

"天啊。"达伦说。

"确实算是个事，"迪克轻描淡写地说，"可惜了那些树。"

这种规模的项目算得上是"让人一震"，但不至于到"惊讶极了"的程度。理查德知道这是个什么情况，他见过在路那边的沃利·费特森的那块地上发生了什么。真正让他惊讶极了的事情是他自己的脆弱记忆，他已经没有办法回想起农场以前的样子了。爷爷曾经种下的当作防风墙的一排排杂交白杨树；去年还结过果子的成熟的李子树和樱桃树。对这片草地，他熟悉得如同自己的身体。当他还是个男孩的时候，他曾坐在爷爷的雪地摩托的后座上穿行于此，期待着每一个上坡和下坡。当时新雪激扬，那冰冷的粉末灼烧着他的面颊。

"吉雅说你签了一个租约，"达伦说，"我可没想到是这样。"

"吉雅是个大嘴巴。"

"他们什么时候开始钻井？"

"谁知道？他们什么都没跟我说。我饿了。"理查德突兀地说，"让我们去吃点汉堡包吧。"他回头向屋子走去，知道其他人也会跟着回来。过了一会儿，他们回来了。

在平层露台上，大家聚在桌子周围。理查德接过谢尔比递来的盘子，盛了一些汉堡包、小圆面包和豆腐热狗。这些素食热狗烤过后，变得像是用浅粉色泡沫塑料做成的小圆棍子。

远处传来微弱的隆隆声响。"是打雷了么？"达伦说。

"哦，别啊，"谢尔比说，"太糟了。"

"一会儿就停。"理查德说。

他把汉堡包盛在纸盘子上递给奥利维亚，她正高高兴兴地坐在桌子旁边，沉默而入迷地看着达伦。她遇到陌生人会很害羞，而达伦，她的亲叔叔，肯定算得上是陌生人。

"你想让我给你来几个这玩意?"理查德问他。

"一个就好。"

"我烤了两个。"

"那就来两个。"

"我能吃一个么?"布雷登说。

理查德笑了："相信我，小家伙，你不会喜欢这东西的。"

一根豆腐热狗从烤架的缝隙间掉下去了。

"士兵受伤。"理查德说，"我们失去了你的一位热狗，伙计。"

"没关系，我从来也就只吃得了一个。"

理查德看向达伦的肩膀，骨头的关节直接顶在 T 恤上。他心想，也许你该吃两个。

"你不吃点么?"达伦问奥利维亚。

"不，"她说，"真遗憾。"这是她第一批学会的词汇之一，就在学会"母亲""父亲"和"曲奇"之后。当这个词，这些音节，从一个两岁大的孩子嘴里发出来的时候，似乎显得有些滑稽。

"她觉得不舒服。"谢尔比说。

"我能去看电视么?"奥利维亚说。

达伦似乎有些紧张、烦躁。豆腐热狗已经吃完了，他伸手打算拿烟。

"你抽烟?"谢尔比问。

"我是一位'雷诺'烟草的忠实顾客，自从 1998 年开始。"

"但是这对你很不好!"

在一阵长时间的、痛苦的沉默中，没人指明达伦这一生都对于这类事情毫不在意。怎么能够明白地指出来呢?。

他把烟放回口袋："没事，我能忍。"

"谢谢你。"谢尔比感激地看了达伦一眼，其中温柔的谢意差点让理查德失手掉了刮刀。为什么其他人那么容易就能够享受到她好的那一面?

"你弟弟最近有了点度假的时间。"迪克说。

"八周。"达伦说。

"八周?"两个月的假期,对于理查德来说是不可想象的。十年来,他加了所有他能加的班。

"你该去旅趟行。"谢尔比说,"邮轮或者别的什么。"在她眼里,一趟加勒比海邮轮之旅就算是极致奢华的享受了。她拿这件事烦了理查德好几年。

达伦想伸手去拿烟,然后又反应过来。"也许吧,我都四年没休过一天假了。所以,你知道,我该好好休息下。"

理查德想,休什么?你最开始就几乎没工作过。从妹妹凯特,唯一一个达伦会经常联系的德夫林成员那里,理查德对于康复中心的事情有了个模糊的印象:那些牵着的手,那些饱含泪水的故事,那些被分发的美沙酮①。

现在,汉堡包都被吃光了,天空被云遮挡住。理查德收拾起空啤酒罐,以及黏着黄芥末和番茄酱的纸盘子。他走进屋子,奥利维亚躺在客厅里的沙发上,无精打采地看着一部动画片。他揉了揉她的头发。

"怎么了,小喵喵②?你都没怎么碰你那块汉堡包。"

"我觉得不舒服。"奥利维亚说。

在厨房,谢尔比正把果冻挖到一个碗里。"给奥利维亚。"她说。

"她连晚餐都吃不完,还能吃甜点?"理查德还没说完,就被外面一阵可怕的连续轰隆声打断了。"发生什么情况了?"

他匆忙去到平层露台上。一辆巨型卡车,比他以前见过的任何一辆都要大,正沿着行车通道爬坡,或者说正试着爬上坡。那玩意,用邮轮的速度行驶着,笼罩在柴油尾气形成的云雾中。

"那是个什么东西?"他父亲大吼道。

"那是钻井设备,"理查德吼道,"好像是钻井架的一部分。"

达伦堵住耳朵:"在周日下午弄?"

在一片震惊的沉默中,他们看着那个笨重的机器几英寸几英寸地

---

① 美沙酮,用来戒除海洛因毒瘾的代替性药物。
② 小喵喵,是理查德对女儿的爱称。

爬上山脊。它能向上移动得了已经完全是个奇迹了。这东西就像是一艘在理查德家的后院里搁浅了的航空母舰。

"太大声了，"达伦喊道，"也许我们该进屋去。"

"你去吧，"理查德说，"我去和他们谈谈。"

他慢跑下楼梯，然后沿着行车通道一路上去，吸着柴油尾气，很轻松地超过那强有力的引擎。"嘿!"他一边喊道，一边挥着手臂。

司机似乎没有听到，这不奇怪，他自己都听不到。

在坡顶，他发现另一辆车停在碎石停车场边缘，是一辆白色的道奇公羊皮卡，一个标志——"流动解决方案"——贴在驾驶座那侧的车门上。一个带着听力保护器的人正靠着引擎盖站着，看着缓慢移动的钻井设备。理查德马上认出他来了，是那个他见过的身材矮小的肌肉男，在贸易酒吧里太经常见了。一个名字，"赫兹"，用草书写在他心脏的位置上。

"这是干什么?"理查德吼道。

赫兹摘掉耳机。

理查德重复："这是干什么?"

"你看这像在干什么? 我们正在搬运钻井设备。"

"在周日? 我正在和家人一起烧烤。"引擎的噪音震得理查德浑身颤动。他们只隔着两步远，但是理查德还是不得不大声吼才能让他听到。"你们昨天在这儿忙了一整天了，就不能让我们休息一天?"

"不是我们，昨天那些人是施工组的。"赫兹又要戴上耳机，"别担心，我们不会碍你的事。"

"你开玩笑呢，对吧?"

赫兹耸了耸肩："不好意思，伙计，我帮不了你。"

"就不能等到明天?"

"日程表安排我们这周在这里开钻，德夫林 H1 区。你是德夫林先生么?"

理查德点点头。

"德夫林先生，给你带来不便，我们很抱歉，但是这事必须继续。"

在外面，闪电撕裂天空。暴雨骤来，倾盆而下，有如枪声。一阵一阵的风刮得玻璃窗户嘎吱作响。横飞的雨点不停击打在铝制的屋门上。

两兄弟站在车库里，这样达伦可以抽会儿烟。在外面，引擎的声音还在继续。达伦对于噪音的存在感到高兴，至少它填补了没有对话的空白。这一整天，他都希望和理查德单独待会儿，原因是什么？他现在想不起来了。为了亲自向他解释？为了被原谅，或者至少知道自己无法被原谅？为他这一生而道歉？

他们摆着架势，分别站在车库里相对的两个角落，和理查德的家伙什儿挤在一起。其中有一些机器达伦能够叫出名字：修草机、吹雪机，和一个可能是台锯的东西。这些东西在理查德看来一定很平常，是男人都会有的那类东西。

达伦试图挑起对话："这次再看到农场，我觉得有点奇怪，不是我想的那样。我以为你会养些牛和别的什么。"这不就是原本的全部原因么，这不就是理查德买下他那份的真正理由么？反而现在，这个当哥哥的却住在一个拖车大小的房子里，而爷爷的那六十英亩地完全闲置着。

"快了，"理查德简洁地说，"一旦天然气的钱开始到账。"

"对了，"达伦抽完了一根烟，又点上另外一根，"再跟我解释一遍这事，我有些不明白。你的孩子们在一个天然气钻井旁边玩，你觉得这无所谓？"

"你老抽得么凶么？"

外面，闪电撕裂天空。

"而且，什么时候你开始担心我的孩子了，或者任何人的孩子？你就是个孩子。"理查德把手插进口袋里，他那握紧了的拳头有葡萄柚那么大，"上帝在上，他们不是娇花嫩草。当我还是个孩子时——"

"是，我知道，你老在煤矿井架那儿玩。"这个词达伦好些年没想到过了。在六七十年代，撒克逊县是一个煤矿开采业的胜地。理查德·德夫林和他的朋友们在这片千疮百孔的土地上疯跑疯闹，骑自行车和摩托车穿过人造的裂谷，穿行于满是黑色泥土的危险斜坡。等到达伦出生长大的时候，这片土地已经都被简陋地回填上了，上面盖满了草。但老旧的煤矿井架还在依稀叙述着，那有着奇迹般的巨大规模的过往传说。这是一个贝克屯人童年时代的本质：所有令人愉快的事情已经发生过，一切已成定局。这座小镇满是遗留下的创伤。

"这地方，兄弟，我曾经带着一身煤渣回家。"理查德用手捋了一下他那依然浓密的带着卷的头发，"老妈不让我进屋，我不得不去地下室收拾干净。"他补充道，像是达伦可能已经忘了这个细节，像是这事从没让年轻的达伦内心充满忌妒一样——在所有四个德夫林家的孩子里，只有理查德有机会去使用，那个以前当他们父亲从矿井下班回家后会用来冲澡的潮湿的地下室淋浴房。

他的头发，说实话，有点令人恼火。他的哥哥已经超过四十岁了，难道他的头发不该至少有点灰色的么？

"那可真算得上是件好事，"达伦说，"那可真是谁都应该经历经历。"

"不会再发生了，永远也不会有那样的事情了。但这不重要。"

"重要的是？"

"重要的是：那样子长大没害死我们，孩子不是那么脆弱的。你打算怎么做，把他们锁在屋子里？"

这句话也许是，也许不是，对于达伦童年时代的一个挖苦。就算是挖苦，那也是事实，他一直坐在电视机前面。

"谢尔比认为他们都是玻璃做的。我不想当那种家长。"

"哦，关于那个，"达伦把烟屁股扔到一听空的雪碧罐里，"奥利维亚怎么了？"

"肠胃毛病，也许吧。到了明天，谁知道又会有什么幺蛾子？"理查德压扁一个空的啤酒罐，然后砰的一声又打开一听新的。"她总是有哪里不舒服。你想听听我的真实想法么？我认为她不过是在模仿她的母亲。我妻子就是个混蛋疑病强迫症患者。"

等下，什么？理查德·德夫林承认了自己也是有一些弱点的，承认了某种程度上他的生活并非在其完美的控制之下？

达伦又点了一根烟。他的哥哥和谢尔比的婚姻一直以来都让他感到困惑。在学校里，她比达伦还要小两级，安静，胆小，很明显信仰基督教。如果在学生数量普通的高中里，他可能永远也注意不到她。几年以后，当他的母亲告诉他，理查德和谢尔比·万斯在一起了，他怀疑她是不是做了个错误的选择。

"这事完全赖我自己，老是纵容她。还拆掉农舍，我的天啊，太不该了。"理查德下巴上的肌肉突突跳着，"污染让她偏头痛。还有食品添加剂、输电线，妈的，她简直需要一个自己的星球。她说的'霉菌'，你能相信？"

"事实上，这其实是个挺常见的过敏原。"

理查德眼神不善地看了他一眼。

"所以，她要住进一个全新的房子，没有霉菌。好了，我明白了。"达伦犹豫了一下，"但是，这里有个很明显的问题：她没办法和霉菌一起生活，但是她却不介意后院里有一个钻井场？"

理查德说："总算说到了。"

"我只是说，你不知道他们往地里头灌了什么。我做了个调查，"达伦在他父亲的房间里待不下去，只好去贝克屯的公共图书馆把一整个周六下午都消磨在电脑前面，"这涉及严重的有毒化学物污染之类的事情。"

"有毒化学物。"理查德重复道。

这个单词回荡在空中，带着丰富的言下之意：这个词从一个给自己血管里打有毒化学物的家伙口里说出来。这个家伙多年以来，给自己注射海洛因，或者其他随便什么能够在巴尔的摩的街上买到的如同海洛因一样的东西。

达伦狠狠地抽了一口烟："在水力压裂溶液里有差不多两百种不同的化学物质。"

"两百种。"

"好吧，那个数字是我编的，具体的数量我记不清楚了。"

理查德大笑着："别跟我提什么化学物质，所有的东西都是化学物质构成的。就像你吃个苹果，如果苹果出现在元素周期表里，那它就是个化学物质。"

"比如说氧气。"

"氧气就是化学物质。"

达伦震惊于他的斩钉截铁。这是一种他永远无法掌握的谈话技巧，一种没有争论余地的语气。

"看，没什么是完美的。关键是，这事是个机会，我不会干坐着等煤矿回来，不像某些人。"

"你是说真的?"达伦说，"那就是你的梦想?"

"那些都是好工作。"理查德说。

"定义下什么是'好'。"

一阵长时间的紧张的沉默，似乎是由一些短暂的"无话可说"拼接而成。达伦思索着一个新的话题。他希望能想起一个体育类的话题，用普通男人对话时会谈的话题去填补这一暂停，比如"海盗队、钢人队或是其他某个曲棍球队怎么样了?"

雨水敲打屋顶。

"工作怎么样了?"达伦问。

"我们那里多了百分之二十的人，主要是冰毒罪犯，都是人渣。所以我觉得你可以说，生意正日渐兴隆。"

"人渣"，毫无疑问，理查德完全可以用同一个词去形容达伦在"痊愈之路"的那些客户;可以去形容，在一段日子里成了那类人渣的达伦，而这个事实他俩谁都没提。

"这附近有一大堆的冰毒罪犯?"

"在贝克屯? 不可能，兄弟。那些人是从费城或者匹兹堡来的。"

"他们会接受某种治疗么?"

"这里有些助戒会。"

"没有私人辅导么? 针对认知和行为的——"

"这里有些助戒会。"

又是一声电闪雷鸣。

"你放了几天假，"理查德说，"可以待在这儿给父亲帮帮忙。我能休息一下。"

"呃，关于那个……"达伦想着该怎么解释这事。对于任何人来说，他不应该去酒吧工作的理由都是显而易见的，"我是个瘾君子，理查德。"

"又一次?"

理查德看起来真的震惊极了，而达伦对于哥哥的这种深沉的关怀，产生了一瞬间的同情。他这么多年来造成的麻烦所凝结而成的阴影影萦绕在心，负罪感让他内疚得动弹不得。

"不是那个意思，"他赶紧说，"我在那方面做得很好。就是——我一直是一个瘾君子，你明白么？这是一种终身疾病。"

"我听说过，但是你从来也不是个酗酒的人。"

"那倒是真的。"这是一个最近刚被证实的事实：他曾经坐在贸易酒吧里一个多小时，就光看着吉雅·伯纳德，一口酒都没有喝。

"那么问题出在哪里？"

达伦考虑着。酒吧服务员这个工作虽然不理想，但是似乎对于他的清醒时光来说也没什么害处，肯定会比在巴尔的摩无所事事待上两个月强。在那里，他离自己一直渴望的那个"嗨"了的状态只有一通电话的距离。

而且，这里有吉雅·伯纳德。

"好吧，"他最后说道，"我觉得我能在这儿待上一会儿。你知道，是为了咱爸。"

理查德咧着嘴笑，笑得都有些让人尴尬了。他往达伦的肩膀上重重地拍了一下。"好了，兄弟，那太棒了。"

在他们身后，咔嗒一声，侧门打开了。谢尔比的头探出房门。"呃，"她说着，挥手赶了赶烟味，"达伦，我该拿你怎么办才好？"

"我是一个迷失了的灵魂。"

"来吃点蛋糕吧，要普通的还是无咖啡因的？"

"普通的。"

门咔嗒一声关上了。达伦注意到，她没和丈夫说一句话，连一个微笑也没有。理查德盯着地板。

"这儿是不是变冷了？"

理查德耸耸肩。"她站在你那边，兄弟。在天然气这件事上她对我不满意极了。她以前全面支持这事——不管怎么说，为了钱——直到她看了一眼沃利·费特森家的情况。我猜她以前可能觉得，工人们就是直接把天然气从地底下念咒召唤上来的。"

"可惜他们不能。"达伦说。

"是啊，太可惜了。但是现实是，天然气这玩意一定得从哪里弄上来。去他妈的。"理查德说着，伸手去拿达伦的烟。

"哦哟。"

"闭嘴。关键是，还有什么别的选择？送更多的孩子去石油湾区①么，就像我当初被派过去那样？还是我们去建更多的核电站？"他把这个词读成了"核点站"。"虽然——让我猜猜——这两样你哪个都不喜欢。"他深深地抽了一口，然后咳嗽了起来，"上帝啊，这是薄荷烟？"

"核电站确实有问题，"达伦发音正确，"但是还有可再生能源啊。风能，太阳能，水力发电。"

"我怎么可能猜得到你会这么说？"理查德长长地呼出一口烟，"是啊，好的，可再生能源。就让我们建几个风车，然后坐在黑暗里吧。"

---

① 此处指蕴藏着石油的海湾。人们在海上石油钻井平台上工作，好为美国提供能源。

卡车噪音，交通问题，道路施工，污染……

难道我们还没受够么？

难道我们不是犯了一个巨大的错误么？

* 如果你签了一份**天然气合同**（或者你正在考虑去签），

* 如果你**担心**你的水，

* 如果你对于住在天然气厂里感到**恶心**和**厌烦**……

你不是一个人！

加入你的朋友们和邻居们之中，

来上一整晚的头脑风暴和问题探讨，

同特殊来宾，来自"基石水道联盟"的，

洛恩·特雷克斯勒博士一起。

社区的未来在我们自己的手中。

6

周一时的探监队伍是最短的。就像每一个周一那样,雷娜打扮得很慎重:没戴珠宝,没戴发卡,在医护制服下穿着棉制的运动胸衣(钢圈内衣通不过金属探测器)。她没带钱包,而是带着一个"密保诺"的袋子①,里面只放着用于在自动售货机上给卡尔文买薯片和士力架的零钱。在他还是个孩子的时候,她每天都要来点这些垃圾零食。现在,因为她也没什么别的可以给他,只好给他这些糟糕的食物。

卡尔文需要去理发。胡子拉碴的他看起来很疲惫,是一副被酒色掏空身体的样子。他的下巴上满是两天没刮胡子长出的新茬。

探访队伍走得很慢。他们都很慢。雷娜问他最近在读什么。他们讨论了一下即将举行的总统选举,一起看被固定在牢房天花板上的电视。电视的频道,总是被拨到一个庭审节目上。节目里,一位暴躁的女法官在法官席位上痛骂着原告。

"这些人是真实存在的!这些案子是真实案例!这些裁决是终审判决!"

谁选的这节目?没准是狱警。如果雷娜入狱了,这节目是她最不

---

① "密保诺",主营业务为塑料保鲜袋和置物袋的品牌。

199

想看的东西。

"我明天晚上有个会，"她告诉卡尔文，"关于天然气钻井的。我有一点紧张。"她对于给特雷克斯勒教授打电话一直心存犹豫，担心他不记得曾经在龙尼的店里见过她了（事实上他记得）；紧张于没人会去参加聚会，或者每个人都会去，屋子里装满了特别了解她的人；紧张于这种名副其实的小镇生活。

"我从来没有做过类似的事情。"她曾对教授说，好像这件事还不够明显似的。

"别担心，我经历过。"

他们几乎每天都通电话，特雷克斯勒教授口头教给她每一个步骤：预订房间，打印宣传单，提醒本地报纸。"事可不少。"雷娜这次让龙尼·齐默尔曼吓了一跳。这么多年，他都没能成功地邀请她参加他的那些集会——反战集会、大麻聚会，这次他被她的突然转变几乎吓傻了。不过他还是将这种转变完全归功到自己头上，就像是他亲自给她洗了礼一样。

麦克可能比他还吃惊。"你想做什么？"夜复一夜，当雷娜从医院回到家，像个疯子一样大喊大叫的时候，她一直带着或多或少的耐心去倾听：斯蒂夫·穆罗尼那突然的、来势凶猛的疾病，她那流产的最终结局，她的主治医生的困惑；他们发疯般地尝试，想找到她到底和什么东西接触了，但最终仍是徒劳。雷娜和那些油滑的公关人员通了几个小时的电话：先是和"流动解决方案"，也就是运作钻井架的公司进行沟通；然后是和暗象能源，"流动解决方案"的母公司进行沟通；再然后，是和达克公司，暗象能源的控股公司进行沟通。最后，是和一个叫"本托尼克"的化学制剂公司进行沟通，这家公司是 Z 流体的生产商，她联系到了技术主管的一个助理。

那人回复的基本意思就是，滚蛋去吧。

雷娜花了很长时间向卡尔文去解释这件事，对于有事可谈觉得很高兴。从他的脸上就能看出，他一点也不在意。"祝我好运吧。"她没底气地结束道。

"祝你好运。"他说着，盯着电视屏幕，"麦克怎么样了？"

"别来这套。"

时间嘀嗒流逝。原告正在起诉他那已经分居了的妻子，就为四百美元。她用他的信用卡花了那笔钱，去做了文身。探监时间很漫长，因为卡尔文拒绝讨论任何重要的事情。然而，雷娜还是试了试。

"你想过 11 月的事情么?"他需要一份工作，需要一个地方住。自从上次发生了那样的事情，住在农场里已经不再是一个可能的选项了：保险箱里少了一千两百美元；麦克的枪原因不明地少了一杆。

他向前仰着头，用凶恶眉毛下方的眼睛看着她。他这一辈子一直都这么做，从童年早期就开始了。麦克和雷娜给这副表情起了个名字，"卡尔文的臭眼神"。

"11 月。"他重复。

他是个开口说话很晚的孩子。他的一年级老师注意到，他很少说完整的句子。"我可以"，他对雷娜说，"我就是不想。"那个臭眼神替他说话。当他不高兴的时候，大家从来没有误读过。

"我觉得他会再次当选。"卡尔文说。

"这不是我要谈的。"

"他需要重新指定些内阁成员。"

"我在谈的是你的未来。"雷娜说。

有人在敲着房门，是狱警来接他。可耻的是，她觉得松了一口气。

卡尔文站起身来："司法部长是我的第一选择，但是我怀疑他们不会问我。估计我会被指派为国务卿。"

雷娜说："下周再见。"

"他向你问好，他总是这么做。"

麦克和雷娜躺在床上，雷娜编织着东西，麦克心不在焉地看着野外溪流频道的一档钓鱼节目。

麦克没回答，她正在半睡半醒间挣扎。一次性做这两件事让她有点恼火。

"喂喂，"雷娜说，"有人在听么?"

麦克把手放进被子里。"哦，我在我在。他怎么样了?"她附和道，每周周一她都这么做。让她松了一口气的是，雷娜已经不再让她跟着一起去了。麦克和卡尔文的关系处得不好。雷娜的说法是，问题在于麦克的顽固不化。

"他还是那样。我试图和他谈谈 11 月的事情，但是运气不好。他需要制订个计划。"

他不能来这儿，你知道的。麦克不需要说出来这一点，她们以前就经历过这些事了。如果卡尔文是个瘾君子，那她可能还会有点同情他。但他是个贩毒的。

麦克的顽固不是问题，问题是卡尔文继承了他父亲。麦克相信遗传如同她相信天气、相信雷娜的善良。她相信这些事情是因为她每天都看着这些事情。一头好的奶牛能够生出一头好的奶牛；一头脾气暴躁而难以驾驭的公牛则会把它的这些特性遗传下去。

弗雷德·威姆斯就是头喜怒无常的公牛。

弗雷德·威姆斯就是一坨粪便。

麦克没有什么情绪波动，情绪不会出于不可见的原因而显著地风云突变。如果她伤心、生气，或者沮丧，那是由于她对于确确实实的外部事件———只生病了的动物、一个漏水的屋顶、一条发生故障的挤奶流水线，所产生的反应。除此以外，她的情绪基本没什么波动。

确确实实的外部事件，比如威胁、恐吓、骚扰电话，比如深夜里的一次没有任何先兆的拜访——那个让麦克和雷娜惊醒的、疯狂地敲着门的愤怒的醉汉。

比如那些被截住的儿童补助。

比如那些朝她们的草场开的枪。

比如那些边敲她们的门边骂出的少儿不宜的话。

比如尾随雷娜下班回家。

比如放火烧工具间。

比如麦克那条狗的可疑暴毙。

这么多年里——在卡尔文的整个童年时代——麦克一直在床头柜里放着一把 0.44 口径的手枪，直到弗雷德进了监狱。雷娜讨厌枪，但是明白这么做是必须的。枪就是为了像弗雷德那种男人而存在的。

他进过俄亥俄州和西弗吉尼亚州的州监狱，因为醉酒驾车撞死一个女人，因为偷摩托车，因为武装抢劫。

麦克在床头柜里放着一把手枪，直到弗雷德在摩根敦死于一个警察之手。

卡尔文那时候十四岁，年纪足够大了，可以被直白地告知他的父亲是怎么死的。她们当时到底是怎么措辞的，麦克想不起来了。她记得的是那男孩的反应。他转向雷娜，瞪着她，眼睛向上挑着——卡尔文的臭眼神。"我猜你现在高兴了吧?"

如果其他任何人用这种口气对雷娜说话，麦克一定会弄得他生活不能自理。

十七岁的时候，卡尔文就第一次被判了重罪。那年夏天，麦克发现在农场偏僻处的一个角落里，有三十六株苗壮成长的大麻植株，就藏在一排树的后面。此后，他又犯下三四桩重罪。

她没把他弄得生活不能自理，是因为他是雷娜的儿子。

"我们都会进监狱"，她对雷娜说，"我们可能会失去农场。"

"但是我们没有。"雷娜说。

她从来没有为卡尔文道歉过，尽管他在月月友牧场，这块麦基家传了六代的农场里，制作销售毒品。

他的第一次重罪，至少，这一条是她们知道的。

大麻在老爹的农场里生长，一想到这点，麦克就满是羞愧之情。

第一次，鬼知道是多久以来，达伦有了家门的钥匙。

父亲把钥匙给了他，不带任何仪式感，如同这不过是简单的、为了他自己的便捷而做的选择，"我没办法一直在这儿给你开门"。达伦明白，而且很感激，这让他们逃过进行对话的痛苦，进行那场多年前他们就该进行的对话，那场已经随他的母亲一起死去的父子之间的对话，那场关于他们的时光已经不再的对话。

迪克没说出口的是（尽管达伦还是听见了）："你属于这里。我信任你。你还是我的儿子。"

现在，他睡在童年睡过的那张床上，在后门廊上抽烟，在熟悉的淋浴房里洗澡。淋浴房的瓷砖是暗黄绿色的，自从 1972 年以来就没变过。这间屋子和以前一模一样，然而少了他的母亲，还是让人觉得陌生而冰冷。达伦在一定程度上将这种感觉归咎于食物气味的缺乏。厨房基本没被用过。迪克在"贸易"吃饭，在"西兹"买早餐咖啡。在冰箱里，迪克放着备用电池、鱼饵，和为膝盖准备的冰袋。这和达伦在巴尔的摩的生活没什么区别，他的垃圾桶里放满了外卖饭盒和星巴克的纸杯。也只在这一方面，他和父亲一模一样。

父亲在房间里的活动，如同一个阴影、一个鬼魂的前身——在未来几年内，他终将成为鬼魂。年轻时的迪克暴躁，易怒，爱发号施令，那样的他似乎完全消失不见了，在那具躯体里只留下一个走起路来一瘸一拐、担忧着未来的老人。对于达伦来说，他几乎辨认不出父亲了，这个儿子错过了不少父亲生命中重要的转折时刻，错过了父亲从年轻到衰老之间的那些年月。他更喜欢现在这个"鬼魂"，这事似乎有些可耻，就像在期待着父亲的最终命运的到来，在期待那种缓慢而不可阻挡的虚弱、那种嘀嗒嘀嗒流逝着的时光。

令人悲哀的真相是，他只在迪克不在的时候才会爱着他的这位父亲。他们之间礼貌相待，有那么点让人不舒服。而后，在独自一人待在房子里的时候，达伦才会被情感淹没。迪克衰老的物证——厨房台面上的老花镜、卫生间洗手池里的塑料假牙盒——让他心里满是柔情。

有趣的是，对于达伦来说，"贸易"更能给他家的感觉。多年以来，在治疗组里，他一直在听酒瘾患者们讲述他们最爱的小酒馆。不止一次，他被感动得落了泪。现在，他终于理解这件事了。在酒吧里，上瘾被正常化了，让这件事看起来像是生活里的正常部分：暖光灯，熟悉的面孔，酒桌上的友谊或者是友谊的幻象。瘾君子是种孤独的造物。达伦的瘾症是避人耳目、孤独至深的，他喜欢关着房门独自沉迷，拥有隐秘的羞愧、私人的幸福。这种与世隔绝放大了他的病情。在巴尔的摩街上交易海洛因时，他经常被一点风吹草动吓得要死；而后，在那个孤独而奢华的海洛因梦境中，他会想象自己是一个亡命之徒，一个浪漫的法外狂徒。没有人会去推翻他的这种幻想。生理高潮从来都不是他想要的。

没有毒品，这种幻想不可能存在，人们为自己编织的故事不可能存在。

夜复一夜，他和吉雅一起给酒吧打烊。他喜欢这些重复的夜晚、这些愉悦的规律琐碎的杂事。吉雅在他周围来来回回，清理着冰档，把啤酒杯和玻璃杯放回架子上，擦吧台，拖地板。

"天啊，你这么赶图什么？"他有时候会逗逗她，"每个人走了，我不会给你小费的。"

"我就想早点离开这个鬼地方。"她老是一边这么回答，一边猛推他一下，"不管怎么说，你在乎什么？你什么都不干。"

在"贸易"里为酒鬼服务的过程中，他意识到了一些可能性。当生意闲下来点的时候，他会观察客户——大部分是男人，有一些在低沉而快乐嘈杂地玩闹着，另一些在默默地盯着电视屏幕。毫无疑问，有一些人是瘾君子。然而对于他而言，和注射海洛因相比，喝酒上瘾似乎显得越来越良善了。他知道，在某种程度上来讲，这是种不正常的想法，是他体内的瘾君子在说话，是他在贝克屯这里待得太久了。

每天早上，在迪克离开"贸易"之后，达伦会骑车穿过镇子，去贝克屯公共图书馆，给他的笔记本电脑接上电源。在家，在巴尔的摩的那个家里，笔记本从来没从电源上拔下来过，甚至当它被放到大腿上时也没有。电脑一直放在一张有些晃动的"宜家"书桌上，书桌是"贝格""伯格"或者某个类似的系列的，电脑的便携性完全被浪费了。他从来不会去社区里的星巴克喝咖啡，人群每天聚集到那里似乎就是为了能够完全地忽略彼此——各个年龄段的人们，带着震耳欲聋的耳机，傻傻地盯着面前闪烁着的屏幕。每天早上，达伦总是在排队买加浓意式浓缩咖啡的时候观察他们。然后下单，使劲放糖，走人。

真相是，他不喜欢移动笔记本电脑。它会持续运作嗡鸣，在他那空洞的公寓里。每个晚上，每个周末，他都把大部分的时间消耗在它身上。他能左右开弓，左手移动鼠标，右手吃饭。

在他父亲的家里，这些都不可能实现。这里哪儿都没有无线网。达伦对于这些事会怎么深刻地影响到他毫无准备。没有办法联网，他觉得如同隐了形、失了踪，就像是自己已不再存在一样。

那天早上，就像平常一样，图书馆没有人。就像镇上大多数的其他建筑一样，它以前也曾是干别的用的。图书馆曾是"奇内尔"餐厅，那是他十几岁时经常去的地方，他母亲当时在里面做服务员。在大学毕业后，有一天，年轻的萨莉·贝克给一位海员端上午餐。海员叫迪克·德夫林，正在家里轮休或是放假，或是另外某个名头——就是当海军让你离开时，他们给起的那个名头。

达伦想起这件事时一阵心痛。他的母亲总是喜欢缅怀过往岁月，而迪克则不同。如果不是因为萨莉，他不会知道关于父母的任何事情。

他启动了笔记本电脑，看着贴在告示板上面的宣传公告。那些公告经常以令人惊讶的频率更换着：出售二手喷气除雪机、二手建筑材料、二手卡车配件。看起来，整个贝克屯似乎都在把自己当成废品卖。

今天，一张新海报映入他的眼帘：

卡车噪音、交通问题、道路施工、污染……

难道我们还没受够么？
难道我们不是犯了一个巨大的错误么？

"达伦·德夫林？"

他转过头。

"我就觉得是你，你的发型让我有点犹豫。"

"瑞杜拉斯基先生！"达伦伸手胡撸了下光头，"哇，见到您太让人高兴了。"他说得真心实意。瑞杜拉斯基先生是他高中的生物老师。他不只是一位教师——如果当初有得选择的话，青少年时的达伦会选择他作为自己的父亲。

"时间可过得不短了，孩子。你这些日子在干吗呢？上次我听到的消息是，你去了霍普金斯。"

"您记得真清楚。"达伦咧嘴笑着，想起瑞杜拉斯基先生曾经给他写了一封推荐信。当霍普金斯说"可以"的时候，瑞杜拉斯基先生做了一顿庆祝晚宴，弄了一个上面写着达伦名字的蛋糕。真好似很久之前的事了。

"我怎么会忘记？在这么多年里，我教出这么一个上了霍普金斯的孩子。当然也有去宾夕法尼亚州州立大学的，如果他们运气好，也可能是匹兹堡大学吧。但是你，鹤立鸡群。"

达伦站在那里，笑得像个傻瓜，担心着更进一步的对话。

"所以，你现在在做什么？我记得你说起过要去医学院，老早以前那会儿。"

这问题来得比达伦能够想象到的还要糟，带着那种亲切和善意，那种显而易见的赞扬和自豪。"其实，我走了点弯路。"

"那没什么大不了的。要我说，研究涉及很多钱，像是新药开发之类的。嘻，我知道什么啊。"他谦逊地说，似乎正等待着接受教导。

达伦咽了下口水。"事实上，我换了专业。我的学位——"，他没有说是从社区大学获得的，"是社会学学位。"

瑞杜拉斯基先生的笑容有些动摇。他长着一张藏不住事情的脸，脸上那种失望和怀疑，看起来十分糟糕。

"我现在是一名瘾症辅导员。"

在他的眼里，闪过一丝理解，然后是尴尬、怜悯、关心。"哦，好。那一定是件有意思的工作。"

"是的，"达伦使劲开朗地说，"我是说，这不算是科研，但是我觉得很有趣。而且——"他停顿了一下，不太确定该如何完结这个句子，"你知道，好歹算是有一份工作。"

"当然，"瑞杜拉斯基先生由衷地说，"上帝知道，活着不只为了工作。其他事情怎么样了？结婚了么？有孩子了么？"

"还单身。"

一阵尴尬的沉默。

"好了，搞那些事情的时间还多得是，时间充裕。"瑞杜拉斯基故意扫了一眼他的手表，"达伦，我该走了。今天是大日子，我女儿要结婚了。你记得的，莉亚。"

他记得。莉亚比他小一届，是个普通而天生乐天的姑娘，出于难以解释的某种原因，他成了她的男朋友。尽管，他发现她的温良顺从让人觉得乏味无聊，达伦还是热情地对待她，因为她是他进入瑞杜拉斯基家庭的入口。他在他们家的屋子里度过不计其数的夜晚，看电影，在餐桌旁流连忘返。在他给莉亚一个纯洁的晚安告别吻之后，他回到家去，独自一人在房间里高潮。

"哦，哇。"他本该早就想起，该问问莉亚的事情，"那——太棒

207

了。"他意识到这个评价的不得体之处,可太晚了,"我是说,这真是个好消息。"

瑞杜拉斯基拍了拍达伦的肩膀:"我为他们俩感到高兴。他是个好小伙,是个学校老师,就像她的父亲。"

"哇,"达伦又说了一次,"一定代我向她问好。"

"闻闻这个,"谢尔比站在洗碗槽旁边,刷着早餐时的碗碟,"闻起来很有趣。"

理查德吃完最后一口炒蛋,拿着盘子走向洗碗槽。他还穿着制服——自从昨天起就一直没睡,值了两个夜班。持续不断的雨滴敲打在厨房窗户上。这是他在值了一个夜班以后希望碰到的那种灰暗的清晨,是睡眠的理想选择。

"有趣?"他重复道,"怎么个有趣法?"

"像是化学物质。具体是什么,我怎么知道,理查德?就是闻起来——不干净。"

外面,噪音响了起来,一阵有节奏的叮当声。理查德靠着洗碗槽,开着水龙头闻了闻。"我什么都没闻见。"

"你从来没闻到过。"

当然,这是真的。她总是抱怨那些他毫未察觉的气味,他像是和一条猎犬结了婚。

"这味儿来自钻井,一定是。我们的水以前没问题。"她打开水流,深深地吸了一口气,"你必须和那些人谈谈。"

"说什么?说我妻子闻到了些有趣的东西?"

自然地,不可避免地,他想到了农舍。"这闻起来发霉了。"那时候谢尔比抱怨来抱怨去,直到他终于屈服了。现在,他要在一栋预制建筑,也就比活动拖车强上那么一丁点的火柴盒里养大他们的孩子。十年了,他一直都被谢尔比牵着鼻子走。

"这水没问题。"他说。

"你就老是这么固执。"谢尔比把他的盘子冲了一下,然后放到洗碗机里,"别忘了,你今晚要去接布雷登。他今晚的练习在 7 点半结束。"

"今晚？"他摸了摸放在口袋里的那张小纸片，上面写着"奥涅格八年四万"。"我打算去萨默塞特和那家伙见个面，去瞧瞧他的奥涅格。我可以带着孩子一起去。"

谢尔比不同意："那路途对奥利维亚来说太长了。"

"哦，好吧。"他的女儿特别容易晕车，都出了名了。自从上次她在车座底下、车座上、副驾驶门上大吐特吐之后，他的卡车现在还闻起来隐约有葡萄味糖果的味道。"你能带上他们么？至少带上奥利维亚。"

"带他们去我预约的心理咨询？"谢尔比露出她那招牌式的扭曲表情，这让理查德想起一个他忘记了姓名的、年老的、无趣的喜剧演员。那是一个丑陋的矮小男人，留着一头碗状的发型，经常出现在他童年的电视游戏节目上——《竞赛游戏》《好莱坞广场》。

"别管了，"他说，"我可以明天再去萨默塞特。"

那个喜剧演员总是显得有点醉，也可能他就是有一点点反应迟钝。他的名字到底是什么来着？理查德的妹妹可能知道。谢尔比显然太年轻了，她不记得。当他和一个年轻十二岁的姑娘结婚的时候，有些事情他并没有考虑过。

"巴迪·哈特克。"他大声地说。

"你在说些什么？"

"没什么。"巴迪·哈特克不重要，一点也不重要。但是，出于理查德自己也没办法解释清楚的某些原因，他突然有种孤独感。就好像他的童年从来没有存在过，因为谢尔比没在那里见证过。

"杰丝牧师说我需要给自己留点时间。"

理查德闭着嘴不说话，他已经了解到对于"杰丝牧师"这个话题最好别插嘴。据谢尔比说，她建议过让理查德一起去参加联合咨询，那是他这么久以来一直在逃避的磨难。关于"咨询"这一概念的一切都让他身心俱疲。谢尔比在那整整一个小时里都谈了些什么，他们婚姻中的何种秘密被透露给了牧师，他真的一点都不想知道。而且他没办法阻止，因为咨询是免费的，何况谢尔比一直在——整天、每天都在照顾孩子。他没办法在这种情况下，抱怨自己每周都要花上一晚去照顾孩子，还能表现得不像一个混蛋。

209

又一次，又是那种扭曲表情。他的妻子是一个戴着金色假发的巴迪·哈克特。"你还在听么?"谢尔比说。

"好了，好了，我会去接布雷登的。"他起身，"我得睡会儿了。"

"试试耳塞。"

"我不需要任何天杀的耳塞。"

主卧朝北，一直处在阴影下。理查德当时选这个房间做主卧时考虑到了夜班。他以前没想过两百码以外会有个天然气钻井，日夜开着溢光灯。即使是拉着窗帘，房间里还是亮得吓人。

他闭上眼，特意什么也不去想。

外面，一阵可怕的、节奏单调的"咚咚"声响起。

他一直以来都是个天赋异禀的睡眠者，有着一种对于当海军而言十分便利的天赋：任何时候，在任何地方都能睡得着，这是水手最伟大的生存技能。但是平民的生活钝化了他。他用力地闭着眼睛，然后命令自己：睡觉，他妈的，睡觉。

外面的噪音更大了，机器的轰鸣声就像是一场热带暴风雨。

他把耳塞塞了进去。这感觉就像是在把嚼过的口香糖使劲往耳朵里塞一样。谢尔比每天晚上都带着它们，来抵挡他的呼噜声。见鬼，她是怎么忍受的?

他把耳塞拔了出来。

他在屋子里气急败坏地转了半个小时，想找个地方睡觉。儿童房也面临同样的问题：机器的噪音、亮瞎眼的灯光。最终，他崩溃了，筋疲力尽地倒在老爸的旧沙发上。谢尔比过去一直把它遗弃在地下室，因为上面有尘螨。他可能睡了十分钟，然后那种"咚咚"声又开始了。

他放弃了，走到平层露台上。雨已经停了。在外面，噪声并没有更大一点，这悲伤地证明着房子的单薄。

他朝外看向自家的后院，看还剩下些什么。森林已经没有了，这片土地看上去比六十英亩要小一些，光秃秃干瘪瘪得就像一条洗了澡的狗。在房子后面，工人们留下一片孤零零的草坪，二十英尺见方。远处是一大片裸露着的巧克力色地面，它十分干燥，被钢丝网围着。这是一片荒凉的景象，但是连小丘那边的糟糕程度的一半都比不上。

那种"咚咚"的声音缓慢而低沉。

在小丘顶上，在视线以外，坐落着稳定塘和混凝土钻井基础。根据当天情况，周围会围绕着十二辆或者更多的卡车。其中总是有两辆施工卡车，一辆或者两辆槽车。

现在，噪音加剧了。接在尖利的高音嘎吱声响后面的，是一个更为低沉的摩擦声、一些没上好润滑油的机器转动声。

一缕阳光穿过云层。新的行车通道将这片地区分成两半，如同一条手术伤疤。

对"贸易"而言，按中午时段的客流量，现在只能勉强算得上繁忙。在餐厅里，每张桌子都坐满了人，天然气工人们吃着午餐。吧台边很空，只有一些本地人。理查德的邻居沃利·费特森正在看电视上播的《纳斯卡①精彩集锦》。尼克·布里克和鲍比·马斯特勒给台球杆头打着粉，如同两个悠闲安逸的绅士。这两个中年杜安也没什么更好的事情可做了。

"德夫林，"鲍比说，"你最近怎么样了？"

"我很好，老鲍。"理查德在沃利旁边坐下，看着达伦拿出一罐"钢铁城"。他现在看到弟弟站在吧台后面，还是有点不适应。

达伦朝他招了招手："你来这儿干吗？不是该在家睡觉么？"

"别跟我说这个。老爸去哪了？"

"殡仪馆。"达伦说，"弄退伍老兵那些事。"

他谈论这件事时有一种不屑一顾的感觉，让理查德想给他一拳。他不是什么沙文主义者。他的海湾战争服役经历很短暂，特别乏味，让他每年都会避而不去参加退伍老兵纪念日游行，让他觉得站在去了阿富汗和伊拉克的那些小伙子身边的自己就是个骗子。2003 年以后，对他而言，在战争纪念馆举行的纪念仪式成为一种特殊的羞辱。在讲台上老兵们依次排队立正站好：第二次世界大战的、朝鲜战争的、越南战争的。在过去，理查德曾经上过讲台，只为了宣读一句话："海湾战争中没有出现本地人员伤亡。"一个胜利的仪式。优秀的一代人。

---

① 纳斯卡（NASCAR），即全美汽车比赛协会。协会每年会举办上百场赛车比赛。

在他们看来，美国的作战是如此完美，空军的进攻是如此精准、如此高效，没让一点血飞溅出来。现在，理查德的那次战争——被正式重新命名为"第一次海湾战争"——几乎被遗忘了。和年轻的退伍军人，和那些刚从驻地回来的人会面，让他的各种情绪奇怪地纠结在一起：放松，因为他做出了退伍的决定；后悔，也是因为同样的理由。更为强烈的，是挥之不去的深刻的愧疚之情。

一声台球碰撞声响起，是尼克标志性的快攻球，鲍比大笑了一声。达伦的眼睛瞟向房间后面。"天啊，伙计们，别激动。这些糙爷们儿是谁？"他转头问理查德。

"哦，就是尼克和鲍比。你记得他们。"然而，也许达伦不记得了。在"三个杜安"的那个夏天，达伦还是个蹒跚学步的孩子，对于理查德短暂痴迷于吉他的那段经历，他可能并没有记忆。就像其他经常在他弟弟身上发生的事情一样，这让理查德感觉自己老了。

在他身后，吉雅端着盘子跑出厨房，带起一阵风。她总是在酒吧里跑来跑去，就像当服务员是在参加田径比赛。她在沃利·费特森面前放下一盘汉堡包，裙子的后摆紧紧地包裹住她的大腿。

"这看起来真棒。"沃利说着，但并没看向汉堡包。

"自己规矩点。"吉雅回头看向沃利，然后推了达伦一把，就像是一个淘气的姐姐，"这是'诅咒之村'。"

"老天，你是对的，我欠你半打酒。"达伦笑得像个傻瓜。她又推了他一把，她的手老是放在他胸口上停留。

好多年，理查德没见弟弟笑过了。他应为达伦感到高兴，然而他们的笑声惹他生气。他想，那就跟她上床，然后赶紧完事，就像其他人那样。

他朝沃利·费特森点点头："最近你怎么样，伙计？"

"没啥好抱怨的。"沃利撕着他的三明治。这位费特森先生是镇上的新百万富翁，或者说至少每个人都相信他是。在他的钻井开始出产天然气后，沃利从邮局提前退了休。现在他开着崭新的悍马车在镇上到处乱逛。他和洛伊丝因为奢侈的夏季烧烤会而知名——去年是烤全猪，就在他们新的游泳池边上举行。

从房间后面传来另一声大叫。尼克和鲍比轮换着上桌，因为有个人加入了。出乎理查德的意料，是他曾经见过的那个丑陋的朋克：吉雅那位在停车场里的朋友、浑身文身的那个光头。

"我听说他们终于在你那里开钻了。洛伊丝在教堂见过谢尔比了。"他大喝了一口，"你怎么处理那些噪音？"

"那确实有点吵。"理查德说。

"相信我，当支票到账的时候你就会忘记那一切。"沃利把手拢在耳朵后面比画着，"噪声？什么噪声？"他长胖了，脸圆得像是飞盘，鼻子和两颊红扑扑的。才刚下午 1 点，他就已经是个喝醉的圣诞老人了。

"有一天我下了十二号公路，"他告诉理查德，"开着辆全地形摩托。在瑞典镇到处都是橘色的旗子。我猜兰迪·蒂博多是下一家了。"

"蒂博多？"

"我听说他那儿一英亩卖了一千。"

他们看着彼此默默地计算着。谁也没问那个没人想回答的问题："你拿了多少？"真相说不出口：像兰迪·蒂博多那个近亲繁殖的乡巴佬，一英亩能得一千美元；理查德·德夫林一英亩二十五就卖了。

"你得来我家烧烤一次，"沃利嘴里塞满汉堡包说，"孩子们可以在泳池里游泳。"

"可以，听上去不错。"理查德压低了声音，"你那边的水没出现过任何的问题，是不是？"

沃利有些僵硬："一点问题都没有。嘿，我们老在里面游泳。"

"现在没有，"理查德说，"我肯定现在没事。但是当初他们在你们那儿开钻的时候呢？谢尔比说我们家的水有股怪味。"

"我不会太过于担心。"沃利说着，舔了舔沾在手指上的番茄酱，"你爸钻那口井的时候我还是个孩子，是时候打口新的了。"

"也许吧。"理查德说。

吧台尽头，吉雅把手伸进达伦的衬衫口袋里掏出一盒烟。她靠过去，在他耳边轻声讲话，逗他笑，然后从后门走了出去。一会儿，那个光头从前门走了出去。达伦似乎没注意，他弯腰看着收银机，脸上还挂着白痴般的笑容。

理查德站起身："我要走了，今晚要值班。"他朝门口扬了下头，"达伦，兄弟，你认识那家伙么？"

达伦抬起头："哪个人？"

"吉雅的男朋友。"

"他们只是普通朋友。"达伦说。

理查德想着那天晚上他在停车场看到的事情，吉雅衣衫不整，在车灯的照射下眯着眼睛。他老是重放这段记忆，这卷记忆录像带都放映得发旧了。

"普通朋友？谁说的？"

"吉雅说的。"

理查德满怀同情地看着他。他的年幼的弟弟在这世界上可完全不是吉雅·伯纳德的对手。在她熟练的手腕下，他就像是个无助的孩童。

达伦靠过来，推心置腹地说："你家的水怎么了？不好意思，我偷听到了。"又是那种扬起的眉毛，那种自命不凡的微微一笑。理查德又想给他一拳了。

"我家的水没事。"他说。

"那挺好的，尽管我觉得该告诉你，有一些关于污染的案例文件……"

理查德盯着房间远处的一点，就像是他的弟弟在用外语讲着话。过了一会儿，吉雅从前门回来了。那个光头走在她身后几步远，直接走向卫生间。

"在西部，有些人能够点燃他们的水。"

吉雅拽着她的裙子，侧身滑进吧台里。

"小心点，兄弟。"理查德会这么提醒任何人，除了达伦。除了他的弟弟。达伦总是，总是对于一切都是一副了然于心的样子，不管他有什么结局都是咎由自取。

7

他们在贝克屯公共图书馆的地下室会面。人们挤在那间小房间里，大声聊着天。邻居相互问候着彼此，他们吃着雷娜的燕麦饼干，用发泡塑料杯喝着咖啡。

"你跟我一起去吧。"她跟麦克说，明知这事永远不会发生。她比任何人都了解麦克对于引人注意的恐惧。五十岁了，还自己觉得是个十几岁的青少年，在任何社交场合，麦克都畏畏缩缩得像是一头小鹿。

7点过5分，雷娜站到讲台上。洛恩·特雷克斯勒站在她身后一点的位置，等候着被引荐。她踮起脚尖朝着话筒说："感谢各位的到来。"她的膝盖一直在颤抖。

"大点声，亲爱的。"有个人喊道。

雷娜检查了一下话筒，发现没有打开。她把话筒打开。

"这样好点了。现在，大家能够听到么?"在房间的后面有一些人异口同声说着"不"。她靠话筒更近了一些，引起了一点嗡嗡声。"这次聚会的目的是谈一谈我们关于天然气钻井这件事的经历，谈谈积极方面和消极方面。"

在房间后面，响起一声倒彩。

"好吧，没那么多积极的方面，如果这些事有好的一面，你们估计

215

也不会在这儿了。"她要把事情搞得一团糟了，她正在把事情搞得一团糟。

洛恩·特雷克斯勒走过去帮她调节了一下话筒。"放松，"他悄声说，"他们不是别人，是你的邻居。"

这是一句说得非常恰当的话。雷娜学着医院护理员的样子，模仿着她二年级时的老师——住在镇里小山脚下的佩奇·劳斯。

"总之，你们不是来听我说话的。"她说着，更冷静了一点，"特雷克斯勒博士是一位在马塞勒斯页岩领域颇有建树的地质学家。他是斯特灵大学地理系的联合系主任，是基石水道联盟的创始人之一。他来这里是和大家谈谈，他们打算对我们的土地做什么，以及我们自己对此能够做点什么。"

雷娜在第一排落座的时候，特雷克斯勒调整着话筒。一缕头发滑落到他的额头。

洛恩·特雷克斯勒显得对于水的问题特别关注，这在一开始的时候就很明确。"水力压裂钻井对于我们的土地没好处。你们已经知道了，这对于我们的生活质量没好处，但是这件事情对于我们的水资源所做的才是真正的犯罪。我们就从这里开始说。"

他解释道，宾夕法尼亚州，水资源无处不在，有八万英里的小溪和河流。"我们有那么多水资源，以至于我们觉得这理所应当。咱们西部的同胞很关心水，因为他们必须关心——那些人在科罗拉多和怀俄明钻了个底朝天。如果你给他们的水资源添乱，人们就会发疯。"他是一位健谈的演讲者，放松、迷人。他的演讲和短跑运动员的奔跑、舞者的舞蹈一样，如精英般训练有素。他演讲，如同他生下来就是为演讲一样。

在房间后面，门被推开。"快进来，"他说，"我们才刚开始。"

人们转向迟来的谢尔比·德夫林，她正踮着脚尖蹑手蹑脚地走进来，脸一下红得厉害。"抱歉。"她做了个口型。她穿着一身商务装：高跟鞋、衬衫和夹克。其他人都穿着中性的短裤、T恤、蓝牛仔裤、法兰绒衬衫。

"欢迎，我们很高兴能见到你。有谁帮她找个座位?"

阿尔维斯·齐普勒从后面溜出去，回来时带着一张折叠椅子。

特雷克斯勒没受中断的干扰，解释着水力压裂法的过程：一百万加仑的水灌入地下，用难以想象的高压破坏着地下的岩石，那高压"足以把车喷掉漆"。

"而且——这一点也很重要——水力压裂技术使用的液体并不单单是水，是混合沙子和不管什么只要他们认为会起作用的化学物质的混合制剂。到底有什么化学成分，我们完全不知道，因为天然气公司不告诉我们。雷娜，关于这一块你有什么要说的么？"

有，当然有，这就是她组织这次聚会的全部原因。她站起身，胃里在翻转。

"我们最近遇到个事故，是在矿工医院那边的急诊室发生的。钻井工地那边有某种液体泄漏了，去急诊室的那个工人从头到脚被淋了一身。他没事，感谢上帝，但是接诊他的那名护士最后进了重症监护室。"这个故事的那些残酷的细节——斯蒂夫·穆罗尼突然的高烧、突然的痉挛——她没展开讲。她不需要这么做，所有贝克屯的人早就知道了。"我们试图找出她到底是被暴露在什么物质下，但是公司没有给我们任何信息。他们表现得就好像这事和他们完全没关系一样。"

她坐回座位。

"这个行业声称这些是商业秘密，就像是可口可乐的配方一样。"特雷克斯勒继续说，"他们说，如果他们告诉我们，他们在往土地里灌着什么有害物质的话，就会摧毁掉他们的竞争优势。当然，如果你是位急救人员，无论什么时候只要发生了意外，你一定会放下疑问先去救治这些受伤的工人。而这类意外，相信我，一直总是在发生。"

他讲了关于倒流的问题，那些不计其数的以加仑为单位的废水被巨型卡车拉到生活污水处理厂，卡车上面的标记是"生产用水"。"生活污水处理厂使用消毒剂消灭细菌。消毒剂和压裂水中的溴化物发生反应，产生三卤甲烷，而这也是知名的致癌物质。你们知道这意味着什么，对么？这些东西会让人得癌症。而且，这些东西就存在于你们的河流和小溪中。"

房间后面发出了些嘈杂的声音。

"你们觉得我在开玩笑么？几年以前，在莫农加希拉河有一次大规模的泄漏事故，那里是匹兹堡一般居民饮用水的来源地。"

"那合法么?"雷娜说。在那么一瞬间,她忘记了还有其他听众存在。她感觉洛恩·特雷克斯勒正在和她单独对话。

而且在那么一瞬间,他确实如此:"雷娜,我很高兴你这么问了。在 2005 年,国会通过了后来被称作'哈里伯顿漏洞'的规定。有人知道这个名字么?'哈里伯顿'。"他严峻地笑着。

"这个规定把水力压裂法中使用的压裂用溶液从《净水法案》中移除出去了,这是他们在玩的一个把戏。你们都曾经看过那些广告牌,对不对?'清洁的能源,为了美国的未来。'这个行业希望你们相信天然气对于环境而言,比煤炭和石油要更好。理论上,天然气确实更好。但是当你把所有那些由成百上千辆卡车运输时排放出来的废气也计算进去的话,把从天然气管道中释放出来或者说泄漏出来的甲烷都计算进去的话……"

他这么一直讲了近一个小时。最初,雷娜勤奋地记着笔记:众议院议员的名字、参议院议员的名字、法案的名字。过了一会儿,她就只是单纯地看着洛恩·特雷克斯勒,看着他松软的头发,灵动的黑色眼睛,他的手腕在牛仔衬衫的袖口里转动着。她从来没有听过一个男人说这么多话。在贝克屯,简洁是男人的美德。本地的那些男人——农民、前矿工——似乎生下来就沉默寡言,而麦克也没什么不同。雷娜总是在晚饭的时候打开收音机,听本地的来电互动节目《开放麦克风》,这么做只是为了能听到点别的声响。

从这个意义上,以及其他层面上,麦克太像是个男人了。

"有问题么?"特雷克斯勒问。立马,有十几只手伸了出来。"一次一位,每个人都有机会发言。"

抱怨众多而且描述细致,虽然大部分实际上都不是关于环境的。人们讨论着在天然气加油站那里的队伍,以及市中心紧缺的停车位置。在德雷克上校高速公路上许多没油了的大罐车,几小时几小时地阻塞着交通。小一些的卡车运送着工业用水,碾死了马斯特勒家的狗。

一个男人站起身,他是戴维斯·埃克迈耶,运营着迪奇乳业牧场。"我想知道的是,我听到的爆炸声是他们在干吗?就在鹿跑那边的某个位置,那动静快把我的奶牛吓死了。"

同样的事情也发生在月月友牧场。整整一周,挤奶作业时间安排

218

全被打乱了。麦克从谷仓回来的时候，像是个大兵一样痛骂了一通。

"那是地震测试。他们在地面上挖个洞，然后放上炸药炸一下，好搞清楚矿床在哪个位置。"特雷克斯勒指着另一只伸起来的手。雷娜记得，他是一位教师。

"我的后院看起来像是大峡谷。"阿尔维斯·齐普勒说，"他们一定是用车拉走了好几吨的泥土。我当时去约翰镇看我的女儿，回来的时候，半个后院都不见了。"

"干净利落，对么？"特雷克斯勒用力地点了点头，"而且这一切完完全全合法。如果你签了一个合同，而且没有仔细读那些小字，这些公司可能都会有权利在你的土地上修条路，或者是挖条地下管线，或者是把你池塘的水弄走，或者是在你的井里注入废水。他们甚至都不用告诉你他们正在那么做。而且，当然，他们也不会付你额外的钱。"他指着房间后面的一个人。

谢尔比·德夫林站起身。"我有一个问题。"她声音颤抖，看上去似乎随时会哭出来或昏过去。

"大点声。"一个男人的喊声穿过整间房间。

"不好意思，我有一点紧张。"她深深地吸了一口气，"刚才你谈到水的事情。自从他们开始钻井，我们家的水里就有一股怪味。我的丈夫说没事，但是我担心我的小女儿。"

"她出什么问题了？"特雷克斯勒说。

"胃，大部分是胃的问题。我以为问题是食物过敏，但是她的主治医生说不是。"谢尔比喋喋不休地讲了一大串的症状，说着熟悉的事情让她获得慰藉，明显地放松下来，"我做了各种尝试。你可以问问雷娜，医生和护士我们都见烦了。"

"鸡丁，"雷娜心想，"天要塌了。"斯蒂夫在急诊室的最后一天还就这一点嘲笑了她们。

"肠胃问题并不是典型性的情况，但是，允许我再研究一下。"特雷克斯勒在笔记本上写着，"那呼吸道有没有问题？那是我们在甲烷污染案件中经常遇到的情况。"

"她有哮喘。"谢尔比说。

特雷克斯勒脸上发光。"在哮喘和甲烷运移之间有着显著的相关

219

性。"他的热情让人有些不安。雷娜想着还在休病假的斯蒂夫，想着那个她都已经起好名字、但最终失去了的女婴。

"我就知道！"谢尔比说。

"这件事可能很有帮助，这说明钻井给人类的健康带来了风险。这类事情会引起环保局的注意。"他写了更多的东西，"会议以后来找我谈谈，我们有很多事情要做。"

在整整三个小时以后，会议暂时结束了。雷娜和特雷克斯勒站在房间前面的桌子旁，看着人群离去。

"我很抱歉耽误你到这么晚。"雷娜说，"我没想到有这么多的问题。这一大通的各种抱怨啊，还有马斯特勒家的那条狗。"

"上帝啊，那条狗的事！就像是一首填错了词的西部乡村民谣。"

"是我的问题。这些愚蠢的宣传海报，是我自找的。"

"别自责了。人们需要听到彼此的经历，这是组织任何集体行动的第一步。人们需要知道他们并不孤单。"他捏了一下她的肩膀，"你今晚做得很棒。"

他是在跟她调情么？她对于男人们是如何调情的完全没有概念。

"我真希望能够把你克隆一下，然后我就能把雷娜·科瓦尔送到宾夕法尼亚州的每一个有天然气工业的小镇上。"

当然，他是在跟她调情。雷娜感觉耳朵里有些嗡鸣声。她觉得他的手还放在自己的肩膀上。谢尔比·德夫林走了过来，这让她有些失望，但同时也松了一口气。

"今天全场表现最佳的那位女士来了。请坐。"特雷克斯勒拉过来一把椅子，"感谢您的演说。"

"我本来没打算来，但是雷娜是我的邻居。"她脸色通红，眼睛非常亮，"她早就认识奥利维亚了，所以，你知道，这让事情能够简单点。"

"她觉得怎么样了？"雷娜说，"甲氧氯普胺有帮助么？"

"很难说。"谢尔比坐在椅子里向前倾着，"每隔一段时间她就能有个舒服日子，但总是有些什么让她难受。我说不清。"

"我们需要送你家的水去检测。"特雷克斯勒从后口袋里拿出一张破旧的名片，"这些人都信得过。虽然他们的总部在匹兹堡，但是他们也许会愿意过来。如果他们不来，告诉我，然后我们再想个办法。"他在名片的后面潦草地写了个号码，"这是我的手机号。有任何问题，给我打电话。"

"我不能和雷娜联系么？"

"当然可以，如果那样更方便的话。"特雷克斯勒几乎没停下来换口气，"同时，我们需要让奥利维亚去找医生。"他在名片上写下另一个号码，"这是我在匹兹堡的朋友拉维·戈什，环境医学是他的专长。告诉他是我让你去的。"

"匹兹堡？"谢尔比看上去害怕极了，"我怎么才能带奥利维亚去匹兹堡？"

"那里又不是阿富汗。"

"我可以载你们去。"雷娜说。

"你可以么？"谢尔比的热诚，她那种特大号的感激之情，显得有些夸张而不真实，就像雷娜的提议是捐赠器官一般。

"当然。"雷娜说。

谢尔比站起身："太好了，那么，我想我得走了。理查德在照顾孩子，他可能会担心我这儿发生了什么事。"

雷娜和特雷克斯勒坐在"锹与铲"角落的卡座里。现在餐厅已经停止服务了，灯暗了下来。在他俩之间的桌子上还放着晚餐的残羹冷炙——一小牙披萨、喝了一半的扎啤。点唱机里，汉克·威廉姆斯①唱着："为什么你不管好你自己的事情呢。"汉克这个憔悴的牛仔，从来也不曾年轻，从来也不能变老，醉死在二十九岁，却从未停止歌唱，像是圣甲虫一般停留在他那早熟的中年岁月。

"这地方真棒。"特雷克斯勒看着陈列在墙上的垃圾——矿工的安全帽和不同时代的头灯，锡制午餐盒，锹与铲的实物。

"这店一直在这儿，总之，从我出生以来。我猜你在城里头找不到这类东西。"

"斯特灵是一个挺小的镇子。"

---

① 汉克·威廉姆斯（1923—1953），美国极其有影响力的乡村摇滚歌手。

"我以为你住在匹斯堡。"

"不是正式住那儿。但是不上课的时候，我会离开斯特灵。今年夏天，我基本上住在车里。"他的膝盖在桌子下面抖动。他不是那种能够安静坐着的人。"哪里需要我，我就去哪里。整个州，许多社区正在被组织起来。你今天晚上做的事情，那种发自基层的影响力，正要改变整个趋势。谢尔比·德夫林是天赐良机。环保局根本不在意我们的河流，但是即使是个白痴也不会忽视掉一个生病的孩子。"

还有其他的男人会说这么多话么？

"见到她我很惊讶，"雷娜说，"她的丈夫就是那些反复游说我们去签下合同的邻居中的一员。你打算吃这个么？"她拿起最后一牙披萨，"我们是荷兰路上最后一家钉子户。我们惹怒了很多人，而且这一点用也没有，因为他们不管怎样还是钻着井。我们被包围了，一切发生得太快。"

为什么你不管好你自己的事情呢。

"这一切不是偶然，"特雷克斯勒说，"这就是这个行业的人希望发生的。他们开钻得越快，他们不得不去防范的监督就越少。悲哀的是，环保局人手不足，而且他们现有的人手也不是那么优秀。某些我最有才华的学生也走去了黑暗面。特别是，曾经有一个姑娘——"他的声音渐渐低了下来。这么久以来，他第一次似乎找不到话好说。

"她怎么了？"雷娜说。

"上一次我听说的时候，她在当顾问。他们都在当顾问。肮脏的真实情况是，如果没有科学家的合作，根本不会有水力压裂法。他们需要地质学家告诉他们到哪里去开钻。"他推开了盘子，"说到这儿就够了，我都开始让自己难受了。跟我讲讲你的农场，你是在那里长大的么？"

"麦克是。那是他们家传了六代的农场，我不愿意成为那个把它传丢了的人。"

"麦克是你的丈夫？"

她只犹豫了一秒钟："是的。"

这个谎言她永远没法收回。然而，在那一瞬间，"丈夫"似乎是最贴切的形容词了。在英语里，没有一个词能够准确地形容对于她来说麦克的身份是什么。

"那太糟了。"特雷克斯勒露出了他那种慢慢绽放的微笑，"不好意思，我是不是大声说出来了？"

一切事物是如何在一瞬间发生改变的？

是他将手伸过桌子，轻轻地碰了一下她的手。"我让你不舒服了。"当他把手拿开时，她觉得有点遗憾。

已经有很长时间了，她都没有为男人着迷过，而这让事情变得简单多了。当时，和雷娜年纪相仿的贝克屯的男人们在物理层面毫无魅力；而且已为人母让这一切变得更困难——几乎不可能让男人为雷娜而着迷。但是洛恩·特雷克斯勒和她年龄相仿，可能更年长些，依然很英俊。他的举动就像是一个年轻的男人——靠近，急切，带着令人侧目的优雅风度。

"不好意思，我的举动就是个毛头小子。你刚才说，"又一次，他露出那种慢慢的微笑，"有什么事情和农场有关？"

很多年前，龙尼·齐默尔曼曾经问她："你一直是同性恋么？"从那时到现在，这是一个没办法回答的问题。真实情况既简单而又奇怪：她从来没有被其他任何一个女人吸引过，一点也没有，除非把麦克当作女人，可雷娜没当她是。麦克就是个男人，对于她来说是这样，对于麦克自己来说也是如此。

当卡尔文还小的时候，她试图去解释："有时候你就是遇到了那一个人。"她只有一种爱的方式。在麦克之前，她爱男人，曾经爱过弗雷德·威姆斯，用完全一样的方式爱过。

"哦对，说到农场了。经营农场有点类似高空走钢丝。"她说着，调整好自己，"我们过去曾经挺过一些艰难时刻。在 90 年代的时候，曾经有一年情况不好，发生了犊牛白痢。就不在我们吃饭的时候说这个了。"她看到他皱着眉头，便换了话题，"走有机生态道路拯救了我们。但是这次，我想不出来，如果我们的牛放养在一片天然气井场上，我们怎么可能继续保持有机生态？"

"我不会让那发生的。"

223

一阵沉默。

"是有机,还是非有机,生活都艰难,而且我们也不会再年轻回去了。"雷娜若有所思地咀嚼着。冷掉了的披萨有一点点油腻,上面的奶酪口感变得像是腊。"我是说,如果那片地块上再也没有麦基家,会发生什么?我们是最后一道防线。"

特雷克斯勒笑着说:"我以为你们农夫都有一打孩子呢。"

"我有个儿子,"雷娜说,"来自上一段感情。但是卡尔文并不适合从事农业。"这话说起来结结巴巴的。她不太习惯谈论关于卡尔文的话题,她和麦克会避开这个满是不愉快的、满是没办法说出口的真相的话题。

麦克永远不会原谅他。

雷娜永远不会停止原谅。

"他在上学么?"特雷克斯勒问。

"他退学了。"从高中,她没说完。她的脸羞愧得发热。

"没事,不是每个人都必须去上大学。"

"我没上过大学,"她承认,"而且我一直后悔这件事。护理学校和大学不是一回事。"

她说得太多了。

"卡尔文是个聪明的孩子,他喜欢读书、绘画。我希望他上大学。"念着他的名字,她似乎没办法停下来不去说。这就像是她正在进行一场通灵法会,召唤那个早期的卡尔文、那个需要她的小男孩、那个未来充满了可能的忧郁小子,召唤回来那个早已远去的卡尔文。

"他不想去?"

"不想,但是没准他是对的。即使是上了大学,这附近也没有什么事情可以给年轻人去做。不用了,谢谢你。"她用手盖住酒杯,阻止他添酒,"当我还是个孩子的时候,事情不一样。我的父亲在贝克十二区工作——一个巨大的矿井,八百份工作,工人们全参加工会。现在只有一个露天采矿场,只有兼职工作,没有福利,而且一组矿工可能也就五个人。"

因为他问了,她谈了谈卡尔文的父亲。"我在消防队庆典上遇见的他。在这儿,那就算是大事件了。我当时十六岁。他二十三岁,有身份证。我需要什么人帮我买瓶啤酒。"

特雷克斯勒笑了笑:"那就是奇迹发生的时候。"

"他是位消防志愿者,有一辆车,留着小胡子。"

"建立在什么都没有的基础之上的婚姻,不算是好的婚姻。那是什么样的车?"

"就算是当时,我也没有办法告诉你。不过他确实挺成熟。"

"还有小胡子。"特雷克斯勒说。

"看,你懂了。"

她可以和他聊上一整晚。

"然后呢?他追求你,带你去跳舞。"

"他带我去垃圾堆看他射瓶子。"

"为了给你留下个好印象。"特雷克斯勒说。

"他确实射得漂亮。"

告解的愉悦,是来自童年的记忆:在木帘后知晓一切的神父,宽恕她的一切和她做的一切。与一个陌生人面对面,雷娜讲述着一个她多年未曾提及的故事。在高中最后一个学期过半的时候,她的校服穿不下了,在她那个穿十码衣服的姐姐的旧衣柜里,她找到一件旧校服。

"我知道有个女孩也这么做过,但是她那时年纪更大一些。我没办法把这事掩饰起来,我不认为我能骗过任何人。"她换了个心情,然后重新倒了点酒,"我穿着一件孕妇装去了毕业典礼。我和母亲坐在观众席上,因为他们不允许我毕业,他们甚至都没念到我的名字。我是从邮箱里拿到毕业证书的。"

特勒克斯勒夸张地张大了嘴巴:"他们不允许你毕业?我很确定那是违法的。"

"对于公立学校而言,可能是吧。这件事是发生在七苦圣母教会学校的。"

"这学校名不副实啊。"

"他们有充分的理由。最令人难过的是,他们强迫我坐着看完整个仪式过程。我是被逼着去参加的,现在的家长不会这么忍气吞声,"她指出,"现在的家长会把事情闹个底朝天。"

"你的父母没这么做?"

"你在开玩笑么？我的母亲对此觉得十分过意不去，但是基本上，她还是站在学校那边的。因为，你知道，是我自作自受。"

"所以你就乔装打扮去了毕业典礼，"特雷克斯勒说，"穿着便衣，就像人们过去常说的。现在警察还穿便衣么？"

"你说，要是六个怀孕的女孩晃晃悠悠地走上讲台，从七苦圣母的手上接过毕业证书，那事情看上去会如何？"

"六个？"

"在一个两百人的班级里有六个。按百分比来看，人数算多得有些不好看。事实上，本来应该有八个，另外两个毕业之前就退学了。"

"是哪年的事情？"

"1975 年。"

"这么说来，你曾经有得选。"

的确如此：她可以借一笔钱，搭车去阿尔图纳，然后赶公交车去匹兹堡。她从来没有考虑过这种事。对于年轻时的她来说，流产是完完全全不可想象的事情，她的内心深处无法存有这种思想。

"我有么？我不这么认为。"

母亲永远也不会原谅她。她的母亲，在冬天大衣的领子上别着一个二十五美分大小的布艺刺绣玫瑰。一位为圣母军募资的人，在教堂的门廊处贩卖着这种玫瑰。每年 1 月，他们会租一辆大巴车，开往华盛顿，参加生命游行①。

"那，那位消防队员呢？"特雷克斯勒说，"在这个故事里，那位消防队员奇怪地没有出现啊？"

"我们本来应该结婚，但是当时事情不顺利。"

（他把她关在公寓里，直到她脸上的伤痕消失为止。）

"但是他对于有孩子感到高兴，对么？"

"当然。他喜欢吹嘘我们才第一次做爱，他就让我怀上孕了。这不是真的，但那确实是个好故事。"

现在也是个好故事。这故事经过美化，美化掉那些没说出口来的

---

① 生命游行（March for Life），每年 1 月在华盛顿开展，是以反堕胎为主要议题的游行活动。

事情：雷娜的怀孕让弗雷德莫名地生气。他强迫她用那些她不再愿意，而且可能从来就没愿意过的方式去做爱。他喜欢在公共场合乱搞——在树林里，在棒球场后台。他喜欢这样，就是因为雷娜讨厌这样。她的痛苦——她的屈辱和难受、她对于被抓住的恐惧，让他兴奋。

他强迫她说："说出来。说'我是个肮脏的小婊子'。"

雷娜说："我是个肮脏的小婊子。"

把这句话说出来像是给了他一个许可：她已经脏到没法再更肮脏了，所以，无论他对她做什么，都是她自作自受。当然，她从来没对任何人说过这事。

在她妊娠期的第二阶段，他打断了她的鼻子。

"总之，后来一切都变得挺好。"她补充道——她应该这么补充，她必须这么补充，而且从某个角度上来说，事情确实变好了。她爱卡尔文，胜过她自己的生命。她的选择并非没有私心；她选择了痛苦较少的那种方式。即使在当时，她就明白后悔将是不可避免的；但走另一条路的话，一个生命就会消失。

更多，还有更多她本可以讲述的事情。弗雷德死于二十三岁，他现在还出现在她的梦里；麦克，在当时似乎能解决这难题：雷娜需要保护，而任何强壮到能足以保护她的男人都不值得信任。麦克、雷娜，以及弗雷德。真奇妙啊，现在想来，他们当时是多么的年轻。

在她身后，酒保开始把椅子收到餐桌上。

"我想他在暗示些什么。"特雷克斯勒说。

停车场里，除了她的卡车和他的普锐斯以外，空空如也。周围充斥着夏夜的闷热，新剪过的草的芳香，下午雨后的潮湿水汽。他送她到卡车旁边，将手放在她的后背。她能感觉到他的体型、他身体的轮廓。他比麦克矮些，肩膀要窄些。雷娜的眼睛正和他下巴的位置持平。

"谢谢你这么远一路过来，"她打破着沉默，"我不知道该怎么感谢你。"

特雷克斯勒的视线越过她的肩膀："我的上帝，你看到那个了么？"

"那些是萤火虫。"这不是她希望一个成年男子会注意到的事情。很久以前，当卡尔文还小的时候，他自己跟自己玩，花了好几个小时试图去把这些虫子捉到果酱罐子里。

"我知道那是什么，只不过没见过那么多，你都能用这些去给一座小城市照明了。听，"他说，"那是水声么?"

"碳溪流经这里。"

这一切是怎么发生的，没人清楚。片刻之后，他们穿过停车场，牵着手走到森林里去。

土地有一点泥泞，雷娜一步一步走得很小心，为鞋子担着心。被微风卷起，湿润的树叶哗啦哗啦作响。几滴冰冷的雨水落到她的肩膀和脖子上。

特雷克斯勒走上一座隐藏在树木中间的废旧步行桥。下方二十英尺，在一个陡坡路堤的底部，碳溪咆哮如湍急的大河，声音回荡在道路下方的混凝土河道里。

他们站在桥的中央。夜晚的声音传来，那是蛙鸣、蟋蟀叫，以及在六号公路上孤独行驶的汽车。森林被时明时灭的光亮照得鲜活起来。

"令人大开眼界。"特雷克斯勒说，"但是，我估计你已经见怪不怪了。"

一只蚊子在她耳边嗡嗡叫着。

"是，也不是，"她说着，把蚊子赶走，"确实不再特别关注了。"她每天都沿着六号公路开着，但是从没有注意到这座步行桥。这是总生活在同一个地方的本质问题：或早或晚，一切都会变得令人熟视无睹。

天空中有光亮闪烁着，是电气设备造成的火花在远处忽隐忽现。

※※※

犯罪，恐怖主义，猎食者，天生堕向黑暗

在安利商店的北边八码，就在森林边界，警长卡尔尼切拉伏低着身子。在他的迷彩裤和迷彩外衣外，套着一个"特卫强"① 四代防卫者防弹背心和一个加载了二代单眼夜视仪的头盔瞄准器具。他的巡逻步枪斜挎在身侧。

能够在黑暗中视物，给你如同超人一般的无敌感。

安利商店的停车场灯光昏昏沉沉，一只孤零零的灯泡直朝向错误的方向亮着，照亮了后门旁边的一个巨型垃圾箱。二十码以外，有两个化肥罐，里面满满的液态氨足以制造出一座甲基苯丙胺的小山。

大罐子处在黑暗中，没有任何记号；但是那些冰毒上瘾者可没被瞒过。上周，他发现那个小一点的化肥罐上被人用胶带接上了一根黑色软管。某个人，在下午6点到午夜之间，从里面抽走了五加仑。如果他当时能够早几个小时来，可能就能逮个正着。

那些冰毒上瘾者比他想象得还要聪明。警长的方法最开始比较草

---

① 特卫强（Tyvek），杜邦公司开发的高分子无纺布材料。

率：舒舒服服地坐在车里远远地监视。现在，他会把车小心停在来的路上，停在四分之一英里以外的地方。他谨慎地变换着时间和日期；现在的家庭情况让他能够有最大的灵活性。如果他还处在婚姻中，彻夜去监视是不可能的。特丽从来也没有把他的职业当回事过。

那件防弹背心有一点紧。

至今为止，监视行动并没能帮助警长逮捕到任何一个罪犯。然而，这种利用时间的方式，还是比待在他那空拖车里盯着电视看要好得多。当拆下蝶形卫星天线时，他如此想到。没有卫星天线，他只能收到两个半电视台，所以电视不再吸引他了。午饭后，他打开收音机，边用那辆老旧的健身脚踏车锻炼，边看看产品目录。

以前只在军队内部使用的科技产品现在对执法人员，或者是任何无重大犯罪记录的美国公民开放。

他把在卫星天线上省下的钱直接投向了第二代夜视仪，这是一次对老旧设备的全面升级。那个笨重的星光夜视仪，是越战时代的产物，是克勃·克鲁格便宜卖给他的。他自己付款买了第二代，两千元从他的口袋里飞走了。镇里没有夜视仪的预算，什么东西的预算都没有。预算只将将够支付警长自己微薄的薪水，以及和下水道管理局共用的那个兼职秘书的薪水。

在大些的镇里会有执法资金。在阿勒格尼县，两个助理警官在离一个饲料商店四分之一英里远的地方逮住了一个盗贼，连同一个装满了无水物的潜水水肺罐人赃并获。这次逮捕登上了本地新闻，那个助理警官——还是个孩子，年龄只有警长一半大——被一个性感的金发记者采访。看着新闻，警长心里充满了渴望、挫折感以及决心。

警长知道，冰毒上瘾者的装备比他的要好。除了潜水水肺罐，那两个阿勒格尼的助理警官还在罪犯的车里搜出了一个警用扫描器。他们逮住的那个家伙穿着迷彩服戴着夜视仪——不是警长的那种蹩脚的二代夜视仪，而是"夜间狙击手"900型号热成像仪。

热敏技术是未来的潮流！终结你对于可见光的依赖。

那个热成像仪能够检测到躯体产生的热量——任何活着的生命，一个人或者是一只动物，会呈现为一个幽灵般的剪影、一个发着光的白色物体。有了这个"夜间狙击手"，你能够在绝对黑暗中目可见物，你可以看透雨、雪、雾、烟。显示器用不同颜色标识着不同的温度，可用于识别一件被隐藏起来的武器。900型号——"夜间狙击手"产品线里的最高级别型号——甚至可以检测到残余热量，比如一个军火商在"贝斯特韦斯特"的地下室里走过地毯时留下的痕迹；或者一个手上拿着三加仑的水壶、正犯着瘾的冰毒上瘾者快速穿过玉米地时的踪迹。

对于周围方圆一千码的范围内的所有目标而言，你就是捕食者！

去年春天，在匹兹堡的一次枪械展览上，他曾经亲手用过一次那玩意。经销商带他去了酒店地下室的一间漆黑屋子里，就在夜视仪展览区的旁边。戴着"夜间狙击手"，在一片黑暗里，目标的脸部轮廓在一百码以外的地方依然清晰可辨。躯体散发热量时细微的差异被看得很清楚。无论目标是正在出汗，或者是正在发烧，或者是吸食了甲基苯丙胺，"夜间狙击手"都能够辨别。

一件"夜间狙击手"武器部件要花上一万五千美元，是警长年薪的一半。

他埋伏以待夜晚。雨几个小时以前就停了，但是地面还是很湿润。即使是在下面铺好了军用毛毯，他的屁股还是能感觉到潮气，他的腿冻得发麻。

在监视过程中，他神游物外。

警长想象着他在另一个时代、另一个国家——在越战年代里去密林深处为美国而战，就像他那个年长的大哥曾经做过的那样。

他想象自己活在旧日时光里，想象所有舒心的事情：那座付清贷款的错层住宅，那个两车位的车库，那张特丽讨厌的水床——当她把他赶出家门的时候，她却拒绝把它给他。他曾经在被赶出家门的几天后开车路过那栋住宅。周四的早上是垃圾回收日，他的水床泄了气一般瘪趴趴地放在路边。

毫无疑问，那时是他的低谷。他被赶出家门，拿着还没签上字的离婚协议书，特丽通过短信和电子邮件絮絮叨叨。他的妻子已经开始拥抱 21 世纪了，这是个絮絮叨叨的新纪元。他们整个的婚后生活都处在她源源不断的指令之下：去吃什么，穿什么，他空闲时间该干点什么。她安排这安排那，要他永无休止地围着房子打转。这就是他生活的真实情况，像是活在气象预报之下。直到，突然间絮絮叨叨消失了。安静让人困惑，像是开车上了一座小山，完全收不到电台信号了。一个讨人厌的电台，谈话节目的主持人让你烦得要死，但至少你的脑子被占据着。你咒骂着收音机里的声音，便不用再去考虑这无休止的高速公路，意识不到心灵破碎后的空白。

　　他现在还是对吃什么、穿什么难以抉择。

　　他应该拿走那个水床。

　　现在，在各种意义上，情况正在好转。一年以前，他把赚来的每一分钱都直接交给了宾夕法尼亚州州立大学，结果就是他的儿子因成绩不好从机械工程专业退学，然后是从工商管理专业退学，最后是从大学退学。现在，退学终于结束了，贾森在"赛百味"三明治店里做三明治。尽管报酬不丰厚，但至少是份工作，不用再花他的钱了。

　　所以，警长口袋里总算有了一点点钱。他有了自己要去盯梢的疑犯活动区。他和兼职秘书做了两次，就是那个和下水道管理局共用的秘书。

　　她是个可爱的女人，心地善良。"你和特丽之间，"她有一次问他，"发生什么了？都过了二十多年了，能发生什么不好的事情？"

　　"她厌倦婚姻了，就是这样。"警长解释道。

　　同时还发生了一件事：特丽减了一百磅，过程太漫长了，以至于他都没有意识到。多年以来，她一直尝试各种饮食减肥法，但是没有一次能坚持住。而这一次，她在地下室里跟着健身视频锻炼，用量杯来限定谷类食物。她每周去——现在可能还一直去——超重女士减肥会。在那里，她会上秤称体重，如果增重了就会被奚落；如果减重，就会被赞扬。

　　整整一百磅。警长没向那个兼职秘书，那个稍微超重的秘书提到过这件事。尽管她没有特丽最胖的时候那么胖，但她可比现在的特丽要胖上不少。

事实是，她的体重从来没有让他烦恼过。一起生活上一段时间，他就简单地对此视而不见了，就像是他听而不闻她的絮絮叨叨一样。真正重要的是，当他晚上回家的时候，她就在家。

　　他闭上了眼睛，时间过了那么一会儿，似乎就那么一会儿。当他醒过来时，有点忘了身之所在。他紧紧地裹着军用毛毯，浑身出汗，冷极了。防弹背心正阻碍着他的呼吸。远处传来一个奇异的声音，是猫头鹰那嘹亮的叫声。扫了一眼手表，他震惊地发现已经过去两个小时了。

　　带着一种不祥的预感，他朝罐子走过去。泥地上留着新鲜的脚印，草被踩倒了。他猛地停下来。

　　化肥罐被人用黑色的绝缘胶带修理过了。

8

　　杰丝牧师喷了香水，谢尔比走进房门就闻见了。那种人工合成的花香让她的眼睛发痒，但是她没吱声。尽管她很想，但是不能因为牧师在自己的屋子里喷了香水就直接出声指责。

　　"不好意思，这儿太乱了，"牧师说，"我没想到你7点之前就来。"

　　事实上，屋子里不乱。除了摆在咖啡桌上的两个空红酒杯，她在这儿没看到什么别的东西。

　　"哦，是我早了，不好意思。"谢尔比说道，尽管她并不感到抱歉。她是故意来早的，希望能够多谈十五分钟。时间总是过得飞快，而且这一周又有特别多的事情，她怕时间来不及。

　　她们下楼去到教会办公室。谢尔比坐在老位子上，她马上注意到，牧师的手机刚好在她俩之间。

　　"我想为上周的事情道歉，"杰丝牧师说，"我讨厌在最后一分钟取消会面，但是突然有点急事。"

　　"什么?"谢尔比说。

　　"你说什么?"

　　"什么急事?"

　　杰丝牧师似乎有点慌乱："我有一个——事前有个别的约定。这事我当时完全没想起来。"

谢尔比每周在同一时间都有预约，她完全不明白牧师怎么会让这种事发生。"没关系，"她宽容地说，尽管她没宽容过，"总之，你不会相信发生了什么事情。我去了聚会。尽管几乎在最后一刻就要退缩，但是我去了。"

"聚会？"杰丝牧师重复道。

她怎么可能不记得这件事？

"在图书馆，你知道的，关于天然气钻井那事。我把一切都告诉他们了，噪音和水。理查德不相信我，但是水里有股可怕的味道。"

要去描述一种气味不是这么一件简单的事情。谢尔比有过类似的经验，但是她试着去描述了。

"而且，他们相信我！他们认为肯定是我们的水被污染了。"

"肯定？我不太明白，你不需要把水送去检测吗？"

"我正要讲到那部分。"被人催着说话让她心烦。这么多年以来第一次——自从布雷登的手术以来——有一些重大事件发生在她身上了。谢尔比希望能够好好品味这个故事，品味其中的曲折、转变和令人想不到的情节发展。这个要求太过分了么？

"特雷克斯勒博士，那个科学家，让我给匹兹堡的那个实验室打电话。我打了。但是他们说没办法开车这么远来这边，所以我给另外一家实验室打电话，而且——"

又一次，牧师打断她："对于这件事，理查德说了什么没有？"

她对于这个问题一点也不感兴趣。

"还没告诉他，我在等测试的结果出来。这样，他就不得不相信我了。"

"你确定这是个好主意么？"杰丝牧师坐在椅子上，身体前倾，"谢尔比，我很高兴能够一直和你会面，但是我觉得如果能让理查德加入进来，会更有帮助。"

这可算得上是一个合情合理的建议，如果谢尔比是和别的什么人结婚的话。

"如果照顾孩子是问题所在的话，也许有谁能够在那里陪他们待上几个小时。"

"一个保姆么？"谢尔比觉得脸发烫。这和理查德说的一模一样："他们不需要你每一分每一秒都待在他们身边。"每个月，或者每两个月，他就唠叨让她找一个工作。他完全不懂她现在已经有了一份工作，那就是照顾一个生病了的孩子，这可是份世界上最困难的工作。

"一个朋友，或者亲戚，"牧师把这事说得好像很轻而易举一样，"你的母亲住在镇上，不是么？难道她不能照顾布雷登和奥利维亚一两个小时么？"

谢尔比思考着该怎么回答。对于她而言，她的母亲是那种值得牺牲一切去避开的对象。而且她十分确定，是罗克珊从她的钱包里偷走了二十美元。

"她太忙了，而且我不放心把奥利维亚交给其他人。"

"奥利维亚觉得怎么样了？药物治疗有帮助么？"

"我猜有一点，但是那没有解决根本问题。还记得我认为这事是因为食物过敏么？因为奶制品和玉米。现在我知道了，她的病是从我们的饮用水里得来的。在聚会上——"

牧师的手机响了，在桌子上嗡嗡震动着就像是一只小虫子。

"很抱歉，"她表情丰富地说着，"我这就把它关了。"她伸手够向手机，然后把铃声关上，虽然还是偷偷看了一眼屏幕，"所以——水，你确定是这个原因？你们的医生怎么说？"

"对了，正要说到这儿。奥利维亚需要去看一名专家。在匹兹堡有一个医生，对这些事情全都有所了解，但是我一直没办法预约上，只能约在 8 月 28 日。我在想也许你能跟我们一起去，给我点精神支持。"

"去匹兹堡？"牧师看起来很惊讶，"呃，当然，如果时间安排允许的话。"

"8 月 28 日。"她重复道。如果她是杰丝牧师的话，会用笔记下日期，"你怎么会从来没有过孩子？"

杰丝牧师看上去被这个问题吓了一跳。

"我们后来有这个打算。不知为什么，时机总是不对，有太多其他的事情要做了。"

"比如？"

这让谢尔比觉得——不是第一次了——杰丝牧师有些自私。

"建立教堂组织会众，大部分是这事。那时候，我们抽空努力去尝试，但韦斯感觉不是太好。几个月以后，他的诊断就下来了。"

"努力"，谢尔比想着，脸烫得厉害。

"我不是故意让你心烦，"牧师说，"我知道你和韦斯过去很亲近。"

谢尔比扫视了一下房间，这里曾经是他的病房。在他死后，杰丝牧师重新装修了，移除了每一处痕迹。

谢尔比说："韦斯牧师一定可以成为一位伟大的父亲。"

一阵沉默。

"你也一样，"她飞快地补充，"成为一位伟大的母亲。"

"谢谢你。"杰丝牧师笑得勉强，"好了，谈我谈得够多了。这次会面是关于你的，谢尔比。"

谢尔比想，是的，是我的。

杰丝目送那辆小客车开走远去。在车后挡风玻璃上有一个钻石形状的塑料标志：车上有婴儿。那是奥利维亚婴儿时期的"遗迹"，现在几乎看不清了，上面的字迹已经被太阳晒得褪了色。

"韦斯，我该怎么对待她呢？"

他们的婚姻是一场还未终结的谈话，只有一方在不停地说着。杰丝向韦斯诉说，如同其他人向上帝诉说，这是她自己的祷告方式。

她在厨房倒了一杯红酒，觉得"聆听"这份工作让自己累得筋疲力尽。两年的心理辅导，谢尔比独白的内容几乎没怎么变：她的恐惧、焦虑和挫折，她持久的、固执的欲望。谢尔比需要一个朋友、一个母亲，她的孩子们需要一个保姆，而她自己可能也需要一个。一位离婚律师可能会派上用场，再来上一位精神病医生也不会有什么坏处。尽管杰丝尽了自己最大的努力，但是她并不能成为以上这些角色。

"她到底想从我这儿得到什么？有什么是我没做到的？"

如果韦斯在这里的话，他一定知道这些问题的答案。谢尔比曾经是他的信徒，是被他救回来的迷途羔羊——通过青年组，通过在教会办公室里的课后辅导。夏天，则是在假期圣经学校，谢尔比的培训费用是牧师自己掏钱付的。

"她有母亲。"杰丝曾提醒他。

237

"我见过那位母亲。相信我，"韦斯说，"我们是她唯一的依靠。"

她相信他。如果他是别的男人，她可能会质疑他的动机、他那对于盲目敬爱他的迷失少女的积极兴趣。但是他是无可挑剔的韦斯利，他动机的纯洁性无可置疑。

他从没有失去过耐心，这一点赢得了谢尔比长久的感恩，以及近乎宗教信仰一般的狂热忠诚。谢尔比是他虔诚的信徒，是他记忆的守护者。每个月，她都会在他的坟墓旁放上鲜花，并想方设法地提醒杰丝，而这一切本不该那么恼人。

这是一个未完成的项目，就像她丈夫的其他项目一样，是未完成的人生使命。

谢尔比从来没错过一次心理咨询，即使是在她没有任何事情可以说的时候。在这种时候，就像是电视上深度新闻报道的主持人，她会用一个充满人情味的故事填满那一个小时——一个陌生人的悲剧，越离奇越好。佛罗里达州的那个孕妇昏迷不醒，那对连体双胞胎共用心脏。谢尔比对这些陌生人的道德困境保持着浓厚的兴趣。（如果分离那对双胞胎，其中一个会立刻死亡。如果不，两人的生存几率是一半对一半。她会问："杰丝牧师，你会怎么做？"）

也许她内心有这种想法，隐含着这样的批判态度：她不是韦斯牧师，她永远成为不了配得上他的那种妻子。谢尔比别有深意地看着她，如同猜到了一个秘密：韦斯和杰丝曾经因为她而争论过；而且他们的婚姻并不完美。杰丝——结婚时太年轻，而男孩太爱她——在某些时候会希望能有另外一种爱情。

那是种年轻婚姻里的亲密无间。他们的第一间公寓只有两间狭窄的小房间，在相框商店楼上，有丑陋的壁纸和一台噪音很大的冰箱，暖气片响得厉害，但一直是冷的。这位贫穷的神学院学生和他的妻子用浴缸洗衣服，因为去自助洗衣店洗要花上一美元。他们一起洗澡，因为他们能这么做。他们吃饭时紧靠在一起，用一个盘子。她永远也不会和任何人那样亲近了。

如果那对双胞胎被分离，哪一个得到那颗心脏？

韦斯利曾经是他母亲的生活重心。至于杰丝，除了韦斯利，她再没有更多渴求。从各方面而言，他们的婚姻都是排他的。和她姐姐打一小时的电话，就是把她从他身边偷走了一小时。很明显，他是独生子。

他们的体型一模一样——一个高挑的女人，一个矮小的男人，他们互换着穿牛仔裤和毛衣。他们在热恋期间的大部分时光里都是处子。他们等了整整两年，是人类能够等待的最长期限。之后，因为基督教学校有所要求，他们继续装模作样地保持分居模式，但是每个晚上都会去杰丝的单人床上相聚，像小狗般相互缠抱着彼此。他们在童年时期就坠入爱河，而且在某种程度上，他们依然还是儿童。洗澡的时候，他们一起歌唱，他的声音很漂亮。

他是独生子。当然，杰丝也认识别的独生子——性情乏味的独生子。但是，身为独子，对于韦斯来说影响颇深。他是众多孩子中的"唯一"，是她认识的人中独一无二的孩子。

一对夫妻可以睡在同一张床上，想睡多久就睡多久，只要没人想分开。

而在某个时刻，你不得不分开。

在某个时候，你想要自己的餐盘。

杰丝觉得有时候谢尔比在故意挑衅她、刺激她、让她失去耐心，像是这样就可以证明什么一样。

她从口袋里掏出手机，听留言。"我马上弄完那些文案工作了，9点钟到你那里。"赫兹的声音低沉而富有共鸣感。他和她的丈夫没半点相像的地方，对于杰丝来说，这一点就是他的魅力所在。

她生日的时候，他送了她女士内衣，那是韦斯会觉得很难为情的事情。

"妈妈不让我吃。"奥利维亚说。

理查德停下手里的中号勺子。此前，他停车去贝克屯大食品店买了一夸脱①巧克力碎屑冰激凌，那是孩子们的最爱。DVD机里正在播放着一部《蝙蝠侠》电影。每个周四的晚上，当谢尔比去咨询的时候，他总是采取同样的策略：周复一周，同样的电影，同样的冰激凌。

---

① 1 夸脱约合 0.95 升。

239

他对于孩子们自始至终的热情、他们口味的千篇一律、他们对于无聊的免疫力，都抱着极大的感恩之情。

"上回我得病了。"奥利维亚说。

"那次只不过是有点胃部不舒服。你可以吃，我说了算。"理查德给她碗里添上一点，"别告诉妈妈。"

天几乎全暗了，布雷登和奥利维亚正坐在电视机前，手里端着冰激凌。他听到路上的石子被压得嘎吱作响，从厨房的窗户向外望，一辆卡车挂着空挡停在私家车道上，那是一辆破旧的福特150，和他开的那辆同款。

他走出去从平层露台绕到前面。坐在方向盘后面的是他的邻居雷娜·科瓦尔。

"你好呀，理查德，最近如何？"她透过窗户朝外面喊着，就像他们是老朋友一样。在他的记忆里，做了九年的邻居，他们从来没有正经交谈过。他们是点头之交。那一次他和卡尔·纽格鲍尔一起去月月友牧场的时候，她就没出现。

她关掉引擎，下了车。一个小不点，大概有五英尺高，他从来没意识到她这么矮。她是不是在屁股底下垫着一本电话簿，好看到车头前面的路？

"雷娜，我能帮你做点什么？"

"谢尔比在么？"她是个挺漂亮的女人，有着鬈曲的头发，穿着褪色的牛仔裤和磨损褪色了的靴子。她的年纪比理查德大一些，但看起来更年轻，也许是因为雀斑，也许是因为那种小个子的人都有的奇怪的年轻感。

他从别的什么地方听说过她。

"不在，她有个预约。"不知为什么，他没办法说服自己说出"心理咨询"几个字。

"哦，好的。我在想她有没有从那个实验室得到个好结果。她找的第一家——"

"那个什么？"

"那个实验室，检测水质的那个。她没跟你说。"这不是一个疑问句。雷娜能够从他脸上的表情很明显地看出来，他对于这件事毫无概念。"在聚会上,她说——"

"什么聚会?什么时候?"

一阵尴尬的沉默。

"我们办了一场社区聚会,周二晚上在图书馆。"雷娜说,"关于钻井的。她没跟你说么?"

"哦,那个。"理查德脸色不好看。谢尔比告诉他,她去的是《圣经》研习会。

透过薄薄的墙壁,他能听到《蝙蝠侠》的配乐,有着令人厌烦的熟悉感。他讨厌这段音乐,但是发现自己会在一些奇怪的时候不由自主地哼哼它。这部《蝙蝠侠》的配乐甚至会出现在他的梦里。

"总之,"雷娜说,"她讲了讲你家的水,和——"

"我家的水怎么了?"他听见了自己语气中的不善。

"她说里面有奇怪的味道,一种化学味道。阿尔维斯·齐普勒面临同样的问题。我做了些调查,而且——"

"我家的水很好,"他的声音从牙缝里挤出来,"谢尔比只不过是有点神经质。换作我就不会在意她。"

又是一阵沉默。

雷娜问:"奥利维亚怎么样了?"

那部《蝙蝠侠》的配乐声音大了起来。

"她很好。"

又是一阵沉默。

"她刚才胃有一点不舒服,但是没大事。你知道的,孩子嘛。"终于,他反应过来了,"等下,你觉得是我家的水让奥利维亚生病的?"

雷娜总算解释了她来拜访的原因。他听着,但一点也不信。

"让我把话挑明了,"他刻意维持着平静的语气,"你在试图阻止钻井这事。"他能够清晰地感觉到血压在升高。从各个方面来说,他觉着自己似乎是在和弟弟讲话:对方那种道貌岸然的语气,语气中那种理所当然的臆断;认为其他人都不知道什么东西对他们才是有益的,而且必须如同对待小孩子那样,要保护他们免受其渴望着的东西的伤害。

"雷娜,你脑子不清楚了吗?这个镇正在死亡。钻井这件事是三十年以来,我们第一次看见的曙光。"

"然后呢，钻井就会拯救我们所有人？这事把我的生意弄垮了。"

"我没听见其他任何人抱怨过。"

"没有任何其他任何人在做有机农业。你试试做有机农业，试试当你的牛在成片的天然气井上吃草的时候卖有机牛奶。很快，我们就会连想摆脱钻井这事都没办法做到。"

《蝙蝠侠》的配乐进入最高潮，声音劈头盖脸冲来，如同水刑，不过是好莱坞的版本。

"我一点也不了解这些事，"他承认，"但是没人逼你那么做，不是么？没人逼你做有机农业。"这个词从他嘴里说出来，显得有些尴尬，"那是你自己选的。"

后院传来一声磨削东西的噪音。雷娜捂住了耳朵："我的上帝。他们就没停过，是不是？"

磨削东西的声音被一阵机器的尖锐轰鸣声压了下去。

"你看，雷娜，我明白的。"他不得不大声喊，才能让人听见，"你认为我喜欢听这噪音么？几周了，我都没睡过一次好觉。如果大家想要聚在一起发些牢骚，请你们自便，但别把我的孩子牵扯进去。我家的水没有问题，奥利维亚也没问题。"

那阵尖锐的轰鸣震得他手脚直颤。

"听着，我知道这事有不好的地方。当我从厨房的窗户向外看，我会想，他们到底在我的土地上搞什么鬼？"他从来没有向别的人坦白过这件事，"但是我在试图保持耐心。钻井也带来了很多好的事情，看看周围，雷娜，半个镇的人都没工作了。"

"请你告诉我一个在钻井架上工作的本地人的名字。那些工人全都来自得克萨斯或者别的什么地方。"

（那些在贸易酒吧喝得酩酊大醉的糙汉，那些停满停车场的外州车牌。）

"好吧，也许情况确实如此。"他承认，"但是公路上的那些大卡车又怎么说？总得有什么人开车不是？如果我需要份工作，我会去给自己弄一份商业运输许可证。这个镇子上有些人就是懒得要命而已。"他补充道，心里想到了尼克·布里克和鲍比·马斯特勒，"如果找不到工作，也许这事要赖自己。"

突然，噪音停止了。随之而来的沉默不知怎的让人有些不舒服。他们盯着对方，眼神闪烁。

当理查德目送她开车远去的时候，他想起了煤矿井架。

那座老旧的煤矿井架，还没回填。在满是煤渣的坑坑洼洼得如同月球表面的地上，散落着森林、湖泊和生锈的轨道。青少年们在一座废旧的铁路桥梁聚会，他们留下一地的涂鸦痕迹、喝空了的啤酒罐和抽剩下的烟头。

他记得，在一个夏日傍晚，接近黄昏的时候，他和鲍比·马斯特勒一起骑着车，在他们自己用从工地搬过来的木板和大块煤渣做成的自行车斜坡上，上下飞驰。理查德躲到树林里去撒尿，看到铁路桥梁那边有什么在动，发出一片白花花的光。他那时候九岁大，在最开始并不理解看到的是什么。一个光着膀子的男人跪在地上，在他身下的是一个衣衫不整的姑娘。他掐着她的喉咙。

那年冬天，理查德和爸爸一起去打猎，打到了他人生中的第一头猎物。那个姑娘如同他十字准心下的雌鹿。她的脚有些脏，手臂和大腿雪白。当看到他时，她把头猛地摆向了一边。然后他明白了，她那时在告诉他"快跑"。他跑了。

那个姑娘的喉咙被掐着。那一天，他不能肯定自己见证的是什么：是淫荡的男人正在努力做爱，还是一次正在进行着的性侵犯？他老是在想，如果她想的话，她是能走掉的。

（她的脚有些脏，好像她已经尝试过了逃走。）

他没有告诉鲍比他看到了什么。他谁都没有告诉。两个骑车回了家的男孩满身灰尘，在铁路轨道沿途的煤渣子路上弄得一身黝黑。许久之前，他们只不过是两个坐在自行车上的熊孩子。

天已经快黑了，谢尔比刚到家。可以想见，屋子里一片狼藉：留待她清洗的油腻的盘子，堆在洗碗槽里的碗和勺子。老实说，怎么会这样？两个小时以前，她离去时屋子里井井有条。现在，到处都是杂物：垃圾信件的碎片、玩具和乱扔在地板上的儿童鞋子。对于谢尔比来说，她一天大多数的时候都在忙于把各种东西放回原处——把娃娃放到玩具柜里，把剪刀收到厨房抽屉里。屋子里杂乱无章的程度完全称得上是高深莫测。她想着杰丝牧师那干净整洁的屋子，那两个放在咖啡桌上的空玻璃杯。没有孩子是避开杂乱生活的通行证。

在客厅里，布雷登和奥利维亚躺在电视机前的地板上。

"你们不该在这么暗的环境里看电视。"她说着打开了灯，"对眼睛不好。爸爸在哪里呢？"

"地下室。"布雷登说。

她在那个老旧的沙发上找到了正趴在上面盯着笔记本电脑看的理查德。

"你去哪了？"他说。

"你说我每周四去哪？"

"那是个好问题，谢尔比。我以为你去了心理咨询，同样，我也以为你周二去参加《圣经》研习会了。"他终于把头从电脑屏幕前抬了起来，"你的闺蜜雷娜·科瓦尔过来看你，她想知道你和实验室搞得怎么样了。"

谢尔比觉得马上就要晕倒了。

"我正要跟你说这件事。我知道你会生气的。"雷娜跟他说了多少？她坐在满是灰尘的沙发上，捂着自己的胃，"我觉得不舒服。"

"我当然生气了，现在整个镇子都认为咱们家的水有问题。"

"咱们家的水就是有问题。"

"你，"他一字一句地说，"绝对是发疯了。"

"哦，是么？"她说，"他们不这么认为，他们说这事经常发生。"

"谁说的？"

"特雷克斯勒博士在聚会上说的，他是个科学家。在西部有些人能够点燃自家的自来水，你知道这件事么？"

"如果要是再有一个人跟我在这件事上矫情，我就当他的面把墙拆了。"

"这是真的。"沙发让她的眼睛直发痒。

"那把水送去检测是怎么回事？"

雷娜全都跟他说了。

"他们今天早上过来了。"谢尔比心脏剧烈跳动，"从匹兹堡来。我们几周以内就能得到结果了。"

"我的天啊。"

她从来没有看见过理查德露出这种神色过，他看上去都快突发心脏病了。"冷静点，"她说，"你吓坏我了。"

"我不想冷静。你在耍你自己，耍我们俩。你对他们说奥利维亚怎么了？"

"和我一直跟你讲的事一样，和我每天都在讲的事一样。"谢尔比快哭了，"理查德，她不会感觉好点了，有些问题很严重。"

"斯图斯克医生不是这么说的。"

"斯图斯克医生什么也不懂。她需要看一位专家。"现在，也没什么好再担心的，她已经找到机会告诉他一切了，"匹兹堡有个专家，环境医学方面的。我已经预约了。"

"让我猜猜，又是一个需要我交钱的什么玩意？"

"哦，不是。"谢尔比很快地说，"他们那儿可以使用蓝十字保险。"这可是个弥天大谎。事实上，谢尔比完全拿不准保险公司会不会付这笔问诊费。这是另一个她忘记询问的问题。

贸易酒吧的打烊时间到了。吉雅擦着吧台，达伦拖着地板。在里屋，他往一个桶里倒着热水和松树牌消毒水。在水槽上方的墙上，有他哥哥贴的指示说明，简单直白，没有具体描述，全是大写字母："打烊：1. 打扫厨房。2. 拖地板。3. 清空洗碗机。4. 倒垃圾。"这和理查德生活中的说话方式差不多。

他把桶拿出去。"拖地板。"他模仿理查德的口气对吉雅说。

"擦吧台，"她也这么回答道，"你哥哥就是个混球。"

达伦保持沉默。在这场合还能说什么？其实理查德还是挺通情达理的，只要你一直按照他说的做。

吉雅飞快地擦着吧台。"你觉得谢尔比为什么要去心理咨询？我告诉你为什么，因为她的丈夫就是个混球。"

"等下，什么？在贝克屯有心理医师？"

"在她去的那个教堂有。我不知道这事算得上好事不，但至少她能够从孩子身边离开，休息一下。那是她唯一能够离开那间屋子的时候。"

"老爸过生日的时候我过去了，"他说着，享受着八卦，"感觉他俩

245

之间绝对出了什么婚姻状况。谢尔比有一点——神经质。"

"她就是个小疯子。"吉雅擦完了，然后把抹布冲洗干净，"我觉得她可能是厌食症患者，或者另外那个什么症，就是老是吐的那个。"

"暴食症？"

"那个姑娘吃起来像个伐木工人，但她身上从来不长一盎司肥肉。"

"你才是该被说的那个，过去你身上肉还多一点。"他说着，捏捏她的手臂。她黝黑的皮肤出人意料地温暖，似乎皮下藏着太阳。

"那是婴儿肥，别提醒我这个。"

"说真的，谢尔比是暴食症患者？为什么你会这么认为？"

"下次你再去她家的时候，朝药箱里面看看。"

"看什么？"没等他问完，吉雅已经走到厨房里消失不见了。

当她回来的时候，他们一起把冰档碎渣倒到洗碗槽里。"还记得瑞杜拉斯基先生么？"达伦问，"我有天碰到他了，在图书馆。"

"那个王八蛋？"

"他是个好人。"

吉雅不屑地说："对于聪明的人来说，也许是吧。"

"你聪明啊。"达伦说。

"你知道我是什么意思。"

他把热水打开，冰融化时发出一连串悦耳的噼啪声。"那个偶遇真是特别尴尬，我都不知道怎么和人说这事。"

"什么事？"

"我荒废了我的潜力，彻底辜负了别人对于我的期望。我们没谈太久。"他飞快地说，意识到自己讲得太多了，"他还有更重要的事情去做，他女儿那天要结婚。"

"莉亚？她不是你曾经的女朋友么？"

"哦，不是，我不会那么说。我们是朋友。"

"你真是太不会撒谎了。"

"她喜欢我，"他承认，"我对她没真的上心。"

吉雅叫了起来："你睡了她。"

"啊，"达伦的脸正在发热。他最近在老爸的地下室里找到了自己的高中同学录，里面覆满了用连笔草书写下的热情洋溢的祝福，祝福

246

来自那些他没睡过的女孩。"永远是朋友！达伦，你是最酷的。祝大学过得开心！"他至今仍然不能理解，为什么莉亚会是那个例外。在高中毕业典礼上，他们两个都还是处子。尽管他们在瑞杜拉斯基家的地下室里试图来一次亲密接触，但是被她年幼的弟弟尴尬地在最后一刻打断了。

当然，吉雅没在他的高中同学录上签字。他当时没敢管她要。

"我是有点混蛋，"他承认，"莉亚人超级好，我母亲很爱她。"他母亲从来没有喜欢过吉雅，她很小心，不去把这种想法说出来。当吉雅开着罗科的灵车去他家的时候，开着的车窗里传出重金属音乐声和香烟的味道。萨莉仅仅温和地评判一下："她看上去像是个野丫头。"她似乎明白吉雅将会伤透达伦的心，或者也许已经伤透了。

"你觉得我父亲还好么？"他问，"他看上去特别孤独。"这句话说得有些言不由衷。如果不是达伦特意提到，没人会觉得迪克看上去有哪里不对劲儿。他真正想说的是："我们都很孤独。"唯一不一样的就是年龄。达伦的年轻让他能够有些特别的幻想，隐隐幻想着生活可能还会有所改变。

"啊，迪克还好。"吉雅说，"现在，他有你在身边随便使唤了。"

"我也这么觉得。"他父亲的幸福取决于他是否能够陪伴在侧，这种想法让达伦有点焦虑，"但是，你知道，我没办法永远住下去。"

"为什么不能？"

他说这件事有点违反自然规律，像他这个年纪的人——即使是暂时的——不该还和年老的父亲住在一起。他停下来，想起这对于吉雅而言是挺自然的事情。除了她和史蒂夫·尤尔科维奇短暂的早婚生涯——被她称为"我这辈子最糟心的五分钟"——以外，她一直似乎很开心地和她的鳏居父亲住在一起。罗科·伯纳德比迪克还要老，他的身体健康肯定有问题。到底他需要什么程度的照料，达伦不清楚。

"你从来没有想过搬出去住么？"当他们一起清理洗碗机时，他问。

"然后每月为一个狗窝付上一千美元？"

"在贝克屯？"这个数额几乎是不可能的，他在巴尔的摩付的租金也不过比这多上一点点而已。

"租金价格早就失去控制了，这些天然气家伙有的是钱。"吉雅把那根已经亮得反光了的"钢铁城"出酒口擦得格外锃亮,"记得我那老地方么?那个美发沙龙上面的垃圾堆。"

"灶台坏了的那间。"他对于吉雅婚姻的唯一记忆是:他在她家厨房里抽得飘飘然,用来点着烟卷的是她家唯一一个还能用的天然气灶眼。当时,史蒂夫,那个长途卡车司机还正在路上运着货。

吉雅尖声道:"上帝,还记得我头发烧着的事情么?"

那件事可能是他这辈子最鲜活的记忆了:吉雅朝天然气灶台靠过去,突然间灶台迸窜出火苗并发出的一声噪音,那声音和打开一罐羽毛球时发出的声响一模一样。

"不好意思,忘了,"他说,"我想不起来了。"

吉雅边笑着边高声道:"我都不知道当时到底发生什么事情了。我搞不明白,为什么你要拿着一本杂志使劲往我头上拍?"

"我得帮你灭火。"

吉雅无声地大笑着。

"你头发上有半罐'纯粹之水'摩丝,你当时就跟个燃烧瓶似的,真可能要了我们的命。"

吉雅擦了擦眼里的泪水。她是他唯一认识的会真的笑到哭的人。"哦,天啊,那个糟糕的地方。我很清楚,从我和史蒂夫当时住在那里开始算,到现在为止那地方还没装修粉刷过一次。我和史蒂夫当时只花了四百,现在房租到了一千二。疯了,是不是?"

"难以置信。"大多数的晚上,吉雅收到的小费都是他的两倍,原因很明显(她快速的反应,以及那条牛仔短裙)。但即使是拿着钻井工人们的慷慨小费,和偶尔从沃利·费特森那里得来的二十美元,一千一个月都已经远远超出她的接受范围了。

"总之,我喜欢和罗科住在一起。如果我妈妈还在世的话,那就是另一种情况了。不过要是没我在他身边,那老家伙会很失落。你知道他现在每天早上还给我做烤吐司和咖啡么?"吉雅把毛巾挂起来,"在那儿我能得到我需要的所有东西,为什么还要搬出去呢?"

"但是这不会让有些事变得麻烦么?"这是他一直想要询问的那个问题,"比如约会之类的。"

"'约会'?"她笑着说,"还'之类的'?达伦,你真是个娘们儿。"

他觉得自己的脸热得像是被焊枪喷过了一样。吉雅推了他一把："我就是跟你闹着玩。大部分人都有他们自己的地方，而如果没有的话，总会有办法。"

"跟我讲讲有什么办法"，他本可以这么说，如果他不是达伦·德夫林，如果他们不是达伦和吉雅，而是其他人的话。

他把垃圾打包，拿出去扔到垃圾集中箱里。当他回来的时候，她正站在通向储物间的过道上。在她身后是迪克用来钉没收的假身份证的布告板。

"过来这里。"她说。

吻，深刻的，深入的，深究的。他靠着门框，拥她入怀，想着：我在吻着吉雅·伯纳德。他的身体不知怎么觉得很熟悉，也许不是因为什么别的原因，更可能是因为他想这事想得太久了。

"我必须那么做"，她后来告诉他，"如果我当时等你的话，我们俩只能一起在撒克逊庄园吃果冻了。"

这，当然是千真万确的。

※※※

　　根据迪克·德夫林的说法，世上有两种工作：一种是你做之前要洗澡的，一种是你做之后要洗澡的。他的年长的儿子总是做第二种工作——修屋顶、入伍当兵、给矿工医院送氧气罐。现在，和鹿跑的工作比，这些看起来都是些干净工作。相比以往，理查德从来没有这么期盼过工作之后的沐浴，期盼用他能忍受的最高温度的热水洗掉一身的监狱味。

　　屋子外面，钻井的噪音突然暂停，这是一个小小的奇迹。他全速脱光衣服然后把制服塞到脏衣篮里。如果幸运的话，他能够在噪音再起之前入睡。在周日睡上一觉，是全周最棒之事：在睡觉时，谢尔比和孩子们会待在教堂，唯有这一天，理查德才能够在那座该死的屋子里独处。

　　两种工作。当你到了父亲当年的年纪时，你说的任何事情都听起来很熟悉。到底是到了什么年纪，一个人就会停止产生新的想法了？迪克已经很多年——也许几十年了——总在重复他曾成百上千次说过的话。

　　理查德打开水龙头，立马就被一股奇怪的味道熏蒙了。谢尔比是对的：水里闻起来有什么味道。也许是点火液？在洗碗槽闻自来水时，他没注意到。现在，随着雾气和水流喷洒在他的头顶和肩膀，这味道几乎不可能被忽视掉。

他简单飞快地洗了下，用嘴呼吸着。下水道有点堵，他曾经打算疏通一下。他站着，看着浴缸的水放空。水浑浊，有泛着彩虹色泽的薄膜覆盖在上面，像是被溅上了汽油一般。

钻井架亮着，夜以继日开着溢光灯。从远处看，那里泛着硫磺色的光晕，像是一个夜间的橄榄球体育场。好几辆卡车引擎空转着制造着噪音。走近那里，化石燃料燃烧的气味极重。引擎的噪音震动着理查德的整个身体。他没有看见任何人，就像是那台巨大的机器在自行运作着。

他站在钻井平台的基座旁边抬头看，终于找到了工人。他数了数，没错，是五个人——从他的视角看起来，这五个人都矮小得像是幼童一样。基于这个工地的规模，这工作组的人数可不算多。

"嘿!"

他挥了挥手好吸引他们的注意，他的身体被声音震得厉害。噪音波澜壮阔而且出人意料地复杂多变，如同音乐一样有层次感：低沉的磨削声音，像是在磨着他脊骨的底部；尖锐的嘶鸣，像是来自世界上最大的台锯；还有一下一下的金属物碰撞声，清晰而有规律；而在这些声音之下，是巨大的呼呼风声。

"嘿!"他又叫了一声，走上楼梯。

终于，其中一个人注意到理查德了，他紧握着扶手走下楼梯。他就是理查德上次在贸易酒吧里招待过的，那个如同健壮的小斗牛犬一般的家伙。

"你不能上来这里，"他喊，"这是禁入区域。到拖车那里见我。"

在拖车房里，噪音不再那么震耳欲聋。车里温度可能有一百华氏度。赫兹从耳朵里取下塑料泡沫耳塞。他戴着工作手套、安全帽，穿着身肮脏的工作服。

"我的水有问题。"理查德说。他描述那种气味、水的浑浊感、水上面的那个彩虹薄膜。赫兹听着，不发一言。终于，他开口道：

"我现在就能告诉你，这事和我们无关。你的那口井，大概有个一百英尺深?"

"差不多。"

"我们的钻井和你的井根本都不挨着，我们下钻的位置离你有一英里远。"

对于他这样体型的人来说，他的声音令人惊讶地浑厚。他的眼睛只到理查德锁骨的位置。

"那口井是我的祖父挖的。都五十年了，井也没出过问题。现在这事就碰巧在你们开始钻井一周之后就发生了，这可真是太巧了啊。"

"我也不知道该怎么跟你说。"

"你到现在为止还什么都没跟我说过呢。"

他们脚尖对脚尖地站着，手臂抱在胸前。

"什么是信息采集费?"

赫兹皱了皱眉。

"在我的账单里有这一项。你们收了我一千块，就为了什么信息采集费。"

"是我收了么?"赫兹笑了笑，"我没收取你任何费用，这事你必须去找暗象能源。"

"我以为你就是暗象能源。"

"我们属于'流动解决方案'。我们是分包商。"

没有，没有任何事情是简单的。

"无所谓，"理查德咬牙切齿地说，"我不在乎你是谁。我在做我家的水质检测。"

"那是你的合法权利。我可以推荐一个公司，如果你希望的话。"

"不用了，谢谢，我自己会找。"

他走到一张杂乱的办公桌旁，在抽屉里快速翻了起来："当你拿到检测报告的时候，给这个人打电话。"他递给理查德一张名片：昆汀·坦纳，传媒主管。

"这是谁?"

"他负责环境问题。但是我跟你讲，你就是在浪费时间。"

洛恩·特雷克斯勒的电话，总是在午夜之后打来。这对于雷娜来说有点晚，她黎明时就起床了。然而，这个时间段还是有其特殊的优势的。在午夜，麦克已经沉睡了，屋子里很安静，她能够独享洛恩的声音。她为这些通话做了预习，像是她很久以前曾经为化学和生物课做预习一样。几乎每一天，他都发来一些文章的链接——还没最终裁决的法律诉讼、钻井事故、宾夕法尼亚州和其他地方的立法尝试。她仔细研读，知道他晚些时候会问她问题。他总是假设她会有自己的看法，那些没人曾经期待她有过的"自己的看法"。

他是一次教育。

"你怎么看待《寂静的春天》①？"

那天，他陪她走到卡车旁的时候，把这本书给了她。"你读过这个么？是环保主义者的必读书目。"

"我还没看，"她承认，"明天一定看。"

她尝试去在脑海里描绘出洛恩打电话时的地点，那个离营地有几英里远的出租房屋的样子。他独自居住，雷娜从没这样尝试过。雷娜和她的哥哥姐姐们，和她认识的其他每一个人一样，一直和父母住在一起，直到结了婚为止；或者说——不管该怎么称呼这种情况——直到她和麦克一起住为止。

（麦克，是你的丈夫么？）

"猜猜。"当她询问他的屋子是什么样子的时候，他说道。

"整洁，很有条理，而且到处都放着书，特别多的书。"

"书这块你说对了。其他的，我必须向你坦诚，你未来可当不成通灵者了，我就是个邋遢鬼。"

如果雷娜独自一人居住的话，她会起很晚，整夜看电影，吃冷的谷物早餐、午餐和晚餐——那些由于麦克，她永远也不会去做的事情。麦克的食量很大，不正经吃饭会让她情绪不好。麦克没有一个会给她准备餐饭的母亲，所以她特别在意这类事情。

洛恩没有问雷娜，她的屋子是什么样子的，这很好。今晚，她坐在凌乱的客厅里，在伤痕累累的便携折叠桌旁。彼得曾经在这张桌子上给农场做过账目，或者假装做过。他死后，她们发现了一本被他锁起来的、堆满了灰尘的账本。最后一次入账记录距账本被发现时，已

---

① 《寂静的春天》（*Silent Spring*）是美国作家蕾切尔·卡逊（1907—1964）生态文学和生态伦理学的代表作，1962年出版。

经隔了六年之久。

洛恩谈论着华盛顿特区的一个公共论坛、他和一位州议员的定期邮件交流，以及他马上要去参加的环保局会议。他钦佩地谈到纽约州的州长，州长对天然气钻井颁布了禁令。雷娜只听了一半。她环视着房间，试图去用他的视角看这个世界：褪了色的印花壁纸，老式的沙发床，上面堆放着关于种子的商品目录、垃圾信件、未付的账单。几本属于麦克的书，翻烂了的简装本（《土壤的世界》《反刍动物的多种治疗方案》）上沾满了来自农场的泥土。

还有那么多她不曾生活过的生活。

看着洛恩开车离开"锹与铲"，看着红色的车尾灯沿着六号公路渐远，直到消失不见，雷娜想，带我走。

"我有天晚上去了谢尔比家，想要问她一个问题，但是她不在家。她的丈夫见到我不是很高兴，他声称他家的水一点问题也没有。"

"否认，这是一个挺典型的反应。而且——让我猜猜，他的女儿'健康极了'。"

他的声音温暖、悠扬，填充着她内心的某个地方。她不需要碰触他，甚至不需要看到他。他的声音就已经足够了。他经常用顺带一提的语气，提到一些女人的名字——他的学生还有前妻，他提到前妻时口气温和。他从来也没提到过一个女朋友，雷娜听到了其中的潜台词。

"他原话不是这么说的，但是，我疑惑的是，"她犹豫了一下，"我查了一下奥利维亚的医疗记录。谢尔比带她去急诊室的时间是 3 月初，然后是 5 月 30 日。相同的症状，恶心和呕吐。但是他们直到 6 月才开始在德夫林那里钻井。"

通常，这里会有一个停顿。通常，他会在她说完以后才开口，就像是他一直在等着，等着轮到该他说话的时候才会开口。

"这让你觉得困扰么?"他说。

"这事没让你困扰么?"

"这种情况不能算是很理想，"他承认，"我们可以说，她确实有一个预先情况。但是，这不意味着水没有受到污染。拉维会比我知道得更清楚，但是从逻辑上来说，一个有着更敏感的肠胃系统的小孩子，难道不是会比健康的成人更容易受到被污染的水的影响么? 孕妇、老人、病人，每次都是他们，去做那只被放到煤矿里探路的金丝雀。"

雷娜，一个身体健康的成年人，又想起那天在急诊室里的事情了。如果她被暴露在 Z 流体面前，她可能只会病上一天。相反，她让一个孕妇去照顾那个病人，这给那只金丝雀造成的后果极为严重。

"那倒是真的，我猜。她这一年去了四次急诊室，过去这一个月就去了两次。"

"所以她们去得越来越频繁了。"

"没错。不是绝对，但是确实如此。而且，她的检验报告——"雷娜停下没说，病人的医疗信息需要保密，"简单讲就是超过标准了，我完全不能理解这件事。我在试图想办法弄到一份报告副本，然后我们可以拿去给戈什医生。"

"关于那件事，"洛恩说，"看起来似乎你和谢尔比要自己去了。"

"什么？"她对于自己语气中的哀怨之情感到尴尬。

"我们联盟正在组织人乘车去林肯县，我必须到场。那个县的议员们正在投票表决一个钻井禁令。那个禁令如果通过了的话，将会影响到县内所有未自治的地区。"

"太棒了。"雷娜回应道，因为对此进行回应似乎是必须的，"那真是个好消息。"

"可能吧。他们在投票之前要组织场公共论坛，而且我们的人员要在外面游行集会。我真希望你能去，但是把奥利维亚带去见拉维更为重要，越快越好。"

她失望的程度之强让她觉得屈辱。她都已经五十四岁了。

"你和谢尔比没我在也能处理好的。另外，我还有一个任务要交给你。"

她感到自己受到了重视，心情马上就好了起来。

"纽约下个月有个事情，在上州地区的纽约大学分校。我们需要聚集人手去支持暂停运动。"

她想没也想，说道："'我们'是指……"他也许有另外一个"雷娜"，或是"雷娜们"。在纽约州，有一整个排的独守农场的怨妇在等着他的电话。

"是联盟的一个本地组织，再加上我们在这个学期第一周能够召集的所有学生，有多少算多少。"他停顿了一下，"你可能会对亲眼去看看这一切是怎么运作的感兴趣。我们可以开车到那边会合。你怎么说？"

麦克一直睡得不好。她清醒地躺着，听着时钟的声音。不知在哪里有个电话一直在响，这事不正常。最近，雷娜的手机铃声几乎总是持续不断：在吃饭的时候；在晚上她付账单或者盯着电脑的时候，而麦克那时应该在睡觉。

雷娜有着不安分的天性。偶尔，她的脑袋里会冒出些想法——卫校、有机农场。她和麦克可以饲养山羊或者是骆驼，育种牧羊犬，学习制作奶酪。县技术推广组织会开展网络课程。她们可以自己制作酸奶，装瓶，然后贩卖。她们全部所需的只不过是一个网络页面和一个叫作推特①的东西。"当然，宝贝，"麦克说，"我觉得听起来不错。"

电话铃声停了下来。麦克起床，站在楼梯上面听着。

那是一个非常长的暂停，有那么一瞬间，她觉得他们挂断了。然后她听见雷娜的笑声，像是某种满是异域风情的啼鸣。

麦克穿上旧法兰绒浴袍，然后蹑手蹑脚地走下楼。雷娜在客厅里，那里有月月友牧场办公室的两倍大。她的手机放在旁边的书桌上。她坐在电脑前，老花眼镜从鼻梁上滑下。

"你醒了？"雷娜见到她很惊讶。麦克，一直是一个睡得死沉死沉的人。她们以前从来没有找到过一个能够叫醒她的闹铃，不管声音多么大还是音调有多尖锐，铃声只会单纯地成为她梦境的一部分。每个早晨，闹铃闹醒雷娜，雷娜摇醒麦克。

"我听见电话声了。"

"是特雷克斯勒博士，"雷娜解释说。其实没有解释的必要，因为总是特雷克斯勒博士，总是在午夜前后。他是夜行性动物，雷娜以前曾经也是；如果麦克未曾把雷娜领进农场生活的话，她以后也将会是的。她曾是那种可以去任何地方做任何事情的人；不像麦克，生来就是一个农民，没有什么其他的事情是她想做的了。

---

① 推特（Twitter），美国大型社交网络及微博服务网站。

"我们需要拿到德夫林的水质检测结果，关键是要找到一家公司，愿意大老远地从匹兹堡来这里。这附近的实验室不仅没有合适的设备，还有别的问题。"

"所以，这就是他给你打电话的原因？"是她看错了么，还是雷娜脸红了呢？

雷娜的眼睛瞥了一眼电脑屏幕。

不是她看错了。

"他说谢尔比信任我，我想这倒是真的。钻井那事是她丈夫的主意，我不认为她在这事儿上能插上话。"

麦克知道这种感觉，当然，这是她自己的错：当邻居们都在签署合同的时候，她很乐意让雷娜来做决定。她曾说"当然，宝贝，我觉得听起来不错。"她对此很乐意，直到卡尔·纽格鲍尔过来打招呼为止。然后麦克开始犹豫：换作老爸，他会怎么做？

"睡觉吧。"她说。

"马上，我还要再发一封电子邮件。"雷娜的眼睛飘回屏幕。

不安分。

楼上，被子尚温。麦克滑入她的位子，故意调整了半天姿势，就像是一只躺下欲睡的狗。

老爸会怎么做？

她想起他曾经讲过的一个故事，在一生中，他有一次赚了点小钱。在战争时代，在他的女儿还远未诞生之前，年轻的彼得·麦基在农场里偏僻的角落挖煤矿，然后偷偷进行贩卖。人们在天黑以后前来，用货车拉走煤。镇上的人们用完了他们的配额票，而后屋子里便缺煤用。卖煤这事对于一个农民来说，算是利润丰厚的副业——老爸曾经管这事儿叫"县银行"。所有的邻居都知道他在干什么，如果他们有能力的话，也会做同样的事。

现在，麦克明白卡尔·纽格鲍尔是对的：老爸会签那份天然气合同，他会去做他必须做的事情。

她趴着，用枕头盖住脑袋。

失眠是最近的事情。在她生命中的大部分时间里，都毫不费力就能过得精疲力尽，整天整天的农活让她累得四肢俱乏手脚沉重。她的失眠是一周之前开始的，就在雷娜去聚会的那天晚上。在雷娜离开图书馆之后，麦克坐在电视机前睡着了。晚上 11 点，她惊醒过来。屋子里黑暗寂静，雷娜还没有回家。

麦克很惊讶，但是并不担心，直到她看到月月友的送货车还停在车道上。雷娜开走了皮卡，那皮卡最近老是容易过热。雷娜没接电话，麦克穿上靴子，出门开车。她打着远光灯，开得很慢，一直留神寻找那辆车。她开过了整条六号公路，路过了图书馆——那儿已经关了，窗户全黑。她一路开进镇上，在那儿她掉头开进了空空的街道上。

不见雷娜。

她是不是抄近路回家了？六号公路从德雷克上校高速公路下面穿过，而且直到最近为止，它一直都是从镇上回到农场的最短路线。现在，有了每周都在新建的弯道，近路就不再那么近了。

总之，麦克开上了六号公路。道路沿着碳溪绵延几英里，然后与其交错而过。在交错处，有一家昏暗的小酒馆"锹与铲"，她曾在那里和老爸一起喝过几次啤酒。那是个周日的下午，匹兹堡钢人队正打着比赛。"锹与铲"正在准备打烊。停车场里的车两只手都数得过来。

包括雷娜的卡车。

是她在做梦么？麦克在等待着那个遥遥响起的铃声，然后雷娜会摇醒她。

她在路边停下，一回头，就能清楚地看到停车场和酒吧的入口。她关掉引擎，等待——等什么，她并不确定。一个接一个，轿车和皮卡轰鸣着开出停车场，直到只有三辆还停着。一辆是老旧的雪佛兰科尔维特，在镇上挺出名，是本地一名机修师的珍宝。停在两边的，是雷娜的皮卡和一辆红色丰田普锐斯。

她完全清醒了，大脑一片空白。麦克等着，等着，直到门终于开了。她看见了他们，一对中年夫妇的轮廓，穿过停车场。男的不高，很瘦，走在雷娜后面很近的地方，用是男人就会被允许的方式，扶着她的手肘领着路。

他们看起来像是一对夫妇，因为他们是一男一女。

麦克从来也不被允许用这种方式和雷娜走在一起。

她看着他们穿过停车场，然后停在皮卡旁边。然后，一件意味深长的事情发生了：那个男人牵着雷娜的手，带她走进了树林。

麦克起了床。在浴室里，她吃了一片雷娜的安眠药。几年以前，在卡尔文被审判期间，雷娜需要它。最初也是最后一次雷娜吃药的时候，她睡了十六个小时；但是麦克的体重比雷娜要重上一倍，药在麦克身上的效果要小得多。也许，在被遗弃在药箱里四年之后，这药已经失去药效了，因为，麦克还是睡不着。

她梦到和琳迪·纳贾里安一起游泳，那是她的大学室友，在也许是也许不是加曼湖的湖水里游泳。琳迪穿着一件普通的泳衣，麦克穿着她的靴子和工装连体裤，就像是她正要冲到水里去救助一个溺水的游泳者。她们正在玩一个游戏，麦克在追逐着琳迪。这个游戏的目的——琳迪被抓住的时候到底会发生什么——现在还不清楚。琳迪劈水而过，快如小鱼，而麦克能明显地感觉到自己的劣势，她沉重的靴子里灌满了水。然后琳迪潜入水下，气泡围绕着她。神奇的是，她在水下也能够呼吸。麦克紧跟着，屏住呼吸直到她再也憋不住气。

她喘着粗气醒来。

第二天，当雷娜离开家去医院后，麦克走到电脑前，以前她几乎不会干这种事。雷娜离开时没关电脑，麦克看到：

萤科是鞘翅目下一类昆虫的总称。这一科属的昆虫，通常被称为**萤火虫**，或者发光虫，得名于它们为了吸引异性或者猎物，而使用**生物发光**功能发出的引人注意的微弱光亮。

昨晚清醒地躺在床上时，她猜想雷娜会在电脑前面干些什么，可没想到她是在读这些关于萤火虫的东西。

麦克打开了一个新的网页窗口，然后在搜索栏里键入"琳迪·纳贾里安"。她想，能有多少结果呢？

她曾经一直是队里的长跑明星，是麦克的训练伙伴。她是麦克的室友、最好的朋友、酒友，直到那个周五为止。那天她们从市中心的一家酒吧里一起摇摇晃晃地回到宿舍。那时已经很晚了，醉着酒，麦克触碰着琳迪，她想这么做想了很久。然后琳迪推开她，恶语相向。那些恶语不全是真的，但大部分是。第二晚，一个周六的晚上，麦克回到宿舍，发现房门上了锁还插上了门闩。门后有笑声，有流言蜚语声。当她敲门时，无人应门。

那个男孩不是重点。她那个时候就通过自己心里那股难言的苦楚、屈辱和愤怒知道了，琳迪选择他几乎是随机的，那么做只不过是表个态。

在B区休息室，麦克等着。当那个男孩走出房间的时候已经是早晨5点了，她跟着他直穿院子而过，去往小山上。

如果没有抄近路的话，他本来该什么事也没有的。

如影子一般尾随着他上山时，麦克想到了和老爸一起打猎的事：那个在深林里静悄悄的黎明，那股潮湿的泥土味，那个天空逐渐染上蓝色的夜晚。老爸最喜欢的猎狗是一头叫作"国王"的布鲁特克猎熊犬。那些寒冷的早上，当国王在灌木丛里四处嗅着的时候，它在想些什么？什么都没想，它只是单纯地在做它该做的事情。

近路蜿蜒绕过图书馆，无灯，小径被上千双运动鞋踩过。

无灯。

那个男孩一瞬间就倒下去了，突然而悄无声息。下一秒，麦克骑到他身上。他瘦长的身体被她的双腿紧紧束缚住。就像琳迪一样，他也是个长跑运动员，有着灰狗般单薄的、流线形的身体，没办法对抗一个能扔出五十六英尺成绩的铅球运动员。

在她的余生里，那个声音，那个怪异的开裂声定会一直困扰她。在做爆米花或者是劈柴的时候，她会回想起那种感觉：她冠军级别的肩膀流畅平滑地移动，而那个男孩的肋骨如小树枝一般。

在图书馆的阴影里，他看上去纤细宛如女孩子。

当她回到B区的时候天色大亮，琳迪已经离开去健身房了。她的床单被拿了下来，塞进脏衣篮里，麦克得以看见赤裸着的床垫，恶意地提醒着她昨天晚上发生了什么。麦克在健身包里放上了几件衣服，步伐沉重地穿过整个校园，在田径部短暂地停留了一下，好给教练的门上留下纸条。在州大学城的最后一个晚上，她睡在灰狗长途汽车站，等待着唯一一班去往贝克屯的车。第二天早上，她买了一份当地报纸，在第二版的底部看到一条简短的消息：一位宾夕法尼亚州州立大学的学生在图书馆后被一名身份不明的歹徒袭击。

一名身份不明的歹徒。

如果麦克处在他的位置上，她也会撒谎，也会觉得自己被一个女孩子一拳击倒是件屈辱的事情。

她搜索"琳迪"只获得了一个结果：一个叫作"马拉松母亲"的博客。琳迪·纳贾里安 - 霍尔茨曼，被称为特约编辑。

我们是一个由母亲组成的，关注积极陪伴孩子成长、防晒霜、营养健康，追求个人最好成绩的社团。

麦克浏览了一下页面。一位用户，"华盛顿妈妈"，几乎每天都发帖：家庭照片、时长和距离、每次日落时都附上的励志格言。通过点击这些帖子，麦克终于找到了一张"华盛顿妈妈"穿着运动背心和运动短裤的照片。她现在是金发，脸有皮革的质感，还是很瘦，还是那个一眼就能认出来的琳迪。她的身材三十年未变。

在搜索栏里，麦克键入"洛恩·特雷克斯勒"。

瞬间，出现了成百上千的搜索结果。麦克吓到了。要是搜索她认识的所有人的名字——她自己的、雷娜的、贝克屯的任何居民的，呈现的结果都会是一片空白，或者几乎是一片空白。她马上明白了，洛恩·特雷克斯勒是贴着不同标签的另一类人，是那种在世界上有影响力的人。

她点开了第一条链接是斯特灵大学地理系的主页。"特雷克斯勒博士的教学领域和研究方向包括水生生态学、水域评估和治理、基层区域自治组织模型、资源管理，以及公共政策。"

她盯着屏幕上的照片看。他比她想的要老，头发乱蓬蓬的，脸色憔悴。这就是雷娜觉得有吸引力的人？一个年老的嬉皮士？一个瘦小的、急需做个发型的家伙？这看起来不可能，但是麦克可不是那种能辨别出男人好坏的人。

第二条结果链接到《时代》杂志。

利益冲突？

致文章编辑：

《大开采》一文中探讨了众多关于学术界和工业行业之间适当关系的深刻问题。埃米·鲁宾博士，那位文章被成段成段引用了的地质学家，事实上是达克能源的一位付费顾问，这一天然气和石油集团给纽约大学捐赠了一套新的地理学设施，而鲁宾博士最近刚好在纽约大学拿到终身教职。这是偶然的吗？这种信托关系对于科学研究的正直性有着灾难性的影响。鲁宾博士的企业赞助者和她的研究结果有着经济上的直接利害关系。当一个科学家接受了来自行业企业的献金的时候，去质疑这一行业企业到底希望得到些什么回报是一件极为合理的事情。

洛恩·特雷克斯勒，主任

地理系

宾夕法尼亚州，斯特灵，斯特灵大学。

链接，以及更多的链接：基石水道联盟的官网主页的链接；关于洛恩·特雷克斯勒出现在社区会议上、出现在反水力压裂钻井公众集会的链接；关于他身为××地球基金组织筹款人的链接；还有他穿着夹克、戴着领带，在宾夕法尼亚州议会大楼前做证的链接。

他是一个对于世界有着影响力的男人。

塑料泡里的男孩

THE BOY IN THE BUBBLE

1988

大巴车在高速公路上驶向东方，它长且白，绿色的文字"斯特灵大学"印刷在车厢两侧。洛恩·特雷克斯勒站在过道里，边说边打着手势，完全违反了张贴着的安全准则。日历上已经是早春时节，但是冬天的气息还残留着，零星分布的雪地里混夹着沙砾杂质，路面上铺撒着化雪盐网，天空如锡铁水桶一般灰白茫茫。

每周的实验室之旅是地球科学基础中的基础。"强制性出勤，没有例外"这句话用黑字体印在教学大纲上。尽管如此，他的学生还是要试上一试。"家里出了急事""单核细胞增多症""祖母去世"，是为宿醉、懒惰和昨晚醉酒至今未醒找的常用借口。这些是经典的借口，久经时间考验。就他们找的借口和逃课的方式来说，就各个方面而言，他们是传统主义者。

斯特灵大学是一所安全的学校，是一条能够让人尊敬的退路，为那些来自富裕家庭的迟钝的后代——那些身在富饶中、长在电视前的孩子们所备。

他们的借口是神圣的、原始的，一学期一学期地传承着，如同原始部族的神话传说。

特雷克斯勒沿着过道巡视，看谁还清醒着。老实讲，很难说清楚怎么才叫清醒。这些学生几乎都醒着，但对外界没什么感知，他们不是随手翻阅着杂志，就是跟着耳机里播放的垃圾商业废话唱片一起摇头晃脑。

实验室之旅，从主旨上来讲，和地球科学学科教学大纲息息相关，其选择站点的理由从来没有清楚地被解释过，然而，学生们隐隐约约地觉察到，特雷克斯勒在试图表述着一个观点。在实验室之旅途中，他爬上过山坡，摇晃着登上过梯子，而且有一次还攀爬到了一座热电厂的安保围栏的顶端。埃米·鲁宾的相机捕捉到了他停在顶端止步不前的身姿：一只靴子伸进围栏的网状格子里；措辞严厉的警告标牌"入侵者将会被起诉"，被他穿着牛仔裤的大腿挡住了一半。当她把照片的副本交给他时，他把照片贴到了办公室的门上。

特雷克斯勒注意到，有几个学生没读杂志，他们正在读着商品目录。

埃米·鲁宾和她的朋友们占据了整个后车厢。卡罗琳·明特恩是一个苗条的金发姑娘，来自康涅狄格州的格林尼治，是个门外汉。苏姬·李和埃米都是棕发小个子。

"看，谁来了？"苏姬说。上地球科学课是她的主意，这是种拿到科学课学分的偷懒方法。对于埃米，这个理论物理学家的女儿来说，地球科学算是一个全新的观点——"那也算是科学？"

她们看着特雷克斯勒教授沿着中间过道，放松而且灵活地、富有韵律地两手交替依次扶着座椅，一路走过来。除了长发以外，他最为显著的个人品质就要数：活动身体时明显表露出来的那种享受之情，以及运动之美和阳刚之气。

她们是最好的朋友，在斯特灵大学其他人的眼中，她们是一类女孩的三个版本，是那种太忙了顾不上学习的漂亮姑娘，那种在聚会上会被频频邀请的漂亮姑娘。由于今天是周五，她们都穿上了印着希腊字母的蓝色运动衫。对于那些观察不仔细的人来说，她们之间的区别没那么明显：苏姬，常年在巴黎和东京的美国人学校上学，是外交官的独生女；埃米，是那对学者父母——一对对享乐毫无好感的冷酷的苏联政治移民在晚年得来的孩子。苏姬和埃米是室友，却都曾经对彼此隐瞒了这些个人故事。要有个第三者才能让她们之间的友谊得以加深，要有个能被她俩嫉妒和羡慕的"第三个女孩"。对于她俩而言，卡罗琳的"普通"异常完美，她阳光灿烂的童年时光令人艳羡至极：那些夏令营和无法无天的寄宿学校生活，那些马匹、网球运动和娱乐性的药品。埃米和苏姬模仿着她的行为举止和礼仪作风，随意地在她那数量众多的毛衣外套中借衣服穿。卡罗琳是解毒剂，治疗着她们两个自身阴暗的过去、她们奇怪的外国家庭、她们掩藏着的可耻的疏离感。

"我打赌他会坐到埃米旁边，赌什么都行。"卡罗琳说。

特雷克斯勒为这些学生们感到绝望，为他们落泪——他们在被溺爱着的同时也被忽视着，他们看着电视节目长大，节目太过低劣，低劣到他都无法相信这种节目还能存在，低劣到比他童年时期看的那种垃圾玩意要糟糕上一万倍。在他的童年时期，片中的西部老牛仔，因灭种绝族而被当作英雄，永远地被凝固在由不朽的辛迪加组织制造生产出来的，那种光谱单一的黑白影片中。今时今日的电视空洞而且更为有害。那些众多的电视节目——整个电视节目的剧种、体裁——大部分都和房地产有关。那些角色，那些残酷无情的商业巨头和他们奸诈狡猾的后代，不过是次要的。片子真正的主角是那占地辽阔、金碧辉煌的豪宅，是美国式的对于高雅的粗鄙幻想。

所有的美国人都在看电视，更别说年轻人。

在他们这个年纪，洛恩·特雷克斯勒不看电视，他那时热情澎湃，是位讨伐"不义"的"十字军战士"；而在他父亲的眼里，他不过是一个留着长发的小崽子，总是放些什么主张和论点之类的臭狗屁。他母亲就要直截了当得多，质疑洛恩为什么总是要偏袒弱势的一方，偏袒那些靠着福利系统过活的皮肤暗淡无光的低保户。在交谈的时候，他的父母从来没有动摇过：他们坚定不移，漠不关心，油盐不进。

他的父母如果还在世的话，一定会喜欢《富人名人的人生百味》——一档人们居然真的会看的电视节目。

在大巴车后面，女孩们在嬉笑，悄言细语。

"酷孩子们是不是都坐在这里了?"特雷克斯勒用脚推了一下埃米的脚，"希腊有什么新消息?"

埃米脸红了。他从来不曾错过任何能和她调笑的机会，总是和她开一些关于西塔①的玩笑：关于那些夸张做作的仪式，还有那个她至今为止都没有去参加的社区残障服务项目。"我不做这些事情。"她曾说，明知这种辩解很软弱。她从来没有辅导过任何一个低收入家庭的儿童，或是给成人文盲做家庭教师。她的"服务"仅限于在一个下午，沿着高速公路捡捡垃圾，这让她自己和西塔显得更可悲了。

"你在读什么？"他这么问，只是为了破除她的防备。他在这女孩身上看到了一些机敏的、深刻的才智闪光，而她似乎打定主意要把这些掩藏起来。也许他看到的是一个幻象，他以前也曾经判断不准过。

他从她手上拿过商品目录。"跟我讲讲这事，你真的打算买这些？"他斜着眼看着内页，"打算花上百元去买右边臀部上印着品牌标志的超紧身蓝色牛仔裤？"

"不打算，"她说，"我是说，可能不会买。"

"所以，这本只不过是你的阅读材料，不过是娱乐。"他解释起来，一副耐心有些消耗殆尽的样子。究竟一本商品目录和一本杂志之间有什么细微但是至关重要的区别？后者至少把广告藏在那些名人采访和八卦专栏之后，而商品目录对于自己的目标毫不隐藏。这种不同之处如同一个脱衣舞娘和一个妓女之间的区别（他这么认为，但没说出口）。

"算了，鲁宾，这儿有些东西想让你看看。"

他坐在她旁边，模仿她那种弯腰驼背的姿势，用身体把她和她的朋友们隔开，然后指着远处的四座钟形的、泛着白色光泽的高塔。"就是那个，犯罪的现场。那本来应该是个奇迹的，能生产出便宜得都不用去计量的电力。"

他没戴结婚戒指。

"那是……"她说，"那个还在运作么？"

"意外么？是的，但只有一半还在运作，一号机组在运作。二号机组是事情发生的地点。"

"我们能过去看看么？"

---

① 西塔（Theta），指美国大学中的姐妹会（sorority）。这种传统来源于希腊，一部分团体使用希腊字母来作为团体名称。

他张大了嘴:"你在开玩笑,对么?让七十五个处于生育期的孩子们去那儿?

埃米在座位上缩成一团。

"我让你尴尬了,对不对?不好意思。"他说着,轻碰了下她的腿。

他没有戴结婚戒指,但是众人皆知他已经结婚。一次,埃米看见他和妻子一起走去镇上。特雷克斯勒太太高挑而且骨瘦如柴,有一张马脸。她顶着一头显眼的多萝西·哈米尔①发型,那发型在十年以前曾流行过。

"它现在还——有污染么?都过了十年了。"

"鲁宾。"他的声音听起来真的很愤怒,"钚 239 的半衰期是两万四千年。"

羞愧感充满她的心头,激起那些关于过往失败的深刻记忆。初中的时候,她自己尝试了一次多萝西·哈米尔发型,那是一种在犹太儿童的天然鬈发上完全不适用的发型。血液涌到她的脸上。"对不起,我是个笨蛋。"

"你不是,"他的语气温和多了,"所以别表现得像是个笨蛋。关键是,十年,准确地说是九年,什么也不是。在地质学角度,那就是一分钟。"

"但是他们不是必须把它清理干净么?"

"做不到,真做不到,虽然他们做了一场漂亮的表演。工人们穿着生化服工作,一小时能挣六块。当然了,没一个是工会成员。"组织工人运动是他最喜欢的话题之一,他喜欢谈及空中交通管制,以及里根总统豪无脸面的工会破坏行为。"这些可怜的家伙对于他们在处理什么毫无概念。"

"那合法么?"埃米有时候对于他的见解持疑问态度,但是她的能力还不足以进行辩论。他好像总是能掌握到内部信息,对于世界有着她永远也没办法拥有的复杂理解力。

"哦,当然了。一些律师会递给工人一张表单,上面写满了辐射性

---

① 多萝西·哈米尔(1956—),美国花样滑冰巨星。以其命名的发型类似于蘑菇头,但更短、更蓬松。

化合物的名字。而那些名字，工人连听都没听说过。然后工人会在其中的一页纸上签字，这样就能帮助公司在面对任何事情时都免于赔偿了。十年之内，如果工人得了白血病或者甲状腺癌，一名秘书就会像表演魔术般从文件柜里拿出那份免责声明。一下，诉讼变没了。"

"当那事发生的时候我还是个孩子，"埃米说，"我记得我的父母讨论过那件事。我当时什么都不懂。"

"没人懂。半个核心熔毁了，而连一次疏散都没有过，沿街的人们仍然出门修剪他们的草坪。终于，州长告诉他们关上窗户，就像是那样做就能有所不同。"特雷克斯勒在座位上换了个姿势，"那是我在罗格斯大学的最后一个学期。我的好朋友有一辆货车，所以我们一大群人开车去了示威活动。"

埃米眉飞色舞地听着。她从来没有去过任何一场抗议活动，她总是将这类事情联系到嬉皮时代上。在那个瞬间，她明白地感觉到了自己的不幸、那种因为出生较迟而带来的不公平——生得太晚了，晚到世界上所有的问题都已经被解决了。

"当时一片混乱，抗议示威的人来自四面八方，大部分是孩子。当地人怨恨我们。你相信么？当时在核反应堆内部有一个可能会引起爆炸的氢气气泡。那些居民和那个很可能将会熔毁的地方只有一门之隔，而他们还怪我们影响到了他们的日常生活。"他摇着头，似乎仍然不敢相信，"去他妈的'顺民'。到最后我们要在时代广场乞讨，讨要回学校的汽油钱。但还是值了，就为了看一眼卡莉·西蒙①。你曾经听过她的名字么，鲁宾？"

埃米翻了个白眼："拜托，我知道卡莉·西蒙是谁。"这话半真半假。她知道有个卡莉还有个卡萝尔，有个乔尼还有个詹尼斯②。

"那是好年代，鲁宾，你会爱上那段日子。不管别人怎么说，我认为你有一个嬉皮灵魂。"他站起身。

"等下，我需要你签个字。"埃米在背包里翻着，然后递给他一式三份的《课程专业选择意向表》。她的心欢悦地跳动着。

---

① 卡莉·西蒙（1945—　），美国民谣歌手。
② 这四位歌手都出生于20世纪30年代，其作品在60年代流行，在某种意义上是嬉皮文化的代表。

"你是认真的么，鲁宾？你选地理学？"

从过道另一边传来扑哧一声，不知是卡罗琳还是苏姬的傻笑声。

"你过去填的专业是什么？"

"没申报。"埃米说。

"你知道这意味着什么，对么？你是我的了。"他挥洒着签了下字，"田野调查的时候见。"

那是一个令人惊讶的夏天，从各种层面上讲，都是惊讶连连——一件事情结束了（那满是记之不尽的重点，和充斥着各种毫不相关的事例的课堂），其他众多事情开始了。那是一个满是不常见的事件的夏天，是一个被海拔高度和气候系统之间罕见的协同作用影响着夏天；是一个其残留下的记忆可如图腾一般被崇拜的夏天，它开始于西部杂乱无章的现状和它那干燥贫瘠的土地带来的陌生奇妙感，开始于那如波浪般起伏的地表背斜层、那月球表面般坑洼的红色土地，其上鼠尾草深深地扎着根。对于在公寓里长大、有先天性哮喘的埃米·鲁宾而言，这就像是翻滚进了新世界的大门。她在变，每天都在变得渺小，面对这个有着难以用语言形容的壮观奇迹的州，她觉得自己就像是看到了一只早已灭绝又重新出现的渡渡鸟，看到了现代人类本不该看得到的造物。

他们来自城市和舒适的郊区：新泽西的罗切斯特、费城和蒙特克莱尔，纽约的长岛、威彻斯特和达奇斯县。在丹佛的行李认领处，他们小心翼翼地打量着彼此。四个女孩、二十六个男孩，都穿着水洗蓝牛仔裤和新 T 恤（在接下来的几周里他们再也不会这么干净整洁了）。有一些吵吵嚷嚷的小重聚，主角是来自赞助机构——纽约州州立大学一个大校区的孩子们。剩余的，像是埃米，都来自那些院系规模很小，而且没单独设立田野调查项目的文科院校。

她站在离传送带稍远的地方，将行李袋堆在脚边。她对那个重聚小组——这些穿着大学校服嚼着口香糖的本科生们不感兴趣。他们不是她来这里的理由。

"你是埃米，对么？"某个叫戴夫、迈克或是什么别的男性化名字的人过来打招呼。她依稀记得那是在斯特灵大学矿物学课堂上碰到过的家伙。他的面孔，她几乎记不起来了；但是对于他的体型，她很熟悉——他长得短小精悍，腰长，肩膀方。她总是通过男人的轮廓来认识并记住他们。

"我就觉得是你，我不知道你是地理专业的。"他看着她就像是看着一个珍贵的样本。他的名字是蒂姆，一个男性化的名字。

"埃米·鲁宾！"

她回头看到洛恩·特雷克斯勒走向她，他没刮胡子，容光焕发，被晒得够呛。在飞机场的灯光下，他的脸有着如同罐头火腿一般的颜色。他的眼睛看上去苍白，如同剥了皮的荔枝，晶莹透亮，带着从圣地归来的朝圣者会有的那种欣喜若狂的凝视。

"是你。"她本打算在他一开口时就这么说。

"别跟我说这些都是你的东西。"他指了指她的行李，有些轻蔑，似乎地板上的是她搞出来的一团麻烦，"我说了，只带两个小件。这儿有三个，而且它们太大了。"

"但是有一个是帐篷，"她反驳，假装很有道理。事实上，她明知故犯，带着超额行李，成心违反着规则。

"一顶帐篷算是一件行李，我们说过这事，另一件是用来放你衣服的。"

"放够用五周的衣服？那不可能。""不可能"这词也可以用来形容她不久前赢下的那场战斗。是上百次小小的胜利，才让她得以在离开公寓时，只带了三个超级大的行李袋。她的母亲在她打包的时候，在旁边转来转去。当埃米转身时，她偷偷地往里面塞些不该带的东西：多余的袜子和内衣，滴耳剂和滴眼液，一小本关于软膏和药片的药典。

当埃米递回晕车药的时候，母亲反驳道："你会晕船的。"

"我要去的是沙漠。"埃米说。

"鲁宾，我该拿你怎么办才好？"洛恩说道。

"多带一个额外的包裹不会有那么大区别吧？"他的愤怒让她不安，似乎他们不光是在谈论行李的事情。

"我真的需要解释这件事情么？如果每个人都带三个来，我们就不得不再多雇一辆货车。"他捏了捏鼻梁——她正在让他头疼，"不好意思，小呆瓜，你不得不把一些东西留在这儿。我们在机场留有一个保险柜。"

埃米疑惑地看着他。

"如果有必要的话，请缩减行李。打包，重新打包，稍微快一点。"

"在这儿？"埃米看了一眼肮脏的地板，一块蓝色的口香糖黏在地板砖上面，就像一只塑化了的蜗牛，"这太恶心了。"

"亲爱的，这是你在接下来几周里能见到的最干净的地面。"

洛恩在一旁站着看，埃米跪在地上腾空着一个行李袋，把里面的行李放到地板上：折叠的短裤和T恤、一盒子卫生棉条、洗发水、保湿霜和发胶。

"上帝啊，那是一个吹风机么？"

她的脸上因为充血而一片通红。

一小时以后，一个行驶缓慢的车队迎着耀眼夺目的阳光驶向西方。每一辆客车都载了十名学生；第四辆上放满了他们的行李背包。排最后的卡车是炊事车，厨师自己开着押后。埃米盯着窗外看，记忆着路标：威尔克森山口，海拔9502英尺。她把这些信息使劲往心里放，像是去记忆一种新的语言里的单词。在这个海拔高度，确实挺有意思的。

卡车司机们，别犯傻！前方四英里有陡坡和急转弯。

卡车司机们，打起精神！前方一英里有陡坡和急转弯。

他们行驶，行驶。道路陡峭下行。"如果你需要停车加油休息，告诉我一声，"特雷克斯勒说，"但是要等真的有必要再去。我们希望能够在天黑以前到达营地。"

耀目夺眼的太阳快到头顶了。"看起来，现在都中午1点了。"

"对。"特雷克斯勒说。

刹车失灵了？别着急下高速，待在高速上更安全。

下行，盘旋，下行，盘旋。埃米想着那瓶晕车药，心里满是后悔。当他们爬出客车，排队去上加油站的卫生间时，她对于洛恩·特雷克斯勒一点兴趣都没有了。她急需一个昏暗的公寓、寂静无音的街道，以及自己那张熟悉的床铺。

他们在杜兰戈市的东边扎营，靠近犹他州的印第安保留地。之后他们背着背包，爬上了一个陡峭的山岭。特雷克斯勒走到她旁边："你还好么，鲁宾？你看起来面色有点苍白。"

"我头疼。"这种说法似乎很是词不达意，无法描述那种眼球下脉搏突突跳动、血液冲击不停的疼痛，无法描述那种头颅仿佛被裹上了一圈止血带的感觉。

他递给她一瓶水："继续喝水。你来自海平面地区，记住，高原反应不是闹着玩的。"

她接过瓶子，一饮而尽。

"喔，技术不错，你在姐妹会的'一口闷'项目上一定是位狠角色。"

她缩了下身子。

"不好意思，我是个混蛋。你真的看起来面色不太好。来。"他把拇指放到她的前额上，在眉间画着圈按揉，这令她惊讶。你没有办法称呼这种行为是包含性欲的、浪漫的或是感情深厚的，但是这个触碰还是几乎让她软成一摊。

她闭上了眼睛。

而后，她忘记了最开始的这一切。开始不重要，相反，她会记得温盖特方山群，记得山中部被腐蚀了的背斜层，记得那些被遗弃的金矿和它们那幽灵一般的名字——"五月花""老百矿"，记得她去破裂山峰附近绘制地垒和地堑的地图——她在背包里带着一个锤子、一个手持放大镜、一个地质罗盘，带着所有她有可能会用到的东西。

记得那场在盐湖谷的暴雨。

记得在莫亚市那个递给她一把剪刀的犹他土著。

记得绿河，在那里河水惊人地冰凉，她光着身子跳了进去，如同看见了一只早已灭绝又重新出现的珍稀动物。也可能，她自己变成了那一只珍稀动物。

记得在路边的汽车旅馆里面洗澡时，她盯着自己的身体看：脚上长了水疱，火烧火燎；手臂被阳光晒成棕色。污浊的水在排水口处打着旋，颜色犹如淡茶水。她打开旅馆肥皂的包装，然后一直清洗自己，直到用完整块肥皂。

记得那个自助洗衣机房的管理者，那位犹他土著妇女，正坐着从报纸上剪下些什么。埃米选择了超净模式，然后把牛仔裤洗了两次。

记得那个在高速公路上的牛排馆，那家店专门接待大型团体。客车和旅游大巴停满停车场。她拉出椅子坐下，饿疯了一般吃着。落基山脉牡蛎配加了塔巴斯科辣椒酱的淡酒，而洛恩·特雷克斯勒触碰着她剪短的头发。

在莫亚市，她停止希望，停止等待。她剪掉了头发，不顾形象地进食。如果她有先见之明的话，早几周就会这么做了。

开局不重要。结局，她永远记得。在莫亚市的路边汽车旅馆，她终于迈出了那一步，直接敲了他的门。

1992

宾夕法尼亚州州立大学的分校蓬勃发展，规模翻了一倍，也可能是三倍。"我们本来可以问问路。"雷娜说。麦克开着车，尴尬地兜着圈子。

"过去好久了，什么都不一样了。"

"没事，他正在查地图。对不对，亲爱的?"

在后座上，卡尔文咕哝着："随便吧，老妈。"那种自以为是的口气、翻着的白眼，换作麦克小时候，她敢这么做早就被打了。她从后视镜里盯着他。"不要得寸进尺"，她无声的警告他，"我在盯着你"。

他们找到了教学大楼，然后将车停在访客车位。他们迟了十分钟，校园游览已经开始。另一个家庭早就在等着了，是一位可爱的红发女孩和她的穿着讲究的父母。他们的导游是一个圆润的健谈的姑娘，从头到脚穿着州立大学的印花套装：帽子、围巾、夹克、运动裤。她犹豫不决地从麦克看向雷娜。"您是威姆斯夫人?"

"哦，不是，但是差不多。"雷娜说，"我是卡尔文的母亲。"

他们一起穿过停车场，导游走在前面，后面跟着红头发和两位母亲。卡尔文和那位父亲跟在后面几步远的地方。麦克独自走着，走在男人和女人之间，在这个位置她能够同时听到两边的对话而又不用和任何人说话。

雷娜正盯着校园地图看。她的眼神很亮，神采飞扬。"亲爱的，那里是艺术大楼，"她回头喊着，"卡尔文正在考虑艺术专业，他非常有天分。"

"天啊，老妈。"卡尔文还是那样嘟嘟囔囔地说道。

这个孩子非要招惹别人将他揍倒在地么？

"太棒了！这是你第一次来欢乐么？"导游随意地问着。

"我是第一次，"雷娜说，"麦克来这里上过大学。"

她来这里上过大学么？所有的这些崭新的大楼，那些玻璃和砖组成的毫无特色的大盒子，都让麦克感到困惑。每一个独栋建筑看起来都有些熟悉，包括那些还在建的。她的记忆，很明显不值得信任。

"哦，真的么？"导游说，"哪一级的？"

"我没毕业。"在寒冷的天气里，麦克的呼吸冒着热气。

在她后面，红头发的父亲正在和卡尔文说话。"法尔马那家对我来说不错，在希尔顿黑德岛的度假圣地。我们供三个孩子上了大学，都要归功于法尔马。"

麦克心想，"法尔马"是个什么玩意？

他们穿过一间周围草木茂盛的有着雪白色斑点的四方房子。麦克总算有了那种被熟知的记忆狠狠击中腹部的感觉：B区就在他们的对角线方向。"那间是我的宿舍，"她用手指着，告诉雷娜，"在那边，健身馆后面。"

"新的健身馆在校园的另一边，"导游说，"你的家长指的是那个老的健身馆。""家长"，她说这个词的时候带着一个大大的微笑，自豪于自己的开放观念。

麦克脸红了。当她和雷娜用这种方式提到对方的时候，她们就像是在谈农场的生意。当别的人用这个词的时候，从来指的就不是好的意思。比如雷娜住在阿克伦市的姐姐将卡尔文的行为态度归罪于她们的生活方式。

他们爬过小丘来到图书馆。"回到这里感觉怎么样？"雷娜回头说，"你一定觉得特别怪异，这里有那么多的记忆。"

"是啊，"麦克回想着，自己曾经在那个建筑后面把一个人打得屁

277

滚尿流。她从来没和雷娜说过这事，雷娜讨厌暴力。雷娜在看动作片时，看到演员要被枪射中的时候会捂住双眼。

红头发正在解释州立大学是她的保底学校。

"现在，'波塞罗'① 是我们的黄油和面包，"她的父亲告诉卡尔文，"因为高血压。从现在开始算，一年以后，就轮到'路莫斯'② 了。这是我第一次告诉别人这件事。"

"这挺有意思的。"卡尔文说。有那么一瞬间，麦克在用一个陌生人的视角看待他：一个爽朗、口齿伶俐的青年，自信并且自我认同，想要和成年人进行对话。这样的卡尔文，是她从没见到过的。

他们绕道去了食堂。一年冬天，早餐后，琳迪在这里的一大片冰面上摔倒过，扭伤了她的脚踝。麦克边开着玩笑，边背着她回 B 区宿舍。琳迪当时紧紧靠在她的肩上，就像是一个设计巧妙的背包，里面装满了柔软。

卡尔文想要和成年人进行对话，只要他们不是麦克和雷娜。

"我对药品销售很感兴趣。"他说，声音大到麦克都能听见。

她可能一直都在让卡尔文失望。她很难想起他们过去是怎么相处的了，卡尔文曾是她狩猎的同伴、钓鱼的渔友。那是很久很久以前的事情了。

"我希望我的儿子能够见见你，"那位父亲说，"他去年春天毕业了，现在还没工作。我本来可以把他搞进'桑达克斯'③，但是他决心去做体育管理。他二十三了，信不信由你。"

卡尔文礼貌地笑了笑。

在十四岁的时候，他的态度转变了。如果她是一个男人，是不是情况会好一点？雷娜认为事情会更糟糕。她将这事怪罪到青春期如风暴一般变化的激素头上，但是真实情况要黑暗和复杂得多。一起狩猎结束了，一起钓鱼结束了，是在卡尔文父亲去世时结束的。从某种意义上讲，尽管这没有道理，但他似乎觉得弗雷德的死应该算在麦克头上。"我没杀他。"麦克想这么讲。

---

① 波塞罗（Presslo），药名。
② 路莫斯（Lumox），药名。
③ 桑达克斯（Centex），美国建筑公司。

尽管，她一直都有机会这么做。

药品销售。如果麦克没有在理发店里碰巧遇到邻居的话，她永远不会发现那件事。汉克·贝克是他父亲的老朋友。"苏珊，我敢发誓，我在你农场后面看见了一只狐狸。也许你该去看看，你不想那玩意进你家鸡笼吧？"

麦克去看了看。

麦克飞快地处理了卡尔文的植物，如同一个强壮的哥萨克人一样挥舞着镰刀。收割下来的东西看起来似乎是很好的饲料，但是给奶牛喂食大麻安全么？麦克没冒险。她把植物扔进垃圾袋，带去了垃圾站。

她在回家的路上顺路去了贝克家，汉克正坐在前门廊上。"我看见那只狐狸了，我把它解决了。"她坐在卡车里说，"谢谢你通知我。"

她没告诉卡尔文自己做了什么，她留待他自己发现答案。他晚饭后出去散步，回来时面露苦涩："你砍了我的植物。"

麦克什么也没说。只有这一次，她放任这些咒骂倾泻。

"你毁了我最后一季的收成，"他说，"六千美元。"

"你在开玩笑么？我没叫警察就算你走运了。"

"你不会那么做。"卡尔文说。但是麦克从他的眼神里看出来，他拿不准。"你会告诉我妈么？"

"这取决于你自己。"

最开始，她相信是自己在控制着局面，通知警察这种威胁足以让他改邪归正。他对于自己能够有第二次机会而感到庆幸，最终，他们一定会再次成为好朋友。后来，她明白过来，他一直以来是怎样轻而易举地就蒙骗住了她，他一直以来都对她的弱点了如指掌：麦克懦弱地期盼着他能够再一次喜爱上她，这是一个连麦克自己都没有察觉到的秘密。"你永远不会告诉我妈的。"过了几周，他说，"她永远不会原谅你对她撒这种谎。"

参观结束了，他们回头走向招生办公室。药品销售员退了几步走到雷娜身边："你孩子可真像回事啊。"

雷娜看上去似乎要给他个吻："我很为他骄傲。哇！"

销售员伸出一只手扶住她，时间正好，她差点在一片冰上滑倒。雷娜似乎没有注意到他的手一直放在她的背后。

"他在跟你调情。"麦克晚点会对她讲。她以前见过这种情况，见过雷娜对男人们的影响力：那个留着胡须的年轻兽医助理，还有那个性感的化肥销售员，他不请自来地在她们家的门廊上磨磨蹭蹭待了半个早上。就连她父亲，在雷娜关心照料他的时候也显得精神百倍。"她是个好姑娘，苏珊。当我走了，她会陪着你。"当雷娜搬进来的时候，他已经有些虚弱了，一整年都没有爬过楼梯，没准一直也不知道她们俩住在一间卧室里。就算知道了，他也不会联想到什么，因为她们都是女孩。

当他们回到高速公路上的时候已经接近黄昏了，11 月末的夜会早早地暗下来。雷娜转过身："好了，你觉得怎么样？"

在后座上，卡尔文耸耸肩："那不重要，我不会去的。"

雷娜看起来惊呆了。

"就算想去——实际上不想——我今年也没法申请，我没参加高考。"

"什么意思，没参加？"雷娜说，"看在上帝的份上，为什么不参加？"

一阵沉默。

"好了，现在才 11 月，"雷娜说，"申请日期直到 1 月才截止，你有大把时间。"

"事实上，我没有了。"卡尔文令人不快地笑着，"他们只在特定的日期才考试，下次考试日期要等到春天了。"

雷娜转向麦克："这是真的么？"麦克只上了几个学期，只有半截大学经历，却因此而成了这方面的专家。

"是这样的。"麦克躲避着雷娜的眼神。她的失望之情太过痛苦了，让人不忍看。

麦克从后视镜里盯着卡尔文，知道她的任务已经改变了。多年以来，她从弗雷德·威姆斯手上保护雷娜；而现在，她的任务是从弗雷德的儿子手上保护雷娜。

威廉·A. 史密斯：
宾夕法尼亚州石油热中被掩埋的英雄

谢尔比·伊丽莎白·万斯

当世界上第一口油井被架立于这里时，就在这宾夕法尼亚州的西部，埃德温·德雷克上校是那个集所有功劳于一身的人。作为结论而言，人们认为是德雷克上校（他并不是一个真正的上校）独自一人卷起袖子，开钻油井的。没什么比这更偏离事情真相的了。事实上，开凿这一具有历史意义的钻井的是一个叫作威廉·A. 史密斯的人，他也被称为"比利叔叔"（事实上，他和德雷克上校没有任何亲戚关系）。

比利叔叔曾接受训练，去做一名铁匠和盐场工人。他的特长是"钓鱼"，也就是，制作和修复在盐场工作的过程中被丢失或者被损毁的工具。1859 年，当德雷克上校来到宾夕法尼亚州的时候，因听到比利叔叔的良好名声而雇佣了他（每天 2.5 美元!），让其为自己钻井。

由于石油溪周围的条件所限，进度很慢。地下水接近土地表面。土壤是黏土、沙子和碎石的混合物，接近四十英尺厚。当比利叔叔尝试用传统的方式钻凿的时候，钻井会灌满水，四壁会塌落。故事的结局是，德雷克上校想出一个主意，在内部开钻，然后用一根铁管插入地面，这样就能避免水流入，阻止四壁塌落。这种"主动钻杆"现在是一项众所周知的独特发明，在德雷克发明出来之前还从没出现过。

晚年，比利叔叔声称，主动钻杆是他的发明，但是历史再一次将其归功于德雷克上校。谁是真的把这一想法带到这个世界上来的人？现在仍然是一个迷。世界永远都不会知道了。

德雷克也许是那个有一条高速公路以其命名的人，但是在我看来，比利叔叔才是宾夕法尼亚州石油热的真正英雄。他一生有过三次婚姻、九个孩子（其中一个在他为德雷克上校工作期间去世了，这是他鲜为人知的生活的另外一面）。尽管经历了如此的个人悲剧，比利叔叔仍继续在油田区域钻井工作，直到 1870 年。退休后，他去了巴特勒县的一个农场。他的工作从来没有让他挣到大笔金钱（就算计算上他的农场），而且直到去世为止，他一直靠慈善救济过活。

他幸存下来的孩子们的名字是詹姆斯、威廉、塞缪尔、玛格丽特、艾伦、艾德琳、格兰特将军、华盛顿将军（比利叔叔并没有在美国南北战争中服役过，但是他一生都是个爱国者）。

毫不夸张地说，第一口油井的开采改变了美国的生活。石油被广泛认作热与光的来源，而它同时在制造能够减轻痛苦并让今时今日的人们能够更愉快生活的药品方面，也起着重要的作用。另外，它同样被用于制造塑料。如果观察一个典型的美国人的家庭，你会看到大量的用这种物质制作的各种各样的产品。真的无法想象没有塑料的现代生活。

总的来说，记住作为"历史的谜团"之一的比利叔叔的传奇经历是件很重要的事。生活并不总是公平的。当比利叔叔在 1890 年去世的时候，他对于自己建造了世界上第一口石油钻井感到自豪满意，但是同样，对于看着另外一个人享有所有的功劳感到遗憾伤心。

2004

那些日子都开始于 7 点。床铺好了，澡洗了，早餐吃完了。这是有所争议的整个项目里最有用的部分，愚蠢的动物们在白天活动，在晚上休息。多年以来，达伦一直保持着瘾君子的作息时间——打瞌睡，在上午 9 点，在正午，在黄昏。

早餐后，药分发了。人们鱼贯而入护士的办公室，依次从那间发放神奇果冻杯的地方走出。达伦带着最后的希望，迎来了巨大的失望，他没被邀请参加这场聚会。他被分发了一粒混合维生素和一杯草本茶，茶闻起来有一股臭袜子味。

他带着小小的、悲伤的自豪感整理着床铺。

茶是由奶蓟草制作的，那是一种草药，能够帮助他的肝脏排毒，或者说，最起码能试着帮他排下毒。

喝下臭袜子茶，他去参加被称为"阶段"的晨间治疗组。这个名字是用来和下午的治疗组做区分的，下午那组被称为"团体"。

在"阶段"里，二十个人一起参与这一项目。他们承认自己对于毒品毫无抵抗的能力，承认他们的生活已经变得一团糟了，相信有一种比他们自身更强大的伟力①，能够使他们恢复理智。他们把生活完全托付给他们口中的"伟力"。②

如果你曾经认为自己也算得上有伟力，你可能会发现这么做很困难。但如果你是达伦——那真是令人遗憾——那这件事就不难办。最初的三个阶段实在是太简单了。

阶段四是进行彻底的和无惧的自我品德上的检讨，从这个步骤开始就有点麻烦了。

达伦这次开了一个好头。短短两年以前，他上一次在康复中心一直进展到了阶段八："我们列了一份所有被我们伤害过的人的名单，而且准备好自愿、主动地向他们所有人进行补偿。"

"主动"不是问题所在，他也足够"自愿"。问题是名单本身，上面包括他从十四岁以来接触过的每一个人。名单包含太多了。在他完成"彻底的和无惧的自我品德上的检讨"之后的那天，他走出前门，在山脚下搭上 12 路公交车，坐了十六个街区，然后在那儿的社区一直游荡徘徊着，直到他跑去找纳尔逊。

面对着这样一份名单，这一连串无休止的屈辱和失败，他觉得任何人，任何人都会想去"嗑药"的。

纳尔逊是他最好的朋友，是一个老瘾君子。他到底有多老，以及"纳尔逊"到底是他的名字还是姓氏，达伦一直都不知道。除了一些不得不中断的时候——进医院、进监狱——从 70 年代巴尔的摩的海洛因"黄金时代"以来，纳尔逊就一直没断瘾过。当供给在 80 年代中断不见的时候，他真的去阿富汗生活了，在那里他用口袋里的零钱就能够继续维持住自己那花销巨大的习惯。在恐怖主义和美国大兵毁了一切之前，喀布尔是这位瘾君子的"圣地"，是他的卢尔德③。总有一天，当子弹停飞之时，纳尔逊和达伦将会一起去那里旅行。

"阿富汗"是达伦的逃生计划，是他关于未来的打算。药效下，他

---

① 基于信仰，许多美国人会将上帝当作精神寄托。而在这种疗法的后面的步骤中，也多次"借助上帝"。
② 以上内容是十二阶段疗法的前三个阶段。此疗法是匿名戒酒互助会所发展出来的一套帮助人们戒酒的行为治疗方案，最初用于帮助人们戒酒，后经过改进调整也用于辅助治疗其他行为障碍症患者。
③ 卢尔德，圣母马利亚曾显圣的地方，位于法国南比利牛斯大区。

一直在为自己的深谋远虑而感动不已。

有个计划，让人觉得充满了"伟力"。

他上次在名单上列出的条目如坏账呆账一样，在这次依然被继承了下来。

在高三的时候，达伦获得了贝克屯扶轮社①给出的一笔小额补助金，叫作"希望奖学金"。如果考虑到约翰·霍普金斯大学那笔巨额的学费账单，这笔钱有比没有好，但是也就好那么一点点。

扶轮社社员对于盛大的仪式着迷，他们在一次特别的宴会上颁发了这笔奖学金。达伦被叫上台，然后接过那笔几千元的支票的巨大扩印副本，副本被印刷在大型海报板上。

"希望奖学金"是因为他父亲而存在的。几年以前，达伦还在上初中的时候，迪克·德夫林就一直向他的扶轮社伙伴们宣扬，他想去建立一个科学领域的奖学金。"我在为未来做打算，"他后来对达伦承认道，"我以为哪天这笔钱能够帮上你的忙。"

多年以来，迪克一直在打基础，好让达伦能够收到"希望奖学金"。这是好意的、理智的想法。

阿诺德·吴曾经是他在有机化学专业的第一个实验室搭档。他是一个害羞的、认真的孩子，来自南加里福尼亚州，他打破了达伦对于那个地方所有的刻板印象。他们的第一次实验涉及再结晶。他们一起撰写报告，彻夜不眠，靠"红牛"和两片达伦从室友那里买来的阿德拉②熬了一整晚。

第二周的实验涉及熔点。达伦赶不上课程进度，而阿诺德抛下他独自开始。他把自己的笔记给了达伦，让他去复印，上面满是阿诺德用他那认真谨慎的手握着自动铅笔所写下的计算方程式。

第三周的实验，达伦忘记了。他到底是神志不清地去上了课，还是在神志不清的时候产生了自己去上了课的臆想，很难说得清。

有机化学是一门优胜劣汰的课程。第二个学期，班上的人数已经

① 扶轮社（Rotary Club），起始于美国的国际性慈善组织。
② 阿德拉（Adderalls），含有安非他命，控制中枢神经。有个别美国学生会在考前服用，以保持清醒，提高注意力，但此药会上瘾。

减少到原本的三分之一了。完全托了阿诺德·吴的福，达伦没被淘汰。他的第二个有机化学实验搭档是霍莉·吉尔曼，这次实在是糟糕太多，因为霍莉·吉尔曼爱上他了。

关键是她不是一个漂亮的姑娘。就像是莉亚·瑞杜拉斯基在高中时爱上他那样，霍莉选择他的理由是个谜。

在大一学年的期末，他受邀参加回访扶轮社的晚宴，去就他在约翰·霍普金斯大学的经历做一个演讲。达伦答应去出席，他做好了每一个准备，甚至借了霍莉的车。

那时，他的学术导师是一位叫作格蕾塔·申克尔的女士。那年夏天，她慷慨地雇佣他，在她去斯图加特的父母家串门的时候，请达伦去帮她看家然后照顾她的猫。整整一个月，他一直在享受着这位教授的立体音响和投影电视，通常是和完全陌生的人一起享受——和那些卖给他"好货"的人，或者是口头保证会这么做的人。

一天晚上，他回到格蕾塔·申克尔的家，发现一扇被打碎的窗户。他从来没有去报告这起抢劫。那天晚上，或者说整个夏天，他还没清醒到能够和警察打交道的地步。相反，他打电话叫了纳尔逊。

他和她上床是因为这样会让她变得更好对付。

他现在还欠着霍莉·吉尔曼几千块钱，也许更多。他没概念，他从来没问过她为汽车上了多少钱的保险。

他不能完全肯定那只猫是什么时候跑掉的。

这类故事无穷无尽。

时间安排表上有两个小时的电话时间：11 点到正午是打电话时间，下午 5 点到下午 6 点是接电话时间。

每天两次，达伦把自己放空，呆站在一个付费电话前。那种东西过去曾经在世界上存在过，现在也就只能在康复中心才能找得到了。在这里儿，手机被禁止使用，因为手机里面有他们深藏其中的宝藏，有已存号码和快速拨号名单上的供给商。

他从名单上简单一点的开始。基于各方面考虑，达伦不觉得特别对不起阿诺德·吴。阿诺德曾要求、后来也确实换了一个实验搭档。最起码阿诺德成功从他这脱身离去了。

阿诺德,现在是麻省理工的博士后。他在接电话的一开始,甚至可能在聊了一会儿天之后,都没能记起来达伦是谁。

"哦,达伦。"他友善地说,带着一种使劲回忆的滑稽语气,"你现在怎么样了,伙计?"

这话问得就像是达伦说的那句"我现在在海洛因康复中心"没有回答这个问题一样。

"别在意,"当达伦向他解释打电话的原因的时候,他说,"事实上,这事还有点奇妙。你记得温迪么?就是在你之后和我搭档的那个。"

达伦想,温迪卖海洛因么?不卖?那不好意思,不记得。

"我们现在结婚了,马上就要生孩子了。所以,我想我要感谢你才对。"

不用客气,达伦挂电话的时候想,我很高兴染上毒瘾这件事对你有所帮助。

吉雅·伯纳德的电话号码被他存储在了手机上,手机在入口处就已经被没收了。达伦像变魔术一般从大脑里的某个遥远的角落,那还没有被阿片类药物摧毁的部分里,"变"出了她父母的电话号码。那段记忆如同上辈子那么遥远,那一整个夏天,他天天都给吉雅打电话。

罗科呼着粗气,呼吸有点艰难。他听起来十分老。"别挂,"他咳嗽着说,"我去找她。"

"您好,"吉雅说,"哪位?"

达伦清晰地记得他们第一次接触毒品的时候,要不是他,她永远也不会拿起一卷大麻叶子。对于这一点,他十分确定。

他挂上了电话。

他第一次给霍莉·吉尔曼打电话的时候,她挂了他的电话。第二次,她哭了。第三次,她又挂了电话。这些都不成问题。

问题是,他没法给他母亲打电话。

第二天,他又试了一次。这次,吉雅自己接了电话。他的悔恨似乎让她觉得有趣。

"为什么道歉?总之,我们度过了一个棒到爆炸的夏天。"吉雅说。

只说了这一句话，她就换了个话题。关于达伦的"阶段八"，关于他要作出赔偿的道德重任、他的麻痹了的罪恶感和羞耻心，她什么都没说。

"你还好么？"她问，"在那边，你整日做些什么事来消遣？"

"整日净灰心丧气了。"

"对于你母亲的事情，我真的很遗憾。"

那句话让他的身体真真切切地疼了起来。

"葬礼很隆重，斯通的工作做得很出色。即使是罗科也这么说，他很挑剔的。"

痛苦卡在他的喉咙之间，就像会让他窒息而死一样。

"她看上去很好。你知道她被伤得不轻，但是他们把一切都遮住了。"

达伦忍耐，非常地镇定、彻底、无惧。

"他们疯了似的找你，你的父亲甚至给我打了电话。他觉得我可能知道怎么联系上你。我尝试给你手机打电话，但是连一条语音留言都没让我留，语音信箱早就满了。"

那时，达伦一直无影无踪。这不是偶然，完全是被设计好的。

他们花了好多天，试图去找到他。达伦后来知道，在几个月以后，他的大哥理查德曾经去了巴尔的摩找寻他的踪迹。有人看到这位亚麻色头发的大个壮汉，出没于卡尔斯镇的老旧公寓附近，行迹鬼祟，看起来像是个警察。达伦那时锁上了公寓外出去了。他从加里·比森的嘴里听到一个三手的谣言。加里与他住在同一栋大楼里，卖劣质的廉价烟草叶，四分之一盎司装一包，里面满是种子和茎秆。"他们盯上你了，伙计。"加里说。达伦把这事当作抽大麻的人的偏执妄想，但是没去反驳。从某种意义上讲，这是一种奉承，奉承他已经重要到需要警察盯着的地步。他从来没想过他的哥哥会来这里找他，也没想过来找他的理由会是什么。

那年春天，如同每一个春天，萨莉养的水仙花在积雪融化之前就会绽放。

家里头尽可能地推迟着她的葬礼。最终，在圣诞夜前，他们把他的母亲安葬了。

2005

因为真的应该有个人这么去做，韦斯利正式开始思考关于水的问题。

事故期间一共泄漏了两百万加仑；在清理过程中还有水被污染了（想想那个被放进了水下容器的放射性外壳，还有那些在地下室里被轮式机器人溅起的水），加仑数未被公开。

未被公开，是因为没人问过。该死的记者！韦斯利被他们流于表面的调查方式弄得冒火。他们永远不会问那些他想让他们问的问题。

反应堆的地下部分对于人类来说温度太高了。铯137，一种原子分裂带来的副产品，可以渗透过地板和墙壁。它们通过四散逃逸，污染了数量未知的水。这些水，当然必须在什么地方进行处理。

"他妈的。"韦斯利说。

这是他最喜欢的单词，一旦有任何东西冒犯了他的时候都会蹦出口，比如当他遇上质量低下的报告、夜间盗汗时，又或者，像是今天，在"路莫斯"的儿童防护帽盖给他带来麻烦的时候。那个东西即使是成年人用上两只手也几乎没有办法打开它。一周最少两次，这个帽盖会完完全全地打败他。他撬开帽盖，疯子般地用力，弄得胶囊（蓝色，10毫克装）劈头盖脸一通乱飞。杰丝昨天刚刚重新补足了他的

"路莫斯"。今天早上，那九十个胶囊——一整月的量——全撒到了浴室的地板上。

"他妈的。"韦斯利当时说。

这一大堆的麻烦实在是太多了，多到难以面对。他关上卫生间的门，然后回到书桌去。铯137的半衰期是三十三年。在某个地方，他收藏了一份关于它的其他属性的专题文章，但是他记不起来到底放在哪里了。在空荡的卧室里，有四个全尺寸的文档柜，每一个都装得半满。在地板上、书桌上、床头柜上、床上，十几堆文件正亟待装柜。那是些新闻简报和工程报告；是些会议纪要，抬头印着"核能管理委员会"。得益于《信息自由法案》，这些文件才得以公开，他去了位于哈里斯堡的宾夕法尼亚州州档案馆好多次才收集到这些东西。还有每一期《辐射肿瘤学》和《环境医学杂志》，这是他最喜爱的两种期刊，里面记载了对于治疗方式进行的双盲实验和安慰剂对照实验，实验证明了治疗不起作用。文中还介绍了为验证这一结论而开展的长期人口追踪调查。杰丝提出要帮助他整理文件，但是韦斯利至今为止一直拒绝。一旦什么东西被整理归档了，那对于他而言，就永远地失去它了。他对于放手有所顾虑。

他回到卫生间，收拾着他的"路莫斯"，小心翼翼地捡着这些胶囊。除了保险担负的部分以外，一粒胶囊要付费1美元。他最新的用药剂量是每日30毫克，直接把这些玩意扔到垃圾桶里，他可负担不起。而且，卫生间的地板上说不定生活着什么样的微生物，他负担不起操这种奢侈的心。

安全壳建筑被反应堆冷却水淹没了，那是两百，也许是三百加仑的高辐射水。这些水都他妈去哪里了？

他开始这样说粗话是在一个早晨，一个满是坏消息的早晨，当时他们正开车离开医院。杰丝坐在驾驶座——即使是在他得病以前，也总是这样。她一直都是个比他好的司机。

"他妈的。"韦斯利说。

她本能地踩下刹车："你说什么？"

"'他妈的'，"他略带疑惑地重复着，"你知道么，我都不相信刚才自己把这词大声说出来了。"

这事是七周以前发生的。他当时三十三岁，现在也是。

现在，他对于自己过去是那么的正经八百而感到惊讶，惊讶自己这辈子都在拒绝着那种强烈的语言。为什么过去要一直否定这种痛快的乐事？他的父母顺从上帝的告示。他的父亲，特别地不能容忍堕落之事。他主要的抱怨对象是电视节目，抱怨里面对于神圣事物的亵渎。当演员说"下地狱"或者是"该死的"时他会换频道。

三十三岁是耶稣被钉死在十字架上的年纪。铯的半衰期是三十三年。这是最为普通的巧合，然而，韦斯利长期习惯了探寻藏于巧合中的意义，探寻隐藏在数字背后的一些更深层次的含义。他明白这种冲动是荒谬的，常年的《圣经》研习已经让他的脑子一团浆糊了。

安全壳建筑里有一个存放建筑，里面存放着其他存储设备。

为了尊重教堂会众，他只会关起门来私下里说脏话。他脏话说得极差，完全没有半点水平可言。"狗屎他妈!"有一次，当一辆小客车在医院停车场里堵住了他们的时候，他怒喊道。杰丝笑得脸都变紫了。他和一个"大笑姑婆"结了婚，是他这辈子最棒的决定。

从别人眼里没有意义的地方找出意义，是一种稀少的认知能力，这能力用处不多，只在特定的领域里有所发挥，比如算命、做广告。对于神学者而言，这是个他们必备的能力。他们不允许任何事物的意义只意味着其本身（七：圆满，尽善尽美。四十：上帝采取行动所需要的时间）。这种能力的最终测试，当然是《启示录》——幻想、绝望、偏执、疯狂的枕边故事。

他把"路莫斯"放回琥珀色塑料药瓶里，然后放到架子上。药瓶上写着：韦斯利·皮科克，路莫斯，每片10毫克，每日3片随食物服用。什么时候变成他的路莫斯了？想想就让人难受，和这种药物变得如此亲密，如同结了一个被大制药公司包办的婚姻。"相亲"发生在三十二岁，在晚间新闻中的插播时段，在如同速配约会节目的严肃版变种上：插播的节目向年老体弱的人夜复一夜地介绍着一系列的药物，介绍任何有可能成为他的药物的药物。一次真正的"心意相投"要取决于一系列的因素：症状、副作用。就像所有的恋情一样，这被归结于化学因素。"跟你的医生谈谈。"带着长者腔调的画外音这样建议着。

观看满是商业广告的晚间新闻糟糕极了，但这是老人少数能够和孙辈一起进行的活动——他们不用担心胃酸倒流、髋骨骨折、心房颤动或者是突发中风。

韦斯利永远也不会有孙辈了。

难看的真相是，他讨厌他们，讨厌这些充满生气的快乐老年人，以及他们依赖药物达到的勃起。对他而言，他们对于健康的不懈追求似乎是世界上最差劲的贪欲。

"活了七八十年了，你还没有活够么？"韦斯利朝电视里那个正在给孙女推着秋千的英俊老绅士问道。

"赶紧去死。"他对着屏幕说。

对待诊所的工作人员时，他是性情乖僻、让人讨厌的。在经过二十六次头部和颈部的放射性治疗之后，他被询问了关于副作用的问题。"你感觉皮肤如何？"今天早上，一个年轻漂亮的护士询问道。她看起来才刚刚到可以开车的年纪。

"感觉烧得慌。"

"像是晒伤。"她边说边在病历表里做记录。

关于晒伤的无止尽的对话在最初的问诊时就开始了，完全可以成为以后帮助他去回想起这段疗程的记忆点。在第三周的时候，放射性肿瘤学家解释道，大部分患者会注意到放疗区域轻微发红，"像是晒伤"，他挥着手补充道。在当时，这听起来像是一个合情合理的比喻，虽然没什么用。韦斯利几乎从来没有在阳光下晒上超过十分钟。

今天早上，他终于受够了："你们这帮人别再说这个了。"

那个年轻护士从病历表上抬起头。

"我知道'晒伤'是一个好用的词。你们都这么说，而且我肯定你相信这事确实就像是晒伤。"韦斯利的心脏剧烈跳动，他的脸烧得通红。就像是被晒伤了，他想。

"也许从来没人跟你说过，或者也许你就根本不在意，但是以防万一你对这事感兴趣，我就说说吧。这事一点也不像晒伤。"而且，世界上没有圣诞老人，没有安慰，没有正义。所有你执着的，都是假的。

那个年轻护士看着他，好像他发疯了一样。

到了第三周，皮肤开始发红。

到了第四周，皮肤开始流脓。

他的癌症，是因为辐射而导致的，现在被辐射治疗着。这种讽刺并没有放过他。这种讽刺太多了，以至于他无法承受。

他在这段时间里领悟到了，死亡并不是圣洁的，这个发现令他震惊。在他当牧师的多年时间里，他会定期去医院安慰那些病人。现在，那些记忆，那些他反反复复念过的《圣经》篇章，那些从他这个自命不凡的健康人口中说出的空洞的陈词滥调，都让他感到羞愧。在那时，他相信过，那些所有的健康人都相信着的事情：死亡是一件重大的事情，但和他们无关。

现在这件事真正地离他不远了，他明白了信仰的真正本质。

疗程的第一天，一个住院护士询问他的宗教信仰。他向护士解释道，他也没想到其实自己很少考虑关于来世的事情。现在，死亡迫在眉睫，而死后不朽却毫无任何魅力可言。死亡是礼物，他曾如此宣称。这个现实世界从来没有引起他的兴趣过，直到他快要离去的时候。

他解释道，信仰是恐惧的后代，诞生自那种所有的动物都会有的最本质的恐惧，恐惧于自我存在的消亡。人们期盼自身能够不朽，期盼得太过迫切，便会对最为狂野的幻想——终极救赎、最终审判、行走于地上的神灵，也张开双臂欢迎之至。信仰，说到底，不过是夸张至极的人类的顽固。人们执迷不悟地否认着死亡，绝对地、永久地拒绝着死亡。

"您的宗教信仰是什么?"她重复道。

"没有。"韦斯利说。

数字，特别意味深长。

二十六年以前，当三里岛灾难发生的时候，小男孩韦斯利·皮科克七岁大。

放射性实体瘤的潜伏期有二十到三十年。

即使是杰丝也不理解韦斯利的那股子强烈欲望，他需要搞清楚到底是什么杀死了他。注意，是杀死"了"。从各种重要的角度而言，韦斯利已经算是死了。然而，感谢科技的发展，他现在成了一具由大量信息组成的行尸走肉。每一天，他都在往自己的库存里添上些信息。

有一次在晚饭的时候，他几乎大声地脱口而出：我年富力强的时候就死于绝症。是杰丝的脸让他没能说出口，因为他实在太爱她了。因为，即使怒火中烧，他也不是一个残酷的人。

在1979年的春天，卡特总统组建并委派凯梅尼委员会①去调查三里岛事故。从政治角度上说，这个时间点很有些微妙。随着选举期的临近，总统在委员会成员的选拔上变得十分谨慎。其选拔的主要标准就是"没有什么固定标准"。不管怎样，卡特都会输掉选举。

事故以后的第四天，他去事故地点看了看。他的脚上套着黄色靴子，用来避免自己的鞋受污染。

1979年，宾夕法尼亚州卫生部建立了三里岛人口登记系统，系统记录了在事故发生的时候，有哪些人居住在核电站方圆五英里之内。名单每年都要与州内的死亡证明记录进行比对。在名单上所有的32125个名字里，有三个"皮科克"，韦斯利、吉恩以及贝尔纳黛特。韦斯利·皮科克快要死了，吉恩和贝尔纳黛特已经死了。这两个名字已经从名单上面划掉了，死亡原因分别被正式标注为：心脏骤停、待定。这两起死亡和三里岛事件毫无联系。

在辐射量超过5毫雷姆以上的环境下，高感光胶卷会受到影响，成像不清，冲洗出来后照片会雾蒙蒙的。

韦斯利的父亲在退休后的一周，心脏病突发。发病时机很普通，尤其是放在一个男性身上。当一个男人失去了他追求的更高目标时，死亡总会到来。对于吉恩·皮科克而言，所谓更高的目标是贩卖动物饲料。

登记系统对于吉恩的死亡和其妻子的死亡（发生于1979年3月28日）一视同仁。他妻子当时还怀着孕，自己却不知道；她死得太早了，早到不足以患上白血病、乳腺癌或者是类似的疾病，也因此，登记系统中描述她的那个词，既不是"受害者"，也和描述吉恩的死亡所用到的那个准确的词语有所不同。在流产的时候，贝尔纳黛特没有去看医生，所以登记系统没有把那个还未出生的"皮科克"，没有把那个

---

① 凯梅尼委员会（Kemeney Commission），是卡特总统就三里岛事件临时组建的总统委员会，委员会会长是约翰·G.凯梅尼。

迫不及待想要出生、然后令人悲伤地失败了的宝宝，算到系统里。

"待定"这种描述，可能并不准确。韦斯利强烈怀疑，他的母亲是自己决意去死的，尽管他永远也没办法确定。

那年夏天，来自伊士曼柯达公司的工程师们挨家挨户地拜访了整个社区，收集那些还没拿去冲洗的胶卷。贝尔纳黛特听到了门铃，但是懒得起身开门，反正她也没有相机。后来，她去看医生，医生开了安定片帮助她放松。

卡特因为人质事件选举失败。

没有一个洗出来的胶卷上有不同寻常的"雾气蒙蒙"。

她拿出一把安定片，然后渐渐睡去。

多年以后，在切尔诺贝利爆炸以后，一队俄罗斯科学家来到宾夕法尼亚州展开调查。他们打电话，敲房门。这些俄罗斯人从二十九个人身上取了血样，然后进行细胞遗传性分析。他们的调查结果没人知道。

（该死的记者。死者韦斯利想要知道：为什么是这二十九个人？选择的标准是什么？他们是在怎样的黑暗而神秘莫测的苏联科技的驱使下做出这种选择的？）

在宾夕法尼亚州，有四个叫"皮科克"的死者。

切尔诺贝利事故发生后，欧椋鸟再也不会在春天时拜访那里了。

和所有"合法"的灾难一样，三里岛事件也被解释为一场意外。对于常规事故的理论解释是：一个复杂系统中众多错误部分的一次意料之外的相互作用。灾难是无法预料、无法理解、无法控制，而且无法避免的，至少有关人士这么宣称。

数以百计的文件的影印件，众多的研究，众多研究这些研究的研究。这些研究着眼于各种癌症、死产和流产的统计数据，然后得出了同样的结论：癌症、死产或者是流产率没有显著增加（所有的计算方式都使用了假定的最小辐射暴露量，此当量由法庭认可裁定）。

韦斯利将儿童防护帽盖盖好，站起身，后知后觉地发现一个珍贵的蓝色胶囊被他踩在脚下，被他的拖鞋碾碎了。从现在开始，四个月内，他的名字就要从登记系统里被划掉了。他的甲状腺未分化癌在七周以前确诊，而人们不会将它和三里岛的意外联系在一起。

如果使用最小辐射暴露量计算，想要得出具有统计学意义的相关性是不可能的。这就引发了这个问题——

（"你会把自己逼疯的。"杰丝隔不久就会对他说一次。）

也就引发了这个问题——

（"拜托，停下来吧。"杰丝说。）

也就引发了这个问题：如果一个研究实验，在设计上就让这个实验不可能证明研究的假设为假，那还做这个实验干吗？

（他的妻子对于能够每天早上出去工作满怀感恩。）

那还做这个研究干吗？

对于死者韦斯利而言，答案是明显的。做这个研究是为了完成这个研究，是为了得到好多张特别适合做影印件的满是数据的文件，是为了让文件柜有东西可归档。

数字，特别意味深长。

甲状腺乳头状癌的十年生存率为93％。

甲状腺滤泡状癌的十年生存率为85％。

甲状腺髓样癌的十年生存率为75％。

甲状腺未分化癌的十年生存率为……（没有数据）

没有一个洗出来的胶卷上有不同寻常的"雾气蒙蒙"。然而，在哈里斯堡，婴儿的死亡率增加了三倍。数百人报告说有皮肤溃疡和皮肤损伤，报告说自己嘴里有金属味。

睡眠躲避着他。他没办法做那些足以让自己劳累的活动。傍晚，杰丝上床以后，他溜下楼去看电视。一百四十六个频道，每一个都一样棒。情景喜剧、电视购物节目和家庭购物网络频道。他单纯想要听人说话而已。

一天晚上，乱换着频道，他找到一部播放到中途的电视电影，可能是70年代的。他一眼就判断出来了，连自己也不知道是怎么做到的。也许是因为那种灯光——颜色如同暗淡的阳光，或者是因为那种老录像带的模糊的分辨率。这不就是以前电视节目看起来的样子么？韦斯利隐约回忆起来，过去的电视还老是需要边看边微调。如果演员看起来有一点发绿，就扭一扭"色调"调节旋钮；如果画面上下跳动，就调整一下"水平同步"。

他立刻就认出来那部电影了，《塑料泡里的男孩》，在一瞬间让他想起了整个童年时光。因为这部电影，也因为别的原因，韦斯利感觉很痛苦，痛苦到几乎没办法继续把这部电影看下去的地步。

电影实在是太，太，太蠢了，比他想象的还要蠢，怎么看都无聊极了：俗气的情节和无趣的配乐，表演真诚得令人尴尬。这部电影的前提——那个男孩出生时就没有免疫系统，活动被限制在他父母的郊区农场里的一间无菌偏房里——现在看来很荒谬，尽管他还是个孩子的时候什么也没想就接受了这个设定。事实上，还曾经被它搅得心神不宁：在之后的好几个月甚至是好几年里，那些电影角色老是反复出现在他的梦里。

这部电影说的是什么来着，男孩韦斯利·皮科克？

他看着，又心神不宁起来，不是因为这部愚蠢的电影，而是因为孩童时的自己。他是个容易患上儿童疾病的小"宅男"，害怕更大的世界，尤其害怕其他孩子。一个男孩，渴望大人们清醒时的陪伴，尤其是母亲的陪伴。贝尔纳黛特一直是他最好的朋友和保姆，她对于他感冒和耳痛的关怀，让他觉得流鼻涕、难受也是值得的。在那时，疾病对于他来说，曾经一直是奢侈的代名词，它意味着樱桃口味的止咳糖浆和那些止咳糖，意味着母亲会用托盘给他送上餐饭。

比起任何其他事物，他都更想去做一个病号，去被呵护和照料，现在这可怕的事情实现了。对于死者韦斯利而言，这实在是太讽刺，太让人难以忍受。这件事情，实在是来得太快了，让人来不及准备。

他强迫自己继续看电影。问题在于表演，他现在注意到了，在于演员太过用心的真诚。他们似乎并不明白这个故事是不可能发生的。这没让他们表演得更好，反而让他们看上去很可悲，像是容易受骗的演员，被导演用些花言巧语骗去搞这出让他们自己难堪的戏。

"你知道么，"泡泡男孩告诉他的医生，"其实不是你想的那样，我在这里面也不是特别不快乐。"

他现在想起来了，《塑料泡里的男孩》还是一个爱情故事。青年时代的泡泡男孩，在大部分时间里，都在用双筒望远镜望着那个隔壁的女孩，直到，终于，难以置信地，她邀请他去一场沙滩派对。韦斯利对这个场景记得很清楚，这并不奇怪，在盒式磁带录像机诞生之前的年代里，当他还是孩子的时候，他在自己的脑海里重放过一千次这个场景：泡泡男孩待在一个密封玻璃器里，乘坐医院轮床去了海滩；那个女孩穿着比基尼泳衣骑在马背上。作为一个男孩，他觉得这画面很刺激。事实上，这是他当年第一次性幻想时所用的场景，仿佛他自己也出演其中：那个女孩骑着马奔向他，胸部晃动；而他待在玻璃器里，像是朵巨大的胸花。

诡异。太诡异了。

现在，那副场景依然让他激动，不是因为那个少女演员——他几乎认不出来她了。在幻想里，他已经用杰丝——他自己的那个隔壁女孩，代替了她。杰丝是他唯一爱过的姑娘。

那场海滩的戏，原来才是整部电影的高潮。死者韦斯利继续看着，稍微觉得有点无聊。泡泡男孩上了高中，一开始他是在家通过闭路电视上学。后来，他穿着一身聚酯纤维做成的太空服，背上背着块电池，亲自去了学校。那幕场景让人觉得尴尬得看不下去，和现实生活没有半点相像。尽管韦斯利想要忘记，但他还是记得，当他第一次去公立学校的教室时，痛苦地发现自己要被同龄的孩子们包围了——被那些处在青春期困扰中的少男少女，被那种他所了解不了的莫名其妙的充沛活力所包围。

他关上了电视。

他并不想重温这部电影那令人伤感的最后一幕：男孩走出了他的泡泡，想要和女孩一起骑马（而且，很可能想要在她离开去大学之前和她做一次，这是当时的韦斯利还太纯洁而无法领会的隐喻）。当自己还是孩子时，他讨厌这个结局，结局在他看来像是种对他的背叛，是对于世界各地的泡泡居民的侮辱。而对于现在的死者韦斯利而言，结局则更像是对他的一种暴行。

他又把电视打开。

真实情况是，愤怒让人向往。在他最后的岁月里，愤怒是唯一能让他觉得自己还活着的感情。那个可笑的高潮场景——男孩毫不在意地离开了他的泡泡，肯定是被一个令人讨厌的年轻而且健康的人写出来的。还有什么别类的人会把生存看得如此轻而易举？还有什么别类的人想要抛弃自己宝贵的唯一生命，就为了爱情、性爱、自由，或者为了随便哪个类似的理由？

　　每一天的中午，他穿着睡裤，外面披上一件浴袍，听到一辆车开过车道，是谢尔比·万斯过来给他送午餐。现在她已是谢尔比·德夫林，虽然韦斯利还是很难想象她已经结婚了，为人妇而且为人母了；很难想象她在各方面都已经是一个成年人了。"她看起来有点单纯。"杰丝曾经不止说过一次，但是这话不对、不准确。谢尔比就像是孩子一样毫无戒心，你永远不知道她会说出什么话来。

　　"你觉得怎么样了？"当他开门时，她问。这句话已经代替"你好"成了他们之间的常规寒暄语。

　　"挺好，就是有点晒伤了。"他看到她没和奥利维亚在一起，有些惊讶。她通常会推着婴儿车带着女儿，举止有些笨拙，就像是提着一桶洗涤废水。最开始，韦斯利会为有孩子在场而感到有一些不舒服。他从过去到现在，都会被婴儿，被他们不间断的索取吓到。然而今天，他没见到奥利维亚却觉得失望。当他们没有话可说的时候，他和谢尔比就看着奥利维亚，像看着电视一样。没有她在场，他们之间可说的话会更少。

　　"今天理查德放假，"谢尔比说，"我让他临时照顾一下孩子。"

　　照顾自己的孩子怎么会是"临时"的？韦斯利没问。他曾经见过谢尔比的丈夫一次，发现他们看起来并不像是一对夫妻。理查德·德夫林和韦斯利岁数相仿，但是看起来更老一些，是个态度生硬的人。令人奇怪的是，理查德让韦斯利想起了自己的父亲。谢尔比，就他看来，从十四岁开始就没怎么变过。

　　"你饿么？我做了两个三明治。"

　　"一个就足够了。"韦斯利说。他好几个月都没有过饥饿的感觉了。

　　他看着她在厨房里到处忙活，拿出面包、黄油、罐头汤。她熟悉厨房，和杰丝一样熟悉。

　　"他可以一次对付一个，就是别一起来。所以，这次算是某种实验。"谢尔比把奶酪三明治放在盘子里，"当然，再过几个月就不这么麻烦了，布雷登要去上学前班了。"

"那对你来说是件好事情啊。"韦斯利说。

"哦，不是。"她严肃地说，"如果可以的话，我真希望让他和我一起永远待在家里。"

"你许愿的时候要小心点。我就是在家自学的，我很确定我已经把母亲逼疯了。"

她看起来很惊讶："原来可以让孩子在家自学么?"

"当然，很多人都在家自学。"他已经习惯于她的无知和惊讶，"主要是由于宗教上的原因。人们不一定同意公立学校里教授的那些东西。"

"你父母当初这么做就是因为这类原因么?"

"我估计是。"奇怪，他从来没考虑过这事。这是谢尔比·德夫林的另一面，总是提出让人震惊的疑问。"这事可能是我父亲的主意，过去老是他拿主意。"

"你喜欢那样么?"

他又一次被引回那个愚蠢的电影，那个穿着滑稽可笑的太空服的泡泡男孩，被同学欺负。情绪波动是"路莫斯"的一项常见副作用。无由地，他要落泪了。

"太喜欢了。虽然，现在回想一下，我也不能确定这事对我有好处。你看上去棒极了。"他转换话题说道。不是她常穿的牛仔裤和运动衫，相反，她穿了一条裙子和一件女士罩衫，一条红色的皮质宽腰带束在腰间。他觉得那条腰带像是制服的一部分，就是动漫超级英雄打击罪犯时穿的那种制服。

"每隔一段时间好好打扮一下的感觉挺好的。我再也没有这种机会了。"

"我也没有了。"韦斯利说道，但是谢尔比却没笑出来。她没什么幽默感，冷幽默感也没有，他觉得这种性格少许有点异样。

她把烤奶酪放到托盘里的盘子上，给他倒了一杯牛奶和一杯水，然后放好了"路莫斯"。她的裙子非常短。穿在另一个女人身上，这身打扮可能会显得很性感，而穿在谢尔比身上，似乎只是显得她长大了，让这身衣服短得穿不下了而已。

谢尔比和谁在一起都不像是一对夫妻。

她把牛奶和黄油放回冰箱。"看到你康复出院真好。你吃饭的时候想要人陪陪么？我有一整个小时。但如果我离开太久，理查德会着急，他会担心自己不得不去换尿布。"

"别担心我，"韦斯利说，"代我向理查德问好。"

他陪她走到门口。她的腿又长又细，这是件好事情么？他从来也不明白那些对于女性腿部的迷恋。

"谢谢你过来，"他说，"帮大忙了。"

她朝他走了一小步："你确定不需要我留下来？"

死者韦斯利看着她，困惑着。这是他了无生气的标志，他没有第一时间明白她的意思。

她采取了下一步行动。

当他让谢尔比吻他的时候，他想，自己一定是疯了。当意识到自己已经失去理智，他本该更困扰些，但并没有。他早就已经失去太多东西了，也不差"理智"这一个。

他们不顾一切放纵地吻着。放纵这种情绪曾经让他困惑，而现在他已经完全明了了。他不顾希望、荣誉，不顾可能出现的不良后果。那个蠢男孩走出了泡泡，走进那非常短暂的未来。

他们狂热地吻着，就像那些活着的人所做的那样。

他带她走进地下办公室，床垫上堆满了他永远也不会归档的文件。他肆意地把它们扫到地上。

他亲着她，用他还没失去的所有的感情和冲动。她的皮肤充满了活力，衣物下面温暖得令人震惊。

他们脱衣的举动无法同步。韦斯利穿着睡衣，穿方便，脱方便，他就像是一个被频繁要求更衣的巨型婴儿。谢尔比的衣服是由各种构件组成的结构复杂的中世纪铠甲："神奇女侠"式的腰带和很多带扣，文胸和吊带长袜。所有这些都需要花费时间。

"怎么了？"谢尔比说。

"没事。我很抱歉，"他说，"这不是你的错。"

她的脸涨得红得发紫："我是不是做错了什么？"

"我正在服用大量药物，"他喃喃自语道，"再也没有什么还能用了。"

"那没关系，我反正也该走了。"很快地，悄悄地，她重新装备上了复杂的铠甲。他从来没有见到过任何人穿衣服这么快。

死者韦斯利陪她走到门口。到他结束将死未死的状态为止，也就是从今天开始算起，直到一百二十二天以后，他这次没能成功和谢尔比·德夫林做的爱，将会是他此生唯一藏起没告诉杰丝的秘密。

死亡并不神圣。

在一种恍惚的状态里，他看着她开车离去。谢尔比，她渴望和一个死男人躺下来。最后，他明白了，她到底是有多异样。

一个复杂系统中众多错误部分的一次意料之外的相互作用——还有比这更好的对人类生活的描述么？

基于最小辐射暴露量计算，没有显著的不良影响。

集体需要

THE COLLECTIVE NEED

2012. 8

9

是否有一个一直挥之不去的困扰着你的问题？你是否有太多的问题数都数不过来？

全州，天然气钻井开采所造成的有害影响正逐步昭示出来。

你家的自来水是否有奇怪的臭味？水是否看起来有些污浊或者有些油腻？你的健康状况如何？

如果你和你的家人正处在水力压裂钻井的噩梦中，你们应获得相应的珍贵法律权益。

头晕，恶心呕吐，腹泻。皮肤过敏是常见症状。你是否患有不明原因的脓疮或者皮炎？失眠或者嗜睡？你是不是发现自己呼吸困难？

四十年来，律师保罗·扎卡赖亚斯一直为弱势群体出头。我们力争让你获得的经济补偿最大化。

头疼，失忆。认知性功能障碍并不罕见。你是否经常犯迷糊？

在天然气井工作的员工中，受伤是很普遍的，像是因为跌落、爆炸、有毒物质泄漏、机动车辆事故。律师保罗·扎卡赖亚斯一直以来在人身伤害、非正常死亡和产品责任（有缺陷的机械和设备所造成的伤害）等领域进行战斗，为客户进行诉讼，并且赢得了大额赔偿。

你家牲畜的日常情况如何？你是否注意到它们有先天性缺陷或者

是雌性生育率下降？

律师保罗·扎卡赖亚斯被授予了"杰出五星满分评价"，这代表着"最高级别的卓越专业性"。今天就打电话吧，预约一次关于你能获得的索赔金额的评估。评估保密且免费。不能来我们这里？没问题。让我们去你家、你所在的医院，或者是工会集会处。

律师保罗·扎卡赖亚斯是你的盟友。携起手来，我们能够让水力压裂那帮人付出代价，我们称之为"水力压裂受害者联合会"。

你是否还在犹豫？

对每一次揭露，必须用掌声予以认可。

铃响了，十分钟活动时间到了。一个狱疯子被押送到小黑屋。劳改教官德夫林换回了白班，现在正在巡逻。

探监时间下午2点开始。而对于大多数囚犯来说，探监时间基本上没意义，他们被妻子怨恨，被爱人抛弃，被孩子鄙视。"世界没了你照转。"霍普斯有一次向他解释道，"你离开的时间太长了，他们都忘记了你曾经在那里存在过。"

在德夫林的辖区里只有两个囚犯有探监访客，他首先去到万达的牢房里。

"德夫林警官！真荣幸啊，我还以为会是穆罗尼警官呢。"

"他生病休假。"德夫林说。

万达看起来很粗糙，货真价实的粗糙。德夫林是在第二次换班巡逻时注意到这一点的：在下午3点左右，她的下巴上出现了胡子拉碴的阴影。这就意味着，穆罗尼停止供给她节育用药了。也许，穆罗尼改变主意了：他的妻子还在卧床不起，饱受着医生没有办法确认的神秘病症的摧残。大家都认为，此时失去婴儿算是一件好事。基于现在的情况来看，她没办法再照顾一个孩子了。

当然，没人当面对斯蒂夫这么讲。

他打开了万达的牢门。她顶着一个新的发型，头上梳着一个像是菠萝冠顶的竖马尾。

"德夫林警官，你今天早上看起来格外帅啊。"她戏剧化地压低嗓音说，"我希望德夫林太太能够欣赏你。"

"我也这么希望。"这是他能够接受的最大程度的玩笑。

他带她沿着走廊去探监室，在那里，她的妹妹已经等着了，这是一个漂亮的、圆脸的年轻版万达，叫作蕾蕾。她是矮个子、丰腴圆润版的万达，她们有着同样的高高的颧骨，同样的颜色鲜艳的宽嘴巴。这个姑娘曾经有个哥哥，现在有个姐姐；她从费城长途跋涉坐车（坐了五个小时，途中两次转车）来到这里，就为把指甲油偷运进来。

在这个世界上，尤其是在监狱这种地方，爱可真是一件太奇怪的事情了。

"姑娘，"蕾蕾说，"你对你的头发做了什么？"

德夫林放她们独处，门砰的一声在他身后关上了。他回到牢房分区，然后在威姆斯的铺上找到他。他正在读着一本杂志。

"给好处"指的是找人搭伙，是混帮派，是结交哥们。"水脑袋"是指被孤立的人，是没有兄弟的家伙，是不能或不想"给好处"的家伙。

"威姆斯，你有访客。"

他打开牢门，然后在走廊里沉默地走着。威姆斯很瘦小，比德夫林矮上一个头，轻上五十磅。他不是那种能在监狱里如鱼得水的家伙，他应该在做出那些会让他进监狱的事情之前，好好考虑一下这一点。几年以前，当他的弟弟涉毒的时候，德夫林就想到类似的事情了。与奥菲尔和查利那样的"牲口"关在一起，达伦就是个好欺负的，就像是扔向鲨鱼群里的一把饵料。

"肥猪"是指一个暴躁的、永远不懂退让的流氓，总是找茬打架。

如果我是威姆斯，德夫林想，我绝对会多多地"给好处"。

"好了，祝你们探视愉快。"他没关门，然后透过有机玻璃观察了一下。他的邻居雷娜·科瓦尔，正穿着医院护工服。

"你好啊，老妈。"威姆斯说。

值班结束了。德夫林脱下制服，他必须在监狱里洗个澡，然后再开车离开。

他不了解，一丁点都不了解他的邻居。

多年以前，世界曾经不是这样的。老爸和彼得·麦基——麦克的父亲，亲如兄弟。每年冬天，在屠宰期，贝克家和麦基家都会一起分享一整头牛的肉。肉远远多于两家中任何一家独自能够吃完的分量。

老爸知道彼得的女儿是个女同性恋么？"女同性恋"这个词用得正确吗？

很难把麦克当成女人看。去年夏天，建平层露台的时候，理查德在堆木料的地方见过她两次，那是一个穿着工服、嚼着烟丝的高大女人。她朝他轻轻点头打招呼，就像是一个男人会做的那样。

多年以前，邻里意味着友善的关系，理查德没来由地坚信这一点。人们在农舍里一起劳作，分享设备，照料彼此的孩子和牲畜（而且，他们大块吃肉）。在沃尔玛停车的时候，他想，雷娜多久会来看她儿子一次？她可能每周都去鹿跑一次，而理查德多年以来大部分时间都值夜班，居然没注意到这件事。

他没办法不经过深入思考，以及不经过想象力的策略性调整的情况下，把麦克当成女人看。

他没答理站在门口的那个老呆瓜迎宾员。

在商店的紧里面，理查德往购物车里装着五加仑一桶的塑料桶装水。他结了账，推车到卡车边上，满心希望自己能有一个货箱保护壳。根据他的计算，一桶本来是应该能用上两天的。他明明昨天才来看过水，然而不知为何，现实情况却和他计算的不符。这是他这周第三次来沃尔玛了。

雷娜·科瓦尔看起来并不像是个女同性恋。而且，不管怎么说，他没法想象一个女同性恋生出个儿子来。

这让他想到，沃尔玛也是问题的一部分。他的祖母在"迈耶"买鞋，在"弗里德曼"买家具，在小卖部买布料。老爸是镇上五金店的老主顾。当理查德还是个男孩的时候，曾跟着去过几次。老爸是一个善于交际的家伙，总是会碰上熟人。所有这些店铺现在都消失不见了。

理查德并不是一个善于交际的家伙。

在沃尔玛他从来就遇不到什么熟人。

他驶离了停车场。他的弟弟对于沃尔玛有一些不清不楚的道德上的非议。真实的原因是个谜，而谜底总是在变化：也许是因为那儿雇用童工，或者是因为他们在中国建血汗工厂。就像达伦所有的看法那样，这个看法也禁不住考验，会在压力下分崩离析，就像是块腐朽的木头。

水仅仅供饮用和做饭使用，然而这些塑料水桶还是空得异常快。理查德不得不买了一个额外的大垃圾箱，就为了装这些桶，好把它们送到垃圾站。

那些想法太符合达伦的风格了，他担心中国的百姓，但完全不去关心美国的百姓。他们需要沃尔玛，是因为他们没有办法买得起任何别的地方的东西。理查德觉得，一直觉得，沃尔玛是一个失败者的俱乐部，即使他现在还未归属其中，也马上就要加入进去了。经济崩溃是他成年时代的梦魇，是每一场噩梦的主题。他的妻子从来也不理解这事。谢尔比花费他的钱，就像这钱是她自己挣来的一样。在一次争吵的气头上，她管他叫"吝啬鬼"。她永远不知道，他也永远不会告诉她，这话伤他有多深，他永远也不能忘记这个羞辱。

他驶上高速公路。天气凉得反常，像 9 月多过 8 月——还带着一点夏季午后的那种余热，空气里弥漫着少许的哀伤氛围。天空蓝得富有生气，和飞机坠落那天一模一样。

和每个人一样，他清晰地记得那一天。他那时在为矿工医院开车，在拉活的时候听到了收音机里的消息。他和谢尔比——那时还是他的女朋友——肩并肩坐在电视机前，看着一个可怕的录像，一遍又一遍。那次灾难似乎离他们很远，直到其中一架飞机坠毁在尚克斯维尔①。边看电视，理查德边想给弟弟打电话。但是在当时，这件事情根本做不到，达伦已经离家飘泊多年了。即使是在危机关头，也联系不到他。

一辆运输着许多罐子的大卡车在左侧车道呼啸而过，上面"残留废料"的字迹清晰极了，就像是有人会为里面的东西感到自豪一样。

那一天飞机坠毁。"911"确实改变了理查德的生活，但不知怎的，他一直很不愿向人解释这件事情。10 月，他向老爸的农场报了价。在农舍的前门廊上，他向谢尔比求了婚，准备好开始他的新未来。他们很快结了婚，这事很可疑，但是谢尔比确实没有怀孕。理查德才是

---

① 尚克斯维尔镇，位于宾夕法尼亚州。"911"恐怖袭击时，93 号航班坠毁在此。

那个急着去教堂的人。他曾经是靠天性做决定的人，现在也是。他知道他想要什么，而且觉得"等待"毫无意义。

他当时没法想象到她各个方面的变化，想象不到和一个那么年轻的人结婚的危险性。一年以后，她怀上布雷登，在做超声波检查时，理查德握着她的手，盯着屏幕：那个将会成为他儿子的还没成形的一大团，那个由佩斯利①图案组成的漩涡，将会在未来几个月逐步重组，呈现出人的形状。

他和一大团未成形的物质、一团佩斯利漩涡结了婚。谁也说不准一个十九岁的姑娘会变成什么样子。

他的母亲试图警告他："她有点年轻，不是么？"但是理查德没听进去。他曾经尝试和同龄的姑娘步入婚姻，但以糟糕的结局而告终。那是一个他几乎不怎么熟悉的姑娘，一个他永远也不该和她结婚的、不能信赖的姑娘。他们在基地一英里外的一个酒吧里见了面，然后四个月以后结了婚。这是那种兵大哥会犯的错误：你想要有个人在另外一头，等着你归来。

在农舍的前门廊上，他向谢尔比求了婚。三年以后，在她的坚持下，农舍被夷为平地。

理查德开上私家车道。在邮箱里，他找到一些账单、维生素类药物的产品目录，和一个貌似来自官方机构的邮件，信封上写着：宾夕法尼亚州环境保护部门。

回信，致

撒克逊县碳镇

尊敬的理查德·德夫林：

本部门已经调查了您家水源供给可能存在的劣化情况，地点位于碳镇九号公路。我们的分析显示，您家的水源中含有天然气。我们的分析报告已随信附上，以便您留作记录。

甲烷是天然气的主要成分。饮用水标准中还未建立关于甲烷的相关规范。一般情况下，水井的甲烷含量等级在5毫克/升以下。甲烷含

---

① 佩斯利（Paisley），传统花式，形状有些像羽毛，内部图案有些像草履虫。

量等级一旦到达 28 毫克/升，也就是达到饱和状态。达到这种状态后，在正常大气压下，水中无法再溶入更多的甲烷。此时，天然气会从水中逃逸，并且聚集在您家屋子或者您的建筑的空旷空间中。如果天然气进入水井或是通过土壤进入住宅，由于其可被大部分住宅/建筑中常见的火源点燃，因此在物理层面上，可能会引起火灾或者是爆炸。

请务必注意甲烷含量等级的波动。即使是在非常低的甲烷含量等级状态下，您也应该对于您家水质的变化提高警惕，这可能标志着甲烷浓度的增加。

应当在所有水井中安装排风口，这样将有助于减轻此类气体在危险的区域内聚集的可能性，降低此区域内由于明火而可能导致的对人身和财产造成的伤害。请注意，简单地通过对水井进行排风换气，是不可能完全去除掉水源中的天然气，及其所带来的危害的。

溶解到您家水源中的甲烷物质可能和当地环境有关。在这次我们的调查中没有迹象表明天然气钻井的开采污染了您家的水源。天然气转移的原因现在还无从得知，对此，环保局正在调查。

一份实验室报告随信附上。理查德扫了一眼满是数字的列表，是些对于甲烷、乙烷的评估，还写着"二级最大污染水平"之类的。他对于自己看到的东西完全没有概念。有那么一瞬间，他想到了弟弟，他在从约翰·霍普金斯大学肄业（或者是被赶出，或者就是单纯逃走）之前，在化学专业也算是有那么半个学位。我可以给他电话，理查德心想，明知自己永远也不会这么干。

他又读了一遍信，然后塞进口袋里。在屋里，他发现谢尔比站在洗碗槽前。他一直不相信这件事，直到抓了个现行。"你在干什么？"

她红着脸转向他："洗盘子。"

"用桶装水？你在跟我开玩笑吧？"有那么一瞬间，他觉得情绪淹没了他。什么都可能发生，他可能对谢尔比心灰意冷，或者突发心脏病，或者单纯地哭泣起来。

"只用于饮用和做饭，"他咬着牙说，"我们说好了的。"

"是你说好的。"谢尔比说。

原来如此，理查德反应过来，原来这就是原因。鹿跑里满是在家扇人耳光的家伙，那些男人当时喝醉了，吸毒了，或者像理查德一样，冷静地像是一块石头——只是单纯气急了。

"我的上帝，谢尔比，我没办法每一天都他妈的跑去沃尔玛！"

"是你取消'波兰山泉'①的。"

确实是他取消的，他们第一个月（也就是上个月）的账单让他胸口发痛。

"你知道那要花咱们多少钱么？"

换作别人的妻子，会觉得有责任去帮忙。换作别人的妻子，会抬起屁股去找一份工作，而这些谢尔比永远都不会这么做。

"那我该怎么做？我没办法，一洗衣服我就会头疼。"

"你拿桶装水洗衣服？"

"就只洗孩子的衣服。"谢尔比说。

洗了好几周。他现在必须给那个人打电话。

_____

① "波兰山泉"，饮用水品牌。

※※※

杰丝牧师的汽车一如既往地停在车道上，然而屋子里看起来空无一人，没有灯光。谢尔比按了门铃，等待着。等了一会儿，她就心安理得地推门入内，全然不顾自己这个决定可算得上是私闯民宅。她只知道，门把手在她手中轻松地转动。

"有人在吗？"她说。

屋子里面非常安静，但是这种安静似乎是伪装出来的，就像是聚会的客人们都藏在衣柜里，准备跳出来然后大喊"给你惊喜"。

"有人在吗？"

她爬上几级台阶来到客厅，马上打了一个喷嚏。然后她明白了，这地方是空的。她可以从喷嚏的回音里分辨出来，那是在寂静的屋子里产生的令人害怕的大声回音。

谢尔比从来没有在这个屋子里独自待过，然而，这感觉却很熟悉，像是她在梦中待过。在梦中，她还是她自己，但总是更年轻的一个姑娘。她生活在这里，和一个肯定不是罗克珊的母亲，以及一位有些像、又有些不像韦斯牧师的父亲。

总的来说，她不喜欢别人家屋子的味道。

在她的梦里，克丽丝特尔总是还活着。

客厅是洒满阳光而且温馨的，植物垂在窗边，彩色的抱枕散落沙发。植物看上去绿意盎然、茁壮健康。然而，这个客厅有种空房间的

313

重力感，就像是有什么可怕的事情在这儿发生过。在咖啡桌上，一个空的马克杯正悬在边缘处。不知在哪里，一个钟表在嘀嗒作响。这幅场景让谢尔比想起了以色列人为躲避死亡天使，来不及吃完正餐就直接逃离走。她又打了个喷嚏。

和她自己的屋子相比，客厅看起来显得复杂，物品都分门别类归置着。她看着墙上的相片，韦斯牧师和杰丝牧师在过山车上，在马背上；穿着大学运动衫，穿着婚礼礼服。韦斯牧师沉默而考究地在每一张照片里向外看着，就像是看着谢尔比在他生前的房子里走动，而且很高兴她来了。

她把抱枕放到一边，然后平躺在沙发上。

如果她生活在这栋屋子里，她会立马变成一个完全不同类型的人，这种影响力她以前经历过。在农舍里，她被其他人的品位和观点弄得要瘫痪了，像是有一个经久不去的鬼魂在挑选窗帘、铺地毯、往墙上挂钟。在农舍里，任何形式的变化都是不可想象的，她甚至不能移动一把座椅。

连着三个喷嚏，一次是愿望，两次是亲吻，三次是失望。她觉得问题出在到处都堆着的书本上。即使每周打扫卫生，也不可能把书本清理干净。

当初，装扮新房子似乎是一次难得的机会。几个月，一整年，她研究着家具产品目录、家庭购物电视网络，试图从头开始思考去构建一个家。这个任务比她想象的要难得多。新房子就像是一张空白的纸，等待着她在上面涂抹。最后，她什么也想不出来。

她徘徊穿过餐厅、厨房。浴室里有洗发水的味道，是那种刚洗过澡的味道。一本《草原之家手册》放在马桶的后面。谢尔比打开药柜，研究着放在架子上的药瓶："米朵尔"①、隐形眼镜清洗液和"伊卡璐"自然效力染发剂。后者的标签上写着，它能够瞬间遮盖灰头发。

她的感觉远不止惊讶，不知为何有被欺骗的感觉，杰丝牧师居然染了头发。

一次是愿望，两次是亲吻，三次是失望。当她和克丽丝特尔还是

---

① 米朵尔（Midol），一种痛经止痛药。

孩子的时候，她们在一起打喷嚏时说过这话。这到底是什么意思？

在克丽丝特尔生病的时候，然后是在布雷登手术之前一周，全体教会成员都为谢尔比祈祷过。在每一个周日早上，她都有种被他们用双手举了起来，进行了一次神圣的空中传人的感觉。在做弥撒时，她不再是独自站着、尴尬而且笨嘴拙舌了。妇女们向她靠过去，关切地问着问题。她被亲吻，被拥抱，被赞扬，被祝福。

一次是愿望，两次是亲吻，三次是失望。

她偷偷看了一眼卧室。床铺没整理。更多的书本堆放在床头柜上。一些乱扔的衣服，袜子、粉色的内裤之类的，遍布地板，像是鸟粪。

在克丽丝特尔的葬礼上，赞扬和祝福到达了一个荣光的高峰。从很多个角度上来说，那都是谢尔比一生中最好的一天。不是因为她希望妹妹死去（她不），而是因为终于轮到她上台了。

她从来没有告诉过任何人这件事。

在厨房里，她研究着冰箱里的东西：瓶装的豆奶、无糖可乐、沙拉酱和红酒。她开着门站在那里很长时间，虽然她老是责备这么做的布雷登。

如果住在这间屋子里，她就会成为那种坐在马桶上读书的人。

远处传来汽车车门砰的关上的声音。

谢尔比吓了一跳，但是不害怕。外面传来说笑的声音。她在餐桌旁坐下，就在那时前门开了，她想：给你惊喜。

杰丝牧师见到她时，看上去快被吓死了，她的手颤抖地捂住胸口。"谢尔比！天啊，你吓坏我了。你在这儿做什么？"她戴着太阳镜，穿着印花背心裙，肩膀裸露着。在她后面的是一个谢尔比不认识的矮个子男人。

谢尔比等着。

终于，她反应过来了："我们是不是有个预约？哦，不，谢尔比，我很抱歉。我完全忘记了。"

谢尔比还在等着。

"是我的错。"男人说着，把手放在牧师的后背上，"我是那个偷走她的人。"

谢尔比想，您是哪位？

"这是我的朋友，马歇尔，"杰丝牧师说道，就像是她听到了谢尔比心中的疑问，"这是谢尔比·德夫林，教堂那边的。"

"德夫林，"这个男人说，"你住在九号公路那边？在你们那儿钻井的是我的组员。"

谢尔比想，你们在那儿污染着我的水，毒害着我的女儿。杰丝牧师和敌人交媾，是背叛里最糟糕的那一种。

又是一阵沉默。

马歇尔敬慕地看着杰丝牧师。坦白地讲，她不是那么漂亮。他搂了一下她的肩膀："我该走了，明天要早起。"

从来没有人用那种方式注视过谢尔比。

"别，等下。"杰丝牧师说着，把手放在他手臂上，"谢尔比，让我们重新约个晚上，好吗？明天晚上如何？"

这个请求让人惊讶。谢尔比已经解释过十几次了，周四理查德轮休，是她唯一能够过来的日子。理查德现在换到了日班，从理论上来说，她可以明天再来，但是她不想这么简单地放过杰丝牧师。事关原则问题。

"我没法来。"她坚定地说。

"哦，好吧。"杰丝牧师看了一眼手表，"天色晚了，我们就约在下周四吧。我不会忘的，我保证。"她露出一个温和的微笑，谢尔比真想给她一耳光。

"好的。"谢尔比说。

又一次，杰丝牧师碰了下马歇尔的手臂。（碰这么多次！）"你在这儿等下，我送谢尔比上车。"

谢尔比跟着牧师走下楼梯、走出前门，完全没搭理马歇尔。他有点矮，除此以外，还有一小块污渍，也许是番茄酱，沾在他衬衫的前襟上。他的普通至极惹到了她。

羡慕和忌妒不是一回事。

杰丝牧师在她们身后关上了门。"谢尔比，我不得不说，我可没有期待一回家就发现你坐在我家餐桌旁边。"

羡慕是想要别人有的东西。忌妒是想要取代别人而被选上。

"门没锁，"谢尔比说，"我有些担心。"

"为什么?"杰丝牧师看起来很迷惑,就像是她真的不记得了(也许她就是不记得),是谢尔比发现韦斯牧师独自死在屋里;是谢尔比打了"911",然后和他一起上了救护车并握着他的手。杰丝牧师怎么可能忘记这种事呢?

谢尔比无言地盯着杰丝牧师,她还有好多话想要说。她想到马歇尔在里面等着杰丝牧师。她羡慕他们两个,忌妒他们两个。

她猜想,他是否知道这位牧师染了头发?

"今天晚上很抱歉,真的很抱歉。我们下周可以谈谈这件事,"杰丝牧师说,"周日在教堂见,谢尔比。小心驾驶。"

谢尔比坐上小货车,关上车门。

10

麦克俯身靠向厨房的洗碗槽,她把袖子卷到了手肘上,前臂因为刷洗而泛着粉色。在雷娜穿着护工制服下楼的时候,她有些惊讶。

"今天是周五。"麦克说。

"大家都这么说。"

"你周五从来不工作。"

"就到斯蒂夫回来为止。我没办法拒绝,尤其是考虑到我下周要请假。"

"你要什么?"麦克看起来很吃惊,好像这是个新消息,好像雷娜没有把时间表贴出来挑明这事儿。那张时间表被乳房形状的磁铁贴在了冰箱上。

"我说过了,我要载谢尔比和奥利维亚去匹兹堡。而且,"她随口一提,像是这事刚刚被她想起,"还有纽约的集会。"

"和特雷克斯勒博士?"

"是的。"雷娜说。

一阵沉默。

"他希望我学一下组织过程,去那里看看事情是怎么运作的。"准确地讲,她不是在寻求准许,只是单纯地在解释。

"为什么？"

麦克还有更多更多可以问的。在她眼里，特雷克斯勒并不比一个政治家、一个电视上的牧师，以及那个定期过来的"耶和华见证人"①好到哪里去。

"你在图书馆的集会，和纽约的不是一回事。"她一字一顿地说，"咱们生活在这里，咱们的农场在这里。但是如果纽约人想要签他们的矿产合同，那和特雷克斯勒有什么关系？他甚至都不住在那里。"对麦克来说，这可是一大段话。

雷娜想：他住在这个世界上，他关注这个世界。

"他的妻子和你们去么？"

雷娜突然感到一阵恐惧，就像是她做的下流事被抓个了正着。她曾经特别自然地说过洛恩已婚。那是为了缓解麦克的焦虑，条件反射般说出的善意谎言。在那时，这些谎话似乎看起来没什么大碍。现在，她不那么肯定了。当卡尔文还小的时候，他在一个小碗里养了一条小金鱼。当他们给它换了一个大碗的时候，小金鱼按比例长大了。麦克的忌妒已经成长到了一条鲟鱼的大小，因为雷娜给了她忌妒的空间。

雷娜说："我不确定。"

出于本能，她总是避免争吵。争吵让她乏力，愤怒和不忿的一丝丝气息都让她难受。如果有必要的话，她可能会撒弥天大谎，只为让别人好受。她痛恨自己的这种个性，这是麦克永远都明白不了的冲动——麦克生来勇敢，内心有个英雄。

"我们还没有确定细节。"

麦克看着她，眼带怀疑，也许是雷娜自己觉得那是怀疑的眼神。"被质疑"这件事给她敲响了警钟：她的肠胃难受，耳朵里脉搏突突直跳。恐慌像是一只卡住她喉咙的手。当然了，麦克毫不知情。她怎么会知道？雷娜有那么多没有告诉她的事情。

（"我是个肮脏的小婊子。"）

---

① 耶和华见证人（Jehovah's Witnesses），国际性宗教团体。通常认为其不属于任何一个基督教派的分支，而是自成体系，因此部分美国人并不接受其为正统宗教。

麦克四处找毛巾，但没找到，便在她的工作服上擦干了手。"但是你已经告诉他，你会去。"这不是疑问句。

"是的。"雷娜说。

她上班的时候迟到了，这类事情从来没有发生过。时间流逝。被白日梦搅得心烦意乱，让她白白丢失了几分钟、几小时。她虚耗白日时光，在迷惘中，在她回忆起来的一段久远的、缓慢而沉重的甜蜜时光里，在一段她生命中现在回顾起来好似幻想的过去时日里——那时，在她的床上，麦克不可思议地狂野。麦克是个女孩，同时也是个男孩，是个雷娜想要得到的爱人。

年轻的雷娜曾经为自己的大胆行为兴奋过。和麦克做爱是她曾经做过的最勇敢的事情，事实上，也是唯一勇敢的事情。那时，这似乎是一种革命性的行为。只是后来，她明白了，麦克和那些她认识了一辈子的粗鲁煤矿工人没什么两样，和那些男人一样顽固沉默。她们的妻子会对此抱怨或是为其开脱，但基本上，他们还是顺从接受的，因为那就是男人曾经该有的样子。男人们完全不是浪漫小说里的英雄。那种下流的平装本小说，她母亲会在参加旧物义卖活动时买上十几本，然后自讨苦吃地读一读。读的时候会撕下封面，像是大家和傻子一样好糊弄。

（她的母亲认为弗雷德·威姆斯很迷人。她似乎没有注意到雷娜变得不灵便了——从楼梯上滑倒，或是蹒跚进门。）

年轻的雷娜读同样的书，那时她还不能理解，兰斯和布拉德①是写出来给女性看的。他们唠叨得完全不像是真实生活中的男人，从某个层面上来说，完全不像是麦克那样的男人。

她从来没有遇到过，甚至想象过洛恩那样的男人。

她把车停到了停车场，挥手向护士长乔致意。乔就坐在货车卸货处附近的台阶上，抽着烟读着报纸。

"你上了《先驱报》。"乔说。

----

① 兰斯和布拉德，并非特指某两个人，而是在此类小说中很常见的男性名字，此处代指浪漫小说中的男性主角。

雷娜捂着眼睛走过去。她从来不会到那个台阶去，那里被护士们称为"吸烟室"。十英尺远的地方，一辆货车的引擎大声运作着。一位食堂工人把一大包垃圾扔到垃圾归置箱里。空调口排着热风，混合着厨房的噪声、洗碗液的气味。很难想象还有什么地方会比那里让人坐得更不舒服。

乔读着："'雷娜·科瓦尔，本地的奶农和矿工医院的护士，召集了本次会议。'"

垃圾桶盖合上，发出金属响声。

"你看，我知道你不同意我们在做的事情，"雷娜说，"但是我们下个月还有个聚会，也许你在下判断前可以过来先看看。"

"为什么，"乔看起来很迷惑，"那和我有什么关系？我又没有签天然气合同。"

"你也是这个社区的一部分，整个社区都会受到影响。"这些是洛恩总在说的话，可这些词从她嘴里说出来没什么说服力。

"总之，"她底气不足地说，"欢迎你来。"

她绕道去了正门，然后穿过大堂去了被护士们称为"A栋"的地方。阿格尼丝·卢比克负责前台工作。她比雷娜年长，是个朴素而结实的女人，眉头紧皱，不爱闲聊。雷娜从来没遇到过这么没有意思的人，或者说没见过比她更适合当护士的人。

一盏看护灯闪烁起来。

"嗯哼，是'鸡丁'。"阿格尼丝说着，罕见地带着笑。

即使是阿格尼丝也觉得这是个好笑的笑话。

"等下，你说什么？谢尔比·德夫林住院了？"

"是她女儿昨晚住院了，'鸡丁'带奥利维亚来了急诊室。斯图斯克医生让她今天早上出院，我完全不知道她们为什么还在这里。"

雷娜赶紧穿过走廊走向儿科。她发现奥利维亚坐在病床上，穿着一件带褶皱花边的睡衣，外面套了件粉色的压纹棉质夹克。她的头发还湿漉漉的，残留着刚被梳过的痕迹。谢尔比坐在床边，看着《预防》杂志。

"雷娜！我以为你在急诊室工作。"

"我哪儿都去。谢尔比，发生什么事情了？"雷娜从奥利维亚病床的床脚板上取出病历表，"你觉得怎么样了，小甜心？你看起来可真漂亮。"

"我把早餐都吃光了。"奥利维亚说。

"真是好姑娘。我听说你今天要回家。"

"不，我们不回去。"谢尔比的声音中有一丝奇怪的颤抖，"我们要在这儿一直待着，直到有人能够帮助我们。"

雷娜放回病历表："我要去走廊里和你母亲谈谈。她马上就会回来。"

谢尔比跟着她走出房间。"斯图斯克医生今晨早些时候过来看了看她。特别早的时候来的，那时候我不在这儿。我觉得他在躲避我。"

"我确定这不是真的。"雷娜说着，但她完全不确定。

"但是我连和他谈谈的机会都没有！如果我们还没搞清楚到底什么地方出了问题，他怎么能够让她出院？"

"看，我能理解你的不满，但是她已经消化了早餐。如果她的症状已经消失了，我们不能一直让她留在这里。"

"但是我跟斯图斯克医生说了水的事情。我跟他说过了！我把检测结果和其他所有的东西都复印了。甲烷溶解转移，白纸黑字都写着呢。他还是不相信我。"

"他这么说了？"

"不完全是这么说的，但是我能感觉到。也许我们应该一起去找他谈谈，他会听你的。"

"他通常会在中午过来。"雷娜看了一眼时钟，"从理论上讲，奥利维亚早就可以出院了，但是如果你可以再等上一会儿，我相信他很乐意和你谈谈。他是位好医生，谢尔比，我相信他的判断。"

"但是，我不相信。"谢尔比的脸很红，"他知道什么？他从来没和奥利维亚待超过两分钟。我是她母亲，我可以告诉你她没有完全好。"

雷娜回到了护士接诊台，阿格尼丝正在吃一份沙拉。乔翻看着一份超市传单，目光停留在一张宣传图片上，图片的标题是：明星的素颜。

"我有什么能帮您的？"雷娜问那个向接诊台走过来的老男人。

"我在找一个病人，"他接着说出了名字，"我知道他几天以前被带来过。"

"他在 B 栋，这里是 A 栋。"整间医院只有一层，有五栋附楼——急诊室、重症监护室、一栋外科楼、两栋内科楼，由一个中央建筑连接。"我可以带你去。"

她带着那个人穿过走廊。"你看上去有点眼熟，我们之前见过么？"

"有可能，我总是来这儿。"他从一个银质小盒里拿出一张名片递给她。"我叫保罗·扎卡赖亚斯，是个律师。你肯定在急诊室里见到过不少起工伤意外，比如跌落之类的。"他从盒子里拿出更多的名片，"下次再有这类事情发生，也许你能发一下这些名片。"

"我们不允许做这类事情。"雷娜说。

在晚餐休息期间，她拿着电话走到大厅外面。她听到麦克的留言，是关于萨默塞特县的牲畜贩卖的。然后她打给洛恩·特雷克斯勒。电话直接接到语音信箱上。"你好，我是洛恩。你知道该怎么做。"不管听多少次，多到数不过来，她还是为他的声音而心跳不已。

"我在医院，"她给语音信箱留言，"奥利维亚昨晚住院了。她现在看起来不错，可我要和医生谈一下以后才能知道更多。今天晚上给我打电话好吗？"

今晚，麦克会在牲畜销售现场，他们可以打电话聊一整晚，这是平常雷娜没法做到的事情。平常，她要让位于麦克的忌妒。

回到 A 栋，她发现谢尔比·德夫林正在护士接诊台附近等着。

"雷娜！我一直到处找你。斯图斯克医生现在还没来，我必须要去接我的儿子了。"

"放松点，"雷娜说，"深呼吸。我有你的手机号码，他一来我就给你打电话。"

"我早就这么跟她说了，"乔说，"但是她坚持要跟你说。"

谢尔比紧握着雷娜的手臂："我的牧师要来看奥利维亚，她随时会到。你能让她等会儿么？请告诉她我马上就回来。"

"老天啊，"阿格尼丝看着她离去，说，"得来个人喂她片安定。"

"她就是有一点紧张。"雷娜想起，卡尔文两岁时得了支气管炎，持续不断地发着高烧，她惊慌失措极了。现在雷娜对这事还记忆犹新。在这世界上没什么苦难比得上有一个生病的孩子。这种痛苦，乔和阿格尼丝都无法明白，她俩都没孩子。

"那个穿着西装的老家伙，"乔说，"他以前来过。"

"你没认出来他？就是电视上的那个人。"雷娜说，"你知道的，'四十年来，律师保罗·扎卡赖亚斯一直为弱势群体出头。'就是那个在德雷克上校高速公路上的广告牌。"

"对了，他是律师。"乔说着，看起来十分生气，"你现在高兴了吧？"

"这不是重点。重点是，总有人需要……"她感到有只手放在了她的肩膀上。

雷娜，"斯图斯克医生说，"我可以占用你几分钟么？"

他领她去了一间诊疗室，关上了门。

"你刚刚错过了谢尔比·德夫林，"她告诉他，"她很急迫地想和你说话。"

"还有什么新消息吗？她每天给我办公室打电话，讲些什么新理论。现在总跟我说饮用水的问题。"他意味深长地停顿了一下，"当然，这事你已经知道了。"

一瞬间，雷娜的脸涨得通红。

"我知道是你告诉她的，你说是水导致奥利维亚生病。"

"准确地讲，我没那么说。"雷娜的头皮、胸口、腰部下方开始冒冷汗，"可是，好吧……他们可是生活在一口天然气井上面。你最近有没有开车经过九号公路？你可以在道路上就看见那天然气井，它大概离房子有两百英尺。"

斯图斯克医生没反应。

"他们的水质被两个不同的实验室检测过。谢尔比和你说这个了么？他们都检测到了高浓度的甲烷含量。"

还是没有反应。

"我知道她有一点——感情用事，"雷娜说，"但是德夫林家不是唯一一个有问题的家庭。他的邻居，山坡下面的那家也做了水井检测，结果相同——甲烷溶解转移。就在天然气那帮人开始钻井的两周以后，这两口水井的水都变质了。"

324

她刚刚注意到，他左边手臂上有小小的红色印记。那微小的如新月一般的划痕，是谢尔比的指甲留下的。

"你看，我完全不懂任何关于天然气钻井的事情，"斯图斯克医生说，"我对哪一边都没有意见。但是，说到钻井对于人类健康的不良影响，可没有大量的相关数据。"

"是的，但是有些什么东西让她生病了，那么是不是至少有可能是水在其中产生了影响？"

"什么都是有可能的，但是在文献里什么也没提到。就算是在供水系统中的甲烷含量和急性小儿胃炎之间真的有联系的话，也还没有人为此写过一篇文章。"

雷娜知道事情确实如此，她也做过同样的文献调查。

"雷娜，你是一个好护士。你打算在私人时间里做些什么是你自己的事，但是如果这事开始影响到照顾病人，就有问题了。"他看了一眼表，"我该走了，还有次巡检要做。我希望你谨慎对待德夫林太太，她不是一个理智的人。"

公司的运输卡车沿着荷兰路行驶着。是赫兹在开车，米基·菲普斯坐在副驾驶座。午后太阳高挂头顶。在黎明就开始工作的好处之一是，到了下班的时候会有很多阳光在左边。景观飞驰而过，远处山脉莽莽。米基用手机打着电话，和他的女儿聊天。赫兹一下一下吹着口哨。

"你心情不错。"米基把电话挂上的时候说。

"我想是的。"赫兹说。

他们在转向九号公路的时候，赫兹指了指开着引擎停在德夫林家私家车道上的绿色小客车。他在德夫林的妻子下车的时候减慢了速度，她后面跟着一个穿着棒球制服的金发小男孩。赫兹马上认出了谢尔比，是在杰丝家见到的那个奇怪的姑娘，她坐在餐桌那里像是一条忠实的老狗在等着杰丝归来。

"我这两年以来都在给她做心理辅导。"杰丝后来告诉他，"我认为这事完全没有起作用。"

"我在钻井的时候见过她丈夫，我能理解她为什么需要辅导。"赫兹说。

他突然觉得，自己对于这个镇子了解得太多了。每一个人和每一件事物紧密联系在一起，这快让他犯幽闭恐惧症了。他不适应小镇生活。

"是个可爱的孩子，"米基说，"也许和你家莱维斯同岁。他还在打棒球么？"

米基总是试图和他谈谈男孩们，就像是他需要（也许确实需要）被人提醒，他还承担着父亲的职责。

"今年夏天不打了，"赫兹压着自己的怒火说道，"也许明年。"莱维斯现在十岁，由于某些科琳不能理解的理由，他对棒球失去了兴趣。对于赫兹而言，这再清楚不过了：那个孩子就他这个年龄而言太矮了，他对此并不开心，这是一种赫兹能够身临其境体会到的心情。他的短小身材现在成了另一个他作为父亲的失败之处，是一种他遗传给儿子的诅咒。

就在这时，米基说："我打赌他很想你。"

米基本来能够说得更过分，赫兹对此心知肚明。然而他还是觉得，米基，这个模范丈夫、模范父亲说这话时那种自以为是的语气很刺耳。

"我估计德夫林家的水还是有些问题。"赫兹换了个话题。

"跟我们没关系。"

"我知道。"赫兹说。但是他真的知道么？他开钻了上百个钻井，也许上千个。他能回忆起其中的任何一口么？他的记忆就像是一卷旧录像带，不停地在重录着。他尝试再次去回忆：有没有任何，哪怕是一丝丝的不同寻常之处出现在德夫林 H1 区？

"也许是导管造成的。我曾经见过，那不经常发生，但是我曾经见过。"

"也许是混凝土工作组的问题。"米基说，"那组人甚至不是我们自己的工人。别去自找麻烦。"

听完这话，赫兹想起来了：他的常规混凝土工作组组员当时正忙着纽格鲍尔那儿的活。他不得不叫来另外一组他以前从来没接触过的工人。他没监督整个混凝土施工过程。

"我是钻井架的项目经理，"他告诉米基，"我觉得我也有责任，哪怕这事错不在我。"

当然，如果当初去看了整个混凝土施工过程，他也什么都看不见。钻井的井洞有一英里深，泥工们会往管道和井壁之间灌注混凝土。当混凝土升高到井口的位置时，工作就宣告完成。下面到底发生了什么，谁也不知道。

"我们可以加一层中央套管。"

米基说："决定权不在咱们。"当然，情况确实如此。这是赫兹多年以来早就学到的经验教训。同一个钻井，十个不同的运营者会用十种不同的方式开采。伯恩·利特尔，暗象能源的发包人，选择了廉价而快速的方式，让衬管一团乱麻似的挂在吊钩上。项目经理对此什么也没说。为什么要说，尤其是当暗象能源花钱买单的时候？

他们一路沉默地开着车。当赫兹电话响了的时候，他看也不用看就知道是杰丝打来的。

"不需要接电话么？"米基说。

"不用，没事。"和勒格朗或者是乔治在一起时，他不会犹豫不决，而米基的那种基本礼节让他心烦。只有在米基周围，他才会有耻辱感。

"你确定？这看上去像是有急事。"

"我下班了。"赫兹说完才反应过来，可惜太晚了，米基不是在说钻井的事情。再一次，他感受到了米基那副好心肠的分量。一个有责任心的父亲总是会接电话。

虽然他觉得自己不该这么做，但他接了电话。

"赫拉克勒斯？"杰丝说。

即使米基就在旁边，她的声音还是让他兴奋。那声音温暖、悠扬，而且不知怎么显得很亲密，就像是她在叙述一个藏匿在深处的秘密。

"说。"他试图保持自己的语气平和。

"计划改了。我今天过得不好，不怎么想做饭。和我去'锹与铲'碰面。"

"现在？"他看了一眼米基，"我以为你必须得去趟医院。"

"啥？你那儿信号不好，我没听清楚。"

"医院。"赫兹重复。

"是是是是是,你是对的!我把这事完全忘记了。"

"你是不是连说了好几个'是'?没想到我真的能从别人口里听到一连串的'是'。"

"明天去,我保证。半个小时以后在'锹与铲'见?"

"准时准点。"他挂掉电话,把手机放进口袋。米基,这位基督教徒,故意直盯着道路看。从他身上散发出来的"不同意"的气息如雾般浓重。

"就是一个朋友。"赫兹说。

"跟我无关。"米基说。

※※※

夜晚很黑，浓雾弥漫，月亮躲避起来。两辆汽车一前一后开在乡间小路上，驶过水坑。因为萤火虫，空中满是生命气息。第一辆车，一辆红色的丰田普锐斯，平滑地转过急转弯。第二辆车的司机对这条路不熟悉，落后了几个车位的距离。

大概三四个车位的距离。麦克认为，这似乎算是一个谨慎的距离，可她对此了解什么？她之前从来没有跟踪过一个人，总之，没开着车跟踪过。躲躲藏藏地潜行不符合她的天性。

但很幸运的是，洛恩·特雷克斯勒被分着心。他一只手开着车，另一只手举着手机放在耳朵边。一个更有观察力的司机会注意到后视镜里面的车头灯，会发现有一辆白色皮卡跟着他穿过了小区，穿过了斯特灵那古意盎然的市中心，一路跟到城郊。现在，这条路——刚过去的一英里外的标志上写着"胡桃木溪底"——几乎杳无人烟。在过去的十分钟里，除了他们外，路上仅有一辆车。

特雷克斯勒加大油门猛冲上一个陡坡。惊讶于普锐斯的加速度，麦克不知不觉也这么做了。对于一辆小轿车，而且是混合动力的小轿车而言，它可算是有把子力气啊。

她对于小轿车的偏见和她对于小狗的一样——毫无歉意，自信过度。

他还没有注意到跟在后面的这辆皮卡么？麦克记得他的汽车牌照。

他的脸被手机发出的蓝光照亮。

生物发光功能的首要作用是效力于繁殖目的。

每小时四十、五十、六十英里。道路被午后的雨水浸得湿滑。普锐斯打了一个急转弯，太快了，让人反应不过来。麦克感觉到自己的身体里有一种缓慢上爬着的危险感，就像是一条界线被越过了。

这是当那头鹿突然跳到路上时，她在想的事情。

这一天由谎言开始，也将会结束于一个谎言。

这天早晨，在雷娜去工作后，麦克又一次浏览了斯特灵大学的主页。趁自己的紧张感还未消退，她飞快地拨通了系主页上面的号码。

"这里是地理系。"是一个非常年轻的女人的声音。

麦克清了清喉咙："嗯……特雷克斯勒博士在么?"

"他通常晚上来办公室。你是学生么?"

"是他以前的学生。"麦克说。这套说辞她之前演练过。"我今天要经过镇上，想过去和他打声招呼。"

然后她给雷娜留了一条语音留言："我忘记跟你说了，你到家的时候我可能不在。在萨默塞特那里有场销售会。"在某种程度上，这条留言算是真话。在"约翰迪尔"，她注意到布告栏上面有一条信息：各个年龄的奶牛，产奶用以及配种用。

麦克没有说她会去那场销售会。从技术上讲，这条留言不算是一个谎言。

去斯特灵大学的路途比她预想的要长。她到了那儿才发现，那个微型的校园和宾夕法尼亚州州立大学一点也不一样，而是非常像电影里的大学：排列整齐的灰色石灰石构成的古老建筑，有一些覆盖着常青藤，被茂密的草坪包围着；一圈看起来很古老的石灰石墙壁标记着学校的外围，甚至连树木也都很老。麦克开车来到"温格礼堂"前，把车停在员工车位上。她关上引擎，下了车，意识到自己坐着破旧的农场卡车来是件多么错误的事情。车屁股上沾满了泥块，还贴着大张的装饰贴纸——"全美步枪协会""乡村酷蛙101""支持我们的军

330

队"。这在贝克屯很常见，但在大学校园里就不一样了。

她就是想看看他。

她没有撒谎的习惯，讲真话已经够难了。雷娜总是开玩笑说麦克的天性是沉默，这是麦克家的家风。就像是她的父亲、她的祖父，她没有能力去干侃大山、为了说话而说话。

她边在手套箱里摸索着鼻烟，边盯着大门看。

如果换作别人，可能会简单地问："你是爱上特雷克斯勒博士了么?"但是如果她问了这个问题，雷娜就会回答。然而，也许麦克并不是真的想要弄明白。

她立刻就认出来那辆红色的普锐斯，她曾经在"锹与铲"见过。特雷克斯勒停在另外一行，然后匆匆走进了"温格礼堂"。他背着双肩包，用手机打着电话。

麦克等待着，时间过得很慢。她真希望自己带了点吃的，她饿了，太多的鼻烟让她反胃。她盯着大门看。

现在，那头鹿突然跳进道路。那辆普锐斯减速，刹车发出刺耳的声响，然后猛地滑向那个完全错误的方向。

"白痴!"麦克大喊，拍打着方向盘。她在说谁，说她自己还是特雷克斯勒? 不清楚。

普锐斯闪过了第一头鹿，但是撞上了第二头。麦克知道——有谁不知道么? ——鹿很少单独行动。

第二头鹿撞到了副驾驶座一侧的车门前四分之一处，发出了一声闷响。制动器尖叫，普锐斯打着转撞向护栏。终于，车停下了，车屁股还堵在路上。

麦克在路边停下，然后下了卡车。"你还好吗?"她叫道。

普锐斯的车前盖开着，车头灯亮着，引擎还在一团潮湿中散发着蒸汽。洛恩·特雷克斯勒在方向盘前，被安全气囊顶着。

"去他妈的鹿!"他叫道，就像是那头鹿才是错误的一方。安全气囊填充在车里就像是口香糖吹出的大型泡泡。"你能打'911'么?"

就像是那头鹿才是行为莽撞的一方。

"我没有电话。"麦克说。

"我的手机就在这附近的什么地方，可能是在车厢地板上。你能找到么?"

这时，电话声响起。

"是我朋友打回来了，"特雷克斯勒说，"事情发生的时候我们还在打电话，她一定快被吓死了。"

又一次，电话响了。

麦克跪在后车厢，在特雷克斯勒双脚附近的车厢地板上搜寻着。这种情况极其奇怪。

又一次，电话响了。

她找到了还带着温度的手机，递了过去。他摇了摇手，用手捂着脸："跟她说我没事，告诉她打'911'。"

"您好?"麦克对着电话说。有那么一秒钟，她屏住了呼吸，但是另外一端的声音不是雷娜的。"洛恩遇到车祸了，他没事，但是车变形了。你能给'911'打电话么?"

"胡桃木溪底!"特雷克斯勒喊，"就在刚刚过水库的位置。"

"你听到了吗?"麦克说。

在她挂了电话之后，特雷克斯勒奇怪地看着她："你怎么知道我的名字?"

"她是那么叫你的。"麦克撒谎道。

终于，特雷克斯勒扭动着从安全气囊底下出来了，他运气好在长得够小够瘦。一个麦克那种体型的男人就会被困在里头。

他挣扎着站起来，头顶只到麦克的耳垂。"天啊，这玩意算是全报废了。"

"看起来情况不好。"麦克卷起袖子，"来吧，咱们把它挪下。"

特雷克斯勒看起来完全傻眼了。

"这里是个弯道盲点，"她就像是在跟一个孩子说话，"我想，你不会想要造成另一场车祸。"

普锐斯惊人地轻。"一块垃圾。"麦克想着，将半个身子探进去。他们一起把车推到直路上，但其实特雷克斯勒没怎么帮上忙。他是个小个子，瘦弱，肩膀窄。麦克想，我能搞定他。

(好像，要是那样做就会解决问题一样。好像，要是有个陌生人，一名身份不明的歹徒把他一拳搞定，就能不知怎么地让他远离雷娜。）

"这样好些，"她说，"车还在道路上，但是其他司机应该可以绕过它。"她在心里补充道：只要司机别开得乌七八糟。

他们站了一会儿，看着对方。下一件事现在可以发生了。

现在快到午夜了，麦克正拐下脏兮兮的土路开到农场去。雾散了，在半弦月的照射下，谷仓清晰可见。"咀嚼邮袋烟草，用最好的招待自己"，在大萧条时代，一个来自俄亥俄州的旅行画家把谷仓变成了广告牌。作为回报，她的祖父得到了一幅免费的油画以及每年几美元的钱。

除了卧室里还亮着一盏灯，屋子全黑着。在厨房，她脱下靴子，朝冰箱里看，再饮尽一大杯水。她只穿着袜子，爬上楼梯。雷娜在床上睡着了，但是还带着眼镜。一本平装书，《寂静的春天》，在她胸口打开放着。

她醒来，说："你去哪里了？我很担心。你忘记带手机了。"

"不好意思，"麦克总是忘记带手机，"出了场车祸。"

"你没事吧？"

"我撞了一头鹿。卡车没事，连个擦痕也没有，但是这事让我吓了一跳。"

"亲爱的。"雷娜挪开身。麦克没脱衣服，爬上床去紧靠着她。这就是她想要的一切、她所能想到的自己想要的一切。她回想起来，当时她和洛恩·特雷克斯勒面对面站着，听到身后的某个地方发出一阵奇怪的沙沙声。她转身跨过护栏然后跪在矮树丛里。

"它还活着。"她告诉雷娜，"有一岁大。"一头年轻的雄鹿头部流着血，粗短的鹿角刚冒尖，一条后腿折了。透过它胸口的白色皮毛，可以看见一颗正在剧烈地跳动的心脏。

"你去哪？"那时，特雷克斯勒说。麦克正慢跑向她的卡车。

"我不能就这么把它留在那里。"

她拿着雷明顿回来，然后打开保险，指着那头动物的胸口正中。

整个森林里各处都有人报了警①。一会儿，麦克听到远处有警报声。"那是你的救护车。"她告诉特雷克斯勒。

她走回卡车，然后开走。当她回头看的时候，他正在用手机打电话。

星光电影院从 1999 年开始就没变过，吉雅把车停在售票厅前。达伦伸手要拿钱包，但是那个售票厅里的孩子——一个穿着"金属"乐队 T恤的长头发哑巴——挥手放他们进去了。达伦感到奇怪，"金属"乐队还存在着么？吉雅会知道，但是他没问。他明白自己掉落进了一个黑洞里，越过了一扇去往他已丢失的年轻岁月的传送门。出于某种未知的原因，询问这个问题将会打破魔咒。

就像是过去那样，他们开着吉雅的车。当达伦建议开他那辆 Smart 的时候，她笑得如此用力，以至于都哭了出来。

观影群众在周六晚上很少。午夜场电影已经开始了，是连映的第二场。这一切有种如此熟悉的感觉，只有一点关键性的不同：吉雅的手放在达伦的手上，她的嘴唇摩挲在他的耳畔。

电影是一部老片，是一个经久不衰的系列片中的一部，讲述一个被恶魔附身了的塑料娃娃的血腥故事。达伦认出了那个娃娃，但叫不出这部续集的片名。

吉雅害怕极了。"你不记得《鬼娃新娘》②了？"

他可以尝到她的香水味。"我该记得么？"

"我们看过的！那年夏天，我们在庄园工作的时候。"

"我们看过？"这完全有可能。那个夏天他们曾经一起看过特别多的恐怖电影，喝啤酒或是红酒，或是什么别的颜色的酒，醉得开心极了。

"对，就你和我，好哥哥。我不相信你不记得了。"

"我不相信你看了。"

她伸手拿出钱包，取出烟卷纸和一个"密保诺"塑料密封袋。

---

① 在美国，听到枪声的人会打"911"通知警方。
② 《鬼娃新娘》（*Bride of Chucky*），是"疯狂的鬼娃恰奇"系列（*Chucky: Slash & Dash*）的第四部。

"吉雅，拜托，你知道我现在不来这套了。"

她朝他狡猾地笑了笑。"是啊，我知道，这样对你有好处。真的，我为你骄傲。但是已经十年了，看在上帝的份上，你就不能偷偷懒，不那么规矩么？"

"八年，"达伦说，"是八年。"

"八年了，你就不能放松一点点么？你知道，这是为了这个特殊的场合。"

他们之间的气氛活跃，这是个被期盼已久的时刻，是个易碎的瞬间。自从他知道自己的心意以来，他就一直是那么地想要她。

"不是可卡因、海洛因或类似的任何东西。就是点大麻，不是什么坏东西。"吉雅朝他微微一笑，"别听我的，我是个笨蛋。"

"你不是个笨蛋，永远别这么说。"达伦犹豫了一下，"事实上，你说的也差不多。有一种治疗理念叫作'缓害疗法'，是基于上瘾症状的结构层次而制定的。"

"我刚才说的有那么高深？"

"其核心理念是，如果你沉迷于硬性毒品——比如说海洛因，这时你偶尔去喝个酒、抽个大麻或者来点随便什么能够起到放松作用的东西，其实能够帮助你保持远离硬性毒品。当然，这事有争议。"他补充道，但这话说得太轻描淡写了。如果在"痊愈之路"有任何人听到他这么说，他马上就会被辞退。在"痊愈之路"，缓害疗法被视为最差劲的异端邪说。然而，"痊愈之路"正式认可使用美沙酮和丁丙诺啡，没有人觉这事很虚伪。

"怎么都好，"吉雅说，"我不在乎你抽还是不抽。我就是觉得这样会很有趣。"

他看着她往烟卷纸上撒上一点烟草。她的技术还是一样笨拙，就像她以前那样，在烟卷的中心留下了一点间隙。这会让它燃烧不完全，会浪费某些气味，浪费掉那种完美的烟卷所散发出来的气味。

"给我。"达伦说。

他卷得飞快，想起他曾经总是来第一口。"这是抽成。"他曾这么说。

第一口对于他来说没什么作用，一丁点也没有。第二口也一样。

335

第三口，和预期的完全不一样，这种不一样让他想起了第一次抽大麻的事儿。当时，三个十四岁少年在哈夫斯喝酒，紧张地抽着从卡尔文·威姆斯那里买来的自家种的劣质叶子，假装醉大麻醉得厉害。

"没事。"他说着，吐了一口气。

吉雅无声地笑着。

"好笑么？为什么好笑啊？"

"就是觉得，你真是跟重活了一遍一样。"吉雅深吸了一口，"我这个姑娘家可是看得出来这一点的。八年过去了，这玩意居然又重新有效果了，这可是个医学发现。"

这玩意太、太、太有趣了，有趣得不正常，而对于这种超常的有趣，他本该第一时间做出反应来的。他又来了一口，觉得知觉扩大着而且充满了高兴之情。

他们开始忘情地盯着屏幕看。

"哦哦，恰奇。"金色的女演员边呻吟，边抚摸着他的塑料脸庞。在任何情况下，这看起来应该都不性感。

达伦很高兴能够活着，能够神志不清，能够亲吻着吉雅·伯纳德。

达伦很高兴能抛弃掉清醒时做爱的那种笨拙的尴尬和累人的自觉自律。总之，为了他们的第一次，为了他们这仅仅的一次而高兴。

吉雅爱抚着他的耳朵。"我马上就回来，"她耳语道，"去趟厕所。"

在某种呆滞状态下，达伦看着她离开。他之前甚至都没考虑到要用避孕套。这事看起来似乎太过乐观了。

在车里某个地方，吉雅的手机响了。他试图不理会那个腻人的电子铃声，他没认出那是哪首歌的开头。

电话还在响。

铃声来自手套箱。达伦把头探出窗户张望，没看到吉雅的影子。谁会在午夜的时候给她打电话？

（在她和布兰多一起出去的时候，达伦的哥哥挑着眉毛说："普通朋友？谁说的？"）

在短暂的沉默后，吉雅的手机又响了。

尽管他觉得最好别这么做，却还是把手伸进了手套箱。他没法控制住自己，他就是想知道。

手机屏幕上显示着一个电话号码，有着他不熟悉的区号，"210"。

他把手机放回手套箱，里面满是女性的杂物：护手霜、一个发夹、一个卫生棉条、一副太阳镜、一个 CD 盒、打火机和香烟。在这堆东西的底部有一个熏黑了的玻璃烟斗，和他的手一样长，一端呈球状。

哦，吉雅。

吉雅动作飞快。她比以前还要瘦，在贸易酒吧里横冲直撞，动作快得就像当初她在那间糟糕的出租屋里，头发被烧着时一样。就像是她的头发，再一次地烧着了①。

还有什么是他没注意到的？

不知为什么，他一直以来都没想过要问她：为什么你要翻谢尔比的药箱？这是一种典型的瘾症患者行为，达伦对这种事情知之甚深。这也正是为什么，他似乎并没有把这当作一种奇怪的行为。他现在还是——而且永远都将是——会这么做的那一类人。

那个布兰多，在她当值的时候至少会去贸易酒吧一次，路过时顺便待会儿，尽管每次都待不久。

他还握着烟斗，车门被打开了。吉雅的脸冷下来："你在我的手套箱里搞什么了？"

一阵糟糕的沉默。

"怎么？"吉雅说，"我又没有一直在做这事。"

达伦等着。

"那是聚会用药，你知道的，不是日常用的。我有一次停了两个月，我什么时候想停就能停。"

"你知道，其他人都这么说。"

（"这不是海洛因。"在他脑海里，叛逆的那部分冒出另一个声音。）

吉雅靠近他："别说了，我和其他人不一样。我知道你在那方面是个专家，但是，你试过这个么？"

他们盯着对方很长时间。他感觉到心脏在怦怦跳动。

"没试过。"达伦说。

---

① 烧着了，原文是"On fire"。一方面是指吉雅头发被烧着的事情；另一方面，有精神百倍的意思，指吉雅的工作状态。

躺在他童年时期的床上，达伦看着太阳升起，翻开的《匿名戒酒会指导大全》放在胸口。几个小时以后，有人敲门，声音很正式："达伦，小子，你醒着么？"

"是是，老爸，我起了。"事实上，他已经清醒三十四个小时了，他这辈子都没有这么清醒过。他穿上牛仔裤和运动衫，打开了门。他没能立刻找到一个好的借口不去这么做。

他的父亲，刮过胡子洗过澡，正带着疑虑看着他。"我以为你要去帮巴德开业。你还好么，小子？你看起来有一点——"他犹豫了一下。那个用来形容达伦现在样子的词句（一张朋克脸、吸毒吸得脸抽筋、粪便糊脸上了）在迪克的字典里可找不到。

"我昨晚有点不舒服，肠胃不舒服。"这不是真的，但算是一个好用的掩护、一个对于迪克昨晚可能听到的噪音的好解释。

（爬上楼梯时，吉雅跟在他后面。"把鞋脱了。"达伦低声说，然后她照做了。）

是他看错了，还是迪克真的有些怀疑了？

"那就没事了，再睡个回笼觉吧。你可以晚点去，只要你觉得好点了的话。如果没好转，你的哥哥能替班。吉雅今天休息。"

听到她的名字时，达伦的肠胃一阵痉挛。他用手裹紧了身上的运动衫，微微颤抖着，关上了门。

那晚在汽车电影院的记忆如海浪般。他几乎记不得和吉雅的第一次亲热了。十三年之久的渴望和期待，然而他却几乎记不得过程了，记不得在副驾驶座位上的偷偷摸摸了。

出现这种情况，他应该给担保人打电话，但他没那么做。他的担保人已经离开戒断项目了。

他们没做爱，他们只是性交，然后用了更多的冰毒。

"在日常生活中，人们容易感情用事、灰心丧气，这会导致人们更容易出于躯体性依赖而复吸毒品。"

他们的第二次是在他童年时期的床上做的，那是他曾经穿着球队睡衣睡过的地方。

迪克在晚上会取出他的助听器，这算是一件好事。他可能什么也没听到。

达伦的担保人不再参与戒断项目了，他死了。

吉雅穿好衣服的时候，天已经亮了。早上4点，达伦很多年没在这个点儿清醒着了。

"记住，想要用药的渴望终会过去，这很重要。我们再也不必须吸毒了，不管我们的感觉如何。所有的感觉终会过去。"

担保人的名字是戴维·格雷迪。他们互相称呼对方的姓氏，像大兵之间一样。德夫林和格雷迪。达伦一直很喜欢这种兄弟之间的义气，他之前从没体会过。要是现在能够和格雷迪谈谈该多好。"我搞砸了，我复吸毒品了。"

对于格雷迪会给出什么建议，他一清二楚。

"我没办法就这么走开"，达伦会对他说，"还有谁能帮帮她呢？我自己就是一个该死的戒毒辅导员。"

"你是个该死的瘾君子。"格雷迪会这么说。

楼下，迪克正在厨房里忙活。达伦听见水流的声音、餐具摩擦的声音。他的父亲会离开一整天，去拉特罗布的退伍老兵陆军医院。在那儿，他的兄弟查克勒斯的身上有一部分正要换个新的。是膝盖还是屁股来着？

当格雷迪复吸的时候，他吸的是海洛因。

达伦长途驾驶，开去巴尔的摩，开去他沉默的公寓。在未来几个小时里，他将会参加一个匿名互助会。他将会向上帝，向他自己，并且向其他人类，承认他天性中的污点。他将会这么做，到县区以外的几个陌生的教堂地下室里，在一群陌生的郊外居民间这么做。在任何位于巴尔的摩市区的匿名互助会上，都有某个他辅导过的人，或是卖给他毒品的人，或是和他一起吸毒的人。在这个层面上，巴尔的摩是一个非常小的小镇，如同贝克屯一样。

这种小伎俩让他烦恼。这种小伎俩听起来有那么一点刺耳。

随着成长，我们学会了去克服想要逃避自我和自身情感的冲动。当我们觉得灰心或是有压力的时候，要有颗伟大的心灵和极大的毅力才能保持诚实。

这种小伎俩是不可避免的。如果"痊愈之路"里的任何人听到了他复吸的风声，他马上就会丢掉工作。他允许自己想象一下，一个月接一个月的空洞日子。毫不夸张地讲，他十分有把握地能够确定，自由时间会害死他。他对于自由时间的恐惧就是他当时立刻决定回贝克屯的全部原因。

在贝克屯，他复吸了冰毒。

他走进浴室，心仍然跳得很快。是不是有心脏病了？他们到底吸了多少冰毒？吸了五口，十口，还是十五口？吸五口算是吸了很多冰毒么？

那种感觉并不令人愉快。

那种感觉隐隐约约地令人熟悉，像是他记忆中吸食可卡因时那种绝望感觉的远房表亲。可卡因是他很久以前曾经尝试去喜欢上的毒品，可他花了极大的努力也没能做到。

复吸这事不能怪贝克屯。在生活中，上瘾其实很正常，比如巧克力迷，比如购物狂。他只是单纯地选错了商品对象。他希望自己迷上的是自然拼读法，可他却成了"购物狂"。

在厨房里，他强迫自己吃了一片烤吐司。他不想要烤吐司，但这儿没有海洛因。冰毒就像是烤吐司，和海洛因根本没有半点相像。这样说来，为什么那玩意让他如此思念海洛因？

因为所有的事物都让他思念海洛因。

因为他是个浑蛋瘾君子。

他上了车，开走了。当他离哥哥家也许只有四分之一英里远的时候，他听见远处有一阵微弱的叮叮当当声。

声音变大了。

当他把车开进理查德家的私家车道时，噪音已经十分惊人。一阵机械二重奏，像是《气锤与牙医钻的协奏曲》。对于一个正处在虚弱状态的人来说，这几乎能让他吐出来。他熄了火，走出车门。片刻，理查德家的前门打开了。理查德站在门前的台阶上，用手遮着眼睛，大声叫着些达伦完全听不见的话。

"什么？"达伦喊道。

理查德走过来，他的打扮和往常不同：熨烫好的西装裤，系扣领正装衬衫，打着领带。"达伦，兄弟，你可是有辆好车啊。"

"是辆好车。"

"给小精灵造的好车。"理查德向车里看了一眼。达伦的旅行袋放在副驾驶座，《匿名戒酒会指导大全》放在袋子旁边。"你要出门?"

噪音让达伦的牙齿都疼了。"我们能进屋去一小会儿么? 我都听不见自己说话了。"

他们穿过前门走进屋里。即使是在屋里，噪音还是震得他脊椎直颤。

"别嫌这太乱。"理查德把孩子的运动鞋踢到一边，"谢尔比带孩子们去教堂了。"

"你不去?"

"你在开玩笑，对么?"他松了松脖子上的领带，"这身衣服不是为了去教堂，是为了别的事情。那儿还留了点咖啡。"

对他来说，在这地球上也许还有什么东西比咖啡还没必要。但在那个瞬间，他根本想不出来那会是什么东西。

"咖啡就不用了，能给我来杯水么?"

"雪碧怎么样?"

"雪碧不错。"达伦伸手胡乱抓了一下脑袋，"我只能待上一小会儿。我需要上路了，我要回家。"

理查德看起来很困惑："你在家啊。"

"不，是你在家。"他的哥哥，是个好儿子、好丈夫以及好父亲。我不是你，达伦想，我永远都没法成为你。

"我需要回巴尔的摩，"他说，"要回去工作。"

"你不是还有一个月的假期么?"

"还有两周，但这不是重点，我还有其他方面的考虑。"在外面，噪音协奏达到了高潮，"今晚我本来应该去贸易酒吧当班，你能替我一下么?"

理查德叹了一口气："嗯，没问题，好的，我没什么别的要紧事。"

"我很抱歉。"达伦说。

"干吗这么急? 你在那边交了个女朋友?"

他没理会这个问题。"我在这儿待了六周，不算短了。"

外面轰鸣声的音调有所提高，尖锐刺耳。

"确实是。你这次回来，对于老爸来说很重要，对我来说也一样。"理查德皱起了眉头，"我不明白，看上去你过得还挺开心的，我是指你和吉雅。"

吉雅。

"你上一次刮胡子是什么时候？"理查德说，"你看上去就像是个流浪汉。"

达伦心想，我冰毒药劲正高，刮胡子可帮不上什么忙。

"周四？我不记得了。你看，我没法光待在这儿，这对于任何人都没好处。"他的哥哥是否在观察他？每个瘾君子都知道这样一个事实，一个达伦几乎忘记了的事实：没人关注你。就当是做科学实验，在家里验证一下这件事：花上一整个星期，醉到酩酊，抽到没边，吸到崩溃。除非发生了特别重大的灾难，诸如生命或是肢体丧失，你的最近最亲的人都不会注意到你。

他的哥哥看上去似乎震惊于他声音中的尖锐怒气，这种惊讶并不为过。达伦一直是个玩世不恭的人，可不是个大喊大叫的人。

"我很抱歉没见到谢尔比和孩子们，你能帮我向他们告别么？"

哥哥呆站着。

"我对一切都很抱歉。"达伦说。

所有的感觉终会过去。

他绕了一下路才开上高速公路。路过城里的时候，他想，现在吉雅在做什么？即使是透过太阳镜看，阳光还是令人炫目。在那条蜿蜒的乡村公路上，他慢慢地开车绕了一个圈，在那里他的父亲曾经教他怎么开车。

这地方，这地方。

他加速转过一个弯，到地方了，到那片旧荒地了。那儿高且陡，被机器堆整成了一个自然界中不会出现的斜坡。土地在刺目的阳光下显得有点令人恶心，回填的那几英亩地本来应该修复好的。他们没有修复，空留下一片没有树的广袤草地，就像是俄罗斯干草原一样空荡荡，干燥的夏草被晨光照得金灿灿。那些草表面看起来很健康，但是草的下面，被永远地改变了。事情将永远不会是它以前的样子了。

　　理查德看着达伦开车远去，那个荒谬可笑的玩具汽车沿着九号公路消失，驶向德雷克上校高速公路，驶向收费高速，驶向州际高速，驶向巴尔的摩的城际环路，驶向达伦未知的生活。

　　还没来得及。他还没有说出他想要说的话。"请别走。"就像是当事情涉及他的弟弟的时候总会发生的那样，他希望能够再来一次。

　　他回头走进厨房，然后把达伦的饮料罐扔进垃圾箱。在外面，噪音又变大了。难怪他没能听到那辆车开进车道的声音，难怪当门铃响起来的时候他吃了一惊。

　　他希望再来一次。

　　这次他会说出真正想说的话："达伦，兄弟，我很高兴你回来了，有你在旁边挺好的。"但是当他打开门的时候，站在台阶上的不是达伦。

　　"是德夫林先生吗？"那个男人比他在电视上看见过的要老一点，手上有肝脏色的斑点，眼窝深陷。他递给理查德一张名片："我来得有点早，因为上一个预约取消了。希望我没给你添麻烦。"

　　"没，没事。"理查德打量着名片。保罗·扎卡赖亚斯看上去老得够当他祖父了。现在，他觉得自己太混蛋了，让这么一位老人家一路从匹兹堡开车过来。"抱歉让你一路这么远开车过来。"

　　"完全没关系，不怎么远。"

　　理查德想，不远么？"我不怎么在城里开车。"他承认。他曾经去过匹兹堡，也许在他的生命中也就待过五分钟。

　　在餐桌旁，他拿出文件：他和暗象能源的合同、两份报告、那封环保局寄来的信件。"和我在电话里说的一样，水已经被检测过两次了。两次送回来的报告都不乐观。"

　　扎卡赖亚斯从口袋里拿出一副半框眼镜，然后快速地浏览了一遍合同。理查德从来没见过有人能读得这么快。尽管他驼着背，眼睑已经下垂，但在他敏捷的动作里有种年轻的冲劲。他快速转动的眼睛似乎在把合同扫描进大脑，就像是某种先进的机器。

"你结婚了？"他看了一眼签名页，问道，"你的妻子支持我们么？"

"她不在家，我可以晚点跟她说明。"理查德犹豫了一下，"她对一切都挺失望的，她认为这一切都是我的错。"

"她当初反对签订合同么？"

"哦，不，她支持。我们都支持。我一直试图让农场有点起色，然后好好运营下。这些外快来得挺有帮助的。"他还有更多更多想说的话：关于他的祖父、他的弟弟，关于这块土地已经让他们花费了的代价，以及附近那高额的租金。但要花些力气才能只说实话。

"谢尔比第一个注意到水的问题，最初我不相信她。然后我做了检测，结果全都在报告里了。"

扎卡赖亚斯翻了翻合同："还有谁看过这个？"

"这个人，昆汀·坦纳。"理查德从口袋里拿出那张名片，"钻井那边的一个工人给了我这个号码。他们让我传真了一份副本过去，我照做了。"他停下来，吸了一口气，"这家伙立刻就告诉我，他们想要自己做次检测。"

"那是标准流程。"

"我有一点担心，但是如果这些检测发回来的数字基本上一样，那我觉得这事算是结了。这事就该这么处理，他们污染了我的水井，所以他们需要把这事解决好。"

"让我猜猜，他们说水一开始就被污染了。"

"你怎么知道？"

扎卡赖亚斯耸耸肩："这是常规谈判，暗象能源已经这么做过很多次了。他们的开价始终没变过，也就是什么都没有。这就是为什么我告诫土地拥有者要在签合同之前就给自家的水质做个检测。这样，如果有什么事情不对劲了，你就有一些数据当作基准值来说明问题。"

"我怎么没能想到这一点？"理查德明白自己的不足之处，但太晚了。两年以前，他只不过简单地瞥了一眼合同。这份他现在看明白了的合同，当初看起来就像是用外国语言写就的。最后，他只是简单地扫了一眼数字。"雇个律师"的想法就从来没出现在他的脑海里过。

"没人跟我说过这个。"

"当然没有。蒙蔽土地拥有者，让其什么也不清楚，这样对于他们有利。"扎卡赖亚斯在黄色的本子上潦草地写着什么，"虽然钻井行业试图说服我们相信，水污染这种事情并不常见，但事实上，这类水井污染的情况是很常见的。一个钻井套管会被混凝土外壁封闭住，如果在混凝土凝固阶段出现什么问题，那么天然气可能会泄漏进地下水。达克能源公司会反驳这种论点。整个行业对此持有的态度极为荒谬，他们坚持没有任何记录在案的天然气溶解转移情况。但这不是真的。"

理查德再一次想起来，那天早上，他发现鲍比·弗雷姆就坐在桌子对面，就在现在这个老男人所坐的地方。鲍比·弗雷姆戏弄了他。他愿意付出任何代价，只要能够狠狠地把鲍比·弗雷姆揍上一顿。

"问题是，我看不出来他们怎么才能修复这个问题，就算他们想要这么做。我已经请人去外面为我挖口新井了，都挖了五百英尺了，还是干的。我的妻子现在都不打算用这水洗衣服了。"理查德犹豫了一下，"还有另外一件事，我本来没打算说，但是我的女儿有一大堆肠胃问题，她只有七岁大。有一天晚上，她住院了，我妻子认为可能是水里的什么东西导致的。"

扎卡赖亚斯在本子上记下。

"她和匹兹堡的某个医生预约了会诊。那是一个专家，好像是环境医学领域的，我记得她是这么说的。"

"那一定是拉维·戈什，他是这个领域里最棒的。"他在本子上又记下一笔，"你还在用被污染的水么？"

"只在干某些事上用，像是洗衣服、洗澡。饮用和做饭用的是从沃尔玛买来的桶装水，那可花了我一大笔钱。"

"保存好你的收据，最起码，达克能源公司会为此对你有所补偿。我不能保证，但是我们可以试试。"

"那真是太好了，但是那可没解决我的问题。"理查德思索着恰当的词汇，"这是我祖父的土地。我现在不务农了，但是打算将来要这么做。这就是我最开始买下这儿的原因，也是签那个天然气合同的全部理由。"他以前从来没有完整地把这事说出口。现在，他说出来了，话停不住。他讲述了父亲的那辆老旧的拖拉机，他总算是学会如何操作

345

了；讲述了那个在萨默塞特县的农民和他那辆用了八年的"奥涅格"。他像一个十几岁的姑娘一样不停地讲着。

"有了那些卖天然气得到的分红，我就将将能够负担起去辞职，然后买些牲畜。但是现在，没有干净的水源，我怎么饲养它们?"

"你们没办法养。"扎卡赖亚斯说。

这个糟糕的真相直白地摆在他俩面前。

"就是说，这片土地对我来说基本上没啥用了。"

"没用，在目前这段时间里，没用。"

"浑蛋，那我就卖了它。"他是这么打算的么? 事实上，他从来没想过"卖"，直到这个词从他嘴里蹦出来。

"不是这么简单的，要是想出售，你需要一个完整产权①。而一旦你签了合同出租了矿产权，天然气公司就可以针对你的产权提出优先处置权②。我们在华盛顿县看到过——我不是打算吓唬你，德夫林先生，但是我们见过——这种情况，优先处置往往要价非常高，高到不合理，它经常要远远高于财产本身的市场价格。在这个案子里——"他意味深长地停顿了一下。

"怎么了?"

"你没法用土地作抵押，比如作为住宅权益贷款③的抵押。而且，你肯定不能出售土地。"

"这怎么可能? 这是我的土地。"

"是，也不是。"扎卡赖亚斯快速翻过一沓纸，"你的租约是和达克能源公司签的?"

"暗象能源。"

"一样，差不多。我应该告诉你，关于这个公司的消息可不怎么好。他们运作钻井作业的经济来源是借贷来的亿万美元，所以，他们正背负着一大笔巨额债务。"

---

① 在美国，房屋的不动产完整产权不仅包含房屋，还包含所在的土地、其范围内的地下矿藏及上空的光照、空气等相关权利。
② 优先处置权，此处是指，由于租约合同的关系，天然气公司有优先处置矿产权的权利，即如果理查德贩卖土地，则天然气公司会为矿产权这一部分定个高价。
③ 住房权益贷款，指房主以已经抵押过的房屋净值（全部价值减去已经抵押出去的价值）做二次抵押，从而进行贷款。其前提是房主拥有房屋的完整产权。

没有，没有任何事情是简单的。

"这事和我有什么关系？"

"他们是从什么时候开始平整你的土地的？几个月以前？你可能不知道，但是有几组不同的分包商在你这块地上干过活，测井组、道路组。如果我是一个爱赌博的，我会押这些工人都没拿到钱。暗象能源在行业里有拖欠工人酬劳或者是干脆就不付工资的风评。"

"你是说他们是一群赖账的？"

"本质上是。当然，如果我是承包商，我不在乎这事责任在谁，只要我能拿到钱就行。如果暗象能源不打算付账，我可以对你的财产提出施工留置权①。"

"那合法么？"

"绝对合法。"

真相慢慢地展现开来。"所以，我没法务农，而且没法出售。"血在嘴里流——他咬破了面颊。

"在目前这段时间里，不能。"

那名律师继续说着话，但是理查德没去听。他不想要一名律师。他不想去法庭。他想要自己的旧农场回来。

他想要的一切，就是让它停下来。

---

① 施工留置权，此处是指施工承包方有权在工程发包方未付款的情况下，将施工所有的材料和成果等留置，做款项抵押，直到款项付清或交由法院等部门变卖清算，但承包方本身没有变卖权利。在美国各州，关于这一权利的具体规定有所不同。

11

吉雅坐在餐桌旁，看着谢尔比往咖啡机里倒水。"用桶装水？"

"暂时的，就用到我们钻出一个新的水井为止。"谢尔比坐下来，她还穿着浴袍。穿在谢尔比身上，浴袍看起来像是一件带着袖子的睡衣裙子。"理查德终于相信我了。我整个夏天一直在对他讲水有问题，但是他太固执已见了。"

她们的友谊是一件让人好奇的事情，她们自己都很好奇。吉雅不和女生交朋友。谢尔比不和任何人交朋友。

房间四处寂静，她们的周围没有动画的音乐声，没有布雷登发出的噪音。"那些小怪物去哪里了？"

"今天是上学的第一天。要来一个甜甜圈么？"谢尔比这么说是为了转移话题，为了忘记站在道路的尽头，看着那辆黄色大巴车载走她的孩子们时，那种又寒冷又害怕的感觉。当她走回家里时，屋子空空荡荡得近乎令人作呕。吉雅打电话来的时候她很高兴。

"我告没告诉你奥利维亚住院了？"谢尔比挑出一个果冻甜甜圈，放在盘子上，"他们留她住院过夜，也把能做的项目都做了，但还是没法告诉我到底哪里出了问题。"

她们的友谊是在撒克逊庄园里度过的那些日子的残迹——谢尔比

为医疗档案部门的拉里·斯特兰斯基工作，吉雅管着洗衣房。两年里，他们共用一张餐桌，每周在"锹与铲"度过"快乐时光"①，那是个谢尔比永远不会独自一个人前去的地方。在"锹与铲"，她遇见了理查德·德夫林，也因此她这一生都亏欠着吉雅，这是个她一直避免去思考的事情。

"我要带她去匹兹堡，去看个专家，我的邻居会开车带我们去。奥利维亚早就因为不去上学而感到不开心了，但是她知道这件事很重要。"

可以想见，吉雅对此没什么兴趣。她会像往常一样，等待着一个能够谈谈自己的机会。她忙碌的社交生活就像是一部谢尔比如饥似渴地观看着的、一部布雷登和奥利维亚不被允许观看的，垃圾电视连续剧。

但是今天早上，吉雅似乎什么都不打算说。在明亮的灯光下，她看起来就像化着妆睡着了一般，眼睛周围有一圈晕开的黑色眼线。高中时，她已经是个名人了，是贝克屯高中的"女王蜂"。现在的她看上去挺显老。今天早上，吉雅显露出了她的老态。

"达伦是病了么？"她问，"他昨天没来工作。"

"他没告诉你？他回巴尔的摩去了。"谢尔比双手裹紧浴袍，"他过来了一趟，但是当时我在教堂，都没机会说再见。"

吉雅看上去震惊极了。

"太疯狂了，他什么时候回来？"

"他不回来了。他没告诉你么？"

吉雅突然莫名其妙地忙碌起来，翻查着她的记事本。"估计他用完假期了。"她知道这不是真的。他还有两周假期。

"那太糟了，"谢尔比说着，咬着指甲根部，"理查德本来很肯定他会搬过来住。你知道的，为了帮助迪克。我告诉他这事永远不会发生。"

"为什么不会？"

---

① 快乐时光（Happy Hour），指美国酒吧、餐厅常见的打折时间，一般在下午 2 点到 5 点之间。

"你能想象达伦住在贝克屯的情景么?"

吉雅没回话。她能很容易地想象出达伦住在贝克屯的情景。而且,他还有两周假期。

"我很高兴你在这里,我需要听别人的意见。"谢尔比从椅子上弹了起来,从放扫帚的壁橱里拿出一个购物袋,"这是我的秘密储存地,我不认为理查德打开过这个壁橱一次。"从袋子里,她拿出一件儿童方格花呢针织衫和一件紫色的毛衫连衣裙,"给奥利维亚去看医生时准备的。你更喜欢哪一件?"

"绝对是紫色的那件。"

谢尔比将那件连衣裙平举起来。"太可爱了!我要去退一件,但是也许可以两件都留下来。可怜的奥利维亚从来没有过新衣服,理查德说她还没长大到穿不下旧的那件。这倒是真的,我也这么觉得。但是老穿旧衣服,对她不怎么公平。"

她把衣服放回袋子,收到壁橱里。吉雅沉默地喝着咖啡。她们的友谊建立的可能性在于这样的事实:她们彼此间没有一丝一毫的羡慕之情,同时又相信对方绝对羡慕着自己。吉雅的生活对于谢尔比来说,似乎太孤单绝望了——一连串的用后即弃的男朋友,以及那份酒吧招待的悲惨工作。对于谢尔比来说,这是一个熟悉的故事,有着一个残酷的结局。

而吉雅则认为谢尔比嫁给了一个混账王八蛋。

"辅导进行得怎么样了?"她问。

"我退出了。"

"为什么?我还以为这事能有帮助。"吉雅漫无目的地思考着,和理查德·德夫林生活在一起到底会是个什么样子。他有没有给谢尔比留个指示列表?上面写着:清空洗碗机、倒垃圾。

"确实有帮助。杰丝牧师她——哦,说来话长。"谢尔比又拿了一块甜甜圈。形势的复杂性压倒了她,她急于和别的什么人谈谈——不是和吉雅,是"别的什么人"——关于牧师那让人震惊的表里不一,关于牧师那从荣耀处的堕落。谢尔比内心充满愤怒和失望,她有那种被背叛的感觉。通常她会把这些感觉贮藏起来,留待下一次在心理辅导时分享出来。因为归根结底,杰丝牧师是她唯一想要倾诉的对象。

"理查德说会和我一起去，他保证过的！但他就是个混账。而杰丝牧师光顾着沉迷于自己的世界里，甚至都没去看住院的奥利维亚。她可是住院了啊。"她重复强调着，"总之，如果理查德不打算和我一起去，这事真的没什么意义。而且，如果他真的和我去了——这事他从来都没做过——谁来照看孩子？"

"我可以过来陪他们，陪我的这帮小怪物。"

她永远不会，再过一百万年也不会让她的孩子和吉雅待在一起。

"你认识那些搞天然气的家伙，对不对？"她改变了话题，"在贸易酒吧里，你见过一个叫作'马歇尔'的么？"

"没啊。"吉雅说。

"你确定？就是那些在我们这儿钻井的人之一。是个矮个男人，但是是那种肌肉男，非常有肌肉，就像是举重运动员。"

"哦，你是说赫兹。"吉雅笑了，"当然，那一群人我都认识，赫兹、万斯和文斯。赫兹和我，我们就像这个。"她将手指交叉。

谢尔比觉得这个手势令人困惑："你和他约过会？"

"不，我受够老男人了。"吉雅想起来，谢尔比的丈夫也用得上这个称呼，可是晚了。"赫兹结婚了，有孩子！我和有孩子的划清界线。"

听到这件事，谢尔比露出了一副令人难以忘记的表情。吉雅从来没有见过任何类似的表情，如癫痫剧烈发作一般，恐惧和怀疑全显露在脸上。"不！你确定？"

"确定，他的妻子叫作科琳。我帮他选了一副耳环作为她的生日礼物。"吉雅靠过去，满身八卦味，"怎么了？你喜欢他？"

"你疯了么？"她有些疑惑，吉雅到底生活在怎样的世界？"我有一个丈夫了，记得么？"

"哦，好的。"吉雅说。

纽约州州立大学的校园又活跃起来，被从"暑假昏迷"中唤醒了。一周以前，唯一发声的就只有割草机；现在，背书包的回来了：迷茫的新生，吵闹的大二生，帅气的大三生，疲惫的大四生。这些美国年轻人，满脸显而易见的欲望，满身夏日晒黑的印记，一头新的发型，满心的决心、焦虑、计划。

在校园里，他们注意到有新活动的迹象，远离并且压过了新学期开始时的那种喧嚣：在远处搭建了一个舞台，两侧有扬声器；旅游大巴沿着校园的辅路停成一列。父母那般年纪以及更年长的男男女女在草地上摆放好桌子，身上穿着字迹清晰的 T 恤："帝国可持续性联盟""绿色未来社会""纽约反水力压裂法组织"。

年纪大的穿着宽松的牛仔裤，大肚便便像是个梨子。他们真诚，身体粗壮，有着灰色的头发。洛恩·特雷克斯勒穿过人群，像是走在剧团成员中间的经理。这些是他的人，每个人都认识洛恩。今天，他身边跟着一个没人认识的女人，这情况并不寻常。积极分子流动性高、相互之间彼此交融。这群人相互联合，结盟，参加各式各样的工会。比如说今天这次集会，基石水道的合伙组织是"减少水力压裂未来"，后者的上级组织是"打击水力压裂!"，正是这个机构，组织了此次的活动。

他的手放在那女人的背上，指点着关键参与者。"流域监视""大卡茨基尔地区食物合作社""零影响组织""哈德逊山谷畜牧协作网络"，这些环保组织今天都参与进来，连同那些形形色色的看哪里人多就往哪里去的人——反疫苗人士、大麻支持分子，一起组织起来以示团结。他们是这场运动的特殊参与者，是它的"远房表亲"。他们和天然气钻井之间的联系是战略层面的，或者是形而上的，或者干脆就是臆想出来的。这儿有"无麦麸生活""来自费城的鼓乐团""国际母乳协会""不再皮毛""跨越行动组织""犹太人回归耶稣协会"……

联系不是那么容易解释的。

洛恩压着雷娜的肩膀："好了，你怎么想?"

她觉得今天过得太快了，就像是仅仅几分钟以前，她才和他在每日旅馆的停车场里见了面。这次见面有一种偷偷相会的感觉：地点在和他俩的生活都有所疏离的中立之处；她余光里的那个路边汽车旅馆，是罪恶凝结而成的实体。注视他有点困难。他的脸和她记忆中的脸，那张她在这几周以来担忧记挂着的脸，不太一样。

当她到达的时候，他在一辆不起眼的福特金牛座里等待着。"那辆普锐斯送去维修店了，我撞到了一头鹿。"

"它们今年闹得厉害，麦克也撞了一头。"

同乘一辆车的亲密感，缘于强迫性的近距离相处。她都能闻到他咀嚼着的肉桂味口香糖的味道，闻到他衬衫上的衣物柔顺剂的清新味，就像是他们穿越过边界来到她从没生活过的地方。

"我喜欢这事。"她说。

"我知道你会喜欢。"洛恩穿过校园的时候向什么人挥手致意着，"我希望你来看看，当我们向掌权的人叙说真相的时候会发生什么。相信我，这永远不会在宾夕法尼亚州发生。"

"为什么不会?"

他耸耸肩，就像是这个问题没法回答，或者他只是没兴趣回答。"你觉得呢? 就个人而言，这种情况快让我发疯了。那些宿命论者，他们缺少一种——我不知道怎么说"，他组织着词汇，"愤怒感。就像是他们希望土地和水被污染一样。"他好像忘记了雷娜也属于他们，"他们就像是在干等着完蛋。"

他们穿过人群。鼓乐团在食品快餐车旁边圈了一片地方。一个留着胡子的男人递给了雷娜一本小册子：《你在等待着弥赛亚么?》

在临时搭建的舞台上，一个男人走向讲台。那是一个穿着格子衬衫的电影明星。

一阵掌声、欢呼声和口哨声响起。现场有一块自制标语牌：

一口井也不要。

现在就停止水力压裂法钻井。

请坚守底线，科莫州长！

那位明星年轻、衣着随意、英俊。他也许可以在电影《洛恩·特雷克斯勒的一生》中饰演洛恩。他举着一罐看上去像是油腻的洗洁精之类的东西，说："这就是为什么我在这里。"

一个戴着针织帽的女人递给雷娜一本小册子：《疫苗接种和儿童自闭症：大型制药公司不想让你知道的事情》。

"我们在进行一场精神上的战争。"这位演员倒不是什么大明星，他是在小圈子里出名的独立名人。在这件事情上，独立名人的宣传效果更好。"我从一个家庭的水井那里取到了这个，他家的水井因为在两百码以内用水力压裂法钻井而被污染毒害了。"

在塑料布上，在海报板子上，在牛皮纸上，有着各种颜色的标语。

去他的水力压裂，滚回家！
我为树代言！

"有谁想在纽约也喝上一口这个？"明星询问着，"有谁想在纽约，在清晨起床后用这个洗澡？我想说的是，如果水力压裂法没有问题的话，为什么用这个方法钻井会带来这么多问题？"

别压裂了我们的未来，
家不是一个工业区！

"我们在进行一场战斗，而只要是战斗就会产生难民。今天我们和来自宾夕法尼亚州的难民们一起战斗。让我们面对现实，那里是最受水力压裂法损害的地方。不管你是有多支持钻井、从中受益多少，你依然需要干净的水和干净的空气。"

洛恩揽着雷娜的肩膀，指着远处的一个标语牌："宾夕法尼亚，是场试验。受试者死了。"

"我今天来这里是为了我的孩子、你的孩子和在纽约市的那些孩子。别误会我。我希望那些农民能存活下来，我觉得他们没能够在社区里赚到很多钱，真的很遗憾。"

雷娜欣赏他的观点，尽管她从来没听说过这个演员。一个剃着平头的亚裔姑娘递给她一本小册子：《成为跨性别者意味着什么》。

"纽约还没为它做好准备。宾夕法尼亚州没有为它做好准备。每一个独立的社区，不论在哪，只要开始钻井就会有水污染。在每一个独立的社区，他们都在毒害着河流、湖泊、空气。"

人群狂野了。

"这是真的么？"雷娜问，但是洛恩没听见。她的问题消散在噪音里。

"我们这儿有一个人，外面就还有一千个和我们有同样感受的人。

你认为我们是喜欢才费劲巴拉地来到这里么?"演员停顿了一下,就像是他期待着一个答案,"没人付我钱。我的土地没有出租。那么,为什么我要来蹚这摊浑水、管这个闲事?"

雷娜眨着眼睛。这刚好是麦克的观点,这是她对于洛恩的事情问的一模一样的问题。

演员摊开手:"我不是来这儿当天使,我来这儿是因为我在乎。"

对于雷娜来说,这是个纯粹的奇迹时刻。一个问题怎么会有两个完全矛盾的答案,而这两个答案都真实、正确得无可辩驳?

演员正在进行演讲的盛大结尾,他在热烈喧嚣地带头呼喊口号:"现在我们要带着这股能量——"

人群回答着:我们要带着这股能量——

"这股我们今天在这里创造出来的能量——"

这股我们今天在这里创造出来的能量——

"我们要带着它去奥尔巴尼——"

我们要带着它去奥尔巴尼——

"我们要带着它去见科莫——"

我们要带着它去见科莫——

"我们要带着它见总统奥巴马——"

我们要带着它见总统奥巴马——

"然后告诉他,够了,够了!"

然后告诉他,够了,够了!

演员在舞台上被叫喊声、口哨声,以及有节奏的热烈的掌声包围着。音乐从扩音喇叭里响起,带着悦耳的旋律和明亮的弱拍,那首歌可能是有史以来最好的一首雷鬼乐曲。"起来,站起来,为了你的权利站起来。"[①]

"现在是什么情况?"雷娜用压过噪音的音量喊叫着,"结束了吗?"

穿过校园,两个"犹太人回归耶稣协会"的成员正在收起他们的折叠桌。鼓乐团们挤到一辆道奇凯领里。

[①] 这句歌词来自美国著名雷鬼歌手鲍勃·马利的歌曲《起来,站起来》(*get up stand up*)。

"看那边。"洛恩说。

"也许我们应该上路了。"她这么说，不是因为她想返程了。是因为麦克，因为她的整个生活，正在等待着。

"还不到时候，"他说，"我要去见一个人。"

地球科学楼很高且透光性好，光照充足。洛恩·特雷克斯勒穿过走道去看研究教员名录，名录就在墙上，按字母顺序排列。其中一行写着，"埃米·鲁宾博士，地理学副教授"。

同一时间，大厅对面的电梯门打开了。埃米·鲁宾走出电梯，用一张餐巾纸擦着身上的女士罩衫。见到他，她显得惊讶极了，惊呆了，像是一个巴尔干乡下的沉默的女孩，从漂浮不定的云雾里，或者从一片烤吐司上的烧焦痕迹里，看见了圣母马利亚的脸庞。

"真让人难以置信。这就像是你感觉到我在这栋楼里，一些不可见的力量把你拉进了电梯，然后像是送披萨的外卖一般送你到我这里。"洛恩朝她露出那种她曾经爱过后来恨上了的、缓慢绽放开来的微笑："你好，鲁宾。"

"你在这里做什么？"她花了半晌才镇定下来，因为被"过去"找上门来，并不常发生。他是让一切事情发生的导火索，是诞生出了整个世界的大爆炸。

他老了，毫无疑问。他的头发还很长，灰色多黑色少。眼睛周围的皱纹是新的，从鼻子到嘴之间有深深的沟槽。然而对于她来说，洛恩永远不老。她眼里看到的他一如以前的模样，这是一种不由自主的视差。这是她青年时期热恋的残留，是她视觉系统里的小故障，是他配不上的她对于他的印象。

"哦，对了，"她说，"你是来搞那个抗议活动的。"

"你去看了？"

"看了一眼。"她悲哀地意识到，咖啡的污渍晕开在她的胸骨附近；老花镜拴在链子上，就挂在她的脖子上。

"就上学的第一天而言，到场人数挺不错。我们那儿至少有一千多人。"

"这事是你组织的？"

"这么讲太夸张了，我只给了一点建议。"洛恩向后侧了侧头，向上盯着拱形的天花板。他像是刚进城的土包子一样低声吹了声口哨，夸张滑稽地四处环视。"你这儿可算是个好地方啊，鲁宾。你一定找到了个慷慨的资助者。"

"这种话你已经说过了。"

一阵沉默。

"我见过你那封致编辑的信了，"她没有必要装模做样，"你是怎么组织词句的来着？'对于科学研究的正直性有着灾难性的影响'？"

"引用得一字不差，我受宠若惊。"

"'鲁宾博士的企业赞助者和她的研究结果有着经济上的直接利害关系'。"

"要是我写错了，证明给我看。请别忘了我们现在正站在奥利芬特地球科学中心。我今天和一个来自撒克逊县的奶农一起开车过来，她正在学生中心等我，你应该过去和她见个面。她的放牧奶牛的草地，处在一口被暗象能源污染了的水井的下坡方向。世界真小，不是么？"他盯着她，"你看起来不错，鲁宾。企业学术造假很适合你。"

这个评论是纯粹的洛恩式的：先是爱抚，然后是猛击。不知怎么，埃米忘记了这一点。

"你对我的生活一无所知。"

"我不敢苟同。第一篇关于马塞勒斯的论文质量很高。别表现得这么惊讶，我一直在关注着你的职业生涯，近来我对此有些痴迷。"他朝前走了一步，"我不能接受你已经堕落如斯，但是下一代又如何？我今天遇到了一些你的学生。尽管有你这个毫无激励作用可言的榜样，他们仍然相信自己能够有所作为。"

埃米想，把你的发型收拾收拾吧。

"哦，那就是你在做的！塑造下一代，就像是你对我做过的事情。"

"我似乎记得，当时是你主动参与的。"

这是真的，无疑。是她敲了那扇门。

"我当时十九岁。"

"人们十九岁就有去参军打仗的了，十九岁就有生孩子的了。现在，把十九岁的成年人当成无助的儿童对待倒变成了时尚，但是这可不是历史传统。我在抗议集会上还找你来着，"他说，"我觉得你至少会过来看看。难道你就不好奇么？"

"拜托，我以前见识过示威活动。去年秋天我们见识过上百个睡在纸箱子里的占领运动者①。很显然，这就是民主的样子。"

"你身上到底发生什么事情了？他们说眼睛是第一个衰弱的东西——"他意味深长地看了一眼老花镜，"但是我说好奇心才是第一个。人们到了中年就停止质疑了，那才是衰老，那才是终结的开端。"

"质疑？你饶了我吧。你觉得自己在 1979 年就看清这个世界了，可能是在一场'死之华'乐队的演出上，从那以后就对什么都不质疑了。好了，你想说什么就随便说吧，如果这能让你觉得自己可正义了。但是，相信我，这事也就有这么一点用处。"

"鲁宾，看看论文，好么？在这个州，有统一协作的、有组织的反对派，而且它的影响不容忽视。纽约已经对钻井叫停了，上次我查过了。"

"那宾夕法尼亚州呢？"

在奥利芬特地球科学中心的高拱形大厅里，他们陷入一阵令人满意的沉默。

"宾夕法尼亚州是个难题，"他承认，"宾夕法尼亚州的事儿完全没道理。"

"好了，让我给你讲讲。"埃米的心脏欢快地跳动着，她在这件事情上有种喜悦之情。她经常在脑海里练习这段演讲，比她自己认可的频率还要经常。"你太忙于'政治正确'而拒绝承认这样一个基础事实，那就是：群众想要这个。"

"群众是白痴。"他厉声说道。

啊哈！她想。洛恩·特雷克斯勒是著名的平民派，是工人的捍卫者，除非他们居然胆敢反对他。

"这可真是一个感人肺腑的想法。但是，在你解散整个宾夕法尼亚州的居民之前，至少考虑一下这种可能性：他们知道一些你不知道的事情。"

"你可得好好跟我解释解释这事。"洛恩说。

---

① 此处指"占领华尔街运动"，发生于 2011 年 9 月至 10 月。

"上帝，是该有什么人来这么做了。"她的声音回荡在这洞穴一般的空间里，"你有没有想过，几乎每一笔流入宾夕法尼亚州的美元都是一笔能源钱。"

"你在夸大其词。"

"是的，但是夸张得不多。如果不是因为煤炭，即使是贝丝钢铁①也没法从那里发迹起来。"

"贝丝钢铁？这就是你的论点？天啊，看看它做得多好啊。"

"但是它确实曾经做得很好！它做得很好，直到它没做好为止。没有什么能够永远持续下去。"不论是青春、爱还是奇迹，没有什么能够永恒。

很久之前，她曾经敲了他的门。

"看，能量肯定要来自什么地方，"她不耐烦地说，"是你教给我这点的。还有什么可选的？让我们继续烧煤？"

"这是个站不住脚的论点，你知道这一点。开采马塞勒斯页岩要花费数十亿。如果用一半的资金投资在可再生资源上，我们就能够对这种糟糕的情况有一个永久性的解决方案，而不是交替着用依赖一种化石燃料去取代依赖另一种。天然气不比煤或者是石油更具有可持续性。充其量，我们也不过是在延迟那不可避免的未来。"

"生活就是在延迟那不可避免的未来。"

凝视着彼此，他们之间相隔着的是巨大的深渊，是一潭深不可测的冻结的湖水，是一次致命事故的案发现场——是还湿漉漉的埃米·鲁宾，是她年轻时代的理想主义，是她曾经爱他的那种方式。她年轻的自我也许还在那儿，被困在那冰层下面。

"洛恩，这事不是我们能够插手的，你没法阻止它。当已经涉及这么多的钱的时候，没人能阻止它。"

"我的上帝，你太悲观了。"

"如果你没感到悲观的话，我很想知道你到底生活在怎样的一个世界里。"

一阵沉默。

---

① 贝丝钢铁（Beth Steel），指的是伯利恒钢铁公司（Bethlehem Steel），总部在宾夕法尼亚州，曾经是美国第二大钢铁公司和最大的船舶制造商，后来倒闭了。

"这不是一个尽善尽美的技术，"她承认，"我知道这一点，每个人都知道这一点。"

"不是每个人。每一天，我都碰到那些签了租约而完全不知道他们陷入到了什么情况里的人，这就是我们在为之奋斗的事情。我们没有办法改变每个人的想法，但是我们可以保证每一个人知道真相。这是我的使命。"又一次，他露出那种缓慢展现的笑容，"你的使命是什么，鲁宾？别拿'我是一名科学家'那种废话糊弄我，我不是第一天混社会了。"

"我没有使命。"

而这是一个谎言，是他们之间本质上的差异。以其他人相信神的那种方式，洛恩·特雷克斯勒信仰着自己的伟力，信仰着自己有能力对结果产生影响。埃米突然看见了再老上二十岁的他，那个老态龙钟的嬉皮士，还在为很久之前就已经输了的这一场战役，或者是很久之前就已经赢了的这一场战役，战斗着。

结果早就已定。

这是伟大力量之间的冲突或者协同。这台机器，没法被阻止。

※※※

　　始动奇点无情地移动着，只有其残留航迹能被辨认出来，那是在大气层划出的漩涡和涟漪。奇普·奥利芬特，现在，正生活在"离婚公寓"——"海湾远景"公寓顶层的家具齐备的豪华套房里。十年以前，这里是休斯敦最好的地段。三十座闪闪发亮的镜面玻璃幕墙办公楼连成一片，建设在经济繁荣、钞票如雨般从天而降的那个年代。现在，"海湾远景"这片几乎闲置下来，这是关于宇宙法则的悲观的一课，是人看不见也阻挡不了的事物运行的必然规律。

　　这是财富膨胀和衰退的季节。

　　在"离婚公寓"里——这个公寓和那场离婚有关——他每天的日常生活开始自收听二十四小时网络新闻，这和他还结着婚的时候一模一样。

　　他对于新闻的饥渴是自反的、迫切的。新闻叫醒他，就像是生物钟。他读报纸，同时听电视，这个习惯让他最后一任妻子觉得很困惑："一大早就全都是坏消息！多绝望啊。"在十一年的婚姻里，格雷琴一直没能把握到一个基本事实：对于鞭普来说，睡眠是不受他欢迎的。度过五个小时之后，他在一片盲目的恐慌中醒来，感觉像是坐在方向盘后打瞌睡了。注入一剂新闻，在这时是必要的，那是一剂立马生效的解说治疗，会向他说明，每天晚上，在他犯下那个会为之后悔的小错误之后，他错过了什么。

361

"根据皮尤研究中心的报告，美国中产阶级正在经历进入现代历史以来最糟糕的十年。"晨间播报员，梅雷迪思·卡尔弗，穿着休闲夹克和打底吊带背心，就像是直接从卧室里出来一般。嘴巴是她最显著的特点——形状饱满，柔软水润得好似水果。

他没理会口袋里正在不停作响的手机。

一条天气预报滚动过屏幕底部：堪萨斯，晴；奥马哈，龙卷风警报。

鞭普开始着手编排他的《大事记》，重新按照兴趣进行排列：生意、国家、其他的一切。他有那种总是和错误的女人结婚的习惯。下一次，他会选择一个对于世界感兴趣的、一个梅雷迪思·卡尔弗这个类型的人。他放下报纸，盯着屏幕上的那张脸——水嫩的皮肤、肿胀的嘴唇。吊带背心是丝绸质地的，酒红色，和她嘴唇的色度一样。她是二十四小时新闻网络的一件产品，是演播室的原住民，生于斯长于斯。鞭普觉得她是一个早熟的儿童，一个处在青春期的少女，长大在明蓝色的背景下，那颜色干净并且明亮得如同黎明时沙漠的天空。

西雅图预报有雨。

屏幕下方的滚动色块从蓝色变成红色。他的科技股——"英特尔"和"苹果"在上涨。他看着色块，等待着数字。

那张嘴都可以用来销售唇彩和牙膏了。

他的手机响了又响。

终于，数字滚动出来。暗象能源的成交价是二十二美元一股。

"婊子养的。"鞭普大声吼道。

透过"离婚公寓"的高大落地窗，鞭普看着灾祸如雨般从天而降。

这是财富膨胀和衰退的季节。气候的改变伴随着小小的预兆。鞭普早就学会了寻找迹象，就像《旧约》中先知的那个关于"麦子的梦"①。

现在这个令人倒胃口的季节开始于两个月以前。厄运的预兆是一

---

① 此处指《圣经·旧约·创世纪》第四十一章的内容，做梦的是埃及的法老，解梦的是希伯来人约瑟。"麦子的梦"是指，约瑟解梦说埃及会有大丰收，随后会有大饥荒。

间临时应急卫生间。

相比想念前妻的程度，鞭普更想念他的前卫生间。那座由花岗岩和大理石组成的"圣殿"，根据他的要求被设计得丝毫不差：内部安装卤素灯、地暖地板和毛巾架；一个封闭的玻璃水疗房，里面有六个被精心设置过喷水方向的淋浴喷头（他通过电话向建筑师描述这个布置方案时，正开车通过一个自动化洗车装置）；在水疗房对面的是卫生间的经典展品，一个限量版的有棱有角的坐便器，是签名设计品，作者是那位需要提前三年预约的意大利雕塑家——恩里科·斯卡佩奇，明星坐便器制造者。鞭普的这款斯卡佩奇坐便器已经被收入那些四处卖弄的设计杂志里去了，像是《休斯敦生活》《大城市里的家宅》。来这间屋子拜访的人士经常要求去看看它。就像是文艺复兴全盛时期的大理石雕像，这个斯卡佩奇坐便器被庄严地摆放在墙壁的半圆弧凹陷处，在一个私人定制的、形状如同坐便器水箱的拱顶正下方。

两个月以前，在一个周二的清晨，鞭普随意而轻率地冲着水。现在回想一下，他觉得自己当时太天真了。当时幼稚地出于对坐便器的信心冲了水，根本没有预料到自己将要造成一系列的灾难。

灾难开始于对这座私人"圣殿"的污染，那真糟透了。"水管工，"他朝四周大喊，"来人啊，叫个水管工！"

已经来不及了，他把那摊污物关在门里，然后逃到妻子的卫生间去。那里的地面上到处都堆放着女性用品，就像是一个被地震破坏了的高端美发沙龙。

吐掉牙膏，他注意到，在洗脸池的边缘处有一个塑料小盒，装着避孕药。

他发现格雷琴在阳光房的"班霸"上踏着步。这些年来，他给她买了六个新的心肺功能锻炼机，但是她总是用回那台"班霸"——它会造成更多的不舒适，因此也让锻炼有效率。

"这些是怎么回事？"他质询。

他的妻子满是愧疚地红着脸，也没准，只是单纯因为锻炼而发热了。那台机器正设置在最高锻炼级别上。"那是我的药片。你在我的卫生间里干什么？"

"别提这个。如果你正在吃药，为什么我当初还要做输精管结扎手术?"他太愤怒了，愤怒到几乎都不会说话了。结扎过程差点害死他，他的睾丸因为异常感染而肿到葡萄柚那么大。十年过去了，那种痛苦和屈辱还是记忆犹新。

"我当时在照顾阿莉，不能吃这些药。"

"你为什么要吃这些药?"

她解释说药片能改善肤质，而且，它们也有丰胸效果。

"你的乳房是假的。"鞭普说。

老实说，这一点是记录在案的：是鞭普付了那一笔手术费用。药的事说不太通，直到几天以后，鞭普看到了拍摄自隐藏摄像头的录像。几年以前，当阿莉还小的时候，阳光房曾经是她的游戏室。格雷琴坚持安装了一套安保监控系统，这样她就能够监视那些来了又去的循环换班的保姆们。这套系统是完全自动化的。他们后来一直都犯懒，没把它关上。

录像有一点颗粒感。鞭普最开始没有认出格雷琴的教练，他几乎没认出来格雷琴，她除了袜子和运动鞋外一丝不挂，坐在一个力量训练的座椅上。

现在，在"离婚公寓"里，他的手机响了又响。鞭普看了眼显示屏，是他的经纪人塔菲·坎贝尔打来的。纽约现在才早上7点，这意味着塔菲有要紧的事情。

他按了静音键。

在当前这种周期中，接电话之前先停下来想一想是一件明智的事情。

"起诉我?"他默默地重复道，"什么意思? 起诉我?"

他正坐在"马亨尼、加纳和邦奇"律师事务所位于市中心的办公室里。他的律师小猪——在这个广阔的世界里以"皮格伊"这个名字被人所知——递给他一叠文档。

"不是你，是暗象能源。"

"我就是暗象能源。"

"在法律上，你不是。赞美主吧，如果你愿意的话，也可以赞美我。"

鞭普扫了一眼文档，印刷字迹在他眼前游过。"我在看什么，小猪?"

"简单概括地说吗? 这个集团的股东声称，你，也就是暗象能源，夸大了阿肯色州一些大宗地块的价值。"

鞭普难以置信地瞪大眼睛："我让这帮人赚钱了啊?"

"他们不这么看。他们觉得你太急进了，挥霍了他们的钱。这是他们的看法。"

"也有我的钱!"他喊道，"我从来不会要求别人去冒我自己不会亲自去承担的风险。"

"别激动。"

"这会让我付出多少?"

皮格伊把手伸到办公桌里去拿柠檬水果糖，这是他紧张时的习惯。"我希望你一个子也不用付出。在现在的情况下，你没办法负担得起。离婚办得怎么样了?"

"比上一次的要好。"上次离婚，皮格伊推荐了一个女律师，理由是"你和女代理律师一起处理会更好点"。当一切都结束的时候，鞭普输了一辆奔驰轿车、一辆路虎，和他众多房子里的一个。要是由男代理律师打官司，法官会不会把他的牙都判罚走?

"我很讨厌落井下石，但是还有更多的坏消息。宾夕法尼亚州在闹水质问题。而且，一个股东群体提出，你一直在不正当地使用公司的飞机。"

"胡说八道。"鞭普说。

"这是你的正式说辞? 我可以告诉你，这种说辞不堪一击，他们有证据。"

"关于什么的?"

"另外还有一件单独的诉讼，你运气不好，它是由一些情况共同导致的。"

鞭普在椅子里向下瘫坐着："直接告诉我吧，小猪，别让我猜了。"

"那事儿发生在去往百慕大的飞机上。原告叫'梅格'什么来着，想起什么了么?"

"百慕大?"突然间鞭普想起来，去年春天，格雷琴去那里参加一个朋友的新娘送礼会①。

"是一起人身伤害诉讼，事故导致面部毁容。"

"啥玩意?"

"根据起诉书上面的说法，原告女士在上暗象能源的飞机之前在脸上打了一针。我估计他们应该是遇到一些气流了。你是共同被告，另一被告是一家好像叫作'静日水疗'的机构。"

"好吧，让她告。"法律诉讼没有扰乱他。他曾经因为违反合同、欠债不还等事情被起诉过。他曾经被得克萨斯州六个不同的自治市分别单独起诉过，还要加上他四个妻子各自的离婚诉讼。

"我不担心那个案子，那个案子可能很便宜就能打发。但是股东——"皮格伊犹豫了一下，"情况比你想的还要糟糕，鞭普。他们在诉讼里指名道姓地提到你个人了，他们打算追究你的个人财产。"

鞭普惊呆了，被这种忘恩负义刺痛了。那些男人借由他的勇气和辛苦努力来赚钱，借由他准确的直觉、自愿的献身来赚钱。两年多，几乎快三年了，他们一直都沐浴在钞票里。

"你需要代理律师，"皮格伊说，"从技术上来说，我代表暗象能源公司，但我不能代表你个人。吉尔可以做这事。"

那是另一位女律师。

"不了，谢谢你。"鞭普说。

"另外，你还背负着不少债务。"

"我个人身上? 还是我这个暗象能源老总身上?"

"两者都有，"皮格伊说，"我警告过你这件事。所有那些新的钻井都在消耗着你的资产，你个人的资产。"

"我知道。""哥伦布条款"是鞭普的发明，那是一条在行业里无人知晓的条款。皮格伊曾经抱怨过这件事，但最后还是用法律语言写进了鞭普的合同里。这条条款让他买下了暗象能源每一口钻井百分之二的份额。条款的术语简单、优雅。鞭普从自己的口袋里拿钱支付百分之二的运营费用。作为回报，他能够在钻井出产时获取其收益的百分之二。他的直觉和才智、他的不屈不挠的勇气，为别人创造了不少财

---

① 新娘送礼会是美国的婚姻习俗，指为准新娘举办的庆祝活动。

富。他要为自己也留下一点点，这事似乎很公平。

"你需要现金流，伙计，没有别的好办法了。"

钻井场需要继续运作，补给品需要购买，工人需要付工资。百分之二的费用听起来不多，可是他开钻了五千甚至是一万口钻井。

鞭普说："让我打几个电话。"

去工作时，他蹑手蹑脚。他继父的办公室在第八层，有一台高速电梯为之服务。鞭普选择爬楼梯。即使达尔正在休病假，走楼梯也似乎是个精明的决定，因为可以不用经过洗手间、员工餐厅，不用经过任何他继父喜欢去的地方。

"你喘得厉害啊。"鞭普的秘书上下打量着他，"达尔正在找你。"

在他的口袋里，手机正震动。

"我知道，"鞭普回头说，"告诉他，我晚点去见他。"

他拐过转角走向自己的办公室，看到——可惜看到得太晚了——达尔正坐在他的办公桌后面。

"现在见我吧。"

鞭普控制住自己，微微一笑："你好，陌生人，你在这里做什么?"

"在呆坐着变老。"

"不好意思，我刚刚去皮格伊那里了。你看起来气色不错。"

达尔看上去惨极了。上周他在高尔夫球场上跌倒了，没人对此感到吃惊。真正令人惊讶的是后来发生的事情：他的死亡难以置信地被一场紧急血管成形手术给推迟了，这让所有认识他的人都感到不安，尤其是鞭普的母亲。

"别来这套。"达尔用力地捂住身体一侧。在他衬衫的扣子之间可以看到一圈绷带，实施心肺复苏的急救人员弄断了他的两条肋骨。"我们需要停止宾夕法尼亚州的作业。至少，就当前来说，泡沫已经破灭了。"

"你不是认真的吧?"

"你有看见我在笑么? 我们已经等得够久了，哥们儿，我已经给了你很多次机会了。"

"你在谈论的是我们三分之一的生意，你不能就这么毁灭掉它们。"

"看着我。"达尔平视着他。他的左眼看上去有一点奶白色,是白内障的初期症状。"我本来该一周以前就这么做的,但是我被别的事情耽误了。"

"你经历了场极大的变故,"鞭普压低了声音,这是一个有时能够在马匹身上起作用的小技巧,"我明白这点。别让那件事导致你失去自身的勇气。"

"勇气和这件事情毫无关系。这些马塞勒斯钻井正在把我拖垮。怪我自己,我永远不该放任你在准备还未万全的时候就开始运营。"再一次,达尔用力地掐住身体一侧,"是时候准备打场硬仗了,哥们儿,回到我们的核心业务来吧。"

鞭普说:"石油早就过时了。"

"它会卷土重来的,每次都会。"

"天然气也会卷土重来。我给你赚了很多钱,达尔。"

鞭普想:你不是我父亲。

他开车离开办公室的时候电话响了。

"情况是这样的。"塔菲·坎贝尔用牲畜拍卖员的语速讲着话,"你现在资本严重不足。基于暗象能源交易价格是二十二美元,你的股票没有足够的价值来支撑这么一大笔信贷。"

"给我一周时间。"鞭普说,"只要上帝眷顾我一周的时间,我保证数字会上升。"

"没有一周了,现在就需要现金,或者我不得不出售你的股票。我们别无选择。"

鞭普转向快车道。

"关于这一点,我们已经谈过了,"塔菲说,"我警告过你这事可能发生。"

"好了,"他不耐烦地说,"你能为我做点什么吗?"

一阵沉默。

"我没法帮你了,鞭普。"

"你是什么意思,没法?我以为你在这些领域就是掌握着规则的那位。"

"仅仅在'私人财富集团'里是这样，"塔菲说，"但这次的问题来自高层。"

　　"始动奇点"是一个概念，只有当它有用的时候才有用。
　　"资本严重不足。"
　　"事故导致面部毁容。"
　　众多的"始动奇点"随机乱窜，快得像是 6 月的飞虫，它们癫狂的轨迹只有造物主才知道。
　　开着车，鞭普产生了一种几乎让他脑子快炸裂掉的认知——
　　"'始动奇点'是我自己。"

※ ※ ※

当雷娜停好车回到家的时候，她们正在门廊等待着。奥利维亚穿着方格花呢针织衫，谢尔比穿着古板的海军蓝西服套装，像是一个老派航空公司的空姐。谢尔比把奥利维亚放进后座扣好安全带，然后爬过去坐到雷娜旁边。空气中略带寒气，传递着秋意。

"我以为你的牧师会来。"

"她没法来了，说来话长。哦，你能在这儿停一下么？我需要寄封信。"谢尔比从手包里拿出一个信封。

"理查德怎么样了？车上还能坐得下。"

谢尔比放下窗户，把身子探出去打开邮箱。"他不是一个特别好的乘客。再说，他值日班。哦，等下！我忘记旗子①了。"

她走出卡车，飞快地去到信箱后面，把红色的旗子竖起来。

"特雷克斯勒博士在哪里？"她回来的时候开口问道。

"他没法来了，发生了一些状况。"

"人们老拿状况当借口。"谢尔比坐到座位上，把手机递给奥利维亚，然后对雷娜说，"你看起来有点累。"

"我还行。"客观地说，这话是真的。雷娜没毛病，除了和洛恩一

---

① 在美国，人们会在室外个人信箱上放置一个旗子形状的红色铁质小部件。旗子竖起来就意味着有信件要发，放倒则反之。

起度过的那一天所造成的精神上的宿醉未醒。那感觉就像是在铲雪的时候突然闪了腰，总觉得肌肉有些若隐若现的酸痛和肿胀感。

那是个漫长而又复杂的一天，见识了不少令人振奋的陌生事物。在集会后，他留她独自坐在学生中心近一个小时。他说："我必须去地理系见一个同事，不会去很久的。"

在学生中心里，雷娜等了又等，想着如果带上了《寂静的春天》该多好。在包里，她找到一本被折成了三折的小册子。她有一个模糊的想法，想把它留下来，拿给麦克看。

性别认同是一个人内心的心理认知：
- 一个女人
- 一个男人，或者
- 一个不属于性别二元划分的人

不是所有的性别错位者都被定义为跨性别者，也不是所有的跨性别者都是性别错位的。

雷娜想，有时候只是遇到了那一个人。

她把那本小册子扔到垃圾箱里。

洛恩在开车回家的路上闷闷不乐，那种令人意外的沉默不知为何和麦克的沉默一点也不一样。这怎么可能呢，两个人能够分别用完全不同的方式来表现沉默？麦克的沉默像是负空间，什么东西都不在其中。洛恩的沉默则更丰富而且复杂，充满了不可知的含义，像是一锅放在火炉上的大杂炖。

在他们越过州边境的时候——标牌上写着"宾夕法尼亚州欢迎你"——她明白了自己的愚蠢是多么的深重。她完全误解了状况——洛恩一点也不在乎她。

当转弯进每日旅馆的停车场时，他似乎才想起她来。

"我真希望明天能和你一起去，"他说，"去看拉维。我会想念你的，给我打电话，好么？"

他靠过去亲了亲她的脸颊。

现在，奥利维亚正在后座玩她母亲手机上的一个游戏。她盯着小小的屏幕，兴高采烈，全神贯注。谢尔比谈兴正浓，满是问题：雷娜是不是在农场长大的？她是不是还有几个兄弟姐妹？她是不是一直想做个护士？她是不是信教？

"不是。""是。""是。""不是。"雷娜用大量篇幅和大量的细节，回答着问题。为什么不呢？她开车的时候又没有别的事情好做。

麦克和雷娜是不是从童年起就是好朋友了？麦克的真名到底叫什么？为什么她要改叫麦克？

雷娜回答："不是。""苏珊。""没人知道为什么。"

谢尔比问："你曾经结过婚么？"

这个问题有一个简单的回答，也有一个复杂的回答。雷娜选择了简单的那个。"没。"她说。

"麦克呢？"

雷娜饶有兴趣地打量着她。老实说，怎么可能会有这种人呢？谢尔比脑子里到底发生了什么？这简直是一个谜。有时候她就像是在和一个早熟的孩子谈话；另一些时候，则是和一个迟钝的成年人交流。

"没。"她说。

谢尔比有所领悟地点着头。"我曾经害怕这件事，一直……做个处女，或者保持单身之类的。没有冒犯的意思。但是现在，我觉得这事不那么糟糕，婚姻不光只有被人赞美的那一面。"她看向窗外，"我觉得特雷克斯勒博士喜欢你。"

雷娜说："我也喜欢他。"

在候诊室，雷娜翻阅着一本杂志，试图去想洛恩现在身在何处。她想：我失恋了。这真是个她在很多年里都没听到过的老派单词了。

她正用电话给他留言："谢尔比和奥利维亚正和戈什医生在一起，他们在里面好一会儿了。"半个小时以来，她一直把目光放在紧挨着接诊柜台的大门上。谢尔比和奥利维亚正坐在门后面的某间诊疗室里。

这时，门开了。谢尔比红着脸，拉着奥利维亚的手。在她们后面，一个护士招呼着雷娜。

"晚点给我打电话，好么？"她对着语音信箱说，"我得走了。"她挂掉电话站起身。"谢尔比，发生什么了？你还好么？"

谢尔比不说话，摇着头，她的眼睛湿润得像是一口井。

护士问："你是雷娜·科瓦尔么？戈什医生想要和你见个面。"

"在这坐会儿，谢尔比，我马上回来。"

那位护士领着她走过一个长长的走廊来到诊疗室。戈什医生是一个矮小干瘪的男人，没头发，看不出年龄。他伸出手："洛恩和我讲了很多关于你的事情，请坐。你和德夫林太太谈过了么？"

"还没有，可是她似乎很沮丧。发生什么了？"

戈什关上了门："我给奥利维亚做了检查，而且也看了她的报告，但是恐怕我帮不了她。"

"你是说，不是水的问题？"

"不是。"

"但是你看过实验室报告了，不是么？两个不同的实验室都说有甲烷溶解转移现象。"

"我毫不怀疑水井已经被污染了。但是，正如我告诉德夫林太太的，这件事情极其不可能导致奥利维亚出现这种肠胃系统症状。"

"我就怕是这样，"雷娜说，"可怜的谢尔比！"

"她总是这么情绪起伏激烈么？"

"不是……好吧，是有点。"她想，该如何向谢尔比·德夫林解释？"她就是希望能有个答案。她深信——我们都深信——水是问题所在。尤其是洛恩，他特别确定。"

"洛恩是个活动家，不是个医生。"

"那倒是真的，但是，肯定有些什么东西导致她生病了。而且我很担心谢尔比，这事对她打击太大了。"

医生似乎有些犹豫："你有多了解德夫林太太？"

"不是特别了解，怎么了？"

"有些别的事情让我挺在意。这只是一种理论，或者连理论也算不上，让我们说这是一种可能。我完全没有证据。"

接近黄昏时，雷娜驶进了贝克屯。她把谢尔比和奥利维亚送到家，然后立马拨打了洛恩的电话。

"你好，我是雷娜，能麻烦你接个电话么？"

她刚说完就想了起来，他没办法听见——她在冲着手机讲话，而不是自动答录机①。现在还有任何人会有一台自动答录机么？

她删除语音留言，然后又试了一次。

"你好啊，我是雷娜。我知道你在忙，但是这件事很重要。"她惊讶于自己声音里的颤抖，"我和戈什医生谈过了，而且——"

她无词可用。

"你能打过来么？拜托了！"

不知该怎么形容这类事情。

在澳大利亚的墨尔本，一个刚学会走路的小孩子被带到了急诊室，症状是喷射性呕吐、发烧、腹泻。他的体重和一岁大的婴儿一般。他被诊断为发育停滞。

医学术语"人为性"是用来描述一些症状的，是指这些症状更多地是由于人为干预而产生的，而不是自然发生的结果。胃肠道系统可以用催吐药、泻药，以及多种常见物质进行干预。

他们为那个澳大利亚的小男孩安排了食物排除疗法②。六周以来，他只吃白水煮鸡肉。

"人为性"是指在私人陪护的过程中，在被照顾者的身体上精心制造或者伪造出来的症状。

那个澳大利亚小男孩接受了鼻胃管治疗③。

平均每一位此类患者身上的病征数量是 3.25。

那个澳大利亚的小男孩死时只有四岁大，他已经被一位儿科医生诊断过近三百次了。他的尸检报告显示心脏肌肉严重退化。

"上床吧，"麦克说，"你扑在那件事上已经三个小时了。"

"再有一分钟就好。"雷娜说。

在北卡罗来纳州拍摄到，一位母亲向她儿子的静脉注射盐水。

---

① 自动答录机的语音留言在录音时会同步功放，但手机的语音信箱没有此功能。
② 食物排除疗法，即把特定的食物从饮食中排除的治疗方法。
③ 鼻胃管治疗，指从鼻处插入软管通向胃部，常用于灌注营养液喂食或者是抽取胃液。

英国的一位母亲把自己的血滴到了她孩子的尿液样本里。

急诊室的日常接诊病例，心脏病和车祸，与此对比起来似乎显得没那么糟糕了。信息时代的育儿情况堪称：你指尖上的恐怖事件簿。

那天晚上，洛恩没打电话过来。一次又一次，雷娜拨通号码，那头的声音说：

"你好，我是洛恩。你知道该怎么做。"

毫无疑问，他错了。她完全不知道该怎么做。

第二天她到得很早，为了上班，也为了在走廊里拦住斯图斯克医生。"我需要和你谈谈奥利维亚·德夫林。"

"我只有一分钟。"

雷娜想，还有点新鲜的借口了没？

她带他走到诊疗室，然后关上门。有时，有些没办法说出口的事情，只能直接说出口。

"你觉得她在给自己的孩子下毒？"斯图斯克医生盯着雷娜，好像雷娜——而不是谢尔比——才是那个怪物，长了鳞片和利爪。

"不光是我这么觉得。我昨天带她们去匹兹堡了，这样奥利维亚就能去看戈什医生。"雷娜的心脏跳得很大声，"我最开始不相信他，然后我想起上一次奥利维亚住院时的事。谢尔比不想让女儿出院，她真的对此很沮丧。我离开病房，让她们单独待了大概十分钟。谢尔比一离开，奥利维亚就又吐了。"她停下来缓了一口气，"她当时可能给了奥利维亚什么东西。"

斯图斯克医生皱了皱眉："即使是她有能力做出这种事情——我还不准备相信她能——我也不明白这怎么可能发生。我们做了那么多的实验检测，如果她那么做，总会有一些异常情况反馈回来。"

"不一定，如果她用催吐剂就不一定，也许是吐根类制剂？"

斯图斯克医生目光闪烁，这种表情她以前见过：这是医生在看到护士居然真的有自己的思想时，表现出来的瞠目结舌的样子。

"在澳大利亚有个案例，"她说，"我做了点研究。"

他似乎在思考这件事："吐根类制剂无法被检测到，至少就我所知的而言。所以，即使这件事曾经真的发生——"

"我们也没办法证明。戈什医生说了同样的话。"

一阵沉默。

"我看过这些案例，"斯图斯克医生说，"在我的理解里，家长会这么做的用意，是要吸引医疗人员的注意。但是德夫林太太似乎从来就对我说的事情特别不感兴趣。"

"我也有同样的想法，"雷娜说，"但是，如果我们不是她在乎的那一个呢？"

在某处，时钟响了起来。

"那个匹兹堡的人，"斯图斯克医生说，"戈什，他正面询问她了么？"

"没有，他就是不确定。我也一样。"她飞快地补充道，"但是如果我怀疑一个孩子正在受到伤害，法律规定我必须举报这件事。"她想说"你也一样"，但是没说出口。

她不需要说，因为斯图斯克医生明白其中的潜台词。"让我们说清楚，雷娜，这些是你的怀疑，不是我的。如果你打算拨打儿童热线举报，我不会阻止你。这事你自己决定。"

有人敲门。

"再一小会儿，阿格尼丝！我马上就去。"斯图斯克医生专注地看着她，"你得有正当理由，这是规矩。你有正当理由去相信德夫林太太正在伤害她的孩子么？"

（戈什医生："这只是一种理论，或者连理论也算不上；让我们说这是一种可能。我完全没有证据。"）

"没有，"她承认，"好吧，也许有。我真的不知道。"

"这话带不来多少信心。"他走向洗手池，打开水龙头，"这些是很严重的指控。你有想过如果你是错的会怎么样？"

在过去的二十四小时里，她一丁点别的都没想过。

他特意在水池洗了洗手①。

---

① 洗了洗手（Washes his hands），这句话有撇清关系的潜台词。同时，医生去巡检要洗手。

雷娜开车回农场时，终于，她的手机响了。

她打开灯，在高速公路边停了车。捂着另一边耳朵，她听着洛恩抱怨他在概述课上的笨蛋学生们、他和学籍办公室之间永无休止的争吵、那辆租借的"吃油大户"汽车，以及还放在维修厂里的损坏了的普锐斯。她放任他说着，她知道，一旦她开口，就将不能再把话收回去了。事情将变得和以前不同。

"听着，"他最终说，"我想要为那一晚道歉，当时我脑子里东西太多了。"

花了一点时间，她才想起来他在说什么。那次从纽约回来的路途遥远的尴尬旅程，似乎是很久之前的事情了。

"还记得我和你提到过的那个姑娘么？那个顾问，我见过她了。我得说，这事让我脑子一团乱。我不知道是否告诉过你，我们曾经是爱人。在很久很久之前。"

"你没提到过。"要是昨天，她还会病态地忌妒着。现在，他的话语就像是流淌而过的水，没有什么词语再那么重要了。

"洛恩，咱们现在有个问题，是关于谢尔比的。"

在她讲述澳大利亚的小男孩和北卡罗来纳州的母亲时，他一直听着，没插话。"这种事情有个专业名词，叫'孟乔森症候群'。你可以搜索一下。"

最后，他说："你确定么？"

"好吧，不确定，这就是我认为至关重要的地方。吐根类药物，如果这就是她使用的东西的话，是没办法检测出来的。这类药物有种奇怪的味道，像是葡萄味的糖果，但是我从来没在奥利维亚身上闻到过。"

"所以，我们不能证明这件事。"

"不能。"雷娜说。

他重重地呼出一口气："那就好了，还是有可能是水的问题。对于我们的目标而言，'有可能'就足够了。"

"我不明白。"车里的高温冲击着她，那是一种让其他热量都冷却下来的热度。她打开车窗。空气里有种催化式排气净化器的味道，是卡车报废之日将至的味道。

"看，我不是一个医生。"他说，"我对此感到抱歉，亲爱的，但是你也不是。我们处理的是观念问题，我们的角色是提出问题、敲响警钟的卡珊德拉①。这就是我们能够做的事情，而且如果我们用正确的方式去做——声音大、令人信服——那就足够了。"

高温让人几乎不可能思考。雷娜把钥匙插进点火器，绝望地拨弄着出风口。坏了的空调把一阵温热的空气吐在她身上。

"我是受法律约束的举报人。"她听见自己声音中的颤动，"如果我怀疑一个孩子正在受到伤害，我必须向儿童保护服务处②进行举报。这是法律规定。"

"当然，但是这事是基于主观判断的，对么？这里存在着灰色地带，否则的话，拉维自己就会举报了。"

"但是我们不能继续再鼓励她了！你没发现么？如果真的是她造成了奥利维亚的病情，所有的这些关注和关怀正好是她想要得到的。"

"'如果'，"洛恩说，"你说了'如果'。"

在可怕的沉默中，雷娜理解了：他不在乎。

"看，你自己说了，我们没办法证明这事，"他平静地说，"那么如果我们没办法证明这事，他们也不能。"

"他们？"

"达克能源公司、环保部，还有这个巨大的宣传机器，正在告诉整个世界，水力压裂法是安全无害的。相信我，雷娜，你对于我们在反对什么毫无概念。"

---

① 卡珊德拉，古希腊神话中的特洛伊王女，预言家，其预言非常准确。
② 儿童保护服务处（Child protective Services），在美国各州，其名称及管辖权不同，但都是政府中负责儿童保护的部门。

※※※

夜晚越来越冷了，警长穿着夏季迷彩服瑟瑟发抖。再过一个月，他就会换上更厚重的装备和长袖内衣。再过两个月，他就会质疑，这一切真的有什么意义么？

在监视过程中，思绪飘散。三周以前，在一个周日的晚上，警长注意到了一辆陌生的汽车，那是一辆新型的福特探索者，停在他前妻的住处外面。

第二天，当兼职秘书去吃午餐时，他想要去搜索那个车牌号。如果警长能对电脑有一星半点儿的了解的话，这个行动只需要花上两分钟。他正坐着搜索，兼职秘书回来了。"你在我办公桌旁做什么呢?"

"搜一个车牌号。"

她坐到旁边："这事挺简单的，真的。"在三十秒内，警长就得到了一个名字和一个位于得克萨斯州的地址的复印件。

"谁是布兰多·利特尔?"他问。

"我不能告诉你。"

接下来的三天里，他一直监视，每天深夜都要开车过去一趟。那辆探索者一直没有移动过，就像是已经在车道上生了根。住宅的窗户还是全黑着。第四天，他试图用钥匙开自家的门，却发现特丽已经换了把锁。

最终，他开车去"赛百味"吃个午餐，休息休息。"你母亲这些天怎么样了？再来点奶酪。"他透过食物护罩对贾森讲。

"挺好的，我估计。"他的儿子，戴着一副塑料手套，正在往警长的惯例午餐，一个十二英寸的牛肉丸三明治里，额外放上几片马苏里拉奶酪薄片，"她在夏威夷。"

这可不是警长期待的那个答案。他和特丽一直是居家型的。

"她自己去的？"

"不是，是她男朋友伯尼带她去的。"

通过巧妙的问询，警长得知了如下的事实：伯尼·利特尔住在每日旅馆，是一个管钻井架的项目经理。特丽是在减肥中心遇到他的。他买了对情侣摩托为她庆祝生日。

讯问过程被午餐高峰打断了。"我要走了，老爸。"贾森说。他没要警长给的额外几片奶酪的钱。

他从来没想过男人也会去减肥中心。

当然了，更换门锁是特丽的权利，可能是一个月以前换的。警长觉得自己在不知道这事的时候更开心些。

是他幻听了么，还是他真的听到了一阵噪音？警长屏住了呼吸。有树叶在沙沙作响，有干草发出嘎吱声。耀眼的白光映入眼帘。

他打开夜视仪，图像浑浊不清，但是运动物体是很显眼的。两个穿着暗色衣服的白人男性，出现在他的视野里。瘦高的那一个背着一个丙烷罐子，是烧烤时使用的那种。另一个矮而壮实，拿着一截塑料软管。

有那么一瞬间，警长呆住了。他的耳朵里出现嗡鸣声，手臂和大腿在颤抖。然后，专业精神和培训成果发挥了作用，他站起身。

"站在那儿别动。"他握着武器的那只手有点抖，他的夜视仪歪着。

冰毒上瘾者把手伸进口袋。

警长马上反应过来，热成像仪在这个场面中会更好用一点。就像是他一直怀疑的那样，他的第二代夜视仪不够准确。而且，他需要一个结实的头盔固定座来把这该死的玩意固定住。

他不记得自己是如何把"雷明顿"平举到肩膀处的，只记得那令人激动的后坐力；以及，就在片刻之后，他冲那些冰毒上瘾者声嘶力竭地喊出的那个单音节词——

"跑！"

来

世

AFTERLIFE

　　　　　　　　※※※

　　在二十四小时网络新闻的一间摄影棚里，金发的梅雷迪思·卡尔弗坐在主播台。她在吊带背心外面套着一件西装夹克。坐在她旁边的是泰·斯莱特，一个皮肤被晒得黝黑、牙齿洁白的男人。

　　梅雷迪思：今天，在《能源焦点谈》节目中，我们要谈一谈天然气工业，其出人意料的波动性造成了投资者的恐慌。为了弄明白在华尔街到底发生了什么，我们请来了能源行业的专家，泰·斯莱特。

　　泰：谢谢梅雷迪思。各位观众们，能源现在是，并且将永远是一个数字游戏。现在，数字不管用了。数字几乎就没管用过。过去的几年里，我们已经看到了大规模的钻井开采现象，而现在，我们已经被天然气淹没了。市场供应太充足了，他们差不多是全送而不是售卖。问题是，在这些特定的地质结构上钻井、开采天然气是极其昂贵的。就凭现在天然气一块九这个价位，他们没办法支付运营成本。

　　梅雷迪思：让我们谈谈上周发生的事情，我称之为"屋子里的暗象"①。

---

① "屋子里的暗象"是个双关笑话。它是一句俗语"elephant in the room"，指"显而易见"；同时也指暗象能源公司。

泰咧着嘴，露出牙龈傻笑着。

梅雷迪思： 在公开解雇创始人和首席执行官奇普·奥利芬特之后，这家公司公开发表了如下通告。（她读着资料）"董事会要感谢奇普多年以来的卓有远见的领导，我们希望他在未来的事业里一路顺风。"这句话出自暗象能源的传媒主管昆汀·坦纳之手。泰，有没有什么是他们隐瞒没说的？

泰（看了手表一眼）：我们还有多少时间？

梅雷迪思略带感激地、像个不懂事的小姑娘一样咏咏笑着。

泰： 好了，先说这个。奥利芬特正在接受美国证券交易委员会的调查，调查针对在暗象能源总部以外运营着的一个私人对冲基金。这个对冲基金——注意了啊——交易的是天然气和石油期货。这就是利益冲突，对不对？更不用提他自己的股东正在起诉他——

梅雷迪思（非常欣喜）：滥用公司飞机！

泰： 看，奇普，也就是鞭普，多年以来一直在耍着这套花招。当天然气价格在四十的时候，没人关心他在用飞机做什么。但是暗象能源现在资金不足而且业务开展过快。鞭普现在正负担着他私人借贷的十亿美元。让我们回顾一下：去年他带回家总计价值两千万美元的工资、股票和证券。那么，为什么他需要借十亿美元呢？他是不是有个不可告人的药物成瘾行为？

梅雷迪思： 泰，你太可怕了！我们的律师要为你这句话忙翻天。

泰： 我的意思是，奇普·奥利芬特是一个"瘾君子"。他对于钻井上瘾。他的合同让他成了这家公司钻的每一口井的共同拥有人，只要他能够支付得起那部分钻井开采的运营成本就行。在过去几年里钻了那么多口井，这可让他大出血了。

梅雷迪思：所以，他去借贷了？

泰：而且还用他持有的暗象能源的股票——三十亿股！——作为抵押品。麻烦的是，基于公司的股票价格已经啥也不是了，这些股票不再足以支撑一笔十亿美元的信贷债务。他不得不拿出点真金白银，所以卖掉了一些股票。

梅雷迪思：一大笔股票。

泰：是的，宝贝！那是他拥有的公司股份的百分之九十！最后，这些股票以十美元每股就出手了。如果你是一个股东——梅雷迪思，我真的希望你不是——不到一周，你持有的暗象能源股票就跌了百分之二十。当然，你会希望它能够反弹。（他又一次咧开嘴，露出牙龈傻笑）就个人而言，我讨厌看见他失势。在休斯敦，每个人都知道一个关于奥利芬特的故事。

梅雷迪思：好，我想听听，你的故事是什么？

泰：还记得他们建造新企业总部的时候么？鞭普想要在公司的员工餐厅那儿弄个屋顶天窗。他给建筑师留了一条语音留言，然后自己掏钱支付了这笔额外设计费。

梅雷迪思那儿传来一阵响亮的大笑。

梅雷迪思：所以奇普·奥利芬特接下来会怎么样？

泰：未完待续，敬请期待。朋友们，我可不会认为他就这么出局了。

※※※

今年，撒克逊县的冬天来得很早。在月月友牧场，奶牛们的食物被更换为贮藏饲料。

麦克为了猎兔季节更新了她的狩猎许可证。证书和一张来自州运动委员会的宣传单被放在一个信封里，一起寄来。宣传单是一张列有小贴士的单子：

* 不要在天然气生产场所（包括储料罐）及其附近进行狩猎。
* 在钻井场、增压站和输气管道附近随意射击是危险且不合法的。
* 确定你的目标及其附近的情况。工业从业人员可能会穿着荧光橙色的衣服，也可能没穿。

"不给糖就捣蛋"的万圣节在堆满风雪的日子来临。女巫和小妖精们带着手套和围巾。布雷登·德夫林边抱怨边和妹妹分享着他要来的糖果。穿着公主服的妹妹把一整晚都花费在电视机前了。糖果被挑拣、分类成两堆。他们的母亲检查着标签，找着那些淘气的小成分：小麦、乳糖、花生、玉米。

糖果被挑拣完的时候，雪已经有一英尺深了。日历上写着秋天还只过了一半。这是谁规定的？究竟在什么地方，12 月 21 日之后才进入冬季？

在雪盲环境中，在强风降雪的情况下，钻井队离开镇子了。

386

最开始，雷娜不明白到底发生了什么。没有人明白。一个接一个地，钻井工地沉默下来。正在建设的公路停工了，"前方绕行"的标志不见了。在"西兹"便利店里，加油的队伍变短了。在贝克街上，一下子空出了大量的停车位。她把这些看到的情形写进了一封很长、很复杂的电子邮件，发给洛恩·特雷克斯勒。写这封邮件花了她三天的时间。

见他不回复，她在他的语音信箱里留了言："要不然就是我要发疯了，要不然就是他们受够我们了。"

那天的深夜，她的电话响了。听起来，洛恩兴致很高："恭喜你，亲爱的，我们赢了。"

他谈论着关于民主的运作方式、知情人士的作用、集体行动的伟大力量。他说个不停。

他们没谈论谢尔比·德夫林。

"我们赢了。"他说。但是他们真的赢了么？公民团体搞了两次聚会，建立了一个网站。他们的邮件攻势——针对州议员、州长、州环保部和联邦环境保护局——几乎还没开始。现在，突然之间，战斗结束了。暗象能源离开了镇子，而且没有人知道这是为什么，甚至连洛恩也不知道。

当钻井用一切事物结束时那种高深莫测的方式结束了的时候，大家觉得这种情形似曾相识：就像是煤矿关闭的时候一样；就像是"贝丝"钢铁退出约翰斯顿一样；就像那时雷娜兄弟的遭遇一样——他在极短时间内连续失去了工作、房子、妻子和孩子。没有人会来告诉你，这些事情为什么会发生。

在德雷克上校高速公路旁的营地，钻井工人正在打包行李。

"这太混蛋了，兄弟。"乔治说。他才二十四岁，对咖啡上瘾，还需要付孩子的抚养费。

布兰多手里还算是有点积蓄，不管对这件事有没有意见，他总是闷在心里不往外说。

一如既往，裁员凭空而来。对中年人和老人来说，这只让他们震惊了一分钟。钻井工人所在的从来都是一个周期性的行业：钻井，不

387

钻井。接下来的一周内，他们会去看大学橄榄球比赛、领失业救济金。他们会毫无节制地吃吃喝喝，就像是中断训练的运动员那样。他们会去开心地四处释放精力。

在停车场，乔治和布兰多用一系列复杂的手势来握手告别。乔治上了米基·菲普斯的卡车，把行李袋扔到座位底下。米基弯腰靠在方向盘上，脸上带着伤。他的上嘴唇肿了，右眼有瘀青。

"谢谢你载我一程，兄弟。天啊，你的脸怎么了？"

米基，这位基督徒，不由自主地缩了一下。"没事，说来话长。"

他们在沉默中行驶了一段时间。

"你打算在这里待多久？"乔治问，"希望你不介意我这么问。"

米基介意。这和乔治一点关系都没有。

"情况挺复杂的。"米基说。

在德雷克上校高速公路的营区里，当最后一把钥匙被上交，布伦达·霍夫关上了办公室的门。丹尼·提尔希特锁上了门，把警报装置打开。在微雪轻飘中他们相互道别。布伦达的新工作在大食品店的熟食柜台，从明天就开始上班。

"别太悠闲了，"丹尼告诉她，"我估计，这地方不会隔很久就会再开工。我会跟他们讲，也算上你一个。"

丹尼走进他的房车，带着所有打包好的行李。接下来，他要花上两天时间开车去北达科他州。罗杰斯公司在那儿的巴肯页岩区新建了一个营区。

飞往休斯敦的班机很拥挤。起飞的时候，赫兹盯着窗户外面看，匹兹堡变得越来越小，河流如蛇般蜿蜒曲折，房子方正规整得像是一排排的乳齿。

"我会回家吃晚餐。"他对科琳讲。

"我亲眼见到时才会信你这话。"科琳说。

飞行要花上整整三个小时。到了第二个小时，他已经烂醉如泥了。他在小桌板上把迷你酒瓶排成一排，然后按了空乘服务灯招呼乘务员再来一瓶。他的手有一点疼，手上的关节瘀伤来自他揍米基下巴的那一下。

最近一周，杰丝一直在躲避着他的电话。最后，无奈之下，他在一个周日的早上开车去教堂外面等着她的出现。

他们在卡车里坐了很长时间，看着大雪飘零。

"是谁告诉你的？"赫兹问。

信是匿名的，寄到"源泉"的邮箱。任何人都能在教堂的传单上找到那个地址。每个周日，杰丝都会在前门的桌子上放一百张传单复印件。

他马上想到了米基·菲普斯。尽管整个B组的人都知道赫兹结婚了，但只有米基是在意这件事的。

"我的人写了那封信，一定是的。就是我第一次来教堂时，和我一起来的那人。他是道德感过剩的那类人。"

"你有打算过要告诉我这件事么？"

他坐着盯着自己的手，用沉默回答了这个问题。

"所以我想，你的人帮我了一个忙。我该感谢他。"

"感谢"这个字眼击中他，像是扇了他一记耳光。

"你想要感谢他？"

"我没来得及感谢他。"她说。

他的航班提前十分钟落地。在乔治·布什洲际机场，机场酒吧正繁忙，旅客们聚在一起看得克萨斯州科技大学对阵俄克拉荷马州州立大学的比赛。赫兹点了一杯"波本"，然后走去行李提取处。科琳在那里等着，穿着高跟鞋和紧身牛仔裙。当他亲吻她的脸颊时，她闻到了酒味。"我觉得你庆祝得有点早啊。"

这是《婚到中年》的续集。赫兹想象着这部剧集那好莱坞式的副标题：《回到狗窝》。

他跟去了车库，酒精还让他暖洋洋地放松着。

"最好我来开。"她说。

"你想怎么做都行。"他把公司的卡车停在了宾夕法尼亚州。从她放在烟灰缸里的混合干花来看，他的福特野马现在是科琳的了。

她坐到方向盘后面，短裙缩到大腿中间的位置。"你能相信米基和迪迪那事么？我还是难以相信。"

"你在说什么？"

科琳看起来很惊讶："他们分手了。我以为你早就知道了。"

赫兹盯着她，傻眼了。米基·菲普斯离婚？米基花了无数的美元乘飞机往返于贝克屯和休斯敦。米基连看别的女人一眼都不会，除非那个女人身上突然起火了。

（拳头和下巴之间令人满意地碰撞着。米基茫然地眨着眼睛，就像是不知道到底该大声咒骂还是做出反击。）

科琳说："我听说迪迪有别人了。"

这是某种女人的天赐能力，是种能让一个酒醉的男人突然清醒过来的"魔法力量"。和妻子待上五分钟，赫兹的"波本"就完全从身体里代谢掉了，就好像那些迷你酒瓶装的只不过是水。

他知道这是个向她坦白一切的时机。他想说，"在宾夕法尼亚州有个女的，我爱上她了"。最近的事情教会了他讲真话的力量，以及这种力量的局限性。如果他现在不说，就永远都不会说了。

他打开收音机，调着频，找着体育比赛频道。

半场的时候，得克萨斯州科技大学队正在以极大的优势领先着。他们领先得太多了，对手没有任何追上他们的可能。安下心，鞭普转身背对电视。

"我需要一些土地，"他对身后的年轻人说，"我听说你就是那个能够帮上忙的人。"

他们的会见由鞭普提议，在当地的一家既公开又私密的酒吧里进行。酒吧地处机场附近的一间空空荡荡的酒店里。这是一种颇具战略性的选择。他的新办公室——"鞭挞能源世界总部"，在设施和服务方面还有所欠缺，比如缺一名接待员。他试图去把支出减到最低。在这段时间里，他的主要花费都在埃米·鲁宾身上。她每月的固定顾问费是一笔针对未来的投资，只有傻子才会在科学研究上偷工减料，这个教训他很久之前就学到了。

鞭普说："我们正处在新的转折点。"

鲍比·弗雷姆喝着苏打水，平视着他，无动于衷。鞭普想，他听到了吗？

鞭普解释，从土地的角度来讲，马塞勒斯已经完了。所有有价值的土地都已经有合同了。让别人去争那些面包屑吧，鞭挞能源放眼未来，而不是过去。尤蒂卡页岩①正任我们采撷，"始动奇点"已经向西移动了。

那是下一场大戏。

"我想让你管理我的土地项目。"在论述的结尾处，他郑重地说道。

"你要聘用我？"弗雷姆看起来有些心存疑虑，就像他有更好的事情可做似的；就像暗象能源在没赶他走时，连同公司的土地项目团队一起给了他似的。这是一个达尔永远也不明白的基本事实：能源生意本质上是土地生意。土地是唯一拥有持久价值的商品，是真正的财富。

"我知道你在想什么，"鞭普说，"天然气已经跌到坑里了。不过，我希望它继续待在坑里。"这不是真话，一点也不是。但是这让弗雷姆坐直了。

"只要天然气还在一块九这个价格，就不会有任何人去租地开采，我们会是唯一的玩家。你有疑问吗？"

"只有一个。你能支付得了我的工资么？"

鞭普没慌张："我有五千万的资金。"这话只夸张了一点点：他有的，是承诺。"你是我雇用的第一个人，现在我没有别的员工需要支付薪水。我希望你已经准备好了。"

这是来自塔菲·坎贝尔，来自个人财富集团的承诺；来自埃米·鲁宾，这位知道金子在哪里的人的承诺。

鲍比·弗雷姆说："我在卡车里一直备着一副洗漱用具。"

感恩节的早上，在"痊愈之路"，治疗组的人数增多了。这件事情完全在预料之中：每逢假日，必定有人情绪崩溃。

达伦端着一杯咖啡坐着。每个人都有一个感恩节故事：家庭暴力、不合时宜的神志不清、第一次脸红如蔓越莓酱。这是痛苦季节的开端，是瘾君子的赎罪日。在未来几周，治疗组的分享会将呈现出强度逐渐升级的趋势，让人一阵一阵如脉冲一般对过去的羞耻之事感到耻辱：在公司聚会上撒的酒疯；因烂醉而摔倒在教堂楼梯上，瘫软如泥。

---

① 尤蒂卡页岩，位于美国中部。

圣诞节载着童年时期的记忆，裹挟着善良与丑恶一起到来。在这个日子里，人们被强迫去和那些看不上自己的亲人们进行交流（那些伤心欲绝的父母、扬扬得意的兄弟姐妹、亲家的混蛋们）。这些日子不可避免地过去，然后来到了新年夜。这是对于康复中的瘾君子来说，一年里最危险的一天。

达伦的手机在口袋里震动着。他想，是吉雅。他不清楚自己是怎么知道的。

他会在奇怪的时刻想起她。比如昨天，当街上的一辆灵车从他身旁开过去的时候，他想起了她，这可荒唐极了。开车上班的时候，他会停车听收音机。几乎任何一首那个年代的歌曲都会唤起关于她的一些记忆。

她没留言。她从来不留言。

这一环节结束。他的客户流连忘返，舍不得离开这间让人觉得安全的房间。

在走廊里，他碰到了彼得里夏。她很吃惊："达伦，亲爱的，你最好立刻出发，七十号公路已经堵住了。我通过交通电子监控看见了。"

"我哪也不去。"就像每年那样，他会在"痊愈之路"吃感恩节晚宴。厨师会为他烹饪豆腐火鸡，有大肿块那么大，外形和男人的鞋一样。

彼得里夏皱了皱眉："哈哈，有趣。不知道为什么，我以为你要去宾夕法尼亚州。"

在贝克屯过感恩节，就只有他父亲寂静的屋子，和母亲空空的位子。即使不把吉雅·伯纳德算上，这也已经太多太多，多过他清醒时能处理的程度。

"没准明年吧。"他说。

很久之前，当杰丝牧师还身为牧师的妻子时，每个节日都有场布道。每年，在韦斯做完弥撒之后，他俩会在教堂的地下室里举办一场感恩节晚宴。有那么几年，一半的教会群众都来出席：一大家子、老年的寡妇、像是谢尔比·德夫林那样的迷途羔羊，以及那类杰丝给不出定义的人群。杰丝和还健康的丈夫肩并肩坐在一起，举着倒满葡萄汁的酒杯说着敬酒词，悼念着那些煮过头了的火鸡、那些块状的土豆泥。直到后来她才明白，那几年的感恩节，是她生命中最好的感恩节。

今天，她取消了感恩节布道。即使真的有人还对那个感兴趣，在取消布道之后，她也还没听到抱怨声。她不是真的觉得特别感恩。

她现在希望自己留下了那封信；希望自己并没有在盲目的气急败坏中，在洗碗槽里烧掉它。

尊敬的牧师：

我出于基督教友之心写下这封信。在您的生活中有一个人，他表里不一。

杰丝重新添满红酒杯，瞥了眼时钟。基于她现在的状态，开车去德夫林家是一个坏主意。她从一开始真的做好了去那里的打算么？德夫林家也许有一屋子的人，也许她的缺席不会被注意到。不过，她还是应该打个电话过去。

这个人在得克萨斯州有一个妻子和几个孩子。

给德夫林家打电话只会让事情变得更糟糕。在冰箱里，第二瓶酒正在冰着。她原本没想到会需要第二瓶。

我知道您很孤独。在如此年轻的年纪就开始过起寡居生活，像是背负着沉重的十字架。

她需要第二瓶。

但这不是去窃取这个男人的宝贵财富的借口。

会是钻井场的工人写的这封信么？会有人写这种信么？然而，确实有某个人写了。

赫兹一点也不像韦斯。即使是在生病之前，她的丈夫也是一个纤细的男人。在他的怀里，她会希望自己能够更小巧一些。和赫兹在一起，她感觉自己精致而且细腻，感觉自己完美极了。他的力量取悦着她。他能毫不费力地举起她，翻转她，动作中满是甜蜜和宠爱。

她总是取消和谢尔比的会面，这次她还能找出什么借口？"我还是没法去，我觉得不舒服。""舒"字的发音含糊不清，难道谢尔比没注意到？

从一开始她就没打算去。

那件被当作生日礼物送来的女士内衣，她只穿过一次。

她从冰箱里拿出第二瓶酒。她不需要那封信，她记得每一个词。

激怒她的是最后一段。是最后一段让她点燃了火柴。

您的丈夫，如果他还活着，会对您讲同样的话。

死者韦斯利在看着。

怎么可能会有这种事情？但这个问题并没有折磨着他。这是死亡的重要好处，说实话，也是唯一的好处。死亡——最起码，在最后是不受折磨的。

他看着杰丝倒了一大杯红酒。她喝得太多了。

母亲死后一个月，男孩韦斯利·皮科克有一种强烈的被注视着的感觉。在教室里，在让人提心吊胆的学校大巴上，他感觉到了贝尔纳黛特的存在。那种感觉随着时间推移渐渐消失，尽管它没有完全消失。即使是成年后，在很罕见的情况下——比如，在他的婚礼上——他仍感觉到了她的目光。在婚姻的早期，他担心她会看着他和妻子做爱。杰丝笑话过他，但是他知道，自己是对的。

在他还小的时候，一个晴天，母亲带他在雪地里走着。

他没有完全明白这种交互作用是怎样的。那个"泡泡男孩"被局限在屋子里，就像是他曾经希望的那样。他能看见杰丝和别的人进到屋子里来。观察的地点，就像你最先可能想到的那样，是在半空中。

看着她和另外一个男人做爱不是一件痛苦的事，虽然他仍然保有感觉痛苦的能力。这是关于来世的一个惊喜，是众多惊喜里的一个。来世，坦白讲，并不像人们说的那样。韦斯利没见到上帝或是类似的存在。尽管他非常愿意，但是一直都没见到他的父母或者是任何一个死者。

只有一次，自从死亡以来，他感觉到了痛苦。那晚，杰丝在桌边谈论他："后来，他柜子里都装满了论文资料，像是医学研究之类的。但是没人相信他。"

"那你呢?"那个男人问。

"我相信他相信这件事。"杰丝说。

她从来也没有相信过他。然而，就算是死了，他对自己的判断也十分确信;就算是死了，他也知道自己是对的。

在大量的搜索之后，在绝望而狂热地进行了长达数月的研究后，他一直没有解开所有的谜题。铀—235，浓缩到4%——他把这些数字加在一起得到的是"14"，一个什么意义也没有的数字。那时，他的大脑已经是个迟钝不堪的工具了。他责怪阐释学，责怪在家自学，责怪"路莫斯"的钝化作用，责怪逐步离开她所带来的极度悲伤。

反应本身是不可具象化的。到底一个电子看起来像是什么东西?用药过度的大脑看见的是糖豆、糖心、小块的甜味"宝藏"，是童年时的"流通货币"、童年时的唯一财富。小小的心形相互碰撞、分裂。橘色、黄色、樱桃粉，从中间裂变为一模一样的两者，这是热与光的剧烈爆发。

这是裂开的心。

活着的时候，他没有抽象思维的头脑。现在，当然，他连头都没有了。没有身躯，没有头，没有心。死后只有纯粹的视觉。他们唯一能做的，他们唯一遗留下来的能力，就是去看。

清晰的视觉是个糟糕的天赋。如果你在活着的时候有这种能力，你做什么都会困难重重。如果你在活着的时候有这种能力，它会把你害死的。

心如细胞的分裂般开裂，男孩韦斯利和女孩杰丝可能有过这种感受——如果他当初能知道的话。但是韦斯利当时只不过是一个男孩，也永远只会是个男孩。很难想象他为人父的样子，所以，他一直不去想这件事。

他的母亲带他在雪地里走着。

对于杰丝来说，现在再去要个孩子的话，已经太迟了。这些年里，当这事有可能发生的时候——那种时刻实在是太稀少——她把时间浪费在了爱他、照顾他、埋葬他和悼念他之上。太晚了，太迟了。

那是一场降在灿烂明亮的阳光里的大雪，明亮得刺伤了他的眼睛。阳光亮得很奇异，很刻意，如同扭曲了的天堂里的荣光。

现在他眼里只有杰丝——那个还记得他的杰丝。

这就是全部。

在午后的阳光下，建筑看起来平淡无奇。那是还在建设中的广场和矮房。这里本来可能会是个政府办公部门的大杂院，或是一所初中。遵照指示，雷娜开车绕去侧面入口，然后等着。

"今天早上，奥巴马总统赦免了本届的白宫感恩节火鸡——科布勒和戈布勒。"①

她关掉收音机。毫不夸张地说，四年里，她老是梦到这时刻。不是每一晚，但是一个月总有几次，她睡着的大脑反反复复地臆想出一些可能会发生的事情。现在，荒谬的是，她内心充满了恐惧。她希望和麦克在一起，有时她不需要高谈阔论，有时——比如现在——麦克的沉默、牢靠的陪伴，就是她正好需要的。

洛恩·特雷克斯勒从来不沉默。这是职业病，他开玩笑说。据他的前妻说，他有一次告诉她，自己会在睡着了的时候开口演讲。

准确地讲，她不想念他。她想念作为概念的他。

如果他们还年轻，在另一个时间和另一个地点相遇；如果她从来没有遇到过弗雷德·威姆斯……

弗雷德用不可逆的方式改变了她。（我是个肮脏的小婊子。）如果她从来没有遇到过他，就不会有卡尔文，她就永远也不会爱上麦克。相反，其他的事情可能会发生。究竟是什么事情，雷娜现在永远也不会知道了。太多的时间流逝了，太多的选择已经造成了结果，结果导致了更多的结果，更多的结果导致了更更多的结果。她走过的路如乱

---

① 在感恩节前一天，美国总统会按照惯例为一只"感恩节火鸡"举办赦免仪式，使其免于被食用。为了避免仪式出错，会有另外一只火鸡作为备选。这两只火鸡都会在仪式后被送到别处饲养，直至自然死亡。

麻一般，没有人能够预料到头在哪儿、尾向哪儿。现在，要倒回重来是不可能的；要去想象她可能过上的其他类型的生活，是不可能的。

《寂静的春天》放在她床边的小桌上，一字未读。她现在知道了，洛恩只是在试图修正她，如同那个在麦克九年级的时候，决定带她去选购文胸的家庭儿童教师一样。"你都已经 B 罩杯了，太好了！"她说。麦克背负着这段记忆就像是背负一条伤疤，仍在隐隐作痛：那次购物之旅如同一次沉默的苦行，痛苦至极。教师没能够领会到那个最显著的事实：苏珊·麦基从来也不想要胸部，无论尺寸大小。

麦克的记忆就是雷娜的记忆。这些记忆触动她，就好像她自己亲身经历过一样。这种情况似乎对于她来说，是个具有说服力的对"爱"的定义。

他们生活在农场上，就像是生活在一座孤岛上一样。雷娜经常想起麦克的母亲：她是彼得的第二任妻子，比他年轻二十岁。和她结婚，是彼得一生中做过的最轻浮的决定。她和一个与他同龄的男人私奔了，结婚了，因为雷娜很容易就能猜想到的那种理由：农场生活的孤独，以及彼得微不足道的陪伴。当一天结束，麦克感觉疲惫，雷娜会看见彼得搂着她的肩膀。这个年老的孤独男人喜欢沉默，也总是沉默着，因为他不知道别的行事方式。在彼得中风之后的几个月里，是雷娜喂他进食，给他穿衣，为他洗漱。他没法感谢她。那时，他本就为数不多的话语已经彻底消失。从上次有人触碰过他之后，时间过去多久了？

有些时候，当她给他理发或者是刮掉下巴上的胡子时，他的眼睛会淌着泪水。

农场的生活中有着做不完的工，要如同僧侣苦行一般在黎明时醒来。爱上麦克意味着要永远过这种生活，这是雷娜一直明了的事情。她把自己的生命浇筑在别人的农场上，花费在几十年的劳作上，消耗在她赚过的每一分钱上。如果她离开了麦克，她会一无所有，但这并不是她留下来的理由。

上周，沿着荷兰路开车的时候，雷娜瞥见了一个浅黄色头发的孩子。他在德夫林家的车道上，对着一个像是巨大塑料水箱的东西打着羽毛球。那个男孩，可能是奥利维亚的哥哥。一个正常的、健康的男孩，在室外玩耍着。

谢尔比穿着粉色的浴袍来开门。

"我开车路过，想起奥利维亚来了。她最近感觉怎么样?"

谢尔比似乎见到她很高兴:"她昨天过得不错。她还在睡觉,我们可以去打声招呼。"

我在盯着你,雷娜想说,我知道你对那孩子做了些什么。

(只是,她实际上并不知道。只是,那件事仍有可能是她搞错了。)

她看了一眼手表,监狱的文秘让她 4 点钟过去。为了节省时间,她下班后直接出发,身上还穿着新制服。在撒克逊庄园,全体护理人员都穿着同样的护工服:浅蓝色的罩衣与裤子,上面印着小小的蝴蝶。在雷娜看来,那个图案似乎有一点幼稚,就像是他们的客户越活越像孩童,被托付给了一间照顾极度衰老人士的幼儿园。

除了那身护工服,她很适应新的工作:没有夜班,没有周末。她的新病人是那些生活了很久的成年人。他们的老、病、死是不可避免的,是完全料得到的。她再也不会见到任何生病的孩子了。

当她辞职不干的时候,她的同事们——乔、阿格尼丝、斯蒂夫·穆罗尼(她现在回来工作了,暂时没怀孕)很震惊,即使是知道理由的斯图斯克医生也很震惊。自从儿童保护服务处要求她提交奥利维亚医疗记录的副本,雷娜·科瓦尔就不再是矿工医院的一名雇员了。

最后,她还是打了匿名电话。是麦克帮助她做了决定,是麦克极力主张她拿起电话。很久之前,当雷娜身处危险中的时候,只有麦克前去拯救她。现在,麦克的勇敢让她成了一个更好的人。

这是她留下来的理由。

就在这时,那辆卡车停在了她身后。麦克走下车,还穿着她的橘色背心。这就像是凭借着想念,雷娜凭空变出了她。

雷娜下了货车:"你来了。"

她们肩并肩站着,没说话,在阳光下眯着眼睛。终于,侧门打开了。卡尔文穿着便宜的风衣和卡其布裤子,手里拿着一个塑料袋。就这个天气来说,他穿得有些少了。

她们相互承诺,卡尔文只能在家里住上一个假期。他必须要自力更生了。

谢尔比边给奥利维亚梳头，边数着数。

"杰丝牧师随时会来。她见到你会很开心的，她一直担心着你。"她的手有一些抖，也许是因为紧张。除了周日的弥撒和在大食品店的短暂会面外，她有一个月没见到牧师了。

奥利维亚扭动着："罗克珊奶奶来么？我想要给她看看我的新鞋子。"

孩子对于祖母很是亲昵，谢尔比对此很不解。罗克珊忘记生日、忽略圣诞节，她不定期地出现，满身散发着香烟的恶臭和"简·奈特"香水的味道。"她闻上去很漂亮。"奥利维亚有一次说。

"我觉得她来不了了，小甜心。"谢尔比分开奥利维亚的头发，开始编辫子。邀请罗克珊不过是例行公事。电话随时都会响，然后她的母亲说"来不了了"。当然，前提是，罗克珊能想起来要打个电话说一声。"她要照顾皮纳特。"

奥利维亚高兴地笑着。对于一个七岁的孩子来说，一个成年男性有这种名字，是一件很搞笑的事情。"皮纳特也可以一起来呀？"

谢尔比没回应。她从来没真的见过皮纳特，虽然曾经远远地看见过他——他总是斜躺在他那辆面包车的副驾驶座上。当罗克珊下车跑去酒水专营店时，它总是不熄火。你不会希望让孩子待在他的身边。

她说："你可以把鞋子给杰丝牧师看看。"

有那么多的事情是她想要和牧师分享的：整个月满满的担心、忧虑、沮丧，是的，还有痛苦创伤。如果说在一生中，谢尔比真的有需要心理辅导的时候的话，那就是在儿童保护服务处出人意料的造访之后。那是她一生经历过的最大的震惊。几周以来，她周围的世界就像是在塌陷着：那封印在官方信纸上的"恐吓信"，以及那些羞辱人的质疑。奥利维亚被问询了两次。那位社工到底问了理查德什么问题，谢尔比并不清楚；她不被允许待在房间里。尽管谢尔比恳求她不要这么做，她还是坚持访问理查德。他会抛弃我的，谢尔比想。但是令人难以相信的是，完全相反的事情发生了。在十年的婚姻生涯中，第一次也是唯一的一次，他为她说了话。

"她是一位优秀的母亲，她为这些孩子而活。你们这帮人是怎么了？"

毫无疑问，他有些发火。这一次，他的怒火是朝向其他人的，而且那过程看起来十分了不起。

谢尔比的丈夫信任她，也因此，最后每个人都相信了她。10月，她收到了一封信，信上说，那个对于她的指控被定性为"没有根据"。那个爱管闲事的举报人（是斯图斯克医生？还是在匹兹堡的那名专家？）只是单纯搞错了。

"没有根据"，这就是全部。没有道歉，没有承认她遭受到了不公正待遇——那些冒犯、痛苦和难以想象的耻辱。理查德重新变回了原本的理查德，专横且爱发牢骚。他整天工作，在周日去打猎，固执地假装着什么事情也没发生过。对于他来说，什么也没发生过。

上周在大食品店里，谢尔比看见杰丝牧师推着购物车沿着冷冻食品柜走着。即使是从远处看，她看起来也很糟糕：眼窝深陷，头发花白。然后谢尔比回忆起来——隐隐约约的，就像是前生的记忆——杰丝牧师也曾经一直很痛苦。

人们很难对别人的苦难持续地关注。

见到她，牧师显得很惊讶。她用双手握着谢尔比的手。"我几周以前就该给你打电话的。原谅我，谢尔比，我应该对你更好些。"

触碰温暖着她，但是话语才是最重要的。这些话语就像是救生的解毒针剂一般刺穿着她。在那一瞬间，牧师的众多罪过，她的怠慢和粗心（她取消了的辅导预约，从来也没去的医院探访，那次徒劳无功而且结局糟糕的匹兹堡之旅）就一笔勾销了。谢尔比能够真切地感觉到愤怒已经离开，如同从伤口里流出的血一样排走了。

"我有一点私事要处理"，牧师说，"但是生活最终总算回归正常了。"

谢尔比有着宽宏大度的天性。

"那太好了"，她宽容地说，"我理解。"

这是一次感恩节的奇迹，是一个她从来没想到的祝福：杰丝牧师回到她身边了。在接下来的一小时里，牧师就会来到谢尔比的家门口。她们会拉着手绕着桌子坐成一圈，听牧师念祷告词。

谢尔比用蓝色的丝带把奥利维亚的辫子绑了起来。一个母亲会因为她孩子的外貌而被评判，这是一件众所周知之事。

贸易酒吧生意不太好。在感恩节，这里的午餐用餐人数连"一伙"这词儿也用不上。理查德·德夫林漫无目的地擦着吧台。吉雅在酒吧里一圈又一圈地挂着银色的金属丝带。

"天啊，现在就开始挂？你就不能等到感恩节之后么？"

她皱着眉头，似乎他太大惊小怪、无事生非了。"改天？老实讲，这对于你来说有什么不同么？"

他从酒吧上方的镜子里观察她。长久以来，好几年间，她都是他眼中"性感"的代名词。然而，后来事情发生变化了。不知道是为什么，但吉雅看上去就是糟糕极了。

他问："达伦在感恩节做什么？"

她一直这么骨瘦如柴么？

"问倒我了，我有几个月没听到他的消息了。"他的弟弟在巴尔的摩的生活是个谜。很久之前，理查德去找过他一次。在两天的时间里，他在约翰·霍普金斯大学附近的街道上走来走去，向陌生人展示着达伦的照片。然而当时，就像现在一样，达伦并不想被找寻到。

吉雅皱着眉。他之前一直没有注意到，她的额头起着皱纹，那是两条形状如同闪电一样的斜线纹路。她比他要年轻上十岁，怎么可能看起来比他还老？她太瘦了，脖子和肩膀干瘦干瘦的。换句话说，她像是皮包骨头。

"你没事吧？"他差点问出来。这不是一个他通常会向女人询问的问题。他不需要询问。谢尔比持续不断地向他讲述自己和奥利维亚的症状，讲述那无休止的臆想出来的疾病。他永远不需要去询问。

他瞥了一眼电视上正播着的本地新闻。屏幕上，安德鲁·卡尔尼切拉穿着警服，和一位穿西服的男人握着手。在屏幕下方的滚动字幕里写着，"警察局的光荣警长"。

吉雅尖声笑着："开大点声！我想要听听这事。"

理查德在吧台下面找着遥控器。

在我们的"本地英雄纪念处"，贝克屯警长安德鲁·卡尔尼切拉接受了来自撒克逊县议会的公开致敬，因其在执勤中拯救了两条生命而受到表彰。

"哦，天啊。"理查德按下静音按钮。

"不！把那玩意给我。"吉雅从他手里抢走遥控器。

据警长称，他看见两名男子从一个室外储料罐里偷取化肥。而后，其身份被确认为尼克·布里克和鲍比·马斯特勒，均来自贝克屯。当时警长正在这所农场的备料存储库附近执行卧底任务。

屏幕上闪过两张人脸，是理查德的老哥们儿，现在已经变成了两个中年暴徒。理查德想：别让我看见。

那是另外两个杜安。

"可以把这个关上了么？拜托了。"

"这辈子就别想。"吉雅说。

在交火中，化肥储料罐被击穿。之后，要归功于警长，两名嫌疑犯被送到了矿工医院的急诊室。无水氨是一种有毒害的危险品，如果人直接吸入，可能会对身体造成严重危害。由于警长卡尔尼切拉迅速采取了行动，无人受到严重的伤害。

"我实话实说，"理查德说，"这个笨蛋居然朝一个化肥储料罐开枪，而且还因为把那俩家伙送到医院就成为英雄？"

吉雅笑得花枝乱颤，都笑出眼泪了。警长在摄像机面前喜气洋洋的。很明显，这是他生命中最骄傲的一刻。

一段商业广告插播进来："四十年来，我一直在为弱势群体出头。"

理查德盯着这张男人的脸。他在电视上看起来好多了，显得年轻而健康。这段商业广告的年头可能有十年或者二十年了。保罗·扎卡赖亚斯这张脸，总是哪里有救护车就会出现在哪里。

"我要走了，"他告诉吉雅，"谢尔比在做感恩节大餐。她列了一整张单子，全是想让我干的家务活。"

"让她给我打电话，好么？我很久没听到她说话了。"

"她脑袋里事情太多了。"

这时，前门被推开。那个文身光头吸尽了最后一点烟屁股，把烟头弹到路边。

"嘿，姑娘，"他招呼着吉雅，"什么事?"

吉雅看上去突然变得灵光了。"上帝啊，你终于来了，我整个早上一直在给你打电话。"她走出吧台。

"你去哪?"理查德说。

"一会儿就回来。"吉雅说。

瑞典镇一片迷蒙，最开始看起来像是雾，后来发现是林烟。在普林斯或者是蒂博多，有人弄了个篝火堆，有一股子烧树叶的味道。

开着车，理查德又想到那两张一闪而过的脸：鲍比迟钝臃肿，尼克面色憔悴、眼神空洞，两人都明显（非常明显!）吸毒了。特别是尼克，看起来像是被冰毒弄成废人了，显得极度饥饿而且神志不清。但是，上一次理查德见到他们时，就是在贸易酒吧打台球的那次，他还没这么觉得。

在他的工作中，这是一个攸关生死的问题——"别让我看见"。他想起那些换防时回来的士兵，在贸易酒吧交流着彼此最棒的经历，在酒精的帮助下把其他的经历都忘记。从这个角度上来讲，监狱和他们外出执勤的地方，并没有多大差别。如果你观察，真的去观察那些周围正在发生的事情，你一个礼拜都待不下去。

县治安巡逻警车与他擦肩而过，蓝灯闪烁，驶向蒂博多。老天，这是什么情况? 难道有人因为兰迪在自己土地上，在这荒凉的地方烧树叶就叫了警察? 对于理查德来说，这是另一个政府机构打算在这儿插一脚的证据。政府似乎越来越成了他身边一切问题的罪魁祸首。首先是环境保护部门没能保护好环境。然后是一群县里的政府人员跑来攻讦、威胁他的妻子，那真是可怕的时刻，他们要拆散他的家庭。当年你急需帮助的时候，政府抛弃你。当你不需要的时候，它就是不让你一个人平静地待着。

他的妻子不完美，她是一个过度保护子女的母亲、一个忧郁症患者。在家庭实务上，她并不比一个孩子要懂事多少。她的悲观情绪逼得他要发疯。她搜索并且记录下来每一个可能会发生的灾难的名字，用这种方式来迎接新的每一天，就像是只要找出这些名字，就能够出于某些不可知的原因免于受害。但是她永远也不会伤害自己的孩子。

她有一个妹妹早已去世，理查德最近才在意外地知道这件事。吉雅·伯纳德有一次随口提了一句。（她说："克丽丝特尔死的时候比现在的奥利维亚还要小，可能是因为白血病。"）此前，他一直相信谢尔比是独生女。

她从来没有对他提到过这件事，如果说这有些奇怪，那么这种奇怪是理查德能够理解的。也有挺多他从来没跟她说过的事情——他初次婚姻那令人蒙羞的结束方式，他的妻子背叛了他。他觉得不怎么想提这个话题。

谢尔比不完美，但她是值得信任的。

他现在用不同的眼光看待她。她的恐惧和挫折，她对于灾难的敏感警惕，现在似乎很合逻辑。如果一个孩子都能死亡，没有人会是安全的。

谢尔比不完美，但是，她是他的。

他开过自家的车道，转头驶上钻井场的行车通道。失去了它原本的功能，这只是一条断头路，但是它作为停车的地方还是很有用的——在私家车道上，在谢尔比的小型厢车和水塔之间，已经没有他那辆卡车的停车位置了。

他走向屋子。水塔——他的律师管它叫"大水牛"——盛着五千加仑的水，接入屋子的自来水系统。在每月的最后几天，一辆运水卡车会过来灌满它。这项服务每个月要花两千元。现在，至少现在，是暗象能源付着账单。电话那头叫昆汀的家伙，称呼这为"一个友好邻居应该做的"。

你不是我的邻居，理查德想。

那家公司令人发指地一直声称没有不法行为。建立这套送水系统，意味着公司对他家水井的污染问题将再不负任何责任。理查德针对这一事项签了一纸合约，这回是在让保罗·扎卡赖亚斯检查过之后签的。

"这里没有承诺给你任何东西。"他的律师解释，"我们还是能够协商出来一个真正的解决办法的。但是同时，你也需要水喝。"

在厨房，他打开冰箱，倒了一杯喝的。"这是什么东西？"他问谢尔比。她正站在灶台旁边研究着一本烹饪书。

"薄荷茶。"

"喝起来像牙膏。"

她放下书："你父亲随时会来，你能把附加桌面装到桌子上么？"

"我们需要那个么？"

谢尔比露出了巴迪·哈特克似的怪表情："我们，再加上你父亲，已经有五个人了。我的母亲也许不会来，但是你永远没法确定。哦，我还邀请了杰丝牧师。"她轻蔑地看着他的眼睛，质疑他居然问了这么一个显而易见的问题。

他还是问了："她来干什么？"

"她也没有别的地方可以去。而且……好吧，我觉得她最近压力有点大。"她用锅盖把深煮锅盖起来，然后在牛仔裤上抹了抹手，"你能每过一会儿就搅拌一下这个么？"

"行。谢尔比，记得别说任何关于——"

"我知道，我知道。"她说。

理查德走去车库，把附加桌面拿了回来。他对于法律诉讼并不感到羞耻，但是不怎么想四处宣扬这件事。他从来没觉得自己是那种会去起诉的人。

暗象能源污染了他的水，偷走了他的未来。毫无疑问，他已经被彻彻底底地、真真正正地"干翻"了。他还是不能摆脱这种思绪，他对于现在的困境是要负上责任的，是贪婪和单纯易骗让他成了一个容易上当的糊涂虫。没人强迫他签约出租矿产权。这是他自己，出于对贫困的恐惧，或者只是因为贪婪而做出的该受诅咒的决定。恐惧自何处结束，贪婪自何处开始，无人知晓。

当时，那看起来是一个挺简单的选择。一个是他父亲那个年代的贝克屯，是个蓬勃发展的新兴城市，从管道里冒着臭气；另一个是他这一代继承下来并想要逃离的贝克屯，是个完全清净的"鬼镇"。

贝克屯的煤点亮全世界。

405

他一边把餐桌旋转撑开，放入附加桌面，一边想着他的父亲。在理查德这个年纪，他迷惘了，丢了工作，失去了希望。北面，矿井和矿井工人早就永远地离开了。迪克那一代人失去了他们的北极星。然而，针对这种不同寻常的情况，他反而创建了一些东西，创建了一份可以传给后代的生意。这是关于酒吧来历的"官方说法"，是德夫林家族从父到子反复传颂着的福音，里面总是遗忘这个故事里的另一个角色：因间皮瘤而英年早逝的皮特叔叔。从埃里门窗公司拿到的理赔金让他在临终前买下了贸易酒吧，正好能够把它留给自己的兄弟。终其一生，迪克和皮特一直都在死板地工作着——一个是煤矿工，一个是工厂"奴隶"。皮特的法律诉讼是德夫林家族能够拥有自己生意的唯一理由。长久以来，理查德一直抗拒这种结论，但现在看起来，它似乎无可辩驳。

似乎出人头地的唯一方法是含冤受屈。

他的手套箱里还放着那张脏兮兮的纸条，"'奥涅格'八年四万"。到底为什么留着它，他并不清楚。他永远也不会成为农民了。当理赔来的时候——如果能有的话——他在理论上可以买下另一座农场。他知道自己永远不会这么做。重点在于，在这片土地上劳作——这片老爸的土地，这片理查德用在鹿跑十年来彻夜不休的努力工作换来的土地；在于和他那个受苦受难的（这完全是达伦自找的）、极度愚蠢的弟弟一起劳作。

谁才是更愚蠢的那个，是理查德还是达伦？谁也说不清。

和其他地方相比，宾夕法尼亚之意义不在地上，而在地下。

地质运动造成的意外，比人类历史还要久远，比《圣经》经文还要古老。大陆碰撞，海洋侵蚀、退却，泥炭沼泽就像是一个巨大的地下窑洞，培育着它们的宝藏。在有记录之前，宾夕法尼亚州是一片血腥陷阱。埋藏在地下的是诸神的罪责；是那些古老的异教神们，在有耶稣和洗礼仪式之前，在他们自己的声名还未狼藉之前，偷偷做下的不被人类知晓的交易。

在地下。

理查德·德夫林经常想起童年时期的那个著名电视广告：印第安酋长站在四处落满垃圾的高速公路上远眺张望，一滴泪水滑落他的脸庞。这个公益广告，制作出来是为了劝说人们，"请停止乱扔垃圾"。但是它没有起到应有的作用——把他变成一个热爱大自然的人；反而，引起了他对于美国印第安人的迷恋。他发现，那些印第安人和老西部片里塑造出来的恶棍形象并不一样。九岁的时候，此生第一次也是最后一次，他贪婪地阅读着冒险故事、百科全书，读着所有包含"印第安"的东西。阿帕奇，塞内卡，切诺基，奇克索。边阅读，他边想象着在一顶帐篷里，或者在一个普韦布洛村落①里醒来，过上一种完全不同的生活。在那里，男孩不会被强迫去参加拼写考试、送报纸或者学习《圣经》教义，没有那些每天沉重如盔甲一般的责任。那些事情，当时已经开始加诸于他的身上；要到他的年龄大到能够去打猎、追捕或是钓鱼时，直到他大到能够去做除了看电视广告和坐在椅子上睡着之外的其他事情时，才会结束。

在那个时代，在那个印第安时代，这个世界看起来是什么样子？这个世界上他所在的这个角落，在道路和桥梁、烈酒和钢厂诞生之前，在那个把这片土地弄黑弄脏成一个煤球的、庞大的露天矿厂诞生之前，是什么样的？作为男孩的他，想象生动。成为男人的他，明白了这件事并不重要。如果没有煤矿在，他会成为别的什么人，在别的什么地方。他永远也不会知道那样的世界是什么样的，因此，对于他来说，并没有那样的世界。他的曾祖父和其他人，如同漂泊者一般，来到这里，在贝克屯被冲上了岸。那是一个只有一双鞋子的男人，一个愿意去挖煤的男人。

很久以前，还在海军时，理查德·德夫林知道了自己在这个世界上的位置，明白了自己最基本的、难以避免的渺小性。军队生活教会他这个道理。他十九岁时上了"SS 罗斯福号"。"那个大棍子"，他们这么称呼它。当那艘船只因为一个理由而驶向波斯湾时，它搭载着六千人——那是贝克屯人口的三倍。它的船体太过巨大，以至于人们几乎感觉不到船在航行。现在，当想起这事的时候，他有了一个当年未曾有过的想法："那个大棍子航行在一片由别人的钱组成的海洋上。"

我们都是水手。

---

① 普韦布洛，指美国西南部的印第安人部落，有时也指他们的传统房屋。

后　记

　　关于水力压裂法钻井这一话题，已经有众多人为之动过笔杆子了。我十分感谢以下几位作者和他们的作品：谢默斯·麦高和他那本了不起的传记，《乡村的末日》；格雷戈里·朱克曼和他那本《页岩压裂者》；乔希·福克斯，和他的两部纪录片，《天然气之国》两部曲。这三位作者采用了三个截然不同的——也向我提供了必不可少的——看待水力压裂法钻井这一话题的角度。

　　《热与光》是一本关于这个世界的书。其完书过程要求作者要掌握许多不同行业、不同专业的相关知识，而这些知识是小说家一般不会掌握的。我要对在此过程中帮助我、教导我的那些人表示感谢。

　　帕梅拉·特威斯，供职于宾夕法尼亚大学和北阿巴拉契亚联合网络，他跟我分享了许多宝贵见解，分享了天然气水力压裂法钻井对于社区而言到底意味着什么。如果不是因为我们多年前的那些谈论，以及自那以后的数次沟通交流，根本不会有本书的出现。

　　阿图尔·高恩德、洛丽·沃思、本·沙因德林，解答了我没完没了的对于医药方面话题的疑问。肯尼斯·凯恩、迈克·孔尼尔，教授了我关于犯罪和惩罚措施的相关知识。莉兹·迪尔，为我上了一堂关于有机乳业农业的应急教学课。迈克·布伦南、迈克·詹宁斯、安迪·罗德里格斯以及布赖恩·芬克，分享了他们在钻井架工作的经历和体会。格雷格·麦基萨斯，帮助我了解了关于宾夕法尼亚州西部的特殊地理情况。卡丽和迈克尔·克兰夫妇启发了我用一种新方式、有力的方式去聆听。

我的编辑，伟大的丹尼尔·哈尔彭，和我一起玩那款桌游，帮助我构建了一个很棒的捕鼠陷阱。丹·波普、谢里·约瑟夫、多里安·卡奇玛，以及梅甘·林兰奇，他们和我一起阅读早期草稿并且提出意见，帮助我修改润色。

感谢对于机械有所偏爱的罗布·阿诺德。

朱利安和帕蒂·亚当斯带我去了暴风雪下的特鲁罗，在那里我参加了一生中最棒的写作聚会。感谢雅度公司、麦克道尔侨居地、丹麦作家和翻译家中心，以及多拉·马尔基基金，这些组织机构为我提供理想的写作条件，以及许多使我深受启发的团体活动。这些是我不会忘记的奇迹。

最后，要特别感谢帮助我的出版大家庭——哈珀·柯林斯出版公司，尤其是迈克尔·莫里森和乔纳森·伯纳姆，感谢他们的理解和支持。《热与光》为我之前出版的两本书《贝克塔》和《来自天堂的消息》，补充了一些特定的细节。如果没有哈珀·柯林斯出版公司的克莱尔·瓦赫特尔的帮助，这两本书都不会面世。对此，致以我无尽的感激之情。